FIOS DE PRATA

Raphael Draccon

FIOS DE PRATA

RECONSTRUINDO SANDMAN

1ª reimpressão

LeYa

Diretor editorial: Pascoal Soto
Coordenação editorial: Tainã Bispo
Produção editorial: Fernanda Satie Ohosaku

Preparação: Luciana Cerchiaro
Revisão de textos: Hudson T. Machado da Silva
Capa: Rico Bacellar
Ilustração de capa: Kentaro Kanamoto
Projeto gráfico e paginação: A2

Dados Internacionais de Catalogação na Publicação (CIP)
(Câmara Brasileira do Livro, SP, Brasil)

Draccon, Raphael
Fios de prata: reconstruindo Sandman / Raphael Draccon. --
São Paulo : Leya, 2012.

1. Ficção - Literatura de fantasia I. Título.

12-08729 CDD-028.5

Índices para catálogo sistemático:
1. Ficção : Literatura juvenil 028.5

2012

TEXTO EDITORES LTDA.
[Uma editora do Grupo Leya]
Rua Desembargador Paulo Passaláqua, 86
01248-010 – Pacaembu – São Paulo – SP – Brasil
www.leya.com.br

In

Para Marcos Rogério,
o mestre; por ter estado ao lado nos
momentos em que fiz por merecer.

Para Yaramar Albuquerque,
a mestra; por ter estado ao lado nos
momentos em que não fiz por merecer.

Para Bráulio Mantovani,
o mentor; por ter estado ao lado
simplesmente por acreditar
que um dia eu viria a merecer.

AVISO

Alguns acontecimentos citados ao longo do livro foram baseados em fatos reais e são de conhecimento público, mas suas cronologias, bem como o perfil de determinados mitos, adaptadas em prol da narrativa.

Now I lay me down to sleep
I pray the Lord my soul to keep
If I should die before I wake
*I pray the Lord my soul to take**

* Oração infantil do século 18.

PRELÚDIO

Acima da escuridão de Gaia, antigamente, quando o mundo era tomado pelo efêmero, havia a noite e a sombra primitiva, gerada no instante da Criação. A primeira sombra vinha de Nix, a deusa da noite, a entidade soturna e primordial, nascida diretamente do Caos. A segunda vinha de Érebo, senhor das brumas escuras que envolviam as margens do mundo e preenchiam os profundos abismos entre a Terra e o reino de Hades. Era a época em que Nix arrastava as brumas através dos céus para trazer a noite, enquanto a filha Hêmera as dispersava para devolver o dia.

Da união de Nix e Érebro, várias outras entidades foram geradas e ganharam essência, incluindo as Moiras, as três irmãs que determinam o destino e o fio da vida dos seres humanos, e Caronte, o barqueiro do mundo dos mortos. Dentre todas essas entidades, duas nasceram gêmeas e se tornaram indispensáveis à existência humana.

Uma era Thanatos, que assumiu a personificação da morte.

A outra era Hypnos, que assumiu a personificação do sono.

Hypnos vivia em Lemnos, em um palácio construído dentro de uma caverna onde o sol nunca alcançava, próxima ao espaço habitado por um grupo que existia desde sempre em eternas trevas. De sua união com Grácia Pasitea, uma das Graças, nasceram três deuses menores chamados pelos seres sonhadores de Oneiros, as mil personificações dos sonhos. Ao primeiro chamaram Phantasos, o deus do inanimado. Ao segundo chamaram Phobetor, o senhor dos pesadelos. Ao terceiro chamaram Morpheus, o lorde moldador.

Phantasos inicialmente era responsável pelos objetos inanimados que tomavam formas nos sonhos. Entretanto, com o tempo, os sonhos dos homens geraram elfos e sátiros e dragões e outras criaturas fantásticas, que também precisavam sonhar, e foram passadas aos cuidados dos reinos de Phantasia. Phobetor personificou os pesadelos e tomou os sonhos em formas animalescas e monstruosas, ganhando seus próprios domínios em bordas com o mundo inferior. Sua proximidade com os Círculos do Inferno e sua importância para a existência humana chamaram a atenção da Cidade de Prata, onde ainda o nomeiam Icelus. E Morpheus se tornou o grande moldador, o senhor das memórias, o deus mais reverenciado e o padrinho da figura mitológica que soprava areia nos olhos infantis:

O Sandman.

Sua importância para os sonhadores terrestres se mostrou tamanha, que muitos nem mesmo conheciam os nomes de seus irmãos oníricos. Aliado a Madelein, o Anjo dos Sonhos e a Senhora dos Sonhos Despertos, que apadrinhou em seus domínios as nove Musas, filhas de Zeus, sua influência tocava nos homens nas mais diversas áreas de atuação de pensamentos e sentimentos, expandindo suas forças através de sonhadores de áreas distintas, fosse nas artes, nas ciências, ou na medicina.

Alguns entes diziam que essa importância proeminente para os sonhadores terrestres se dava por merecimento.

Alguns por uma trapaça.

Esse era o grande problema. A questão era que, de maneira leal ou trapaceada, Lorde Morpheus havia se tornado o deus mais importante do Sonhar e despertado a inveja de entidades poderosas no processo. Entidades que cobrariam preços perigosos e difíceis de serem pagos. Ou pagariam o difícil preço da tentativa dessa cobrança.

O fato era que antigamente, quando havia apenas a noite e a sombra, as divergências no Sonhar envolvendo deuses e entidades ambiciosas cobravam apenas alguns pedaços de escuridão.

Hoje, elas podem cobrar até mesmo os fios de prata de mais de sete bilhões de sonhadores terrestres.

I
SONHOS ILUMINADOS

You may say I'm a dreamer...
(John Lennon)

1

Naquela noite, o sonho começou com uma queda.

Algumas vezes, ele terminava assim.

Naquela noite, começou.

Ele caiu em um buraco negro profundo e levou minutos para se espatifar no chão. Ergueu-se e o mundo parecia ruim. Na verdade, o mundo nem parecia o mundo. Fazia sentido; em um *mundo real*, os ossos teriam virado pasta quando batessem no concreto, logo após a queda livre. Uma conclusão que apenas levantava a pergunta: e, Deus, caído de onde? Ergueu-se sem sentir dor e isso também foi estranho. Os movimentos eram lentos e respondiam de maneira diferente. Inexistia reflexo. Inexistia espontaneidade. Ignorava se um coração batia no peito naquele estado e nem mesmo se achou confiante para conferir. Caminhou sozinho por onde quer que estivesse naquela noite efêmera e escutou barulhos que lembravam o murmurinho de uma pequena multidão.

O barulho assustava. Mas ele quis caminhar até lá ainda assim.

Quando caminhava, o fazia devagar como faria um homem que se acostumou com uma situação indevida. Tantos dias doutrinado a estar consciente durante sonhos lúcidos traziam consequências baseadas em uma adaptação por instinto. De fato, havia aprendido alguns truques no processo. Quando estava em perigo, ou quando sentia que acordar para o *mundo real* era menos perigoso ou assustador do que permanecer naquele estado, ficava imóvel e se concentrava. E então repetia as palavras para si, com o fervor de um homem-bomba:

– Eu quero acordar... eu quero acordar... eu ordeno ao meu corpo que acorde...

Era um artifício confiável e imediato. Não importava o quão ruim fosse a situação, ao se concentrar e repetir o mantra, em pouco tempo, tudo se tornava nublado, como no efeito *fade* de um filme, e os sentidos retornavam ao corpo físico no mundo que julgava conhecer. Naquela noite, ele poderia ter utilizado tal artifício. Apenas, sabe-se lá o porquê, ele *ainda* não queria acordar. Ele queria na verdade explorar aquele lúgubre mundo novo. Ao fundo, o barulho da multidão continuava. O ambiente era sombrio como uma ruela de um conto gótico, mas ele caminhava ainda assim para cada vez mais perto do som medonho.

Foi dessa forma, e nessas condições, que ele viu o lugar.

Era uma espécie de taberna, feita toda de madeira e vidro. Na entrada, portas com dobradiças e reflexos de luzes. No eco interior reverberado, risadas. Gemidos. Gritos. Gargalhadas sinistras. Caminhou na direção do estabelecimento sem saber se queria encontrar o que quer que fosse encontrar ali. As vozes se tornaram mais altas, e de brechas carcomidas e ângulos errados, enfim, parecia escapar alguma luz do interior. Parecia haver música também, dominada pela eterna repetição de duas batidas semelhantes na busca por uma inconstante melodia. Parou diante da porta. Havia uma placa com os dizeres: "CLUBE DO INFERNO". Ao se aproximar o suficiente, porém, era possível ver que alguém havia talhado em diagonal as palavras "do fogo do", logo após a inscrição "clube". Escutou mais uma vez uma risada sinistra.

Essa risada contorceu-lhe a espinha.

Ainda assim ele mexeu nas portas com dobradiças corroídas.

E entrou.

A visão do que se deu a princípio era um pouco chocante. O local que se abraçava com risos e fachos de luzes tortas era um imenso e desconcertante estabelecimento de prazer, que lembrava um bizarro salão, onde uma cidade temporária de caçadores de ouro cresceria ao redor. O burburinho animalesco de lá emanado já seria suficientemente assustador para um forasteiro, mas a visão do interior agitado e claustrofóbico se mostrava pior quando confrontado. Havia mesas e balcões como nos antigos salões do Oeste selvagem, e algumas pessoas se vestiam como saídas daquela época, embora isso não fosse regra. Havia senhores trajando roupas antiquadas, com ternos negros e gravatas-borboletas da moda vitoriana. Havia homens vestindo ternos *Armani* feitos sob encomenda e gravatas *slim fit*. Alguns mais pareciam bestas do que homens, com rostos marcados por feridas, e sulcos imensos desfilando por faces marcadas pelo tempo. Garçonetes passavam com bandejas, exibindo bustos nus e seios tão grandes que as faziam pendular o peitoral maior. Os homens deitavam-nas no chão, ou as deitavam sobre as mesas e balcões e, com as calças arriadas nos tornozelos, promoviam um vai e vem desenfreado em uma imensa orgia regada a gritos, música alta e prazer sem limites. O frenesi dos corpos amontoados feito entulhos lembravam movimentações animalescas. Os gemidos e gritos orgásticos, também. A satisfação de todos os sentidos era algo tão exacerbado, que o conjunto dessa satisfação pulsava e podia mesmo ser sentido.

Havia um pequeno palco onde três jovens bonitas de saias curtas e sem roupas de baixo dançavam algo parecido com uma apresentação de dança russa, erguendo as pernas várias vezes, para mostrar as genitálias. Mulheres de raças e biótipos diferentes mantinham relações sexuais com dois, três, quatro homens ao mesmo tempo. Vinho, cerveja, champanhe. Música. Tudo era oferecido o tempo inteiro, e sem custo algum, bastava entrar, escolher um par e começar a se *divertir*.

Mikael, aos poucos, caminhou para o centro do local e sentiu uma mão no peito. Virou-se e viu uma rapariga linda de olhos azuis sorrindo para ele. Ao redor, podia ver homens barbados e gordos feito porcos, suando e babando em cima de algumas fêmeas, com as línguas para fora. Alguns deles, notou bem, possuíam algo estranho acoplado em algum ponto dos corpos: uma espécie de corda; um tipo de teia. Atrás do balcão, um homem de óculos escuros, rodeado por moscas varejeiras que pareciam gostar dele, enxugava copos e mantinha um sorriso patife, demonstrando a satisfação com o próprio empreendimento.

Era dele que vinha a gargalhada sinistra.

A maldita gargalhada sinistra.

A rapariga de olhos claros tocou a região baixa de Mikael, e ele, que não imaginava isso ser possível em sonhos, teve uma ereção. Ela se pôs de joelhos, desabotoando-lhe a calça, e ele desejou por um momento nunca mais retornar a outra realidade. Foi quando escutou o barulho. Era alto, repetitivo e intenso. Era o som de um tiro. Vários deles. Logo, o murmurinho no local tornou-se pânico. Os homens – e as mulheres – recolheram seus pertences e correram sem sentido para debaixo de mesas, de cadeiras, ou do palco. A maioria, porém, correu para fora dali.

Mikael foi um desses.

Do lado de fora, ouviam-se os passos. Eles se aproximavam, aliados a uma língua desconhecida, cada vez mais perto, fazendo um incômodo *TUM... TUM...* Sons de botas. Sons de botas pisando em poças. Tudo parecia muito mais alto, muito mais exagerado. O corpo ignorava os pensamentos. Ele tentava falar, mas a voz emudecia. Via as pessoas se afastando e tentava acompanhá-las, mas de uma hora para outra, seu sistema nervoso simplesmente lhe desobedecia. Só sabia que *eles* chegavam mais perto. [*TUM... TUM...*]. Cada vez mais perto. Mikael caiu e bateu o rosto em uma das poças. Sentiu a água fria. Ergueu-se com dificuldade e tentou correr, mas, novamente, quando deu um passo adiante, o corpo estremeceu. E travou imóvel.

De repente, se antes respondia lento, o corpo não respondia mais. Ele via a presença deles. Ele via a chegada deles. E sentiu pavor. Tentou gritar. Tentou chorar. Foi quando percebeu que estava indefeso e, naquele momento, o quanto queria acordar. Porque ele via. Ele via aqueles *fios* que puxavam abruptamente os corpos como se fossem bonecos de pano. Violentamente eles eram tragados para longe daquele cenário, em uma velocidade tão rápida, que pareciam se desintegrar no processo. A visão era tenebrosa. Ele tinha a certeza de que era uma teia, mas uma teia etérea. Pois seus fios não eram fios de seda.

Eram fios de prata.

Ao fundo, ele via o caminhar torto deles. Via os corpos. E as sombras. Foi quando desejou acordar tão ardentemente, que o mundo se tornou nublado. Pouco a pouco foi sentindo os sentidos retornarem ao corpo físico. O som do mundo foi aumentando o volume. A alma e o corpo se mesclaram novamente em uma única força. Abafada, porém, ao fundo, ele jurava que ainda podia escutar a tal gargalhada sinistra.

A nefasta gargalhada sinistra.

Mikael acordou na própria cama suando, com a respiração entrecortada e o senso de equilíbrio distorcido. Do lado de fora, a chuva ainda caía e, com o coração acelerado, ele olhou para uma corrente com uma imagem santa, e agradeceu pelo bendito livre-arbítrio que lhe dava a opção de acordar. Pois Mikael Santiago tinha a absoluta certeza de que, assim como qualquer outro sonhador, ele poderia acordar repentinamente de um pesadelo ocasional, ainda que esses pesadelos parecessem arrastá-lo cada vez mais fundo.

Ainda assim, por mais sombrio que fossem tais sonhos diários, seu maior conflito ia além. Seu grande problema estava na verdade em ficar consciente em *todos* os sonhos de *todas* as noites dos seus últimos dezoito meses de vida.

Em tais sonhos se tornarem cada vez mais obscuros.

E a cada noite se mostrar ainda mais difícil o acordar.

2

Naquele fim de tarde, havia parado o carro alugado no estacionamento da Porte d'Auteuil. Gostava daquela parte da cidade, embora não exatamente no horário em questão. Havia parado para caminhar até o parapeito e observar melhor o bulevar periférico. Na verdade, queria respirar ar puro, mas nem sempre esse desejo é uma tarefa muito fácil em uma cidade extremamente urbana como Paris. Observou os prédios do estádio de Roland-Garros e tirou algumas fotos com o aparelho celular, gravando as imagens digitais em um cartão de memória.

Havia reservado o dia para fotografar pontos importantes parisienses, como o Arco do Triunfo, a Torre Eiffel, a Basílica de Sacré Coeur, alguns cabarés que o remetessem a Belle Époque, como o Moulin Rouge e o Au Lapin Agile, e as Catacumbas de Paris.

De todos os pontos, o último havia sido o mais marcante até ali. Os motivos eram justos. Localizadas na Place Denfert Rochereau, as Catacumbas de Paris até hoje se mostram um verdadeiro labirinto subterrâneo, feitas com paredes de ossos e crânios humanos, organizadas em setores do sistema de túneis e cavernas do subsolo da cidade. Com cerca de 250 anos, elas abrigam os restos de milhões de corpos humanos, produzindo fascínio e estupefação. A questão é que todo o subsolo da cidade francesa é cortado por galerias de antigas minas de pedra, paralelas ao sistema de esgoto metropolitano. Teoricamente, o acesso a tudo isso deveria ser proibido. Entretanto, é preciso uma única busca em redes de pesquisas online, para encontrar websites de grupos franceses adeptos da exploração clandestina do subsolo parisiense, com orientações dignas de FAQs de RPGs eletrônicos, inclusive com indicações de instrumentos, mapas, entradas e planos mirabolantes.

Curiosamente, por mais fascinante que uma galeria subterrânea desse tipo possa vir a ser, para Mikael, a parte mais marcante estava na placa de entrada, em um aviso mórbido que dizia:

"Arrete! C'est ici l'Empire de la Mort".

Pare! Aqui começa o Reino da Morte.

De fato, é compreensível um homem guardar na memória coisas assim.

De todos os pontos que Mikael havia escolhido, contudo, faltava o último: o complexo de Roland-Garros. O nome vinha da homenagem a um aviador e esportista amador francês, abatido em batalha dias antes do final da Primeira Guerra Mundial. Para a maior parte do mundo, o complexo é conhecido por abrigar o torneio de tênis considerado o mais charmoso do mundo: uma competição disputada sob a Torre Eiffel e às margens do rio Sena. Já para os brasileiros, Roland-

-Garros se tornara parte do imaginário popular desde que o então desconhecido tenista Gustavo Kuerten conquistara ali o primeiro de três títulos em atuações memoráveis, destruindo adversários em quadras de saibro.

Na época, Mikael era ainda mais um dentre milhares de meninos brasileiros aspirantes, sonhando seguir os passos de rostos famosos. Para se tornar um jogador profissional no Brasil, contudo, a dificuldade se demonstrava imensa. Isso acontecia não apenas pelas poucas oportunidades, a ganância de empresários sem escrúpulos, e o constante interesse dos estrangeiros em levar garotos despreparados para jogar em países de difícil adaptação. Na verdade, a tarefa já se mostrava intrincada simplesmente pela alta concorrência.

Ao contrário de muitos companheiros, Mikael não remetia sua origem às favelas marginalizadas cariocas e nem às classes mais baixas da população menos instruída. Havia crescido em uma cidade pequena mas, além do português, já havia aprendido a se comunicar em inglês e, em pouco tempo, em francês.

Enquanto observava um céu acinzentado, relembrava da própria jornada. Por vezes, não sabia se merecia por toda ela, mas agradecia que forças maiores gostassem de gastar seu tempo com ele. Era duro não contar mais com a presença dos pais, mas até mesmo a morte não impede que a vida continue.

Agora, estava ali, na direção de uma Mercedez alugada, encontrada a sua espera no aeroporto Charles de Gaulle. O empresário havia acertado os contratos e, naquele momento, poderia *quase* se considerar a transação comercial mais cara da história do futebol mundial. O Paris Saint-Germain, na busca por uma estrela que lhe desse credibilidade no investimento para a Liga dos Campeões, havia, sob uma nova diretoria, associado-se a megaempresários dispostos a investir pesado em sua contratação, arcando com uma quantia próxima à casa dos cem milhões de euros. Mikael não sabia se jogadores de futebol poderiam realmente valer tanto dinheiro, mas, se isso fosse possível, não se sentia mal pela própria valorização.

Pensava nisso, quando o celular tocou.

– Fala, Garnieri! – ele disse, ao atender seu empresário.

– Está por onde? – perguntou a voz sempre rápida e de perguntas diretas.

– Estou em Roland-Garros, salvando algumas fotos.

– Você está batendo foto de Roland Garros? Só turista faz um negócio desses!

– E eu seria o quê, gênio? Cidadão europeu? – clientes costumam falar assim com seus empresários quando possuem uma amizade intensa ou rendem milhões de dólares. No caso de Mikael Santiago e Olavo Garnieri, os dois.

– Na verdade, *quase*! – do outro lado, Mikael franziu as sobrancelhas. – Descobrimos uma descendência espanhola na sua família em que vamos nos basear pra conseguir o título!

– Está falando sério? Eu vou virar cidadão europeu?

– E por que não? Você já é basicamente um jogador francês! – houve risos dos dois lados. – Acabei de marcar a assinatura do contrato com o presidente do clube. Será amanhã. Na sede.

– Isso está *mesmo* acontecendo?

– É tudo verdade! Não é todo mundo que fica milionário antes dos trinta, mas você tá na lista, Allejo...

Allejo.

Era esse o nome como o mundo conhecia Mikael Santiago. O nome de batismo vinha da variação de Miguel, arcanjo que dava nome ao seu dia de nascimento. O nome por si só já era forte e poderia ter vingado facilmente em sua carreira como esportista. O detalhe, entretanto, era que a habilidade e talento apresentados em campos brasileiros eram tamanhos, que mal pareciam humanos, beirando o sobrenatural. Alguns comentaristas acusavam-no de fazer pelo futebol o que os Beatles fizeram pelo pop. Tal prodígio fez com que torcedores levassem para as arquibancadas uma brincadeira que havia começado pelas redes sociais e se espalhado como um inesperado marketing viral: um vídeo editado de maneira amadora, comparando a habilidade sobre-humana do garoto com a de um antigo personagem clássico de videogame, que os piadistas comparavam a Pelé. O vídeo tomou proporções inesperadas. E em pouco tempo ninguém sabia mais quem era Mikael Santiago.

Mas o mundo inteiro sabia quem era Allejo.

– Você acha que eu valho mesmo cem milhões de euros?

– Na verdade, você vale mais, né? Essa é a quantia que se sabe...

Mikael riu. Aquele não era o tipo de coisa que se comentava em uma ligação telefônica.

– Vou voltar para o hotel – ele afirmou. – Amanhã pelo visto é o nosso Dia D.

– Não há fotógrafos atrás de você por enquanto?

– Na verdade, há. Mas são poucos. Nesse momento não há nenhum pelo menos. O máximo que fiz foi dar alguns autógrafos e ouvir umas palavras de apoio, acho.

– Você não tá entendendo o francês ainda, prego?

– Ah, porra, os caras falam muito rápido, parecem um bando de gagos! Eu tô aprendendo ainda. Quando eles falam rápido, eu não entendo porra nenhuma, e só balanço a cabeça dizendo: *oui*, *oui* e *merci*! – os dois riram novamente, como se a vida fosse fácil. – Mas eu vou aprender rápido! Você vai ver.

– É bom mesmo! Você não tá pensando que francês vai falar inglês só por tua causa, né?

– É, eu sei! Estou aprendendo isso...

– E vê se consegue ao menos descansar por hoje. Quero dizer: sem festas nem modelos nem bebidas nem nada do tipo.

Estava aí uma promessa difícil de cumprir.

– Vou tentar. Prometo que é difícil, mas vou tentar... – o sorriso cínico denunciava a hipocrisia.

– Ao menos, vê se consegue ter uma boa-noite de sono.

Uma pausa.

– Eu prometo que vou tentar...

Estava aí para Mikael uma promessa muito mais difícil de cumprir.

3

Eles vestiram novamente os sobretudos brancos. Havia dias que firmavam dezenove.

Naquele dia, eram doze.

O local mesclava iluminação soturna e silêncio. Era um local agradável – ao menos para eles – e de uma intensidade energética tão potente, que qualquer pessoa mais sensitiva poderia sentir os pelos eriçarem. Estavam quietos. Cabeças baixas. Olhos fechados. Mãos em símbolo. Pensamentos em movimento. A coluna ereta, a mente quieta, o coração tranquilo. Sentados em posição de lótus, formavam um círculo, enquanto os sobretudos esparramavam-se feito capas, e os dedos das mãos faziam gestos que lembravam os mudras de um yôgue. Em silêncio, esperavam.

Como sempre, em silêncio. Como sempre, esperavam.

Alguns friccionavam as mãos, aquecendo pontos energéticos. Tocavam locais específicos como testa, garganta, peito, plexo e topo da cabeça. Na verdade, tocavam em chakras. Faziam desenhos com os dedos no ar e vibravam sons dentro do silêncio que ecoava neles. Dentro do silêncio que ecoava deles. Na atmosfera havia um cheiro de resina queimada por incensos. Ali dentro daquele microcosmo, aqueles homens e mulheres se sentiam o mundo, pois o mundo estava dentro deles e pulsava em cada batida.

Não havia altar. Não havia imagens. Nem quadros nem frases. Apenas o chão de madeira e alguns apoios para velas e incensos. A irradiação das chamas iluminava doze corações dentre homens, mulheres, jovens e idosos. O trabalho e a importância de cada um eram o mesmo. Doze corações, que formavam doze almas, que geravam uma única egrégora.

Uma única concentração energética.

Para conseguir esse objetivo, e seguindo as instruções que cada um daqueles iniciados sabia de cor, a sintonia vibratória de cada um, pouco a pouco, foi se igualando. As vibrações se estabilizaram. O ambiente se tornou uniforme. Um toque de dois pequenos sinos reverberou pela sala, tocando a tudo e a todos de uma forma igual. A reverberação trazia uma informação importante.

O recinto enfim estava pronto.

Foi quando ela entrou. O sobretudo opaco lembrava um jaleco médico. Andava devagar, mancando da perna direita, fruto de uma dolorosa artrose algemada à idade avançada, visualmente próxima dos noventa anos. O rosto castigado, cheio de sulcos e olheiras arroxeadas. A pele morta, seca. Alguns dentes faltavam na boca. Os cabelos acinzentados, desgrenhando no topo da cabeça. A voz arranhada lembrava um sussurro de um pecador em confissão.

Ela caminhava na direção da roda e em cada uma das mãos trazia um pequeno sino de bronze, com que, de tempos em tempos, emitia sons agudos. Sentou-se em seu local no círculo e pareceu agradecer a algo ou alguém. Iria, enfim, dizer suas palavras sussurradas, quando os presentes escutaram a porta da sala abrir de forma brusca.

As atenções destinaram-se subitamente à entrada, onde um homem claramente perturbado se mantinha de pé. Vestia uma camisa social amassada, que deveria acompanhar um terno que não estava ali, e uma gravata de seda desarrumada. Cobrindo as pernas, uma calça social ignorava sapatos e terminava em meias. Era jovem, lembrava os jovens executivos bem-sucedidos do mercado empresarial. Tinha os olhos vermelhos. Os cabelos despenteados. E o coração em chamas.

Caminhou na direção daquelas pessoas parecendo um zumbi desperto. Um passo após o outro, um balançar característico de alguém que carrega o mundo nas costas. Respirava pesado e mantinha os olhos fixos. Fixos *nela*. Mantinha a própria alma, mas parecia sinceramente querer entregá-la. Caminhou e entrou no centro. Posicionou-se diante da anciã. E então se ajoelhou, abaixando a cabeça como faria um servo culpado diante de um rei. Foi o momento em que todos, inclusive ela, levantaram-se. Trouxeram uma faca e entregaram-lhe. De frente ao homem rendido, ela repassou-lhe a lâmina ao seu poder, e ele pôde ver seu próprio reflexo distorcido na prata. Subiu o olhar e esperou a ordem.

Foi quando ela o encarou. E seus corações pulsaram na mesma vibração. Ao fundo, aliada à atmosfera de resina e silêncio, apenas uma frase emitida pelas linhas do sussurro de uma voz arranhada, que dizia uma das frases do Pai, transmitida pelo Filho.

– Quem quiser ganhar a vida, que a perca.

O desejo de ganho daquele homem era muito.

A coragem necessária para o feito, talvez nem tanto.

4

Ariana Rochembach naquele momento era um único bloco de concentração. Um único suspiro. Uma única respiração. Ao seu redor, milhares de pessoas vibravam na expectativa depositada em sua jovem pessoa, em busca de um objetivo. Aos dezenove anos, era uma menina baixa, linda e delicada, nascida em berço de ouro, de origem italiana e sotaque sulista. A pele branca, o corpo pequeno, os olhos e os cabelos claros. E diante dela, todo um mundo para se conquistar. Exatamente por isso, o silêncio. A concentração. Mexeu uma última vez no cabelo atrás da orelha direita em um ritual de sorte. E então, o que era movimento se tornou estático. No suspiro seguinte, Ariana iniciaria a série. E, se conseguisse o resultado esperado, o mundo, ao menos durante aquele momento imprevisível, seria dela.

Ariana era uma atleta. Desde que se entendia por gente, dedicava-se à prática da ginástica artística e consagrara toda uma vida ao aperfeiçoamento de suas qualidades físicas e habilidades psicomotoras. Crescera aprendendo a dar piruetas, girar em argolas, deslizar por cima de barras fixas de dez centímetros de largura e saltar em rampas com molas para girar em queda livre. Naquele momento importante, porém, inexistiam argolas, paralelas ou rampas. A música escolhida para a apresentação ecoou, ricocheteando pelo ambiente.

E a última revelação da ginástica artística mundial partiu para a consagração.

A série se iniciou com movimentos básicos como a reversão lateral e a parada de mãos. Acrescentou saltos como o full-out, um salto mortal duplo com um parafuso no segundo salto, e rondadas para acelerar as passadas e realizar rotações. Na ginástica, uma passada é um termo utilizado para designar quando uma ginasta vai de uma ponta a outra da área permitida, realizando movimentos contínuos. Os movimentos são sempre sincronizados com a música escolhida e se complementam ao ritmo. Ariana trouxera rebuliço em cima das bases desse conceito. Pois, se antes as ginastas se utilizavam de músicas gregorianas ou tradicionais de seus países de origem, a menina havia se apresentado ao redor do mundo com músicas inspiradas e retiradas das principais batidas de hip-hop que ferviam casas noturnas ao redor do mundo.

A ginasta dançava. Girava. Torcia a coluna em movimentos que desafiavam a gravidade. Sua beleza sulista só se mostrava ofuscada daquela forma: pelos movimentos de apresentações inovadoras e explosivas. Eram movimentos originais e até mesmo ousados, em que o mundo assistia a uma ginasta quebrar os quadris após executar giros, como em uma pista de boate. Aquilo não era apenas incrível nem apenas uma apresentação; era um espetáculo. Não à toa, puristas do meio a acusavam de cometer uma heresia e cuspir em tradições da ginástica artística, que deveriam ser preservadas.

O público, contudo, a amava. Em determinado ponto, tornara-se impossível para as redes de comunicação ignorar seu poder de atração midiático para a nova geração de entusiastas. Após sua entrada nos grandes torneios, a atenção do público jovem na ginástica artística havia crescido de maneira meteórica, identificados com a rebeldia, inovação e carisma jovem da ginasta recém-chegada. Suas apresentações em pouco tempo foram muito além dos noticiários de telejornais e geraram milhões de hits em sites de compartilhamentos de vídeos. Marcas de roupas começaram a lhe oferecer contratos para que vestisse seus jeans. Uma banda pop a convidou para participar de um videoclipe, que ela aceitou. E um canal de televisão havia a convidado para comandar um programa de adolescentes, que ela recusou.

Afinal, por mais divertido que tudo aquilo fosse, ela sabia quem era.

E o que nascera para ser.

No centro da arena, o tempo não enganava. Era o último movimento da apresentação. O mais difícil deles. O mais arriscado. O mais fantástico. Ariana correu na velocidade de um tigre e saltou para executar o maior dos saltos carpados. Um *carpado* é uma postura que a ginasta assume no salto, em que, mantendo os joelhos em completa extensão, flexiona a articulação do quadril, inclinando o tronco sobre as coxas. O que Ariana apresentava naquele dia, todavia, não era um carpado simples. Era o que os especialistas chamavam de *duplo-twist carpado*. E os leigos chamavam *Dos Santos*. O salto *Dos Santos*. Um nome de sonoridade interessante para um movimento de altíssima dificuldade, executado com perfeição pela primeira vez por uma atleta negra brasileira de poucos centímetros de altura, que venceu a infância pobre para entrar na história da ginástica artística mundial como um fenômeno incomparável. Daiane dos Santos. A primeira campeã mundial na história da ginástica artística brasileira. Sua impulsão era tão espantosa, que podia saltar até três vezes a própria altura. Ariana nunca havia conseguido uma impulsão de tal porte, mas estava prestes a conquistar o mesmo título, com o mesmo salto. E foi apenas quando aterrissou, cravando o movimento no piso e se exibindo em um sorriso sincero e aliviado para público e jurados na posição final, que a respiração voltou ao normal.

E ela viu.

Ela viu centenas de pessoas, de idiomas diferentes, erguerem-se e aplaudirem com vigor a exibição de um espetáculo sublime. A apresentação de uma mortal que desafiava as leis físicas, tocando em imaginários e campos do emocional humano que apenas os artistas costumam atingir.

Ariana não sabia o que os jurados diriam, mas tinha certeza de que o resultado já não importaria.

Naquele momento, ela já havia conquistado o mundo.

Em uma cabine especial, uma pessoa especial a observava com outros olhos. De pé, Mikael Santiago, o Allejo, aplaudia a consagração com um sorriso de criança. Havia visto a ginasta em reportagens sobre suas performances diferentes nas competições brasileiras, e sabia de toda esperança que seus conterrâneos depositavam na atleta, mas era ali, no Campeonato Mundial de Ginástica Artística, em plena capital francesa, que ele podia enfim vê-la ao vivo pela primeira vez.

Os aplausos dele eram intensos e mesclavam sentimentos diversos quanto aos motivos. A maioria das pessoas aplaudia porque estava em êxtase.

Ele estava apaixonado.

* * *

Ele esperou durante uma hora. Ainda em uma cabine especial no alto do estádio, Allejo observava uma menina de dezenove anos se tornar a mais nova campeã mundial de ginástica da história de seu país. A imprensa presente enviava notícias para correspondentes nos mais variados locais, atualizando portais de notícias online. Televisões emitiam flashes ou entradas ao vivo. As principais emissoras reservavam a edição de seus dois minutos finais para a exibição da apresentação em seus telejornais noturnos.

De súbito, ele viu um repórter pedir permissão para se aproximar. Era um correspondente internacional de um programa de relativa audiência de um canal de televisão a cabo. Allejo permitiu que se aproximasse.

– Allejo, é pro *Mundo Esporte*! Pode ser?

– Olha, cara, se for pela negociação com o Paris, eu ainda não posso falar sobre...

– Não, não, tudo bem! Eu só queria que você comentasse rapidamente a vitória da Ariana, pode ser?

Ele ponderou. Com imprensa isso sempre era necessário.

– Tá... tudo bem...

O repórter fez sinal para o câmera, que acionou a luz e uma câmera digital de alta definição.

– Estamos ao vivo com a mais jovem promessa dos últimos tempos do futebol, camisa sete da seleção brasileira e, em pouco tempo, do Paris Saint-Germain. Allejo, antes de tudo, nosso boa-noite a você! Agora uma palavrinha rápida para os amigos em casa: como foi a experiência de prestigiar nossos atletas brasileiros aqui em terras francesas?

– Boa-noite a todos! Realmente, só havia visto apresentações como a de Ariana pela internet. Posso dizer que fiquei impressionado...

– Como você vê esse crescimento do esporte brasileiro, conquistando espaço em outras áreas além do futebol?

– Eu acho ótimo, claro! O Brasil é um país de grandes atletas e só não se tornou a potência olímpica que poderia porque os esportistas não têm maiores patrocínios e incentivos do governo nem da iniciativa privada, e buscam financiamento do próprio bolso para as competições. Por isso é preciso que vez ou outra apareça uma Ariana Rochembach pra atrair os holofotes e melhorar essas condições...

– É verdade! Agora, Allejo, sei que ainda não pode falar nada sobre sua transação para o futebol francês, e, aliás, se tudo se confirmar, podemos dizer: a transação mais cara da história do futebol até aqui, correto?

– Vamos ver, vamos ver. Amanhã poderei dar mais detalhes... – as expressões de Allejo demonstravam o desgosto ao ser contrariado. O repórter entendeu.

– Mas nos confirme então: tudo certo para o jogo aqui em Paris contra a seleção da França?

– Eu vou me reunir ao grupo ainda essa semana pra estar pronto pra essa partida, e espero que seja um grande espetáculo.

Já chegara a fase em que o entrevistado torce para ouvir os agradecimentos finais da entrevista.

– Confiante então?

– Sempre.

– Essa foi a declaração exclusiva do jogador Allejo para a nossa equipe sobre a conquista de hoje! Eu sou Hermano Mariano, e você está no *Mundo Esporte*!

A câmera foi desligada. Foi o suficiente para Allejo escutar idiomas diferentes de repórteres, da CBS ao *Le Monde*. Flashes foram disparados em uma orgia de elétrons e gás xenônio, provocando lampejos e o cegando parcialmente. Ele sorria e acenava para câmera, mas sabia que isso não seria suficiente. Poderia, inclusive, dizer que não gostava daquele assédio. Mas seria uma grande hipocrisia, aos 22 anos, aquela era a vida que todo adolescente sonhara para si um dia.

Um repórter da CNN teve então uma grande ideia e perguntou a Allejo se ele não gostaria de tirar uma foto com Ariana para estampar as matérias. Obviamente ele achou a ideia ótima. A imprensa armou o circo, mais uma vez acionando câmeras e lentes. O jogador saiu da área VIP e se dirigiu por uma escada a uma sala destinada à coletivas de imprensa, onde se organizavam bancos para jornalistas e uma mesa com microfones para entrevistados. Esperou mais um pouco por ali, da mesma maneira como jornalistas costumavam esperar por ele em salas como aquela.

Então, o murmurinho. Flashes denunciavam a chegada. A entrada dela. Allejo estava acostumado à pressão de estádios lotados com milhares de pessoas gritando contra ou a seu favor. Mas ali, no segundo que antecedia o encontro, ele curiosamente sentiu-se frágil. Viu o mundo mais lento. A garganta seca. O suor na testa. E quando ela entrou, o mundo, que já era lento, parou de vez.

Ariana entrou sorridente, acenando para os jornalistas. Trazia no peito a medalha de ouro conquistada há pouco. Nas mãos, ainda o buquê de flores entregue pelos organizadores do evento. A estatura real era de mediana para baixa.

A aparente era muito maior. Foi quando ela caminhou na direção dele. E sorriu para ele. Allejo era um jovem confiante, e sabia o que dizer às mulheres que lhe interessavam quando elas sorriam para ele. Algumas dezenas de modelos e atrizes que o digam. Mas ali, ali era diferente.

Porque quando Ariana Rochembach sorriu para ele, ele simplesmente não soube mais o que dizer.

– Parabéns! Você é... bem, você foi... incrível.... – foi o que conseguiu falar com uma voz pouco segura quando ela se aproximou.

– Obrigada! Tu também... – ela disse quase em sussurro.

Um assessor de imprensa do evento posicionou-os de frente para as lentes, iniciando os infinitos flashes, a maioria gerando fotos já enviadas instantaneamente e atualizadas em portais de notícias. Pediram para Allejo fazer poses abraçado com Ariana, beijando a medalha dela, oferecendo o buquê de joelhos, até mesmo segurando-a no colo. Algumas poses ele aceitou. As ridículas, não. Repetiu em português e inglês o mesmo discurso sobre como ficara impressionado com a técnica da ginasta, e ela em troca elogiou o futebol apresentado pelo jogador, afirmando a crença de que ele seria em breve considerado o melhor do mundo.

Quando os jornalistas enfim estavam satisfeitos, o assessor acompanhou os dois atletas a uma segunda sala, onde havia um bufê e logo receberia os convidados VIPs do evento. Ao sair da sala para providenciar a entrada dos outros convidados, eles foram enfim deixados a sós por um momento.

– É... foi *mesmo* incrível o que você fez lá embaixo – ele parecia sem jeito.

– É, obrigada! – ela também.

– Deve precisar de uma vida inteira de treinamentos pra se apresentar daquela forma, não é? Quero dizer... pra se chegar tão longe.

– É sim! Só pra tu ter uma ideia, eu treino desde os quatro!

– Quatro anos? E nunca se machucou mais forte nesse tempo?

– Tu tá de brincadeira comigo? Joelhos, cotovelo, calcanhar, já tive fratura e distensão em tanto lugar, que, às vezes, eu saía de casaco só pra não aparecer hematomas nas fotos! – os dois riram juntos. Aquilo era bom. Risadas naturais sempre serviam para furar um pouco o bloco de gelo entre dois desconhecidos.

– Imagino que sim. O esporte é cheio de glórias, mas é um caminho de muita dor também...

– Acredito que tu saiba mesmo o que é dor, criança! – era engraçado ver uma menina três anos mais nova chamá-lo daquela forma. – Já vi jogo teu sendo caçado em campo, né?

– Jura? Pois é, você imagina o que é correr noventa minutos com um grandalhão nas suas costas, xingando a sua mãe e apertando o seu traseiro pra ver se você se irrita e é expulso? – os dois riram mais uma vez. Ariana até mais. E isso também era bom.

– É, imagino que tu deve é ter história pra contar, né?

– Com certeza. Gostaria de escutar algumas delas outra hora? – Allejo não acreditou que disse aquilo naquele momento, daquela forma.

– Como? – ela pareceu *incomodada* com a pergunta.

E agora, o que ele fazia? Voltava atrás? Impossível. Segundo a sabedoria oriental, há três coisas que jamais voltam: uma flecha lançada, uma palavra proferida e uma oportunidade perdida. Allejo já havia proferido as palavras. Lançara a flecha. Era melhor então tentar não perder a oportunidade.

– Bom, é que eu estou negociando com o Paris Saint-Germain como dizem, mas... bem, eu não tenho amigos ainda nessa cidade. Gostaria de conversar com alguém, se você quisesse, e pudesse, é claro – ele suspirou.

As palavras eram colocadas como em um castelo de cartas, com cautela, formando um todo. Um homem, quando não está seguro do que está fazendo diante de uma mulher, suspira aliviado quando percebe que as frases que acabou de dizer fizeram algum sentido.

– Bom, guri, acho que não vai dar. Eu não sei como vai ficar minha agenda aqui agora, tá me entendendo? – Allejo mordeu os lábios com a resposta. Um homem bêbado passa batido pela rejeição. Um homem sóbrio demora um tempo bem maior para isso.

– Ah é, né?

Um silêncio incômodo. Aquele silêncio horroroso que acontece quando nenhuma das duas partes sabe o que dizer. O mesmo silêncio do garoto que liga para a ex-namorada a fim de reatar uma aproximação, mas somente no momento em que está na linha com ela é que percebe que o tempo os tornou dois estranhos, e não há mais tanta afinidade assim. E não há mais o que ser dito. Nem o que ser escutado. Nem mesmo um motivo para a ligação.

Allejo rezava pela chegada de alguém. Nem que fosse aquele *maldito* assessor do evento que os deixou a sós. Ansiava pelo toque de seu celular, por alguém gritando "fogo", em uma situação em que ele pudesse bancar o herói. Desejava mesmo a materialização de um *paparazzo* que começasse a tirar fotos, escondido no duto de ventilação, e o obrigasse a agir. Pois agir ao menos significaria sair daquela situação constrangedora.

– Tu sabe se ainda tá chovendo? – ela perguntou para cortar o silêncio.

Allejo, se pudesse, esmurraria a si próprio naquele momento. Ele sabia que, quando duas pessoas desconhecidas falavam do tempo, era a confirmação de que elas realmente não tinham mais nada para se dizer.

– É... não sei! Perdi a noção de tempo... – segurou na garganta o final de frase "ao ver você". Deu graças a Deus por isso.

– Ah... – foi o brilhante comentário dela, diante da brilhante resposta dele.

Outra vez o silêncio. Allejo queria morrer. Ou ao menos ter um princípio de infarto que a obrigasse a socorrê-lo, e depois visitá-lo no hospital contando sobre como ela ficara preocupada naquele momento angustiante. Além do mais, uma situação assim estabeleceria um assunto! "Afinal, tu lembra quando tu caiu com a mão no peito? Nossa, eu fiquei preocupada e gritei pelos médicos! Ah, sabe o que eu pensei naquela hora? Estamos aqui pela TMZ para saber tudo sobre o incidente que quase se tornou uma tragédia na conquista do Campeonato Mundial de Ginástica". [mas de que diabos ele está falando?]. Mas que droga! Em que diabos estava pensando? Tinha de voltar ao planeta Terra. Tinha de arrumar um maldito assunto.

– É... – alguma coisa. Pelo amor de todos os anjos, Allejo desejava que o cérebro pensasse em alguma coisa. *Qualquer coisa*. Menos o silêncio.

E não se sabe se naquele momento os anjos ouviram as preces do jogador, mas foi naquele instante que o bendito assessor retornou à sala, trazendo com ele não apenas os convidados VIPs, mas também as comissões técnicas do Brasil, da Grécia e da Rússia, os três grandes países vencedores da competição. As meninas brasileiras chegaram correndo para abraçar Ariana mais uma vez. Algumas delas repararam em Allejo e lançaram sorrisos largos. Logo, outros apareceram para cumprimentá-lo. Pessoas que ele nem conhecia, mas que pareciam importantes pelo modo de se vestir. Falavam no jeito francês "metralhadora", esticando vez ou outra uma vogal enquanto pensavam na próxima frase. Entendia que muitos ali estavam afoitos com sua transferência para o Paris Saint-Germain, mas, como sempre, apenas balançava sua cabeça dizendo:

– *Oui, oui! Merci!*

E exibia sorrisos. Observou de longe que Ariana já estava afastada demais, próxima da mesa do bufê com iguarias francesas, assediada por muitos presentes. Na realidade, naquele momento, sentiu falta do irmão. Do antigo treinador. Do melhor amigo. Estava naquela sala, cercado de luxo e comida de primeira, ao redor de muitas pessoas que sorriam para ele, embora não entendendesse completamente o que diziam. Mas ainda assim se sentia só.

Estava tão absorto em pensamentos, que mal percebeu a reaproximação de Ariana.

– Nossa, tchê! Tu tá bem? Parece que tu viajou pra outro mundo.

– Não sei por que, Ariana, mas senti falta de amigos antigos agora. Vivo na Europa há três anos já. Às vezes, me sinto muito sozinho aqui...

E fora isso. Um fato muito interessante de ser analisado. Quando pensava no que dizer, quando escolhia a frase que serviria para melhor impressionar sua conquista, Allejo fora um verdadeiro fracasso. Mas fora ali, exatamente no momento em que se esquecera do que queria, quando falara sem se preocupar com a forma do conteúdo, mas apenas com o que sentia, que ele, por algum motivo, chamou a atenção dela. Pois Ariana também começara sua carreira de treinos e competições muito cedo. E sabia bem como era a sensação.

– Bem, guri, se tu quiser, eu falei com o pessoal e, bom, as meninas vão comemorar o título hoje em algum ponto de Paris, tá me entendo? Se tu quiser comemorar conosco, bom, tu pode, sei lá!

O coração de Allejo sorriu com tanto gosto, que o sorriso subiu aos lábios.

5

A sala estava mais uma vez mal iluminada. Dessa vez não havia nem doze nem dezenove. Mas havia ela. Com a mesma aparência soturna e castigada pelo tempo, com a mesma sabedoria tão grande quanto a experiência, ela era. Contava sementes dentro de uma japamala, como faria um hare-krishna, embora não fosse devota de deuses hindus. Balançava o tronco lentamente como uma pessoa com sono e, com os olhos fechados, recitava um mantra dentro de si. Sua aura era tão extensa que se expandia pela sala. Expandia-se mesmo *além* daquela sala. Tocava o físico, comungava e atraía os espíritos. E ela sentia. E ela os sentia. Sentia a eles. Sentia a todos eles. Fosse quem fosse, ela sempre os atraía.

Como uma inspiração.

Como uma Musa.

A porta foi aberta e um segundo entrou. Vestia o sobretudo alvacento e trazia a própria apreensão. Era um senhor de 48 anos chamado Edgar Mastrovani e, há tempos, a alma dele era dela. Entregou-a como faria um apóstolo a Cristo. Um muçulmano a Alá. Um budista a Sidarta. Nas mãos, um pergaminho legítimo feito com pele de caprino e preparado com alume. Posicionou-se na sua frente. Reverenciou-a. Ajoelhou-se. E com todo o respeito, e com toda a cautela do mundo, esperou.

Em poucos minutos, ela abriu os olhos cor de avelã. E sempre que sentia em si aquele olhar direcionado, o discípulo pensava que não seria capaz jamais de morrer por si próprio. Mas o seria por ela.

– É *ele* o próximo? – ela perguntou com a voz de sussurro.

O discípulo abriu o documento. Havia nele nomes escritos com caligrafia bem-feita. Nomes completos. Nomes riscados. Quase todos os nomes daquele documento específico tinham o risco. Menos os últimos. Menos os dois últimos.

Edgar Mastrovani observou-os e disse:

– Ainda não, madame. Falta um.

– Como é o nome? – ela perguntou, em tom baixo.

– Lúcio. Vernon. Hoje é um empresário bem-sucedido no ramo de imóveis...

Ela fechou os olhos mais uma vez, voltou a contar as sementes e a balancear conforme um ritmo próprio. E então ordenou, com uma voz que dançava de maneira lenta e pausada com o silêncio:

– Inicie então. É hora de mais um perder a vida.

6

– Casa cheia, né? – ela perguntou, encantada.

– É... bem mais do que eu imaginava...

Allejo, Ariana e todas as meninas da equipe técnica da ginástica artística brasileira resolveram conhecer a Le Rouge, recente casa de diversões da alta sociedade francesa. Naquele momento, localizavam-se em uma área reservada, composta de sofás acolchoados, drinques a disposição e garçons vestidos com visual *steampunk*. A área também era próxima dos DJs da casa para que os frequentadores daquele espaço ditassem as músicas preferidas. Do outro lado, ficava a pista em formato de losango, que fervia como se o local fosse um apertado inferninho em vez de uma boate de luxo.

O ambiente espremido ecoava batidas repetidas de música eletrônica e era possível respirar os feromônios. Alguns dançavam de forma frenética, inebriados por entorpecentes. Copos e garrafas de drinques dançavam na pista em mãos erguidas, e tudo o que era religiosamente deturpado, ali se tornava a moral. Mulheres eram interrompidas e cobiçadas por homens fora de si, com olhos que brilhavam lubricidade. Como tantos outros locais ao redor do mundo, aquele era um antro de lascívia, libido, sensualidade e dispersão. Um daqueles lugares em que é enorme o número de pessoas que trabalha duro uma semana inteira apenas para tentar entrar em um sábado à noite.

Do lado de fora da área VIP, ficavam as meninas que aspiravam chegar até aquele setor. Vestiam roupas de couro, salto alto, maquilagem pesada. Era notável os detalhes das escovas nos cabelos, das pinturas nas unhas, dos retoques nos cílios. Os detalhes da pequena bolsa no ombro, do decote um pouco mais *ousado, mas não vulgar*. Sorriam para os bem-vestidos da área VIP, implorando por um convite. Muitas eram modelos (e atrizes), e tinham como um objetivo claro de vida estampar capas de revistas de moda. Ou de celebridades. Ou de revistas masculinas. Ou de qualquer publicação em que houvesse uma foto sua e um nome embaixo.

Allejo conhecia bem o tipo. E elas sabiam que ele gostava desse tipo. Por isso, cada vez que ele olhava naquela direção, sorrisos piscavam como sinalizadores.

– Nossa, guri, tu tem admiradoras aos montes, não é verdade? – ela perguntou.

– Mais ou menos. O que tenho é um monte de encosto querendo virar celebridade instantânea... – ele sorriu. Ela também.

Bons sinais.

– Mas tu não gosta dessas gurias atrás de ti?

– Às vezes, gosto, Ariana. Mas, às vezes...

– Que te grila às vezes, criança?

A alcunha de novo. Ele gostava dela. Observou-a beber um gole de uma taça de champanhe. Nas mãos, carregava uma garrafa que combinava vodca forte, água gaseificada e limão.

– Às vezes, parece que vivo em um mundo diferente do real. É complicado, entende? Eu nunca vi tantas pessoas gentis comigo, me cumprimentando e me tratando como amigos. Uma vez ouvi um cara na televisão dizendo que as pessoas mudam com poder. Eu não concordo...

– E tu acha o quê?

– Acho que é o mundo ao redor da pessoa que muda em relação a ela.

– Mas que trilegal é esse? Não sabia que além de bom de bola, tu era um puta de um filósofo!

Allejo riu com gosto. Ele tomou mais um gole da bebida Ice. Ela acabou com o champanhe do copo.

– Que é isso? Você é gentil comigo...

– Tu acha? Te digo então, guri, que se quiser me impressionar, basta então, além de jogador e filósofo, tu se mostrar bom dançarino!

Um garçom vestido de piloto de balão vitoriano passou com uma bandeja vazia. Ariana colocou o copo no prato metálico. Allejo bebeu o último gole e raspou a boca na manga da própria blusa.

– *Tu tá* de brincadeira comigo, guria? Sabe quem ensinou Simon Cowell a ser um jurado de bom gosto?

– Bá! Então é por isso que a qualidade dos programas dele anda caindo...

Os dois riram com vontade. Naquela altura, chegavam ao ponto em que o mundo estava a favor. Eles foram até a pista da área VIP, dentre pessoas ilustres do cenário francês de artistas, empresários e políticos. As companheiras de Ariana sorriam se juntaram. Fotógrafos da casa bateram fotos do casal na pista de dança.

A música eletrônica continuou com a batida bate-estaca enquanto os corpos se contorciam em um embaralhado de suor e sedução. O quadril dela requebrava com os ombros, os cabelos balançavam em cada virada. Os joelhos, ora dobravam-se, ora esticavam-se, ora pendiam para um lado ou outro, destacando as coxas firmes. Os olhos, às vezes, fechavam-se, na maioria das vezes, mantinha o foco nele. As mãos alternavam-se para frente, para cima ou em direções opostas. O corpo seguia um ritmo erotizado e pendular, acompanhando a cadência das batidas repetidas. Os hormônios dos corpos amontoados no ambiente abafado se expeliam como fumaças de chaminés.

– Até que observando bem, tu engana como dançarino, tchê!

– Isso quer dizer que você está impressionada?

Ela sorriu, por um instante quase sem graça pela surpresa. O momento estava se aproximando. Ele sabia disso. Ela também. De súbito, a música bate-estaca terminou e o DJ disse algo em francês no microfone, que nenhum dos dois entendeu. Em seguida, liberou uma batida de hip-hop e o público soltou gritos animados, voltando aos requebrares estereotipados ditados pelo novo ritmo.

Ela se aproximou do ouvido dele. O coração acelerou um pouco.

– Quer fazer algo diferente, tchê?

– O que você quiser, Ariana. Eu faço o que você quiser...

– E tu topa então espalhar o pé comigo na outra pista?

Allejo se surpreendeu com a proposta. Olhou mais uma vez para a pista popular. Lotada. Olhou para as meninas de poucos vestuários, que o comiam com os olhos na entrada da área VIP. Pensou que aquilo *realmente* não iria dar certo.

– Por você eu iria até o Inferno, Ariana!

Ela sorriu e o puxou pela mão, causando frisson nas companheiras de equipe. Um segurança parrudo com feições africanas liberou a passagem, e Allejo passou de mãos dadas com a ginasta temerosa de ser esfaqueada pelas costas por outras meninas.

Dois telões de plasma *widescreen* exibiam clipes de rappers com pose de gângsteres, que nada tinham a ver com a música que ecoava, mas serviam aos sentidos como tudo ali. A música envolta em *beat boxes* ecoava alta no interior de luzes multicolores e fervia a boate francesa. Era inegável que os parisienses conheciam o menino Allejo: todo o mundo falava do fenômeno que iria elevar o Paris Saint-Germain à categoria dos melhores times do mundo novamente. Logo, quando ele pisou na pista de dança losangular, estabeleceu-se uma loucura. As pessoas gritavam ao seu redor. Dançavam ao seu redor. Algumas queriam abraçá-lo, e seguranças surgiam de lugar nenhum para impedir os *stalkers* ou mais afoitos. Um pequeno círculo foi aberto na apertada pista para que ele dançasse com Ariana, que, pouco a pouco, ia sendo reconhecida. Ela se aproximou dele uma vez mais:

– Vem, guri, vem me mostrar o que tu sabe fazer!

Ela iniciou um requebre com os quadris, que fez Allejo travar a garganta. Todo homem que já viu uma mulher dançar com profunda sensualidade na sua frente, sabe como funciona a coisa. Os olhos se expandem, a boca fica seca e, às vezes, nem sequer fecha. A respiração fica interrompida. O mundo não parece real. O mundo, na verdade, fica reduzido. Reduzido a ele. Reduzido a ela. Ouviu gritos em francês. Soltou-se pela pista como um ser humano que não tem problemas na vida.

As pessoas ficaram alucinadas. Alguns tiraram as camisas e as rodopiaram no ar. Mulheres desabotoaram as blusas e mostraram os sutiãs. Havia assobios e onomatopeias carregados de vogais. Ariana então se aproximou do rapaz e desabotoou um a um os botões da camisa social dele, até retirá-la por completo. Os seguranças observaram. As mulheres ficaram histéricas. Aquele rapaz era jovem, rico, bonito, bem-sucedido e dotado de um abdômen com quatro gomos. Apenas metade dessas qualidades já seria suficiente para a histeria. Flashes. Flashes emitidos de máquinas fotográficas que ninguém sabia dizer onde estavam e que piscavam como luzes estroboscópias em meio à fumaça de gelo seco.

De repente, um fã que vestia uma camisa sete do Paris Saint-Germain resolveu retirá-la e entregou a Allejo.

– *Mets-la! Mets-la!* – o fã gritou como um homem louco. A pedido da multidão, Allejo a vestiu e, para aqueles franceses alterados, o momento foi orgástico. As pessoas comemoraram como em uma partida real. Allejo, naquele pedestal de sonhos, admitiria que se sentiu bem com tudo aquilo. Sentiu-se saciado. Sentiu-se excitado.

Mas ainda faltava. Faltava o momento. E ele sabia que havia chegado. Ela, também. Foi quando ele apontou na direção dela e a chamou. Um vão se fez entre eles. Ela caminhou na direção dele, bambeando os quadris. O cabelo empapado balançava pesado. Encostou os seios pequenos no peitoral dele. Os rostos se aproximaram. Era aquele o segundo que antecedia o beijo.

O bendito segundo que antecede um beijo.

Quando os lábios se tocaram e as línguas dançaram ante o som ambiente, a multidão vibrou como escravos alforriados. Flashes e mais flashes e mais flashes continuaram a se esparramar pela cena feito chuva. Gritos, danças, álcool, drogas, luzes, perfumes, músicas e imagens. Tudo junto provocava e exibia uma superexcitação dos sentidos, que viciava. Allejo não sabia se era viciado nisso, nem o quanto era viciado nisso. Mas, quando aqueles lábios dançaram dentro dos seus, ele não se importou mais. Nada importou mais. Porque ali, naquele momento, ele se sentia bem. Ele se sentia poderoso. Ele se sentia no topo mais alto do mundo.

Ele se sentia como um sonhador insaciável em uma taberna surreal de imperfeição.

7

Era madrugada. Ainda era madrugada. Naquele hospital psiquiátrico sujo, porém, sempre parecia noite. Tudo naquele lugar era escuro. Os corredores eram sombrios, os quartos possuíam uma atmosfera umbrosa, e os jardins não tinham vida, apenas formas grotescas que lembravam um quadro expressionista alemão. Caminhar por aqueles corredores solitários cheios de desencarnados em agonia era um teste para a sanidade do homem mais sutil. Ali não havia escolhas, ou você se acostumava com a loucura, ou se tornava parte dela.

Os internos sempre se apresentavam mais envelhecidos do que deveriam, pelo tempo e pelos maus-tratos. Em todo o lugar, havia o cheiro de ácido úrico e enxofre, vez ou outra amenizada por latas de creolina. Contudo, nem todo óleo de alcatrão mineral do mundo poderia retirar do lugar a forte fragrância de mofo que entrava pelas narinas e chacoalhava o cérebro. O odor embrulhava o estômago fraco e provocava náuseas nos mais sensíveis. O bolor fazia com que alguns preferissem a morte ao tratamento dos médicos psiquiatras. Com que preferissem o Nada absoluto, mesmo o Paraíso prometido ou o Inferno condenado. Qualquer coisa.

Menos aquele lugar.

Para fugir da realidade de cérebros eletrocutados e drogas psicotrópicas, eles sonhavam. Viajavam através da própria mente libertando o espírito daquele cárcere de maneiras distintas. Sonhavam alto, sonhavam-se grandes em sonhos imensos. Realizavam objetivos, cumpriam metas, tornavam-se heróis de si mesmos. Além do mais, era nesse momento que a maioria daqueles homens e mulheres se satisfazia. Era a hora que o fumante fumava; que o alcoólatra bebia; que o viciado se alterava.

Entretanto, quem caminhasse por aqueles quartos cheios de infiltrações, mofo e creolina, e pudesse entender o que os sonhos despertos representavam naquele hospital, repararia melhor no quarto 137. Era ali o local onde, sozinho, um senhor enfraquecido e magérrimo dormia inquieto, embora a mente permanecesse já por muito tempo naquele estado. O travesseiro manchado ao redor do rosto moribundo castigado pelo tempo era um misto de baba, suor e lágrimas. As artérias se tornavam linhas esverdeadas na pele branca. O coração, um rio de sangue seco de energia.

Qualquer pessoa que olhasse para aquele homem enfraquecido e adormecido não diria que seus sonhos tinham a importância de afetar outras vidas. Mas eles tinham. Realmente tinham. Pois as formas-pensamento emanadas daquele quarto percorriam o plano astral sem tomar conhecimento de obstáculos físicos, e tocavam em outras formas, que tocavam em outras, que tocavam em outras. E poucos saberiam o poder das viagens astrais, ou mesmo o tamanho do karma daquele senhor magricelo e solitário. Ao final de sua estrada, se existisse um final; ao final de sua jornada, se ela tivesse mesmo um fim, não haveria glórias nem cobrança. Nem pódios, nem medalhas. Ele não esperava nem mesmo por um julgamento divino no qual pudesse ser perdoado de seus pecados mais irremissíveis, ou absolvido por suas virtudes de maior excelência. Mesmo porque, no final, era um sonhador. Simplesmente um sonhador como tantos outros, ligado ao mundo real em que estava preso por seu extenso e fino fio de prata.

O seu extenso e o seu tortuoso fio de prata.

8

Mikael nem mesmo se lembrava de como havia chegado até ali. Estava sentado em uma sala que muito lembrava um vestiário de qualquer grande estádio. Era um local fechado, onde os visitantes buscavam concentração e ele bem podia escutar o barulho que vinha de milhares de pessoas do lado de fora. Uma algazarra, um verdadeiro pandemônio promovido por vozes entre gritos e coros. No corpo, vestia uma roupa diferente, dotada de tiras de couro e placas metálicas no peitoral e nos ombros. Uma braçadeira ocupava o braço direito e uma luva que não cobria os dedos, a mão esquerda.

Ao redor, havia homens vestidos de formas parecidas, embora com adornos e proteções diferentes. Estavam agitados. Concentrados. Taciturnos. Nas mãos, alguns carregavam armas de grande porte como a temida cimitarra oriental, a espada de lâmina curva mais larga na extremidade livre e com o gume no lado convexo, comumente utilizada por antigos guerreiros muçulmanos. Já outros, utilizavam-se da gigantesca alabarda, uma pesada arma de haste longa, rematada por peças de ferro pontiagudas, atravessada por uma lâmina em meia-lua. Havia lanças com peças espetadas de aço e de bronze, e espadas e escudos de diversas formas e tamanhos para se ajustarem ao guerreiro em questão.

Em pouco tempo, Mikael já sabia que aquilo era um sonho. Mais um de seus sonhos lúcidos, dos quais, a cada dia, era mais difícil conseguir acordar. Tanto que fechou os olhos e forçou a mente, pressionando a imagem daquele cenário e repetindo as eternas palavras:

Eu quero acordar... eu quero acordar...

O cenário ainda se mantinha como se estivesse em um plano físico. Os guerreiros na sala continuavam com espécies de exercícios de alongamentos. Mikael suspirou. A sensação de ser carrasco da própria vontade não era de fácil absorção. Porque quando um homem que sabe estar tendo um sonho lúcido não consegue acordar ao próprio comando, isso faz com que o plano etéreo onde se encontra se torne cada vez mais parecido com o plano físico onde vive. E isso gera uma sensação de não se saber mais quando se está dormindo ou quando se está desperto. E pior, mesmo quando se sabe, gera-se ainda a impressão de que o espírito vive duas vidas paralelas, tal qual uma identidade secreta.

O fato era que estava sentado em um banco de madeira e havia uma espada de médio porte próxima. Observou as tiras de couro que adornavam o duplo-etérico. Reparava que havia tatuagens abaixo dos braços e imaginou que talvez o rosto pudesse ter algo do tipo igualmente. Se pudesse se ver, Mikael descobriria que entre as sobrancelhas havia realmente um desenho tribal que lembrava o adorno de antigos guerreiros de tribos africanas.

Um corredor ligava a sala ao local de onde vinha o barulho e a algazarra popular. Como em todo sonho, ele não possuía a menor ideia do que fazia ali. Contudo, mais uma vez, havia aquela sensação. A mesma vivência fortíssima pelo qual passava a cada vez que se concentrava em um vestiário, prestes a entrar em sua própria arena de guerra, diante de milhares de pessoas em euforia. Ainda que a guerra da qual participava não contivesse morte nem combate armado, cada vez que entrava em um campo de futebol, ele podia sentir o mesmo desejo enlouquecido de vitória que destituía a sanidade. Via em cada adversário um inimigo que precisava ser superado, derrotado e, se possível, humilhado. E a cada vez que perdia uma batalha, a sensação era a mesma que a morte.

– Está quase na sua vez... – disse uma voz próxima a ele, em uma linguagem desconhecida que ele entendeu.

Mikael se virou. Observou ao lado um senhor de barba coberto por um capuz. Na mão esquerda, havia o desenho de uma Estrela de Davi e, sob a pele, utilizava-se de um manto grosso de cor púrpura. O rosto era o de um homem de quarenta anos e a voz, a de um apresentador de rádio. Não havia sentido no que dizia. Mas, de repente, parecia haver. Parecia sempre ter havido.

– Sim... – ele sorriu de prazer. – Está quase na minha vez...

Ergueu-se com o olhar apertado feito um bicho. O mesmo olhar que assumia quando um juiz, no plano físico, assoprava um apito. Existiam jogadores que jogavam com tanta alegria, que corriam com um sorriso no rosto ao longo de toda partida. Mikael corria com a expressão de um felino que via seu território ser atacado.

Ali, vestido com aquelas roupas de combate, e observando os outros guerreiros brandindo suas armas, ele não apenas sentia tudo aquilo. Ele *era* tudo aquilo. Ele era o fogo. Ele era o aço. Ele era a própria guerra.

Um grito de morte do lado de fora eclodiu.

– Vai, gladiador! – ordenou o senhor de barba. – É a tua vez.

Ele pegou a espada e mostrou dentes como faria um vampiro.

* * *

Era uma arena. Uma arena de combates até a morte, exatamente como as da antiga Roma, onde gladiadores faziam as festas populares com o mesmo intuito que o futebol assumira nos tempos contemporâneos. Lá dentro, um guerreiro de dois metros de altura segurava uma espada de duas mãos de lâmina grossa e fio trabalhado. Sob seus pés, havia o corpo de um homem baixo e gordo com peito aberto, gordura espetada e tripas expostas. Um grupo de negros baixos e magricelos estava correndo na direção do executado, com o intuito de retirar o morto da arena, utilizando uma espécie de carrinho de mão.

O gigante assassino usava no rosto uma máscara de abutre. Ele contornava os olhos com os olhos do bicho, e o nariz da máscara cobria o dele com a forma pontiaguda e distorcida da ave. O gigante mordia um pedaço da carne de seu assassinado, e da boca escorria sangue. O olhar, porém, estava concentrado na porta de madeira por onde os guerreiros adentravam na arena. Uma porta elevatória, formada por madeira grossa entrelaçada, que deixava espaços suficientes para se observar o outro lado.

O Urubu observava do outro lado da porta o guerreiro observando-o com desprezo. Parecia alheio à multidão. Parecia vender a própria alma para que alguém erguesse aquela porta que o separava da arena coberta de areia, e do inimigo coberto de sangue. Foi quando, como é bem comum em um mundo formado de desejos, a pesada porta de madeira lentamente se ergueu.

Mikael entrou lentamente no anfiteatro, e logo se percebeu diante de uma plateia de milhares de observadores eufóricos e extasiados. Ali, ele via pessoas de diferentes formas e nacionalidades urrando ensandecidas para ele, como já acostumado a ser saudado. O que diferenciava aquela plateia, porém, era um detalhe interessante.

Era uma plateia de fios de prata.

Uma plateia de sonhadores adormecidos. E a visão daquelas pessoas com aqueles fios sobre as cabeças, observando aqueles combates, mais lembrava marionetes de um destino comandado por deuses que guerreavam em prol de si mesmos.

E naquela situação, o grito pelo qual aquelas marionete prateadas chamavam Mikael Santiago era diferente. O nome de que lhe chamavam era bem diferente. Gritavam uma alcunha sem titubear, simplesmente ao verem sua figura. Não era um engano. E ele tinha de admitir que adorou aqueles gritos.

– Beliel! Beliel! Beliel! Beliel!

Beliel. Mikael não sabia explicar bem o porquê, mas ele *adorava* aquele nome. Adorava. Adorava tanto quanto adorava viver. Ao menos, viver para estar ali. Para poder estar ali. Aquela sensação era indescritível. Aquele não era um nome de batismo. Não era um nome artístico.

Aquele era um nome de guerra.

O gigante avançou rosnando. Ele rosnou de volta. E avançou na direção do gigante. O suor escorrendo. Os pés deixando marcas na areia. A aproximação cada vez mais rápida. A cada vez, mais rápida. Armas erguidas. Brados de guerra. Os olhos fixos na direção do outro. A excitação do desejo de impacto. A sensação gloriosa de um matador na arena. As duas lâminas entraram em colisão e geraram faíscas. Mikael quase teve a arma arremessada longe com a força do gigante. Girou, porém, o mais rápido e lhe cortou a perna. Urubu berrou de dor e se pôs de joelhos. Tentou acertá-lo com uma estocada, mas ele se esquivou e se posicionou atrás do oponente. O público urrou satisfeito. Mikael, sem pesar, colocou a faca no pescoço do guerreiro ajoelhado e puxou a lâmina para a lateral em um movimento que lhe abriu a traqueia. O sangue jorrou como cascata. E o corpo tombou morto a seus pés.

O olhar animalesco foi erguido aos céus e ele viu o povo de pé aplaudindo--o como se ele fosse um deus. Era puro êxtase, tanto do guerreiro que matava por aplausos, quanto do público que aplaudia pela morte. E quando o grupo de negros entrou na arena, dessa vez para retirar a carcaça de Urubu, Mikael, ou Beliel, entregou-lhes a espada média e assumiu a espada de duas mãos do inimigo. Fincou-a no chão diante da porta e esperou que ela fosse elevada.

Via do outro lado que seu novo adversário já o esperava.

O público continuava a gritar para ele:

– Beliel! Beliel! Beliel! – era o que escutava. Era apenas o que repetiam.

A porta mais uma vez se abriu e de lá saiu um homem com braços largos e fortes, acima do peso e de cabelos desgrenhados. Era o guerreiro da alabarda. O combatente assassino da lâmina de meia-lua. O homem já entrara na arena sem esperar saudação, correndo na direção dele. Mikael saltou com a espada empunhada pelas duas mãos em um golpe tão poderoso que, quando as lâminas se chocaram, ambos foram arremessados para trás.

O homem gordo recuperou-se mais rápido e girou o corpo, rodando-lhe a lâmina curva na altura do pescoço. Mikael dobrou os joelhos para trás. Quando o inimigo voltou a lâmina para um segundo golpe, foi a vez de ele segurar a espada com fúria e jogar toda a raiva na lâmina do adversário.

O barulho do choque dos metais foi descomunal e tão ensurdecedor, que chacoalhou pela arena, obrigando as pessoas a taparem os ouvidos, por causa do som, que lembrava o de um trovão. Era incrível como tudo naquele plano parecia muito mais *intenso* do que no plano físico. O guerreiro-demônio se aproximou do adversário antes que ele pudesse se retomar, e a aproximação foi desesperadora para o guerreiro gordo. Afinal, quanto mais curta fosse a distância entre os dois, mais difícil para ele seria utilizar uma arma de tão longo alcance. Foi quando Mikael de súbito soltou a espada. Com um dos braços livres segurou o extenso cabo da arma do adversário, impedindo-o de utilizá-la. E com a outra mão, aproximou-se o suficiente para segurar a parte posterior do crânio inimigo e lhe afundar violentamente a própria testa na face.

O homem da alabarda sentiu o nariz se arrebentar.

Levou as duas mãos ao rosto de dor. Mikael abaixou-se, pegou a espada longa e girou uma vez no ar. A lâmina transpassou a garganta do adversário com fúria, e tronco e cabeça mantiveram-se ainda um tempo no lugar.

Até cada um tombar separadamente para lados opostos.

O povo novamente vibrou tanto nas arquibancadas, que o local pareceu se expandir, como que por vontade própria. O guerreiro mais uma vez se posicionou no meio daquela arena e apontou para a multidão com o indicador estendido.

Do outro lado da porta de madeira, alguém já o esperava. Era o guerreiro muçulmano, que brandia a cimitarra. Observava-o com um sorriso debochado. E – fosse aquele espírito Mikael Santiago ou *simplesmente* Beliel – ele desejava, mais do que tudo, que aquela porta se erguesse mais uma vez.

Até que, ao menos naquela noite, seus sonhos não estavam assim tão ruins.

9

– Dormiu bem, criança? – ela perguntou, abrindo os olhos e espreguiçando-se na cama da suíte dele. Ele a observava com uma expressão de zelo, o rosto limpo e falava sem indícios de sono na voz.

– Não. Fiquei vendo você dormir...

"Depois de degolar sete adversários em uma arena de batalha, pensou."

– Tá de brincadeira comigo de novo, menino? – ela perguntou, erguendo-se na cama. – Mas, bá!, que horas são nesse lugar frio do cão?

– Dez horas. Da manhã...

– Dez horas? – Ariana se assustou, séria. – Mas que tribomba eu arrumei pra mim agora! Daqui a pouco a equipe vai sair do hotel pra voltar pra casa e eu tenho de tá junto. Tomara que o técnico ucraniano esteja de bom humor, senão ele vai descascar na minha pele, tá me entendendo?

– Vai dar tudo certo. Você foi a campeã, Ariana. Ninguém reclama de nada do que você faz quando é o herói.

– Mas tu não tava falando sério mesmo, quando disse que ficou me vendo dormir, né?

– Tava. Tava sim.

– Mas que coisa doida é essa? É uma tara de maluco ou coisa assim?

Ele riu, com bom-humor.

– Não. Apenas encanto.

Ela não soube o que dizer, como os momentos em que um homem sabe dizer as palavras certas sem querer. Esses momentos são raros, mas ainda assim é inegável que existem.

– Assim tu me deixa sem graça...

Ele sorriu de novo. Ela também.

– Certo, eu mudo de assunto...

– Não, guri, continua!

Allejo suspirou, como todo homem que nunca entende uma mulher.

– Bom, se você está dizendo. Gostaria de poder velar seu sono outras vezes, Ariana...

– Nem pensa nisso, tchê – ela levantou-se afoita e começou a catar as roupas. – Foi tribom essa nossa noite, mas não pensa que vai ter mais nada depois, não...

Allejo ficou em um choque momentâneo. Há *muito* tempo não ouvia algo do tipo. Aliás, nem sabia se já havia ouvido algo do tipo antes.

– Ei, ei! Espera! Como é que é?

– Tá surpreso, criança? E tu achou que ia ser o quê? Eu vou aparecer de mãos dadas contigo pra tu me exibir como mais uma conquista durante uma ou duas semanas? Nem pensar! Eu quero mais pra minha vida que ser conquista de mulherengo. Além do mais, não preciso de ti pra nada não, garoto! Conquistei minha vida com meu próprio esforço – ela disse, calçando as botas.

Allejo levantou-se. Os olhos arregalados. A boca aberta. O corpo nu. Buscou desastradamente, em algum lugar debaixo da cama, uma cueca boxer, da qual, por sinal, era garoto propaganda.

– Mas... mas.. mas... ma...

– Mas tu parece uma vitrola arranhada! Mas que *ma-ma-ma* é esse? Virou bebê agora?

Allejo simplesmente não sabia o que dizer. Aquilo nunca havia lhe acontecido. Nunca vira uma garota tratá-lo daquela forma, como se ele fosse... uma coisa. Um garoto de programa que cedia seu tempo e pulsão sexual por um preço predeterminado em um limite de tempo. Um *blu-ray* alugado, que precisava ser devolvido à locadora. Um homem com crises de conflitos tipicamente femininos.

– Sei que tu gosta de exibir tuas modelos, e admito que tu é mesmo joia e um baita gostoso, mas segue tua vida, garoto! Vou sair de canto, pelos fundos, e pegar um táxi. Preocupa não, que eu sei cuidar de mim!

Allejo ainda a observava com olhos arregalados. Havia olheiras. Ela se aproximou como um tufão e deu-lhe um selinho.

– Cuida bem dessa língua, guri! Cuida bem que tu sabe usar ela melhor até do que usa uma bola no pé! – ela riu da própria piada. – Quem sabe um dia a gente se esbarra por aí, tá me entendendo?

Allejo mandava o cérebro dizer alguma coisa. Qualquer coisa. Mas não aquela impotência. Não diante dela. Não de novo. Não de novo diante dela.

–... – a boca dele se abriu.

Nenhum som foi emitido.

Foi quando ela parou na porta do quarto e disse:

– Mas aê, conselho de gente grande: vê se tu dorme! Tá com a maior cara de sono, né verdade? Sonha um pouquinho, criança. Vê se sonha comigo – e ela sorriu uma última vez. – Faz bem pra alma.

Ela saiu rapidamente e ouviu-se a porta da suíte se abrindo e se fechando. Dentro dela, o silêncio. Mikael Santiago, considerado por especialistas e torcedores o próximo atleta a ser consagrado com o título de melhor jogador do mundo; o jovem menino milionário; o sonho encarnado de todo garoto; sentia-se oco por dentro. Sentia-se frágil. Sentia-se vazio. E para ele, isso era realmente apavorante. Extremamente apavorante. Pois o que o apavorava de verdade não era a impotência momentânea, provocada por aquele vão dentro de si, nem o temor imediato na possibilidade de descobrir que dentro de si ele estava vazio, mas a possibilidade de descobrir que, na sua realidade, ele *era* vazio.

* * *

– Mas que cara, hein? Dormiu ontem não, porra? – perguntou Olavo Garnieri, o empresário.

– Não. Tô virado! – disse Allejo amassando a própria cara com um punho fechado, encostando na janela do banco carona de uma BMW.

– Mas que merda, Allejo! Sabe pra onde a gente tá indo? A gente tá indo conversar com os executivos da Sport, tá lembrado? – Garnieri estava realmente irritado. Vestia um terno de luxo com gravata de seda. A reunião a que estavam indo era tão importante, que Allejo poderia se tornar um dos jovens mais ricos do mundo depois dela. E como detentor de trinta por cento de tudo o que conseguia para Allejo, poder-se-ia dizer que Garnieri também.

Sport. Esse era o nome que estava fazendo o mundo lucrativo do esporte profissional tremer. Determinada a encarar e bater de frente com empresas gigantescas como a Nike, a Adidas e a Reebok, um grupo de empresários franceses liderados pelo propagandista Marc Renoir se uniu a Abdhul Jaddar, um investidor árabe dono de uma fortuna, e, dotado de petrodólares, criou o empreendimento que batizou a marca. A empresa não existia há mais de seis anos e meio, mas conseguira uma fatia de quinze por cento do mercado, o que era uma parcela significativa para uma empresa recém-criada que buscava a meta de concorrer com pelo menos trinta por cento nos primeiros dez anos.

A entrada no mercado foi inteligente, investindo em áreas menos tradicionais como a das artes marciais. Comerciais bem-humorados com lutadores e atores profissionais de MMA foram produzidos e conquistaram simpatia. Eventos internacionais em ginásios ao redor do mundo reforçaram o nome da marca. Camisetas distribuídas com bonés tornaram-se populares. Dessa forma, ao menos no meio dos lutadores, logo se tornou comum o slogan: *Fighting for something. Live Sport*.

Satisfeitos com o que haviam conquistado, e sentindo-se mais confiantes para investirem em outras áreas, a Sport se expandiu primeiramente em outros esportes olímpicos fora do ramo das lutas. O primeiro deles foi o arqueirismo. O segundo, o golfe. O terceiro, o tênis. Roland-Garros passou a ter placas exibindo propagandas, e tenistas russas famosas passaram a usar camisetas estampadas.

A entrada e o sucesso da empresa andavam fervendo as reuniões de concorrentes, que não viam com bons olhos a chegada do novo monstro. Estratégias foram lançadas, novos produtos fabricados utilizando tecnologia de ponta. A entrada da Sport no mercado acelerou ainda mais a velocidade com que um produto esportivo top de linha, lançado com estardalhaço, tornava-se obsoleto em questão de poucas semanas. Não era mentira que Marc Renoir e Abdhul Jaddar adoravam o resultado. Ambos eram estrategistas agressivos, entendiam do que faziam, e cada vez ganhavam mais experiência naquilo.

Reportagens e listas de internet e redes sociais sobre conspiração falavam que a briga da Sport com suas concorrentes já havia acabado em espionagem industrial e sonegações fiscais. ONGs ao redor do mundo postavam em blogues para que as pessoas não utilizassem os produtos da empresa francesa, pois suas indústrias se localizariam em países pobres asiáticos e explorariam o trabalho de crianças famintas. Marc e Abdhul, quando confrontados com tais acusações, porém, apenas sorriam de forma cínica e diziam sem pudor: *simplesmente falem de nós*.

– Allejo... ALLEJO! – Garnieri gritou, ao ver Allejo dormir no banco carona.

– Hum! – ele resmungou, irritado. – Que que é, porra?

– Acorda, cacete! Não quero você na reunião com cara de morto-vivo!

– Ai, meu saco! Então me deixa dormir esses dez minutos, que eu melhoro! Acha mesmo que os caras vão deixar de fazer a proposta do contrato só porque eu estou com cara de sono?

– Bom, até que por esse ponto de vista... se o Renoir quiser cancelar a proposta só por causa dessa sua cara amassada, realmente, eu mesmo soco a cara dele.

Allejo resmungou algo que pareceu um riso contido. E voltou a encostar a cabeça no vidro fechado.

– Mas, falando em sonhos... – Garnieri franziu a testa. – Eu lembro que tem uma frase do Homero sobre isso...

– Que "Homero"? – perguntou Allejo, com os olhos fechados.

– Aquele poeta grego maluco! – Garnieri respondeu, como se fosse óbvio.

– Ah, claro... – Allejo resmungou como se, mesmo sem sono, aquilo realmente fosse relevante.

– Era uma frase sobre isso, mas não estou conseguindo lembrar.

– *Eu tive um sonho*? – Allejo perguntou, sonolento.

– Isso não foi Homero, porra! Foi Martin Luther King!

– Ah, que seja! Quando lembrar, você fala... – ele definiu, feito um sonâmbulo, e voltou a dormir.

Garnieri observou-o uma última vez. Como alguém tão jovem podia ser uma mina de ouro tão lucrativa? No fundo, questionava na verdade a sorte de tê-lo encontrado primeiro, lá naqueles campos de várzea, já encantando as pessoas com um futebol que não era normal. O que aquele moleque fazia com uma bola nos pés, só quem viu os maiores jogarem poderia ter base para iniciar uma comparação. Alguns acreditavam que ele havia vendido a alma ao Diabo ou a alguma entidade do tipo.

Ele acreditava.

Garnieri voltou a pensar na Sport. A empresa havia demorado quatro anos até ter coragem para investir nos esportes coletivos, mas, quando o fizeram, os caras não chegaram para brincadeiras. Ao entrarem no mercado profissional de futebol, resolveram bater pesado, e optaram por escolher, em reuniões fechadas, um time que tivesse tradição, mas não conseguira ainda competir de igual com os times multimilionários e suas estrelas em ascensão. Times que pudessem enfrentar superpotências esportivas e midiáticas como os espanhóis Real Madrid e Barcelona, os ingleses Chelsea e Arsenal e os italianos Milan e Internazionale de Milão.

Para Marc Renoir, como bom francês, não fora muito difícil a escolha: o tradicional Paris Saint-Germain. O time se constituía de tudo que ele precisava naquela situação. A Sport se tornou o maior parceiro comercial do PSG e trouxe com ela o elemento mais importante: dinheiro para investir em estrelas do futebol que rendessem títulos e marketing. Era nesse ponto que estavam.

E era exatamente nesse ponto que entrava o menino Allejo.

Ele seria a estrela que buscavam. Seu futebol não tinha comparações no atual mercado, seu carisma e apelo junto ao público era incontestável, e simplesmente não havia nada igual a ele. Era por isso que era dele que a empresa precisava, e isso tanto endurecia as negociações, afinal, Olavo Garnieri sabia que Allejo não necessariamente precisava da Sport. Mas sabia o quanto ela precisava dele. Se tudo corresse bem, no fim daquele dia estariam multimilionários. Pensando nisso que Olavo Garnieri olhou para o pupilo em sono no silencioso carro alugado e visualizou um excelente futuro em seus olhos acordados.

Foi quando escutou o som da buzina crescente.

E o acidente com a BMW aconteceu.

10

Qualquer um que caminhasse por aquelas ruas de éter e se deparasse com o castelo soturno provavelmente sentiria na alma um profundo incômodo. Naquela região do Sonhar, as bordas raspavam em regiões mais trevosas e o ambiente refletia isso. Não havia campos de sonhos, cidades verdejantes abrigando elfos, anjos jogando cartas ou feéricos desfilando em carruagens puxadas por unicórnios. Não havia formas-pensamento de bons sentimentos, não havia fantasia, e não havia bons sonhos. Aquela era uma região de pesadelos. As regiões que a maioria dos sonhadores desejava evitar. Contudo, nas Ilhas do Sonhar, nem sempre um sonhador tem força própria suficiente para conseguir escolher a esfera em que irá habitar durante seus sonhos. E, muitas vezes, sua estrada em determinados locais pode ser até mesmo *negociada*.

Como naquele momento.

Apenas a presença dela ali destoava do ambiente. Naquele instante, vestia-se e caminhava de branco, em contraste com o cenário sombrio. A pele estava branca como neve; os cabelos, loiros como sol. Usava um vestido de gala digno de um palácio medieval, com um tecido que se arrastava pelo chão enquanto caminhava, sem nunca se sujar. Na verdade, mais parecia flutuar do que caminhar. Mas caminhava.

Parou na entrada de um castelo, muito diferente da torre que mantinha em seus próprios domínios. A construção contrastava com as arquitetadas por ela ou suas nove afilhadas em seus domínios. Diante dela, um castelo de torres de alturas infinitas, que alcançavam as nuvens cinzentas de um céu escurecido. E no ponto mais alto dessa construção macabra, um vigia observava atentamente. Um sentinela na forma de um dragão colossal. Um dragão-rei de mais de quarenta metros de comprimento, com dentes do tamanho de espadas, que emanava energia negativa apenas ao respirar.

Ele era Balerion, o sinistro Deus-Dragão negro.

Na realidade, uma criatura gerada pela forma-pensamento concentrada de milhões de sonhadores. Uma consistência tão poderosa, que era dotada de consciência.

Uma entidade escolhida como vigia e montaria do grande senhor daquele reino.

O material que construía o castelo vigiado era fúnebre. A base era formada com ossos humanos e esqueletos de demônios esquecidos. As paredes eram revestidas com algo que visualmente lembrava pele, e era possível até mesmo reparar em rostos, em algumas partes da arquitetura. Gárgulas de pedras adornavam as janelas e faziam barulhos como se estivessem vivas. O cimento da construção parecia sangue e, de vez em quando, escorria de determinados pontos. Na verdade, mesmo a pele que revestia essas paredes parecia respirar. Mas de tudo, a pior visão ainda era a dos rostos. Principalmente em determinados locais onde essas peles de rostos se encontravam e pareciam *costuradas*. Costuradas com medonhas linhas prateadas.

Costuradas com o fio de prata de sonhadores que jamais retornaram ao Mundo Desperto.

– *Que queres aqui?* – perguntou com a voz tenebrosa um dos dois demônios guardiões da entrada. Tinha o corpo cadavérico, os olhos flamejantes e um cabelo negro de palha em apenas uma das metades do crânio. Nas mãos, uma espécie de alabarda que parecia já ter cortado o duplo-etérico de muitos viajantes.

– Quero ver teu senhor, condenado – ela disse com a aura pura destacada do ambiente.

– *Não passes sem autorização minha* – a aura dela incomodava a dele.

– A autorização *dele*, condenado. A tua aqui vale tanto quanto uma moeda do Mundo Desperto.

– *Tu achas mesmo que podes ser como eles um dia, não?*

– Eu posso.

– *E tu acreditas realmente que irás conseguir, não é fato?*

– Eu vou.

– *Tuas fadas morreram, anjo maldito...*

– Mede tuas palavras para falar comigo, cria do Inferno. Tu eras anjo como eu, mas caíste por incompetência própria! Eu sigo na direção oposta do teu caminho perdido. Enquanto tu cais, eu me elevo. E quando eu concluir meus objetivos, aí tu não precisarás buscar autorização, pois eu serei recebida quando bem quiser. E tu verás, demônio, minhas fadas renascerem, minhas ninfas domarem lagos, meus gnomos brotarem da terra e meus gênios tomarem os céus. E então, nesse dia, tu te lembrarás de tuas palavras, e eu não precisarei nem mesmo te castigar! Porque o remorso delas, e as lembranças de tuas escolhas, já serão em ti penitência suficiente para mais duas voltas no orbe terrestre – uma pausa. O silêncio mórbido de um pesadelo entre eles. – Agora, vai chamar teu mestre antes que eu te mostre por que eu lidero um condado, enquanto tu serves a um senhor...

O demônio saiu em silêncio, queimando dentro dele sua própria matéria-prima. Um demônio como aquele era um ser moldado com o imperil emanado dos sentimentos de sonhadores frustrados e rancorosos demais com a própria existência. Sonhadores que sonhavam com o mal do próximo, com a vingança, com o desejo de caos. Uma forma-pensamento de medo soprou uma brisa gélida em um primeiro instante e, no segundo sopro, o demônio já havia voltado.

– *Vai, rainha apagada! Vai, antes que teus reinos pereçam, e mesmo tu deixes de existir!*

– É mais fácil tu caíres duas vezes do que um desperto deixar de sonhar em meus reinos... – ela sorriu e, com toda elegância, elevou o vestido, caminhando em direção às paredes de sombras.

* * *

Caminhou na velocidade de pensamentos. Como sempre, nada naquelas regiões seguia leis físicas preestabelecidas em locais mais densos. Em um mundo de éter como o Sonhar, não existe objetividade. Em regiões como aquela, absolutamente, tudo se torna subjetivo, desde um passo em falso até uma profunda respiração. Não existem distâncias a serem medidas. Não existem cheques a serem trocados. Não existe nem mesmo a ideia do fixo. Mesmo a arquitetura, a forma, o sentido, as localizações; tudo é tão efêmero, que realmente só dura um desejo de entidades poderosas.

Deitado sobre um colchão formado de nuvens, ele descansava. Metade de seu corpo parecia um corpo humano; e a outra metade, um esqueleto. Vestia uma túnica de monge que lhe cobria o topo da cabeça disforme e mantinha em uma das mãos uma cornucópia. Normalmente também estaria com um caduceu, o bastão de ouro trocado com Apolo pela flauta, símbolo de Hermes ou de Mercúrio. Estaria, mas não naquele dia. Naquele dia, queria apenas descansar enquanto uma súcubo seminua, negociada diretamente com a deusa Lilith, dava-lhe uvas na boca.

Carpetes feitos com asas de manticores adornavam o piso. Uma névoa pairava no ambiente, como se tudo ali fosse efêmero. Dois corvos em acasalamento faziam barulhos incômodos em algum lugar, e servos sem rostos caminhavam por aqueles salões sem fim como andarilhos sem destinos. Para uma alma condenada, existir, muitas vezes, já é o maior dos castigos. Qualquer pensamento sobre isso, porém, ao menos oriundo dela, era afastado diante da presença dele. Do senhor daquele castelo; do mestre supremo daquela região do Sonhar. Ninguém possuiria dúvidas de que ele era a entidade mais poderosa da região e de que tudo que existia ali, existia nele, e pela essência dele.

– Lorde Phobetor... – ela sussurrou. E ele ouviu.

As brumas que tomavam conta do ambiente, e que faziam com que tudo ali parecesse efêmero, emanavam da cornucópia que segurava. Uma cornucópia é um vaso em forma de chifre; um antigo símbolo de fertilidade, riqueza e abundância. Nos dias de hoje, porém, seu significado passou a estar relacionado com o comércio e a agricultura.

Ali, seu significado era apenas o transitório.

– Mesmo uma entidade poderosa como eu sente-se lisonjeada com tua presença, Estrela...

– Não me bajules, Senhor da Morte. Bem sabes tu que sou o oposto de ti.

– Mais um motivo para que te bajules – a demônio súcubo lhe colocou mais uma uva na boca. – Afinal, poderia a noção de um pesadelo existir sem a noção de um bom sonho?

Ela não respondeu.

– Em outras palavras: poderia tu existir sem que eu me manifestasse?

– Vim até aqui negociar um desperto, Lorde Phobetor!

– Mas é claro que vieste por isso! – e ele ergueu-se. A súcubo se afastou. – Afinal, por que outro motivo receberia eu a visita de um Anjo dos Sonhos? E não a de um Mensageiro qualquer, mas um que desde os princípios dos tempos almeja ser mais do que é – ela nada disse. – Um Arcano que não se satisfaz com um condado. Que almeja e requisita até mesmo, quem diria, seu próprio reino do Sonhar! O mesmo que, cansado de ser anjo, quer se igualar aos deuses menores. Aquele que quer se tornar a legítima Deusa dos Sonhos, ao lado de Hypnos, meu pai adormecido, passando a ser, dessa forma, maior até mesmo que seus três filhos governantes do Sonhar! – um sorriso. O pior de todos já emitido até aquele momento. – Errei em alguma parte, querido anjo Madelein?

Não havia nada ali que ela pudesse questionar.

11

Allejo acordou bruscamente e demorou a compreender o que estava acontecendo. Os veículos se aproximaram em velocidade uniforme. No puro instinto de quem não sabe o que está dizendo, ele gritou:

– Freia! Freia! Freia, porra!

Garnieri, em choque, não reagiu. Do outro lado, corria um caminhão desgovernado. Perto. Dezenas de transeuntes pararam, assustados. Mais perto. A cabeça de Allejo latejou. Cada vez mais perto. As mãos de Garnieri tremeram no volante e o carro balançou. A buzina do caminhão se tornou estridente. Allejo, de súbito, meteu a mão no volante e o puxou para seu lado. A BMW cantou pneu de volta à pista correta e uma moto teve de acelerar para o piloto não ser arremessado. Foi quando no reflexo, em cenas fragmentadas e ainda confusas, Olavo meteu o pé no breque, e o carro freou de forma bruta. Um táxi que vinha atrás a toda velocidade acionou os próprios freios, e o cheiro de borracha queimada no asfalto surgiu. Foi nesse instante que Allejo teve sua pior ideia: retirar o cinto de segurança para sair do veículo. O táxi diminuiu sua aceleração o quanto pôde até o inevitável e violento impacto final, que fez com que ambos os carros dessem um salto. O taxista foi arremessado para frente, e o air bag pulou, reforçado pelo cinto, para segurar o tranco.

Já dentro da BMW, Allejo voou na direção do vidro dianteiro, e o lado direito do rosto sentiu o embate ao ser pressionado e deformado no painel. O corpo caiu de volta em meio ao air bag do passageiro, que também se abriu. Sentiu a face latejar e começar a inchar. Tateou muito devagar o próprio corpo para ter a certeza de que estava vivo.

Quem quiser ganhar a vida...

De que estava no mundo real.

... que a perca.

Cada um dos movimentos doía. Ao seu lado, Olavo Garnieri parecia preso em estado de choque e, pouco a pouco, retomava o bom-senso. O cheiro de queimado que sobrara do acidente enchia a atmosfera. Os sons também.

Quando olhou para o lado, Allejo já estava desfalecido.

12

– O que tu queres pelos sonhos dele? – ela perguntou.

– Hum, difícil escolher! Bem sabes tu que ele é um sonhador cobiçado...

– É uma tortura o que tu fazes com o pobre rapaz. Quando não o trazes para tuas terras, encaminha-o para o Umbral, que muitas vezes é pior do que tuas terras...

– Interessante, Estrela! Tu falas como se os sonhadores não nos fossem dados por essência...

– Eles não o são. Nem sempre.

– É mesmo? Acaso já viste um estuprador ou um genocida entrar nos Reinos de Phantasos? Consegues imaginar meu irmão mais velho abrindo seus portões a um pedófilo enrustido ou a um fanático evangélico escravo da própria ganância?

– Não, não consigo. Mas acredito que qualquer desperto possa *ascender*.

– E depois, tu não sabes por que tens um condado em vez de um reino!

Ela se ofendeu.

– Não vim escutar tais argumentos, Lorde Phobetor! Vim negociar o desperto que me interessa...

– Mas ainda não disseste o que queres me dar em troca.

– Escolha tu, Senhor Escuro! Leve quem quiser de meu reino! Escolha um poeta, um romancista, um músico, um bailarino, um contador de história! Sabes que em meu reino tenho preciosas almas de artistas e sonhadores que valem tanto quanto estou disposta a pagar! Acabe com um de meus coletores de sonhos, mas me dê em troca aquele que peço!

– Teus reinos são curiosos. Teus sonhadores são diferentes.

– Tu zombas de meu condado, mas em algum ponto tu o invejas.

– E poderia saber o porquê?

– Porque, por mais poderoso que teu pai tenha feito de ti, e digo também de teus irmãos, nenhum de vós tem a dádiva que eu tenho.

Dessa vez, foi o ser sombrio quem nada disse.

– E é isso que te incomodas e te faz zombar deles em minha presença. Porque eu sou a única que possui um local nessa região apto a receber sonhadores *despertos*. Foi a mim, Amaldiçoado, que o dramaturgo veio pedir a bênção antes de retornar, que o surdo tirou força para enfrentar o infortúnio que escolhera e montar a sinfonia, que o Divino pediu ajuda para pintar a Capela. Alguns deles vêm até mim à noite para sonhar dentro de seus próprios sonhos. Mas antes disso, eles vêm a mim acordados buscar inspiração. *Acordados*, Lorde Phobetor! Em meus reinos, ao lado de minhas afilhadas que são suas Musas, eles escrevem suas melhores obras, compõem suas melhores músicas, despertam seus maiores dons e visualizam suas maiores glórias.

– Digas o que quiseres! A maioria de teus despertos ainda acaba nas terras de Morpheus, e é disso que tu tens raiva!

– Isso aconteceu por uma *trapaça*, e tu bem sabes disso! – ela vociferou. Um vento surgiu afastando as brumas.

Phobetor, debaixo de seu capuz soturno, gargalhou.

– Ah, querido Anjo dos Sonhos! O Lorde dos Sonos te passou mesmo a perna, não foi? Ouvi risadas tão altas de alguns demônios, que elas reverberaram até aqui!

– Ria! Ria enquanto podes, Lorde Phobetor! Um dia que não tarda ainda serei tua madrasta!

– Até mesmo o Anjo dos Sonhos tem de sonhar, não é verdade?

Madelein modificou o tom.

– Qual teu preço, deus Escuro? Diga logo, pois tenho eternidade, mas não o dia todo.

– Tu queres mesmo ele, não é? Tu achas que é ele quem vai te fazer virar o jogo contra Morpheus?

– Teu irmão começou com isso...

– Está certo, Estrela. Dou-te então meu preço!

– Estou esperando...

– Tu queres o fio de prata dele? Eu quero, então, o *dela*!

Madelein abaixou os olhos, suspirando pesado.

– Seu maldito filho da...

– Cuidado com teu linguajar, Arcano! Estás em minhas terras, e sabes que bem prezo a etiqueta e a cosmoética! Além do mais, tal palavreado não combina com uma entidade gloriosa como tu...

– Por que, Escuro? Por que queres dificultar-me tanto desta forma?

– Para ver se tu podes mesmo tudo que sonhas! Tu o levas, mas eu quero a contraparte dele! E cada vez que tu bendisseres os sonhos dele, enquanto ele estiver desperto, eu amaldiçoarei os sonhos dela, enquanto ela estiver adormecida! E se ainda assim, com ela sob meus domínios, tu conseguires fazer com que ele sonhe desperto, aí, minha querida Estrela, aí sim eu acreditarei que tu podes controlar um dia teu próprio Reino nestas terras efêmeras...

– Teu preço é alto...

– Se não queres o negócio, eu peço que deixe meus domínios.

Ele se virou e caminhou na direção do infinito. Madelein o observou e sabia que havia pouco tempo para a decisão. E também o quanto teria de encarar sem receio as consequências.

– Está certo, senhor maldito...

Ele sorriu.

– Está certo! Eu aceito tua condição...

Ele gargalhou.

– Então, pode partir, Anjo dos Sonhos! E espero que não te arrependas. A partir deste momento, nosso negócio está fechado.

13

— É, pelo sorriso na cara, a noite deve ter sido boa! – disse Helena Reimão, um dos membros da equipe feminina de ginástica, no saguão do hotel, ao lado das malas.

– Ih, cuida da tua vida, guria! Vê se joga esse olho grande pra lá! – ordenou Ariana, causando risos.

– Mas conta logo: vai ter foto sua em site de fofoca hoje?

– Se liga, menina! Apareço em matéria só quando ganho medalha, tá me entendendo? – ela sorriu e bebeu um gole de uma garrafa Ice de melancia.

– Tá bom! Mas revela logo, perua: o cara é bom de jogo mesmo?

– Se o cara é bom? Se liga, tchê: o cara é craque! Vou falar o quê, né?

As duas saíram rindo. Na porta do hotel, cinco vans eram divididas entre comissão técnica e atletas da seleção, prestes a se dirigirem ao aeroporto de Paris. Helena e Ariana entregaram as malas ao motorista. Foi quando a técnica assistente se aproximou.

– Olha, só pra vocês saberem, a viagem teve de ter o trajeto alternado porque aconteceu um acidente na avenida e nós vamos ter de pegar um caminho mais longo, ok?

– Por mim, tudo bem. A gente tá de turista mesmo, né?

– O acidente deve ter sido grave pelo visto. Alguém morreu ou coisa assim? – Ariana perguntou após mais um gole em sua bebida de baixo teor alcoólico.

– Não, morrer acho que não. Mas tiveram feridos – Marilda se virou para ir até seu próprio táxi. E ainda de costas, terminou: – O pior é que um deles era o carro do empresário do Allejo. Ainda não confirmaram, mas parece que ele estava junto!

A garrafa Ice sofreu a ação da gravidade e se partiu.

14

Em uma sala de atendimento do Hospital Necker, Allejo reclamava da dor latejante na parte superior do crânio, a mesma que dera a ele um calombo que os fotógrafos iriam adorar. Um médico falando um francês esbaforido já o havia examinado e não encontrara nada de grave. Seguindo o procedimento, porém, pediu que ficassem mais um tempo ali para observação e uns exames de rotina.

Naquele momento, deitado em uma cama, ele passava com um controle remoto rapidamente alguns canais da televisão francesa.

– Porra, mas que saco! Tudo aqui nessa televisão é em francês!

– É... pois é, né? Coisa sem sentido... – disse Garnieri, na cama ao lado, meio sonolento.

– Não, palhaço! Estou falando das séries americanas! Vê, é tudo dublado!

– Olha, se você quer mesmo jogar aqui, se acostume. Dizendo por experiência: nunca vi povo mais orgulhoso que francês! Pra você ter uma ideia, outro dia estava conversando com outro empresário por aqui, e sabe o que o cara me disse?

– O quê?

– Ele falou assim: "sabe, existe um ditado francês que diz 'não faça aos outros o que você não deseja que façam a você mesmo'"!

– Porra! Mas quem disso isso foi não foi... sei lá... Jesus Cristo?

– Talvez! Menos na França...

Allejo deu de rir sozinho. Por outro lado, achava engraçado esse jeito francês de ser, defensores ferrenhos da própria cultura e cheios dos próprios modos para falar com pessoas conhecidas e, principalmente, desconhecidas. Parou rapidamente em um canal, quando começou a esbravejar, desligando a televisão.

Arremessou o controle em cima de Garnieri. O empresário achou graça.

– Mas fala a verdade: você tá bem mesmo, garoto? Você ao menos se lembra direito como foi o acidente?

– Relaxa, Garnieri! Estou falando: estou bem sim. Embora eu não lembre muita coisa do acidente, lembro que você falou que um poeta tinha dito algo que não lembrava sobre sonhos...

– Ah, sim, o Homero! Era sobre o sonho em si a frase, na verdade. Aquela frase... como era mesmo? Mas que merda! Eu ainda não lembro o que ele disse.

– Sei. Mas vem cá: reparou naquela enfermeira que estava aqui?

– Cacete, Allejo! Você não consegue ficar dois minutos do lado de alguma mulher?

– Ah, Garnieri, dá uma colher de chá! A mulher é magrinha, meio tábua e tal, mas sentiu o perfume da garota? Era um desses afrodisíacos...

– Você quer saber com o que eles fazem um perfume igual ao que ela usava?

– Eu acho que você vai me dizer, mesmo se eu disser que não.

– Sêmen de cabra.

Allejo aqui fez uma careta *muito* esdrúxula com o comentário.

– Tá zoando, né?

– Nem um pouco...

Garnieri gargalhou. A cabeça de Allejo, de repente, voltou a doer.

– Putz! Essa dor não para! Tem algum jeito de eu sair daqui sem os fotógrafos me verem?

– Duvido. E fique mais um pouco em observação aí, até sair o resultado dos exames.

– Eles vão sair hoje? – perguntou surpreso.

– Pra *você*, vão.

Allejo deu-se por satisfeito. Contudo, ficar ali, parado o incomodava. A mente se recusava a parar quieta.

– Caraca, Olavo, eu tenho de jogar contra a França, cara! Sem mim, o time não faz nada não!

Garnieri riu e saiu do quarto. Após alguns minutos, Allejo ouviu a porta se abrindo e trazendo ao quarto o burburinho dos corredores do hospital. O empresário entrou novamente:

– Está cheio de jornalista lá embaixo. É melhor marcar uma coletiva pra você explicar o acidente.

– Eú odeio coletiva.

– Não é melhor eles saberem por você o que houve, do que publicarem a especulação que eles quiserem? Periga os caras escreverem que era você que tava dirigindo, que bebeu na boate, que tava com prostituta! Vai saber!

– É, pode ser. Marca logo então. Marca amanhã.

– Amanhã nada! Vou marcar pra daqui a pouco. Já vou falar com o diretor pra ele arrumar uma sala e a ceder *gentilmente* pra gente falar com a imprensa.

– Você consegue isso?

– Usando o seu nome, eu consigo cada coisa. Além do mais, é propaganda pro hospital, né? Como não aconteceu nada de mais com você, eles saem bem...

– Cara, às vezes, esse negócio de fama é um porre, né?

– Quer ver Deus, mas não quer morrer, né? Acha que alguém ia te dar rios de dinheiro só pra você ficar chutando uma bola pra lá e pra cá? Você é um fenômeno, mas o que vale dinheiro é a sua marca!

– Uma marca... – ele analisou o que havia escutado. – Tá bom, se é preciso...

– Eu vou ver o negócio da coletiva com o diretor do hospital. Enquanto isso, tem uma pessoa aqui que você conhece fora querendo falar contigo. A chegada dela atiçou tanto os jornalistas que eles não vão embora tão cedo agora.

Allejo franziu a testa.
– Ah, é? Mas quem viria me visitar aqui?
Garnieri saiu da porta e fez um sinal para alguém.
Foi quando ela entrou.
– Mas tu parece mesmo uma criança, guri! Não pode ficar sozinho, né?

Realmente existem dias ruins na vida de um homem. Mas alguns valem a pena por uma mulher.

15

Lúcio Vernon construíra um império imobiliário. Era um homem de muita energia e vontade de ferro. Era determinado; ousado; resoluto e, naquele momento, dono da Vernon Imobiliária. Começara sua trajetória como um corretor comum de empresas. Acordava cedo, corria com clientes por toda a cidade mostrando imóveis e convencendo-os a comprarem apartamentos que não eram tão bons assim. Sua subida havia sido meteórica. De corretor, a gerente; de gerente, a sócio. De sócio, a dono do próprio negócio. Tinha agora uma grande sala na sede da Vernon Imobiliária, onde tratava com arquitetos e engenheiros sobre negócios milionários. Naquele dia, esperava mais uma dessas pessoas. Não sabia ainda direito do que se tratava, só sabia que o homem era um empresário endinheirado que representava um grupo de pessoas ainda mais endinheirado. Não tinha mais do que reclamar da vida. Nunca teve, na verdade. Bom, talvez com exceção *daquilo*. Não sabia bem direito por que aquilo estava acontecendo, mas...

O viva-voz apitou. Ao ser acionado, escutou a secretária anunciar:

– Senhor Vernon! O senhor Mastrovani já está aqui.

– Pode deixar que ele entre.

O silêncio. Em poucos segundos, a porta da sala foi aberta. Um senhor de 48 anos e sorriso carismático entrou carregando uma valise de couro preta. Ele era Edgar Mastrovani.

– Senhor Mastrovani, por favor, sente-se.

Edgar observou o local.

– Senhor Vernon, antes de tudo, sei que é um homem muito ocupado e agradeço aqui em nome do grupo que represento por me receber.

– Me fale mais desse grupo que representa.

– Como lhe disse, somos um grupo acostumado a tratar com os maiores destaques nas mais diversas áreas e temos um plano de ação de... *investimentos* na maioria deles.

– Continue...

– Estabelecemos uma lista, deixe-me pegar aqui minhas anotações – a valise de couro foi aberta. – E o senhor é um dos últimos nomes que faltávamos procurar.

– Seu grupo está interessado em investir no ramo?

– Na verdade, meu grupo está interessado em investir *no senhor*, senhor Vernon.

Lúcio tentou esconder a surpresa. Mas não funcionou.

– Eu não sei o que dizer ao senhor, senhor Mastrovani.

– Isso é um momento raro. Nós sabemos bem de suas qualidades, não é mesmo?

– Posso saber quais os motivos de escolherem a mim?

– O senhor tem um potencial muito vigoroso, senhor Vernon! E isso bem canalizado pode ter efeitos grandiosos.

– O senhor me constrange com tais elogios.

– Nós conhecemos sua história. Acompanhamos seu desenvolvimento desde que era um corretor ainda de pequenas empresas.

– Agora o senhor me assusta.

– Mas é verdade – o tom de voz direto do convidado incomodava. – Sabemos sobre a perda de seu irmão, sabemos sobre a doença cancerígena de sua mãe. Temos todos os endereços por onde passou e até as listas de seus amigos e ex-namoradas.

Um papel foi colocado em cima da mesa com o nome "Lúcio Vernon" no topo. Abaixo, todo o tipo de informação que um homem sem o mesmo nome deveria ter.

– O que diabos é isso? É algum tipo de tentativa de extorsão? Porque se for, vou lhe avisar que...

– Como dito: estamos aqui apenas para investir no senhor. Da nossa maneira.

– Eu juro que, se em pouco tempo o senhor não for mais claro, eu irei...

– Não será preciso nenhuma reação hostil. Afinal, se estamos hoje reunidos aqui, foi por um desejo e opção de seu pai, não é verdade?

– O que sabe sobre meu pai? – o tom se manteve controlado, mas levemente alterado.

– Ele procurou nosso grupo há muito tempo. Tempos antes mesmo de você nascer.

– Perdoe minha reação, senhor seja lá quem for, mas não vou continuar participando dessa encenação oportunista...

E Lúcio pegou o telefone para acionar o ramal de segurança.

– *Vai chegar um momento em sua vida, em que você vai deixar de estar, para simplesmente ser!*

O telefone caiu da mão de Vernon. Nenhum comentário foi feito.

– Ele cresceu lhe dizendo essa frase, não foi?

– Quem é você?

– Mas ele nunca lhe explicou o que ela significava, não foi?

– QUEM É VOCÊ, SEU...

– Acalme-se.

O coração de Lúcio acelerou, diante do sentimento de exposição e impotência realmente difícil de ser combatido.

– Seus pais haviam acabado de perder seu irmão. Os médicos disseram que, se sua mãe engravidasse, ela teria uma gravidez de risco. Estavam em dificuldades financeiras. Foi quando ele nos procurou.

– ...

– Ele aceitou nosso *termo de contrato*. Aceitou que fizéssemos com que você chegasse no topo onde está agora, desde que, no futuro, nós pudéssemos cobrar nossa parte.

– E você disse que não era uma tentativa de extorsão...

– E não é. Nós não queremos seu dinheiro, Vernon. Nós queremos a sua *ajuda*. Nós lhe ajudamos antes, é justo que você se junte a nós agora.

– Como assim "me ajudaram"? O que conquistei em minha vida não foi mais às minhas próprias custas?

– Pelo contrário. Você faz ideia de quantos espíritos lhe auxiliaram no processo?

– Você é louco!

– Seu pai não lhe dizia coisas como: *um dia...*, a cada vez que você perguntava a ele o que significava a frase?

– Por que você está fazendo isso? – Lúcio perguntou, com uma mistura de receio e nervosismo.

– Porque já está na hora de você *ser* o que você *é*.

Lúcio vacilou. O ego brigava com o superego, comparando as novas informações com o que já conhecia, e querendo negá-las. Quase conseguiu.

– Chega! Sua história foi muito bem-pensada, mas eu não desisti da minha ideia de chamar a segurança – Lúcio mais uma vez tirou o fone do gancho.

– Você tem tido os *sonhos*, não tem?

O telefone foi desligado novamente.

16

Aquele dia, ele já havia caminhado por vales espirituais. Andava descalço, embora essa expressão não fizesse sentido em um mundo sem matéria. Mas se o fizesse, ele estaria andando descalço. *Ele*, na realidade, era apenas uma expressão para melhor definir aquele ser. Era, porém, uma expressão pobre. *Ela* também o seria. O ser em questão era o mais próximo do que poderia se dizer de um indivíduo andrógeno, sem definição de masculinidade ou feminilidade. Era albino e seu ectoplasma não tinha nem mesmo a forma de órgãos sexuais. A pele era branca e sem pelos; os olhos, acinzentados e sem pupilas. Por cima da pele havia vestes que lembravam um uniforme azulado com um sobretudo por cima.

Caminhava por um vale onde parecia ser ele o único presente. Pisava na água. Sentia-a como se o fizesse. Ali onde estava, naquele plano espiritual, tudo era *como* alguma coisa, e o mundo era uma grande metáfora. Toda expressão era uma ambiguidade de sensações. Por isso podíamos dizer que ele *pisava* na água. Ele *respirava* o cheiro de orquídeas. Ele *sentia* o vento que balançava o sobretudo. E não era o único.

Havia árvores; havia plantas; havia um lago. Era possível ver nesse lago grandes insetos que voavam com asas que, ao menos para eles, pareciam grandes demais. Talvez porque não fossem insetos. Ele parou observando na água o reflexo do céu, mas ali até mesmo um reflexo era efêmero. Foi quando ele sentiu a chegada dela. E a sentiu porque ela assim o permitia. Porque ali ela era o vento. Ali ela era a água. Ela era as orquídeas e todos os cheiros que emanavam dela. Ela era tudo. Ela era o todo.

– Tu vieste a meus domínios por algum motivo específico? – ela perguntou, com a voz doce de um angelical.

– Havia esquecido o quão bela era essa região do Sonhar...

– Tu sabes que é bela enquanto eu assim ordeno. É lindo enquanto eu assim o quero.

O ser albino fez um sinal em humildade. Ele sabia quem era aquela entidade. Ele sabia que aquela parte do Sonhar que tocava sua borda naquele ponto do plano astral onde estava era tão efêmera quanto um pensamento. Às vezes, muito mais efêmera do que isso. Caminhou mais próximo dela e sentiu a água subir. Os olhos não tinham pupilas que se guiassem, mas ele sabia que ela o observava.

– Nour-el, tu ainda não disseste por que vieste.

O ser abaixou a cabeça. Seres como ele eram nada perto de seres como ela, mas um dia poderiam vir a ser. E em vales espirituais, um dia poderia ser maior do que uma vida humana inteira.

– Vim para me confirmares.
– Do que precisas de confirmação?
– De que chegara a hora...
– Então é isto que queres?
Ele assentiu.
– O momento realmente se aproxima, Senhora?
Ela vacilou um tempo.
– Sim, caçador. Está mais do que na hora de nós manifestarmos o nosso próprio.
– E tens certeza de que queres que seja eu quem tome a parte inicial disso?
– Sim, eu quero! – ela concretizou. – Mais, eu *ordeno*! Vai! Vai, Nour-el, e cumpra meus desígnios! Tu sabes o que tens de ser feito.
– Sim, minha Senhora. Sim, eu sei.
Ele ergueu-se, virou-se e caminhou na direção do infinito. O sobretudo tocava a água, mas não se molhava, apenas se arrastava por ela. Observando seu servo partindo, ela viu a mesma linha do infinito que ele, mas nesse infinito, ela viu o futuro. E foi por isso que ela se satisfez.

Tu sabes o que deve ser feito.
Ele sabia.

O início de uma guerra.

17

O local se chamava Budha-bar. Era um restaurante francês que Allejo conhecera no primeiro dia em que estivera em Paris.

– A minha sorte foi que o airbag amorteceu o impacto ou teria sido mais grave.

– Mas tu não desmaiou?

– Pela batida. Felizmente só me sobrou esse inchaço como maior sequela – ele expressou, meio em alívio.

Ela pegou a mão dele, dizendo muito no gesto. Ele apertou os dedos dela, respondendo ao que não precisava ser dito.

– Gostou da iluminação? – ele perguntou.

– Essa coisa meio a luz de vela eu sempre achei meio brega, mas romântica. Sei que hoje em dia essa coisa de romantismo parece meio condenada, mas... bá, eu te admito que sou louca por isso! – ela mordeu a própria língua em careta.

– O que achou do Buda?

O Buda em questão se tratava de uma estátua local grande e chamativa, iluminada por luzes quentes inferiores, que poderia ocupar qualquer altar de pagode oriental. A iluminação especial dedicada transmitia a impressão de ser possível a visualização da aura iluminada através do tronco e da cabeça da imagem.

– É lindo. Eu gosto da filosofia budista.

– Conhece as ideias?

– Um pouco. Assim que tiver mais tempo, gostaria de estudá-las com mais profundidade. Gosto das ideias de perdão e compaixão que os budistas tratam. Tu não concorda, guri?

– Sabe, em minha vida conheci e joguei com muitos garotos pobres, antes de conseguir estourar. Fui a quatro enterros. E isso dos que eu conhecia. Houve outros, de garotos de quinze, dezesseis anos, que eu só tive oportunidade de jogar uma ou outra vez.

– E por que tu não faz alguma coisa pra ajudar?

– Bom, eu pretendo. Penso em montar um projeto social.

Ela o observou de lado e sorriu como se aquela resposta não fosse suficiente, mas já demonstrasse um avanço.

– Mas e afinal, é verdade o que tão dizendo por aí? Tu vai jogar aqui na França ou não?

– Deveria ter acertado isso já. Tudo depende do meu contrato com os investidores.

– Você tava indo quando sofreu o acidente, né?

– É, mas até que foi bom...

– Mas tu bateu bem a cabeça mesmo, né, criança? Onde que tu acha coisa boa nessa história?

– Se não fosse o acidente, você não estaria aqui, não é?

– ...

– ...

– ...

Ela bebeu um gole do vinho tinto, feito uma mulher segura de si que, de repente, não sabe o que dizer.

– Mas acredito que o contrato vá sair – ele retomou o assunto, ante o silêncio. – Eu vou ser o garoto-propaganda deles.

– Quanto vale teu passe atualmente?

– Você pergunta "oficialmente"?

– Existe outro valor?

– *Sempre* existe um caixa dois, é claro. Essas coisas rolam também em transações de grande porte como venda de jogadores para o exterior.

– Mas nem quero saber desses detalhes. Me fala então quanto é que tu tá valendo "oficialmente"!

– Atualmente, algo próximo de cem milhões de euros...

Ariana quase engasgou com a comida.

– Deus do Céu, de onde surge tanto dinheiro nesse mundo?

– O futebol atualmente movimenta duzentos bilhões de dólares por ano. Jornais como o *Olé* e o *Le Monde* acreditam que esse valor só tende a aumentar...

– Fala pra mim! Fala de verdade: como é que é saber que tu vai receber uma bolada dessas com a idade que tu tem?

– Penso nisso, às vezes, sabe? É meio... louco. Porque você para e pensa primeiro o que vai fazer com todo esse dinheiro, sabe? Mas quando você pensa nisso, então se dá conta de que é tanto dinheiro, que você não precisa de todo ele! Logo, você se pergunta se merece mesmo isso tudo. Pra você ter uma ideia, que eu me lembre, o jogador mais caro na história da França até hoje custou mais ou menos dez milhões de dólares...

– E a que conclusão tu chegou nessa autoavaliação?

– De que, se eu valho ou não tudo isso, eu não sei, mas, se eles estão me pagando tudo isso, então eu *tenho* de ser o melhor. Não apenas o melhor em campo. Não apenas o melhor que eu possa. Mas simplesmente o melhor do mundo.

– Hum... vendo teus olhos enquanto fala de tua profissão, eu entendo agora porque tu é tão bom nesse troço! Sabe, guri, eu não recebo nem um quinto de tudo isso aí que te pagam pra fazer o que eu faço, mas sei que o que me pagam em um mês já é mais do que muito chefe de família ganha durante um ano inteiro. E só por isso eu já sinto isso tudo aí que tu descreveu, quando entro num ginásio. A primeira vez que eu estive em cima do pódio com a medalha de ouro, abraçada com a bandeira, eu chorei e não conseguia parar, tu tá me entendendo? Parecia até um *déjà vu*!

– Por que pareceria isso?

– Porque eu tinha sonhado com tudo aquilo no dia anterior, acredita?

Allejo ponderou sobre o assunto. Precisamente.

– Como são seus sonhos, Ariana?

– Normais. Iguais aos teus...

– Não, iguais aos meus eu duvido.

– Pois tu não sonha como todo mundo, criança?

– Não sei. Meus sonhos são... bem... eles são *estranhos*. Parece sempre que eu estou em um filme do Tim Burton, sabe?

– Cruzes, mas que tu anda lendo antes de dormir, menino? Stephen King?

– Não, não! – ele achou graça. – Não curto literatura de terror. Mas até que gosto de coisas mais *fantásticas*, sabe?

– Tipo *O Senhor dos Anéis*?

– Não, tipo... *Sandman* – ele pareceu mais sussurrar para si, que relatar algo.

– Tá falando daquele tiozinho que sopra areia na gurizada pra ela dormir?

– Bem, sim e não. Na verdade, a figura do Sandman seria apenas uma variação americana dos vários mitos sobre o deus dos sonhos, entende?

– Bá! Mas se tu vai falar de mitologia, então daqui a pouco nós vamos parar em Tolkien, né?

– É verdade! Bom, eu gosto dos filmes do *O Senhor dos Anéis*, entende? Com exceção, claro, do terceiro...

– E qual o *problema* do terceiro, guri? – ela perguntou, meio invocada.

Allejo percebeu que poderia estar diante de uma dessas fãs ardorosas de Tolkien e era melhor colocar panos quentes naquele tópico. Rápido.

– Nenhum, nenhum! Acho ótima as batalhas e os efeitos e coisa e tal! Mas é que... cacete... é muito grande! Sabe o que é pedir um daqueles combos de pipoca com refrigerante de um litro, e ficar se contorcendo, rezando pro filme acabar? E... porra... o filme não acaba! Você vê aqueles cavaleiros ajoelhados diante do hobbit e coisa e tal, aí escurece a tela! Aí eu todo feliz me levanto pra correr ao banheiro e... abre a tela de novo! Depois o baixinho vai embora no navio lá e tal, a tela escurece, eu levanto de novo e... abre a tela de novo com a vila dos Hobbits! Putz...

– Ué, tchê, e por que tu não pediu pra dar uma pausa no filme? – ela perguntou meio irônica, meio sarcástica. – Tu não pode tudo?

– Eu não disse isso! Eu disse que trabalho pra ser o melhor do mundo. Não melhor do que os outros!

– E então o que é... isto?

Ela abriu os braços. A expressão demonstrava bem a situação. Ele sabia o que ela queria dizer. O Budha-bar onde estavam jantando à luz das velas estava inteiramente *vazio*. Todos os garçons, a música, a iluminação, tudo fora feito apenas para que os dois desfrutassem daquele jantar e, obviamente, servissem de modelos transeuntes para fotógrafos do mundo inteiro na entrada do estabelecimento.

– Bom... achei que você iria gostar de privacidade. Se soubesse que iria causar essa impressão, juro que...

– Desencana essa cuca, guri! Tô pegando pesado contigo. Eles devem ter te cobrado uma nota trilegal pra fechar isso aqui só pra ti, né?

– Nem um centavo, na verdade. Foi preciso apenas eu *pedir*.

– Bá, agora sim tu tá de brincadeira comigo!

– Sério! Já viu a quantidade de fotógrafo lá fora? Quanto esse lugar iria gastar se quisesse publicar uma foto da entrada dele na primeira capa dos jornais do mundo? Nem a conta eles devem me cobrar no final...

– Isso é muito louco na minha cabeça. Acho isso tudo muito poder na mão de uma pessoa!

– Você exagera...

– Exagero não, guri. Tu é poderoso! Só não sei se tu tem a consciência do quanto. Nem se tu sabe usar o poder que tem.

– Seja então a minha primeira-dama! Assim eu sei que alguém me ajudará a usar o Um Anel corretamente! Sabe, pra eu não me corromper...

– Rá, mas eu sabia que tu gostava de Tolkien!

Ele riu.

– Não. Não tanto. Pra falar a verdade, os livros são um saco! – ele resolveu chutar o balde de vez.

– Ah, mas fala isso de novo que eu taco esse prato na tua cabeça!

– Ei, cadê a liberdade de expressão? Eu não tenho o direito de achar Tolkien um porre?

– Tu ficou é biruta da cabeça quando bateu o crânio naquele acidente! Tu tá falando do maior livro do século XX!

– Ah, que mané maior livro o quê? O cara pra falar que o Frodo atravessou a rua leva mais de dez páginas enchendo linguiça!

Ariana estava com a boca aberta sem emitir som, como se houvesse sido ofendida pelas próximas nove encarnações.

– Eu *realmente* acho que vou tacar esse prato na tua cabeça!

– Ah, tem livros de fantasia muito melhores do que *O Senhor dos Anéis*!

– Por exemplo? – ela perguntou com um tom de desafio, com o nariz empinado e as mãos na cintura.

– Ora essa, livros como... – ele temeu um pouco pra concluir –... *Harry Potter*!

– Mas, bá! Agora eu desisti de tacar isso na tua fuça! Pensei que tava discutindo uma questão séria com uma pessoa sensata, tá me entendendo? Mas agora tô vendo que é que nem discutir Cálculo I com criança no ginásio!

– Ei! – ele se ofendeu e levantou-se de súbito da cadeira.

Allejo jogou o guardanapo do colo em cima da mesa. Caminhou na direção de Ariana como se estivesse furioso. Pegou-a pelo braço de forma brusca.

– Nesse pouco tempo em que a gente se conheceu, a senhorita já me esculachou, me abandonou, reapareceu na minha vida e me esculachou novamente! Por isso, eu vou logo lhe avisando: eu não sou o tipo de cara com que você está acostumado a lidar!

Ele fez com que ela se erguesse da cadeira, puxando-a pelo braço.

– Ah, é, Brutus? E posso saber por quê?

– Porque eu estou perdidamente apaixonado por você.

Ela pulou no pescoço dele, como se aquele fosse o último momento de uma vida, entrelaçando as pernas na cintura dele. De repente, todos os garçons resolveram, ao mesmo tempo, passear pelo restaurante ou retornar à cozinha, de uma forma que o cômodo ficasse vazio e isolado. Os amantes cambalearam com os corpos misturados entre si e acabaram em cima de alguma mesa sem pratos. Ele levantou o vestido dela e as coxas continuaram a se enroscar nele feito a cauda de uma cobra. As mãos dela lhe arrancaram o fecho da calça e, em pleno restaurante vazio, em cima de uma mesa que iria se tornar ponto turístico, o mundo ao redor deixou de importar.

Ao fundo, o Buda de aura de luzes quentes ainda os observava.

Por você eu iria até o Inferno, Ariana.

Existem promessas que não deveriam ser feitas.

18

Edgar Mastrovani vestia um jaleco. Caminhava com uma expressão séria, dentro de uma casa com chão de madeira. Estava descalço. Atrás dele, caminhava Lúcio Vernon, ainda se perguntando o que estava fazendo ali. Pensava se não deveria ter expulsado aquele homem de seu escritório luxuoso, mas, se não o fizera antes, não era ali que o faria. Por mais estranho que fosse, no fundo parecia satisfeito em descobrir alguém que pudesse ajudá-lo.

Fosse lá de que ajuda precisasse.

Fosse lá quem fosse esse alguém.

Falara com o homem sobre seus sonhos. Comentou sobre como o simples ato de dormir estava cada dia mais difícil, e essa dificuldade era algo tão berrante que começara a sofrer inveja dos insones.

Dessa forma, chegara ali. A casa onde estava mantinha uma aparência rústica e pouquíssimos móveis. Havia quatro cômodos. Ao entrar no lugar, um corredor arredondado com três portas se mostrava. Uma escada dava acesso a um andar superior. Pelo que descobriu rapidamente, a da direita era uma sala onde trocavam de roupas. Observou Edgar retirar os sapatos e fez o mesmo. Também observou o senhor colocar um jaleco branco, que Lúcio observou não ter o direito de fazê-lo, ao menos ainda. A porta da esquerda era um banheiro unissex. Lúcio escutou o barulho de pessoas na parte de cima, mas não chegou a ver ninguém. Pensou que iria entrar na porta do meio, quando Edgar ordenou:

– Ainda não. Primeiro você sobe e se limpa.

Viu Edgar indicar-lhe as escadas. Percebeu que ele não o acompanharia. Subiu os degraus de uma escada em espiral e deu de cara com um grupo, mais ou menos de cinco ou seis pessoas, vestidas também com jalecos opacos. A primeira delas era uma mulher de mais ou menos trinta anos, com os cabelos curtos e um sorriso que parecia sincero. Ela fez um sinal para que ele se aproximasse. Ele o fez.

– Eu...

– Eleve os pensamentos...

Um senhor alto trouxe-o ao centro. Um terceiro homem baixo e mais robusto acendeu um incenso, e produziu um cheiro acre da resina. Os outros se mantiveram em diferentes posições, com as palmas das mãos viradas para o alto, parecendo estar ali apenas para observar. O homem alto manteve-se atrás de Lúcio, palmas viradas para o céu. Murmurava alguma coisa não compreensível.

O senhor robusto do incenso fez círculos no ambiente e ao redor de si próprio, como que limpando a si com a fumaça. Depois fez o mesmo com a mulher de cabelos curtos. E com o senhor alto. E com o próprio Lúcio. O empresário achou aquilo *idiota*, mas quando o incenso terminou sua função, ele teve de mentir para si próprio que não parecia mais leve.

– Feche os olhos, relaxe o corpo e mantenha a mente quieta.

– Desculpe, querida, mas isso é um pouco difícil. Eu não faço o tipo religioso.

– Nenhum de nós faz.

Lúcio, mais uma vez, calou-se. Diante do silêncio, fechou os olhos e ouviu a mulher dizer:

– Caros amigos aqui presentes do Mundo Desperto e do outro lado dos planos, eu peço mais uma vez permissão para dar por iniciado os nossos trabalhos...

Ouviu-se a inspiração de todos na sala. Lúcio não fazia ideia do que estavam fazendo, mas simplesmente não conseguia abrir os olhos. Não porque não pudesse. Porque não queria. Sentiu um calor lhe percorrer a espinha e a sensação também era incômoda, mas não necessariamente ruim. Sentiu o peito arder. O equilíbrio balancear. A respiração inicialmente afoita. Depois, tranquila.

Lúcio Vernon, naquele momento, não podia ver, mas, ao redor dele, homens e mulheres limpavam sua aura; retiravam sujeiras psíquicas; fechavam buracos etéreos; expurgavam até mesmo o imperil tóxico de seu campo eletromagnético. Além disso, limpavam seus chakras. Atrás dele, o homem alto ativava a energia da *kundalini*, que subia enroscada pela coluna vertebral como uma serpente. Aquilo tudo era necessário. Era preciso, afinal tinha de ter dentro de si tudo o que ele fosse, para enfim descobrir quem ele era.

Por fim, Lúcio sentiu uma mão tocar-lhe o peito e fazer um símbolo com alguns dedos.

– Abra os olhos e vá. Ela o aguarda.

Lúcio demorou para retomar a consciência.

– Mas quem é *ela*?

– A que responderá a todas as suas perguntas.

– Ela sabe quais são as minhas perguntas?

– Na verdade, se *você* souber as perguntas certas, ela saberá quais as suas respostas.

Aquela casa começava a ficar ainda mais interessante.

19

O relógio marcava dez e cinquenta e cinco da noite. Naquele momento, Mikael Santiago estava abraçado com Ariana Rochembach na suíte presidencial do melhor hotel de Champs-Elysées. Havia desligado o celular há alguns segundos, enquanto ela ainda observava a cidade iluminada na parte inferior.

– Boas notícias?

– Meu empresário. Foi remarcada pra amanhã de manhã bem cedo a reunião com os caras da Sport. Eles estão tão afoitos, que virão fazer a reunião aqui no hotel mesmo...

– Tá vendo o que tu apronta, guri? Se tu vai fechar um negócio desse porte amanhã cedo, então é melhor tu dormir logo hoje, né não?

– Não – ele vacilou a voz. – Temos de estudar o Kama Sutra a noite inteira ainda.

– Mas tu é o quê? Um coelho? Parece bicho que não se controla!

– E eu tenho culpa de ser puro sangue?

– Ih, guri, desencana. Se tu acha que é numa cama que um homem prova que é homem, então tu ainda tem muito o que aprender sobre isso, tá me entendendo?

Allejo suspirou, rendido. Às vezes, o mundo se quebra ao redor de um homem e ainda assim tudo o que ele quer é uma mulher.

– Mesmo dando um jeito de sempre me esculachar, você é incrível.

– Tu me supervaloriza. Mas eu tô falando sério, guri! Tu tem que dormir mais cedo. Já olhou essa tua cara? Tá cheia de olheiras! Parece que tu dorme mal há dias...

– Meses na verdade.

– Como é?

– Durmo mal há meses na verdade...

Allejo tirou o braço que a circundava e sentou-se em um cadeira acolchoada da varanda. Ela se aproximou dele e, ao perceber o olhar desfocado nas luzes da Paris abaixo, sentou-se ao seu lado.

– Me conta o que tá te acontecendo, Allejo! Tu não tá com cara boa, não...

– É complicado. Achei que era uma coisa de momento. Coisa de pressão, mas... o problema continua até hoje, e já não sei mais o que fazer para resolvê-lo.

– E qual é o problema na verdade? Tu tem tido insônia, é isso?

– Quem me dera, Ariana. Quem me dera. Tudo que mais desejava nessa vida era ter insônia...

Ele não era o único no planeta a ter o mesmo desejo.

– Para de me enrolar e me diz qual teu problema, criança! Me diz o que tá te impedindo de dormir bem! Preocupação, é isso?

– O motivo real eu não sei dizer – havia sinceridade na afirmação. – Mas o problema não está exatamente no ato de dormir, compreende?

– Não, claro que não compreendo. Tu não explica direito! Por que tu não gosta mais de dormir?

– Por causa dos *sonhos*.

– Tu tem tido pesadelos?

– Acho que isso seria o mais próximo do que quero dizer realmente.

– Mas todo mundo tem pesadelos de vez em quando...

– Eu os tenho frequentemente.

– Quais as frequências de teus pesadelos?

– Todos os dias.

– Há quanto tempo isso?

– Dezoito meses.

– O quê? – os olhos de Ariana esbugalharam-se. – Guri, isso é sério! Tu tem de tratar isso urgente! Deve ser psicológico. Já foi em algum especialista?

– Garnieri vive me enchendo o saco pra fazer isso, mas eu nunca aceito. Eu sempre acredito que no dia seguinte não vai mais acontecer!

– Mas...

– Mas sempre acontece.

Ele retornou para o interior da suíte e sentou-se no braço de um sofá. Ela foi até ele e sentou-se ao lado, parecendo uma companheira de infância ou uma amante de longa data.

– E como são esses sonhos?

– São horríveis! Vejo gente cadavérica, gente sem membro, gente doente! Às vezes, estou em festas luxuosas, mas com pessoas com carne à mostra! Ou fico preso sem conseguir me mexer por horas. Vejo mulheres idosas se oferecendo pra mim com barrigas de gelatina e seios flácidos! Às vezes, sonho até que estou transando com uma mulher linda e maravilhosa que, de repente, começa a assumir feições animalescas e exalar odor de carne podre!

– Tu sente *cheiros* em sonhos? – ela perguntou em tom baixo, como se a pergunta fosse sensata.

– Bom, é como se eu sentisse...

– Guri, tu tem de ir num psicólogo! Isso aí parece problema psicológico mesmo!

– É, eu sei.

– Mas teus pesadelos são sempre assim? Com gente podre?

– No início eram assim. Mas os últimos são piores.

– Me conta então como eles são. Diz pra mim que que te acontece quando cerra a noite.

Ele ponderou. Era um caminho sem volta aquele.

– Está certo então, menina. Preste bem atenção. Eu vou lhe contar como são os meus sonhos...

Um caminho sem volta.

20

Lúcio estava no cômodo vazio. Não havia altar, nem imagem, nem tapete. Só havia ele. E havia ela. Entre os dois, o silêncio. Ao redor deles, também. Estava ele sentado à frente dela, que mantinha os olhos fixos nele. Aquela sensação era incômoda. O olhar dela era tão profundo, que era quase físico. Ele quase *sentia* o toque visual. E ambos já se mantinham calados por quase cinco minutos de tortura.

– A senhora é uma curandeira? – ele tomou coragem para perguntar.

– Não...

Silêncio.

– Uma mãe de santo?

– Não...

– Uma monja?

– Não...

– Uma rezadeira?

– Não...

Silêncio.

– Uma macumbeira?

– Não...

– Uma maga?

– Não...

– Uma vidente?

– Não...

– Uma feiticeira?

– Não...

– Uma esquizofrênica?

– Não...

Silêncio.

– Você é uma bruxa?

– Não...

– Uma oráculo?

– Não...

– Uma sacerdotisa?

– Não...

Silêncio.

– Uma sibila?
– Não...
– Uma cigana?
– Não...
– Uma cartomante?
– Não...
– Uma médium?
– Não...
– Um anjo?
– Não...
– Um... demônio?
– Não...
Silêncio.

– Um sonho?
– Não...
Silêncio.

21

— Teus sonhos me deram medo – ela disse. E era verdade.

– Imagine então o que fazem comigo.

Houve um silêncio. Não constrangedor, mas intenso ainda assim.

– É estranho pensar em alguém como tu tendo problemas assim...

– Por quê? – ele perguntou, curioso.

– Tudo quanto é moleque do mundo todo sonha ser igual a ti, não é? Tua vida parece daquelas histórias de fadas. Do tipo de vida boa, que tem os melhores sonhos.

Ele sorriu.

– Eu entendo as pessoas. Não sei se seria uma heresia dizer isso, mas fui mais longe do que já havia sonhado para mim. Hoje, posso dizer que não sonho com mais nada. Não preciso, compreende? Não há nada que não esteja ao meu alcance, e é um pouco desmotivador isso. Cheguei a um ponto da vida que basta apenas deixar a vida me levar, e as coisas acontecerem...

– Não concordo, não. Acho que uma pessoa tem de sonhar pelo resto da vida.

– E eu deveria sonhar com o que agora? Uma casa de dezoito andares? Um carro de colecionador? Eu posso ter qualquer coisa...

– Tu confunde as coisas. Um carro não é um sonho. Acho que tu realizou tão rápido teus sonhos, Allejo, que te esqueceu do que significa.

Ele se calou. Ela entendeu que era uma forma de pedir que continuasse.

– Uma casa ou um carro é um desejo, não um sonho. Um sonho, tu não compra.

– Hum... me diz então um que você tenha...

– Eu realizei um há pouco tempo. Eu conquistei uma medalha de ouro e me tornei campeã mundial de ginástica. Eu não comprei a medalha em nenhuma loja de esporte. Eu treinei minha vida inteira pra isso e a conquistei com minhas próprias forças.

– Você filosofa em cima de algo prático.

– Você utiliza a esquiva para não encarar algo óbvio. Uma pessoa que sonha em comprar uma casa para os pais na verdade sonha com *a forma* como fará isso, tu tá me entendendo? A compra da casa em si é *só* um desejo. Eu realizei meu sonho de ser campeã mundial, mas também, como mulher, sonho um dia juntar meus trapos com alguém que me ame e ser mãe. E me diz, guri: tu pode comprar um filho pra mim?

– Bem, hoje em dia até poderia...

– Seria a mesma coisa?

Silêncio.

– Como são seus sonhos, Ariana? – ele perguntou, curioso. – Mas não os acordados. Os sonhos quando dorme, literalmente.

– Ih, se tu quer mesmo saber, não são nada comparados com os teus!

– Ótimo! Ficaria preocupado se fossem...

Ela riu.

– Na verdade, os meus são bons. Gosto muito deles. Os que eu consigo relembrar depois que acordo, na maioria das vezes, costumam estar ligados com os que tenho na realidade, tu tá me entendendo?

– Acho que sim...

– Por exemplo: quando eu era menina e estava começando na ginástica, tinha dificuldade em conseguir dar um salto mortal duplo! E então nos sonhos, eu voava! Vê? Eu voava e dessa forma não precisava me preocupar com a queda!

– Se você conversasse com *especialistas*, escutaria coisas engraçadas sobre o significado de pessoas voando em sonhos...

– Também já sonhei com beijo de garotos que me namoraram, ou mesmo nunca nem me notaram no colégio...

– Estudou em escolas de cegos?

– Bobo! Já sonhei com uma festa de quinze anos perfeita. Sonhei com formatura de faculdade; com carro que fazia baliza sozinho!

– Rá! – ele ficou muito surpreso. – Com o quê? Carro que faz baliza?

– É, ué, qual o problema? Eu não gosto de fazer baliza! E no sonho, eu tinha um carro que era só apertar um botão que ele estacionava sozinho!

Allejo deu de rir tanto, mas tanto, que não conseguia parar.

– Ai... – ele tentava se controlar. – Ai, meu Deus do Céu! Eu ainda morro disso...

Ariana colocou as mãos na cintura, ofendida.

– Mas olha que estúpido! Alguém já lhe disse que tu é ridículo, guri?

– Não, desculpe! Aliás, você tem razão: seria o carro feminino dos sonhos! Devia vir com piloto automático também!

– Ah, e eu aqui falando sério...

– É ótimo escutar suas histórias – e era mesmo. – Só gostaria que me prometesse algo.

– E o que tu quer que eu te prometa, criança?

– Que algum dia desses, quando você dormir e for pra esse lugar em que você sonha seus bons sonhos, você me leve contigo para conhecê-los pelo menos nem que seja uma única vez...

– Falando sério, guri? Quer mesmo ir até os meus sonhos?

– Sim – ele concordou. – Eu não sei exatamente para onde você vai, mas, por favor, me leve com você...

Ela olhou para ele, sem reação.

E sorriu.

* * *

Dentro daquele vestiário, as pessoas estavam agitadas. Era aquele o jogo contra a França, em que duas das melhores seleções de futebol do mundo iriam se enfrentar. Um jogo financiado pelos empresários da Sport junto à Confederação Brasileira de Futebol, para apresentar ao mundo a mais cara contratação do futebol mundial até ali.

Liberado pelos médicos, mais por pressões empresariais do que medicinais, encostado em uma parede e observando o nada, Mikael Santiago sabia de tudo aquilo. Sabia que aquele espetáculo havia sido marcado por ele. Que em muitos locais do mundo as pessoas estavam reservando parte de seu tempo por causa dele. E que as vendas dos direitos de transmissões do campeonato francês havia se valorizado em porcentagens estratosféricas apenas com o anúncio de sua contratação.

Tudo isso era uma grande responsabilidade, não havia dúvidas. Mas exatamente por isso, não podia pensar nisso. Tinha de encarar a tudo como uma grande festa, uma brincadeira em que lhe pagavam muito bem simplesmente para participar.

Do contrário, um homem em tal situação não sairia da própria cama.

– Allejo, de pé! Vai aquecer com seus companheiros! – ordenou o técnico J. Mário, o polêmico técnico das estrelas.

Ele se levantou devagar. Estava difícil ainda esquecer os sonhos da última noite. Uma mulher com asas nas costas, ou qualquer coisa do tipo, lhe dizia mais coisas sem sentido. Falava sobre *ser forte*, sobre *caos*. Sobre *sonhos*. Mas o pior de tudo o que vira na noite anterior ainda era o homem ao fundo. O homem do manto. O cadavérico. O que sorria. Não era o mesmo sombrio que dava suas risadas naquela estalagem medonha das orgias em que, vez ou outra, ele acabava dentro ao sonhar, mas ainda assim o gargalhar dele incomodava.

Em outro canto superior do estádio Parc des Princes, algumas celebridades francesas desfilavam pela área VIP, mas ainda assim não atraíram a maior quantidade de flashes. Porque, naquela noite, ali estava Ariana Rochembach. Escondida entre um boné da própria Sport e óculos escuros pequenos, ela observava a entrada das duas seleções com um sorriso. Quando entrou no estádio, foi cercada por dezenas de jornalistas, que lhe fizeram perguntas com o mesmo sentido: seria verdade a união que os jornalistas já apelidavam em um trocadilho de "o melhor casal do mundo"?

Ariana passou sem responder a nenhuma delas. Sentou-se perguntando a si própria se estaria disposta a encarar tudo o que um relacionamento como aquele traria. Sabia, por exemplo, que seria seguida na rua, investigariam todo o seu passado, inventariam mentiras a seu respeito e perderia qualquer referência de privacidade. Sabia, portanto, que, por mais que o mundo todo a observasse, ela estaria cada vez mais só e isolada. A questão era: ele preencheria esse espaço que ficaria vazio dentro dela?

Sua única dúvida ali naquela arquibancada era se por aquele moleque lá embaixo que cantava com a mão no peito um hino em rede nacional valia a pena tudo aquilo.

Por você eu iria até o Inferno, Ariana!

Isso ambos ainda iriam descobrir.

22

– Quem é você então? – ele insistiu.
– A pergunta não é essa.
Silêncio.

– O que vocês esperam de mim?
– A pergunta não é essa.
Silêncio.

– Por que estou aqui?
– A pergunta *ainda* não é essa.
Silêncio.

– Quem sou eu?
– Enfim perguntaste.

II
SONHOS TREVOSOS

You may say I'm a dreamer...
but I'm not the only one...
(John Lennon)

23

Mikael, naquela madrugada, sonhava com um local completamente diferente dos sonhos dos últimos meses. Primeiramente, não havia sombras. Nem sombras nem lama. Nem lodo. Não havia medo, não havia nem mesmo o receio de um sonhador desesperado com a possibilidade de não mais acordar. As pessoas, se eram pessoas, não exibiam aparências monstruosas nem tendências esquisitas. Não cometiam perversões nem agiam com deformidades. O mundo dessa vez não parecia sem luz. E quando Mikael caminhava, ele não mais se sentia dentro de um mundo nascido da mente de um expressionista alemão.

A parte do Sonhar pela qual caminhava naquela madrugada era clara e estonteantemente luminosa. Ele reparou no próprio corpo e viu que usava uma roupa de estilo esportiva, com casaco e calça de náilon e um tênis colorido da Sport. Estava em uma espécie de bosque. Ao longe, podia ver algumas poucas torres, mas uma delas, porém, era bem maior do que as outras. Sentia a terra fria, embora estivesse de tênis esportivo. As árvores agitavam os galhos coloridos, de onde pássaros pintados à mão erguiam-se em voos solos. Olhou para o céu azulado e jurou que viu estrelas. Esquilos provocavam uma dança esquisita ao redor de nozes imensas, e uma coruja branca os observava sem a intenção de devorá-los. Vez ou outra, um inseto muito maior do que um inseto deveria ser batia as asas e voava em velocidades altas. A princípio, os tais insetos lhe pareceram libélulas. Quando elas se aproximaram o suficiente para mordiscar o nariz dele, viu que aqueles seres não eram insetos.

Eram fadas. Ou ao menos não havia outro nome que as definisse melhor.

Ele continuou a caminhar por uma trilha que levava a um lago. Quando Mikael andava, deixava pegadas. Quando olhava para trás, contudo, curiosamente, elas não estavam mais na terra. Um homem careca e albino, vestido com um sobretudo cinza, observava o horizonte com as mãos no bolso *acima* das águas do lago.

Mikael parou na margem. O vento agitava o sobretudo da entidade e as roupas dele próprio. Foi quando o ser albino se virou. Mikael pôde ver que os olhos não tinham pupila. O homem então, se aquilo era um homem, ainda com as mãos no bolso feito alguém com frio, disse com voz firme:

– Aproxima-te, desperto...

O vento soprou de novo ratificando a surpresa. Mikael não sabia o que era mais impressionante: o ser se virar para ele como se o esperasse ou a proposta de pedir a aproximação. Sem saber o que fazer, manteve-se imóvel.

O albino falou novamente:

– Anda sem medo, sonhador. Caminha pela água como caminhas pela terra...

Mikael ainda manteve-se imóvel. A descrença ainda vigente.

– Como poderia andar até aí se isso é água?

– Isso *está* água, viajante. Assim como poderia estar terra, ou areia, ou fogo, e névoa.

– Mas *está* água!

– Enquanto tu assim acreditares.

Mikael inspirou, se isso era possível. Receou uma vez mais. Coçou a cabeça. Iniciou o movimento. Voltou. Tomou nova inspiração. Avançou com a certeza de que conseguiria realizar o impossível.

E afundou na água feito um saco de estrume.

Saiu, sentindo-se pesado e buscando ar, como se estivesse se afogando no primeiro instante. No segundo, deu-se conta de que estava *sonhando* e, portanto, estava seguro. Ergueu-se pouco a pouco. O pior de tudo era que conseguia escutar as risadas infantis das fadas-libélulas. De qualquer forma, foi novamente até onde a terra *estava* terra. A roupa molhada, se aquilo era uma roupa, continuava pesada. A sensação se deu por pouco tempo. Mikael não parecia nada satisfeito. A entidade não parecia se importar.

– Não pense que vai realizar o impossível. Faça simplesmente porque *é* possível...

O visitante concentrou-se. Mal percebeu que a própria roupa não estava mais molhada. Repetiu diversas vezes na mente o que acabara de escutar. E antes de tentar novamente, ainda sussurrou para si mais uma vez:

– É possível... fazer o que é possível...

Temeu uma última vez.

– Fazer simplesmente porque é possível...

Foi quando ele deu o passo. Um passo sem o medo do tombo. Um passo de uma pessoa entregue. Um ato sem medo do fracasso, sem o bloqueio do possível, sem a prisão do predefinido.

E então conseguiu.

Foi assim, diante de um céu azul com estrelas, e diante de um vento que soprava quando sentia vontade, e diante de fadas que riam da desgraça alheia, que Mikael Santiago caminhou na direção daquele ser andrógeno e paciente, dotado de intenções inteiramente desconhecidas.

* * *

– Eu sou Nour-el – ele disse, observando o horizonte mais distante.

– Eu sou Mikael.

– Tu *também* és esse...

– Como?

– Tu também és isso.

– Quem é *você*, Nour-el?

– Em tua linguagem, a expressão que mais se aproxima é o que tu chamarias de "caçador"...

– Um "caçador"? Mas um caçador de quê?

– De espíritos.

– Mas o que faz um caçador de espíritos?

– Ele localiza espíritos específicos nos planos.

– "Localiza"?

– Tu, de vez em quando, não precisas encontrar alguém? Como farias, porém, para encontrar um espírito em um plano diferente do teu? Farias uma ligação de um telefone?

– Mas por que alguém iria lhe pedir para localizar um espírito?

– Tu, de vez em quando, não sentes saudades de alguém que partiu?

Se havia um coração no peito, Mikael sentiu-o apertar tão forte, que lhe espremeu emoção.

– Sinto. Claro que sinto.

– Então compreendes.

– Não sabia que isso era possível.

– Em teu plano, existem centenas de locais preparados ao redor do mundo, onde muitos como eu vos ajudam. Teus irmãos encarnados fazem pedidos que chegam até nós, e, em determinados momentos, são marcados encontros.

– "Encontros"?

– As casas marcam datas em que teus irmãos têm autorização para se reunirem com vossos saudosos. Nesse tempo, seres como eu os encontram e os avisam do local de cada casa e da hora combinada para a permissão.

– Mas *quem* dá essa permissão?

– A Providência. A mesma que permite que tudo aqui exista.

Uma pausa de um sonhador impressionado.

– Mas as pessoas... digo, as pessoas no meu... plano... podem ver seus entes falecidos?

– Alguns. Pouquíssimos. A maioria não consegue, a não ser onde o Véu é fraco.

– Mas como o encontro funciona, se nem sempre uma das partes pode *ver* a outra?

– Porque a parte que não vê, sente.

– Sente exatamente como...

– Assim como, de vez em quando, tu sentes perto de ti o espírito que foi tua mãe.

A surpresa foi tão intensa, que quase o fio de prata puxou de volta o sonhador. Em condições normais, ele teria acordado. Naquela, isso só poderia assim acontecer quando a Senhora daquele condado permitisse.

– Como sabe tanto sobre mim, Nour-el?
– Tu és observado há tempos...
– Por quem?
– Pela Senhora deste domínio.
– Quem é ela?
– A governanta deste local, onde tu só estás porque ela assim permite. Onde tudo aqui sobrevive porque ela assim controla.
– Onde eu estou?
– Tu estás em um condado do Sonhar.
– E quem é sua Senhora responsável por ele?
– O Anjo dos Sonhos. O Arcano dos Sonhos Despertos.
– *Quem* é sua senhora, Nour-el?
– Ela é Madelein, a Senhora dos Melhores Sonhos.

* * *

Mikael sentou-se sobre as águas, ao lado de Nour-el. Impressionava como quando o impossível se tornava comum, a extrema adaptabilidade humana o tomava como verdade e ainda buscava novos limites.
– Então você caça espíritos?
– Na verdade, eu os encontro.
– E não é o único que faz esse tipo de trabalho...
– Sou um dos milhares que fazem esse tipo de trabalho.
– Mas... "Nour-el", não é? É um nome diferente...
– É um nome cósmico.
– Não entendo.
– Não te assuste, sonhador. Vós todos também tendes um...
– E você sabe qual seria meu nome cósmico?
– Talvez.
– ...
– ...
Mikael começou a imaginar que provavelmente em sonhos os outros não compreendessem tão bem meias palavras e insistiu:
– Eu esperava que você me dissesse.
– Eu sei.
Pensando bem, até que compreendiam.
– Ah, entendo. Bom, já que pelo visto não irá me dizer, eu poderia ter outra orientação?
– Questione.
– Por que eu não sonho como todos?
– Tu sonhas.
– Não. Eu sonho como se estivesse acordado.

– Tu sonhas desperto.
– Você usa bastante esse termo. O que diabos ele significa?
– O que é um sonho em tuas terras, garoto?
– Um sonho é como um desejo.
– É o que pensas?
– Acho que sim.
– E por que tu achas que isso que tu chamas *desejo* teria o mesmo nome da viagem que tu fazes quando dorme?
– Não faço ideia...
– Tu tens preguiça em pensar. De qualquer forma, nossa conversa vai se encerrar por aqui.
– Ei, espere! Desculpe, eu não quis...! É que tenho tantas dúvidas ainda...
– Na realidade, mesmo que não quiseste, não há mais tempo.
– E por que não?
– Consegues ver a luz?
– "Luz"?
O céu azul, de repente, tornou-se branco. Cada vez mais branco. Ao ponto de aumentar de intensidade e cegar a visão.
– Você vai me dizer que...
– Está na hora de acordares, desperto.
Antes que pudesse tentar qualquer outro argumento, o mundo de Mikael foi se tornando aos poucos mais físico. A respiração mais forte. E então ele sentiu a cama e um raio de sol direto no rosto, oriundo da brecha de uma janela fechada. Era a primeira vez nos últimos tempos que acordava de uma maneira moderada. A sensação era boa. Pensava seriamente nisso, quando escutou os gemidos.
Os gemidos dela.
Ao seu lado, Ariana Rochembach agitava-se de um lado a outro, com os olhos fechados, feito uma possuída. O coração do garoto veio à boca. Os olhos se arregalaram. Um frio subiu pela espinha e lhe arrepiou o pescoço.
– Ariana! – ele a agitou. – Ariana! – ele a balançou. – ARIANA! – ele gritou e a chamou forte. O nome, e mais: o *chamado* pareceu tragá-la de volta à realidade. Ariana acordou gritando, inspirando pela boca em sucção forte. Parou tremendo, olhando para Allejo e tentando entender o que estava acontecendo. Foi quando ele a abraçou em fragilidade, sabendo o quanto aquilo poderia ser ruim. Desejou que tudo fosse apenas uma situação excepcional, fruto de uma noite mal dormida.
Entretanto, a cada noite estava aprendendo o quanto desejos e sonhos, infelizmente, estavam mais distantes do que sua psique parecia prestes a suportar.

24

Lúcio Vernon não falava uma palavra há sete dias. Estava em uma vida quase monástica, aceitando condições impostas por um grupo de pessoas que nunca havia visto, mas pareciam saber mais sobre ele do que ele mesmo sobre si. Estava em um mosteiro, vestia-se com vestes sacerdotais azuis-celestes e andava com chinelos de madeira. Gostava de ajudar nos jardins e arar a terra. Era estranho, na verdade, só o fato de estar ali já lhe era estranho, mas a verdade é que estava, e por vontade própria. Um empresário respeitável e renomado em seu meio imobiliário, e com uma grande firma imobiliária em ascensão para tocar, estava realmente isolado do mundo, sem dizer uma palavra nos últimos sete dias.

Além disso, Lúcio era um homem acostumado com o poder e a ser servido por alguém. Já ali os monges o orientavam a servir a outros. Quando arava a terra, quando plantava sementes ou cuidava de canteiros de flores, na visão monástica, servia à natureza. Havia demorado dias em silêncio para compreender na prática o conceito que os monges chamavam de humildade, e não sabia se dentro de si a concepção já estava despertada.

Além do mais, por mais difícil que a admissão fosse, sentia-se bem naquele mosteiro. Ainda que tivesse de se submeter àquelas regras rígidas, ainda que algumas delas violentassem sua própria natureza, e ainda que ninguém ali fosse um servo, embora todos servissem a algo todo o tempo, Lúcio, mesmo assim, gostava daquele lugar. Com exceção do que vinha com a noite. E somente à noite.

Com exceção dos sonhos que tinha naquele lugar.

Embora pareça paradoxal, eles não eram tenebrosos como os de antes, mas ainda eram ruins. Era essa dificuldade que o fazia seguir as orientações, cada vez com mais fidelidade. Dentro de si, sabia que o momento para o qual estava sendo treinado estava próximo e ele cada vez mais *desperto*. Em breve, Lúcio seria como os outros, que ali também estiveram antes dele.

Em pouco tempo, Lúcio Vernon não seria mais um corretor de imóveis. Nem um chefe de empresas. Não seria mais um senhor autoritário nem um ser humano em conflito. Não seria mais nem mesmo um mero sonhador. Ele seria um homem entregue. Um agente onírico. Um coletor de sonhos deturpados. Um soldado em uma guerra épica adormecida.

25

Elfos com asas vistosas como as de arcanjos sobrevoavam um céu de cor avermelhada e nuvens âmbar. Unicórnios com crinas de fogo saciavam a sede em lagos de águas quietas, tocados por seres feéricos de Arcádia e Paradísia. Árvores com expressões faciais próprias talhadas na madeira se arqueavam ante uma ventania nada silenciosa, e tudo que era prazer, de repente, tornava-se respeito. Ao caminhar por trilhas de terras que ressaltavam estradas tão magníficas quanto a imaginação, o Senhor dos Sonhos fantásticos não caminhava só. Ali ele caminhava longe de seu castelo e ao lado daquele formado pela mesma essência, mas de humor oposto.

– Tu não pareces bem, meu irmão... – ele disse. As palavras eram fluentes e dotadas de piedade verdadeira. – Não sei em quantos milênios não te digo isto, mas tu pareces muito preocupado desta vez...

– Acaso estou realmente preocupado desta vez, irmão – ele disse com uma voz que lembrava um sussurro. – Acho que desta vez as coisas realmente passaram dos limites...

O irmão mais velho, o mesmo que impunha respeito no que há algum momento era prazer, sorriu.

– Achas mesmo? Então me diga: qual o limite do plano etéreo de um deus? O que significa tal limitação nos domínios de um lorde do Sonhar?

– Significa que, pela primeira vez na história do Tempo, irmão, eu temo a perda desses domínios...

– Pois, pra mim, mais parece é que tu perdeste o juízo, Morpheus!

Morpheus. O nome reverberava pelo ambiente, feito umidade. O Senhor do Sono, o responsável por moldar e comandar os poderosos sonhos das almas encarnadas no orbe terrestre. Um Lorde dos Sonhos temido, respeitado, e, não por menos, invejado. O filho de Hypnos mais famoso e também mais curioso. Ao contrário, porém, da forma com que foi moldado na mente de milhões de mortais, ali ele se apresentava em forma de um velho de aparência saudável e sem pelos no corpo, dotado de uma capa negra que se estendia pelos pés, feito uma sombra.

– Diz para mim então que tu também não sentiste daqui a anomalia, Phantasos! Olha para mim com teus olhos benevolentes e diz a teu irmão que tu não te preocupaste com o que está por vir.

Phantasos, o Lorde das Fadas, parou a caminhada, e observou os olhos vazios do irmão. Era ele o irmão bondoso; aquele que parecia o criador da beleza e o par mais perfeito de Afrodite. Sua forma esbarrava na figura de um rei de barba e cabelos trançados. O rosto era dotado de luz, e qualquer viajante com uma tendência mínima à bondade se sentiria protegido em seus reinos nascidos da essência dos sonhos de fadas, elfos, gnomos e outros seres levados ao conhecimento universal por escritores que passaram tempo demais visitando seus domínios.

– Sinto que *algo* aconteceu realmente! Mas daí tomar parte em tuas verdades de conspiração é um passo dado longe demais para mim.

– Tu és bom por essência, Phantasos! E por isso não enxergas...

– Pois não pareces tu o irmão mais velho com tal discurso? – Phantasos perguntou com cordialidade. – Sim, sei bem que a maldade e a ambição existem de forma tão presente entre deuses, que molda nossas regiões. O que digo a ti é apenas que não posso concordar com o que afirmas, sem antes ter provas disso.

– Acaso preferes ver teus elfos sonharem nas trevas antes de tomar uma providência?

– Se fizer algo antes disso, poderei ser visto da mesma forma por meus inimigos.

– Por que insistes em não enxergar o que está diante de teu nariz, Luminoso? Tu bem sabes como é a essência do Segundo!

– Sei. Mas tu mesmo dizes que fui nascido da bondade. Então mais do que ninguém tens de entender isso, Morpheus! Sou um deus que acredita em *redenção*...

– Tu sonhas mais longe do que deverias...

– E tu menos do que realmente desejas.

– Ao fim tuas fadas não foram afetadas? Não sentiste teu plano parar de pulsar de repente?

– Meus duendes nunca precisaram de *inspiração* para sonhar. Meus elfos são tão divinos que se tornam fantásticos mesmo em teus domínios...

– Por enquanto, Primeiro. Quando tu tiveres tomado consciência da importância da Estrela em teus governados, aí verás que mesmo teus seres precisam de sonhos despertos! Mas talvez já seja tarde demais...

– Falas como uma ameaça...

– Mas escuta como um *aviso*! Tu não sabes com o que estamos lidando, mas finges uma calma que me irrita!

– E por que te irritas tanto, Morpheus? Acaso tu já foste conversar com ele? Por acaso entraste no castelo de Phobetor e perguntaste a ele tudo que supõe? – a voz sempre doce havia se alterado. Unicórnios se afastaram do lago em que se saciavam, percebendo o tremor da água. – Mais me pareces tu um menino mimado que gera tempestades em mares calmos!

– Tu, quando queres te mostrar estúpido, não há igual! – Pégasus montados por cavaleiros pousaram na copa de cidades montadas em árvores, com medo dos estalos furiosos nos céus. – Alguma vez já viste meus domínios vazios? Já viste antes meus milhões de mortais tomarem o caminho de Proebetia, feito exércitos em marcha militar? Meu reino por uma noite terrestre inteira viraste um *reino fantasma*, irmão sapiente! – Em algum lugar próximo deles, anões escutaram o tremor da terra dentro de minas preciosas. – E tens a coragem de dizer a mim que *não* me preocupe? – A torre do castelo de uma princesa que esperava seu príncipe tombou. Como resultado, alguma elfa no plano de Paradísia de súbito acordou assustada. – E tens ainda a coragem de me acusar de ser o *mimado* de nosso pai? De sonhar *menos* do que desejo? Queres saber, Lorde Bondoso? Se fosses tu um morador de meus domínios, iria eu te mandar pessoalmente para o Inferno! – e uma casa inteiramente feita de doces, naquele segundo, derreteu.

O velho virou-se para o infinito, mostrando a capa negra ao irmão Primeiro. Emanava um imperil raivoso. A capa se transformou em asas imensas que assustariam trolls. E sem nenhum esforço, o elevaram do chão em direção a um infinito. Phantasos observou a partida do irmão taciturno, e se perguntou o quanto um estava certo, e o quanto o outro errado. Era verdade o que havia dito a Morpheus, acreditava de forma fiel em redenção. Sua essência necessitava dessa crença. Mas, apesar de não ter admitido, o Lorde Bondoso estava preocupado.

Porque era difícil para alguém acostumado com o sonho de fadas e elfos admitir aquilo. Mas ele também sentia que alguma coisa estava errada no plano do Sonhar. Alguma coisa que iria mudar o conceito dos sonhos de seres vivos de diferentes orbes. Alguma força desconhecida que se irradiaria pelo éter, tocaria em seus elementais, e alimentaria demônios de pesadelos profundos jamais sonhados nem mesmo por seres imortais.

Existem poucas coisas que realmente preocupam deuses.

O que estava por vir era uma delas.

26

Ariana Rochembach naquele momento sonhava com um voo. Sonhava que voava, na verdade. Estava sozinha em uma arena de ginástica, diante de uma plateia espectral uniforme. Nas laterais, podia ver seis juízes vestidos com mantos avermelhados lhes cobrindo as faces. Debaixo dos mantos, de vez em quando escapavam antenas de insetos ou pontas de chifres.

Posicionados com pranchetas revestidas com pele humana, aqueles seis, ela entendeu, eram os seus próprios *juízes de execução*. E aquela era a primeira vez em que seria julgada por demônios. Na plateia, não se sabia o que era público e o que era sombra. Não sabia nem mesmo se era um público. Ou se eram sombras. Apenas se sabia que todas as atenções estavam voltadas para ela, e ela estava com medo.

Medo do fracasso. Medo do fraquejo inevitável.

E medo de não conseguir voar.

O som do mundo era horrível. Pareciam gritos de cães sendo espancados. O chão se mostrava liso como um chão encerado três vezes. Era como saltar no gelo. Se corresse, a inércia a faria escorregar. Se ficasse parada, o gelo lhe queimaria os pés. A solução era voar. Rodopiar algumas vezes em exercícios competentes e aterrissar da forma mais lenta possível. Mas, até quando isso era feito, alguma coisa acontecia. Ariana estava acostumada a receber aplausos em cada pirueta melhor executada no exercício de solo, mas, com aquele público medonho, acontecia o oposto. Pois, por mais que se esforçasse, por mais até mesmo que *voasse* para completar seus exercícios, o público deformado e sombrio se irritava e, ao invés de aplausos, recebiam-na com vaias dotadas de tons animalescos. Não se tratava de uma vaia humana, tratava-se de uma vaia produzida pelo som de lobos famintos, há dias uivando por carne fresca em uma floresta sem luz.

E quando ela pisava no chão, o solo, de repente, não era mais seguro. Pois o solo corredio, de repente, tornava-se cortante, mais parecendo o gume de uma espada.

E assim Ariana acordou suando, com o coração em taquicardia. Tremia. Tentava reconhecer sua realidade e agradecer por ela. Em verdade, até reconheceu aquela realidade.

Mas não conseguiu agradecer.

27

– Senhora? – o ser albino perguntou através dos olhos sem pupila.

Ela estava de costas, sentada em uma cadeira de balanço que parecia viva. O rosto afundado em uma das mãos, apoiada em um dos braços da cadeira, no terraço de uma de suas torres.

– Tu a viste, Nour-el? – ela perguntou com a voz fraca para uma entidade como aquela.

– Sim, minha senhora. Eu a encontrei e a observei, como tu bem me pediste...

– E o que tens pra mim?

– Tenho temor, madame. Temo que a desperta não suporte o que estar por vir.

– Ele a manteve em suas terras escuras, não é?

– Sim, mas a deu de presente a um de seus menores.

Madelein se alterou violentamente em sua cadeira. Nuvens alvacentas, de repente, tornaram-se escuras, e relâmpagos piscaram em vermelho, como se isso fosse normal. Na Terra, alguns universitários com déficit de atenção ao redor do mundo acordaram de boas viagens em seus próprios pensamentos de maneira súbita, e se lamentaram por isso.

– A *quem* ele teve a ousadia de dar a alma dela como um brinquedo?

– Ele...

– Diz, caçador! O Escuro entregou-a ao mesmo que entregou a *dele* em outro tempo?

– Não, minha Senhora. Desta vez, não foi a nenhum senhor dos prazeres ou planos de súcubos que ele entregou uma alma tua, minha Arcana.

– E a quem foi, Albino?

– Ao infame Senhor das Moscas, Senhora...

Ele podia perceber o sentimento crescendo naquela entidade maior do que o tempo. Podia escutar os rosnados de trovões anunciando tempestades rubras como tormenta. Naquela torre, e no alto daquela torre, podia-se ver a movimentação de suas afilhadas correndo para se protegerem da ventania provocada por tufões. Os habitantes de todo aquele plano sublime se refugiaram da maneira que podiam, enquanto ventos de mais de duzentos quilômetros por hora iniciavam uma jornada devastadora.

No mundo desperto, de um instante para outro, milhares de pessoas, de repente, *acordaram*. Milhares de seres humanos ao redor do planeta, em um mesmo momento, passaram a acreditar em suas mentes que não eram mais capazes de realizar seus próprios sonhos, ou correr atrás de metas estipuladas para a própria vida. A força que movia centenas e centenas de corações diariamente, de repente, extinguiu-se, e muitos psicólogos e psiquiatras receberiam ao mesmo tempo telefonemas súbitos de clientes das mais variadas classes sociais que, sem explicação plausível, entrariam em estados depressivos graves. Ao menos naquele dia, as pessoas não visitariam os planos mais etéreos do Sonhar nem sentiriam vontade de levantar das próprias camas. A mediocridade reinaria em um inconsciente coletivo por um dia humano. E de uma hora para outra, a força que movia o sonho desperto de todos os seres humanos ao redor de todo o mundo se pôs de luto. Trevas se espalhariam como traças por ruas assombradas de angústia, e o medo emanado daqueles pensamentos iria permitir um número de pesadelos muito maior do que o que se estava acostumado.

Aquele dia não seria um dia de luz. E os sonhos daqueles sonhadores seriam somente escuros. E trevosos.

Completamente escuros

Extremamente trevosos.

28

– Teu aniversário tá chegando, né, guri? – ela perguntou, sentada em um sofá, de frente a uma televisão que exibia uma reprise do filme "Cidade de Deus" com legendas estrangeiras.

– Nem me lembrava disso... – era verdade. Ele comemorava seu aniversário no dia 29 de setembro.

Dia de São Miguel Arcanjo.

– Mentiroso! Tenho de pensar em um presente pra ti!

– Você não precisa, Ariana. Ultimamente não preciso de nada que não seja você.

– E pior que é difícil te dar alguma coisa de presente mesmo! Tu tem tudo, não é verdade?

– Tenho?

– Não tem?

– Tenho?

– A princípio, parece ao menos. Não foi tu que disse que não sonha com mais nada?

Ao lado dela, ele ficou pensativo. A temporada francesa iniciara há pouco tempo. Após o jogo pela seleção, Allejo ganhara um mês de férias. Nesse tempo, os executivos da Sport também iriam tratar com a equipe de marketing a melhor forma de vender a *marca* Allejo7 ao redor do mundo. Uma série de camisas, pôsteres, chuteiras, bolas e, claro, videogames, invadiria outdoors, jornais, revistas, internet, televisão, cinema e rádio de todos os pontos do globo.

– Sabe, Ariana, às vezes, tenho medo disso tudo...

– Quer dizer que até tu tem medo de alguma coisa? Pensei que tu fosse guapo, tipo herói de gibi!

Ele sorriu sem muita graça. Ela se arrependeu do comentário. Aproximou-se dele como a amante que traz na carícia no amado a compreensão de uma relação de parceria.

– Do que tem medo? – ela perguntou.

– Do que vou me tornar. Ou do que vão me tornar – uma pausa. – Não que a mágica não esteja acontecendo já há algum tempo, mas... a coisa só vai aumentar, sabe? O medo que eu tenho é da esperança ou, sei lá, da expectativa que as pessoas vão depositar em mim.

– Pelo que entendo, tu não fala de jogos de bola...

– Lá dentro do campo, vestindo o uniforme, eu sei que posso corresponder às expectativas delas. O meu problema está quando o jogo acaba. Está em não saber como segurar a barra de um povo que precisa de ídolos – o olhar era tão distante, que Ariana não soube se conseguiria alcançá-lo.

– No que pensa quando sente essas coisas?

– Em meus pais – os olhos dele pareceram brilhar. – Lembro como acreditaram que eu seria tudo o que sou agora, mas... – o brilho no olhar dele aumentou. –... agora que eu estou aqui, eu não sei se sou o que eles sonharam...

O brilho tornou-se lágrima. A amante continuou a função de suporte.

– Eu visitei minha mãe muitas vezes no hospital. Virei noites acordado feito um zumbi, apenas a observando. Enquanto ela dormia, eu me virava sozinho para o céu e pedia a quem quer que estivesse por lá que a deixasse mais um dia. De vez em quando, repetia o mantra que ela prezava.

– Qual deles?

– A Oração de São Francisco.

Giovanni di Pietro di Bernardone. O santo italiano conhecido como São Francisco de Assis. O frade católico, oriundo de boa família, que renegou o luxo e pregou a fé de maneira itinerante, influenciando a filosofia da Renascença. O santo a quem Dante Alighieri se referiu como *uma luz que brilhou sobre o mundo*. O homem cuja fé se resumiu não apenas em sacrifícios, mas em dores e chagas, associando-se com uma das orações mais conhecidas e poderosas do mundo.

A Oração pela Paz havia sido escrita no início do século XX, mas, curiosamente, sua autoria não se remetia ao famoso santo. Sua primeira impressão havia acontecido em 1913, em uma pequena revista local da Normandia, sem indicação de autor. Em 1916, na cidade de Roma, um franciscano visitador da Ordem Terceira Secular de Reims, ordenou que fosse impresso um cartão com a imagem de São Francisco com a regra da Ordem nas mãos de um lado e a Oração Pela Paz do outro. O seminário católico Souvenir Normand serviu como indicação de fonte. Mas o curioso foi que aquela deveria ter sido apenas mais uma das inúmeras manifestações de apelos pela paz, referentes ao período de horror da Primeira Guerra Mundial. Entretanto, no final do cartão, foi impressa uma frase que dizia: "essa oração resume os ideais franciscanos e, ao mesmo tempo, representa uma resposta às urgências de nosso tempo".

Essa frase mudou tudo.

E foi a partir dali que o fato ajudou a criar a associação entre o mantra e o santo, até o ponto em que ambos se tornaram um único mito. Em que passaram a creditar a ele até mesmo sua autoria.

E a Oração pela Paz se tornou a Oração de São Francisco.

– Ah, é por isso então que tu tem uma corrente com esse santo...

– Reparou?

– Reparei principalmente porque destoava das tuas coisas, já que tudo que tu tem é novo, mas a corrente é gasta...

Em outra situação, ele comentaria sobre a boa percepção. Naquela, a lembrança resgatada pela observação se mostrava o elemento mais importante.

– Ela me deu em seu último dia. Era uma mulher religiosa, e gostava de me contar histórias bíblicas. Eu tinha dezesseis anos na época. Ela apenas olhou para mim, entregou a medalha e disse: *é hora de você ser, filho.*

Houve uma pausa, do tipo que não traz um sentido a uma memória já muitas vezes analisada. Ariana de repente arqueou as costas, sentindo um arrepio.

– O que tu acha que ela quis dizer com isso? – ela perguntou, ainda sentindo a nuca arrepiada.

– Que era hora de eu cumprir meu destino.

– Ela deve tá feliz em ver o que tu construiu, guri!

E de repente a sensação de algo próximo que não compreendia lhe eriçou os pelos.

– Ela está? – Mikael perguntou, sem perceber o incômodo dela.

– Tu ainda duvida? – ela questionou, tentando disfarçar e se sentindo um tanto sonolenta, embora não estivesse entediada ou com sono.

– Acho que é agora que estou no ponto em que ela imaginou, Ariana. Agora quando posso falar o que eu quiser ao mundo, quando posso ditar às pessoas como vestir suas roupas, como cortar seus cabelos, como escolher suas garotas. Quando você consegue retirar dinheiro do bolso das pessoas para convencê-las a colocar no seu, incrivelmente você adquire um respeito imenso delas – a frase parecia ter sentido. – E elas buscam em você exatamente inspiração para serem bem-sucedidas a ponto de retirar dinheiro de outras pessoas para o bolso delas também...

– Não vejo por esse lado...

– Não?

– Definitivamente, não.

Ela falava sério. Ele ficou calado, quase como uma súplica para que ela não desistisse de encontrar um novo significado em algo que ele já havia desistido.

– E qual a sua visão sobre o assunto?

– Sabe... – ela começou a dizer, sem saber bem o motivo. –... tu fala sobre responsabilidade e admito que tu pode sim ter medo de tudo o que fala. Eu teria e muito no teu lugar! Mas é exagero teu dizer que as pessoas buscam em ti um aprendizado de lucro...

Ele continuou em quietude. Talvez para que ela não se interrompesse, talvez por receio de dizer algo sem sentido.

– Porque, veja bem: o nosso país é um país forte, é um país que poderia ser rico e um dos mais importantes do mundo, tu não concorda?

Ele concordou com a cabeça, ainda sem compreender o sentido subentendido.

– Mas estamos aqui, em plena capital francesa, e o que os europeus pensam de nosso país? Que índios andam nus nas ruas, como se fôssemos um povo tribal, ou nossas mulheres devessem ser associadas a turismo sexual. Até mesmo que nossas cidades são selvas, em vez de metrópoles que nada devem a Madri ou Roma. – Somos reféns dessa visão porque é o que vendem de nosso país. Como podemos então culpar os estrangeiros por isso?

– Entendo. Mas ainda não liguei com a relação comigo.

– A questão é que, se nosso país não cresce, isso começa por nosso governo. Nossos casos de desvio de verbas públicas são enormes. A gente liga a televisão brasileira e vê um escândalo atrás do outro na política, né? O roubo é tão grande, que as populações menos favorecidas pagam o preço da falta de escrúpulos.

– Eu compreendo seu discurso. Mas ainda não entendi onde eu entro nisso...

– Acontece que tudo isso que estamos falando acaba fazendo as pessoas perderem a fé nos governantes de nosso país, tu está me entendendo? Imagina o que é isso na cabeça das pessoas! Um povo de mais de duzentos milhões de pessoas que não acredita em seus governantes...

Allejo começou a entender.

– É aí que eu entro...

– Tu faz parte, criança, de um grupo de pessoas para o qual a população se vira. Pois elas não podem copiar o que não concordam! Elas precisam de pessoas bem-sucedidas não para tirar dinheiro delas, mas para dizer a elas como serem bem-sucedidas nascendo em meio ao caos.

Allejo aquiesceu, ponderando.

– Entretanto, nosso país não é o único que sofre com a corrupção e com a falta de fé das pessoas em seus líderes! Isso acontece no mundo todo. E é por isso que tu é adorado agora em todo o planeta. Porque as pessoas se identificam com você...

– Mas não será tudo ainda uma questão de imagem?

– Isso depende. Tu quer ser vendido?

A pergunta foi profunda. Ele pensou bem.

Não soube o que responder.

– Pois, se não, basta apenas tu agir de forma correta. Tu te lembra como vacilei antes de aceitar teu chamego na primeira vez que nos conhecemos?

Ele riu, sem graça. Existem memórias que não deveriam ser trazidas à tona, ainda mais diante do pleno motivo de seus constrangimentos.

– Pule essa parte, por favor...

– Certo – e ele sentiu o deboche na expressão. – Pois então, eu demorei pra pensar se deveria ou não te convidar devido à imagem que tu passava até aquele momento na mídia.

– Qual era a imagem que tinha de mim?

– A de um moleque – ela disse, como se dizer a verdade de maneira crua a uma pessoa não fosse cruel.

– De “um moleque”? – ele parecia decepcionado. Seria mais provável, contudo, estar ofendido. – Você está falando sério?

– Sim, falando sério! Via em ti um garoto que atingiu a fama muito cedo e usava o poder que tinham te dado pra fazer arruaça, virar noites em festas de arromba e comer modelos oferecidas!

Ele *realmente* se surpreendeu com a resposta.

– Era essa a imagem que tinha de mim?

– Eu deveria ter outra?

Silêncio. Maldito silêncio.

– E fiquei curioso agora! Se era essa a imagem que você tinha de mim... por que diabos aceitou sair com um *moleque* então?

– Quer saber mesmo?

Ele até queria.

– Sem dúvida!

Talvez não com tanta certeza.

– Simplesmente porque admito que tenho hormônios no sangue e tu é tribom, tá me entendendo? Mas foi como disse pra ti naquele dia: não sou como tuas modelos oferecidas porque não preciso de ti pra aparecer em capa de revista. Nem quero.

Estava aí algo que alguém acostumado a ter o mundo aos pés não costumava escutar.

– Mas... mas... ma... ma...

– Mas até hoje tu não curou esse *ma-ma-ma* ainda? Tu continua uma vitrola arranhada das boas!

Era uma situação atordoante aquela. Na verdade, nada que uma situação sexista com os papéis invertidos não costume provocar.

– Mas, na boa, não te grila tanto com o que estou dizendo pra ti! É pro teu próprio bem, entende?

Ele mudou o olhar e ficou sério.

– O que quero te dizer, Allejo, é que tu pode servir de inspiração pra muita coisa boa em muita gente. Tu me falou de coletores de sonhos, mas me diz tu: quantos sonhos tu vendeu ultimamente pra alguém? Quantos tu coletou? Porque, sinceramente, se tua mãe for metade da mulher que tu pinta, não sei se ela ficaria orgulhosa de ver a ti bancando o meninão deslumbrado enquanto poderia ajudar tanta gente...

Por um momento, Allejo se sentiu envergonhado, embora também sentisse injustiça nessa culpa. O pensamento, de repente, trouxe imagens de um passado sempre difícil de se lembrar. Um passado de bancos de madeira em igrejas suntuosas. De leitos silenciosos. De quartos de hospitais vazios à espera.

– Ou do que adianta tu declamar em hospital uma oração como a desse santo aí, se tu não compreende nem mesmo o que ele diz?

Ela ficou em silêncio. E isso para ele foi pior do que continuar o discurso.

– Você não tem receio de pegar pesado comigo, não é? – ele perguntou.

Ariana inspirou fundo, sentindo-se menos sonolenta.

– Bá, mas tu tem razão e eu peço desculpa por tagarelar assim. Na verdade, nem sei o que me deu pra te falar essas coisas...

– Você parece inspirada essa noite – ele disse, sorrindo, e por algum motivo ainda desconhecido ela se surpreendeu com o comentário.

– Não falei que tu faz essas coisas com as pessoas?

Ele sorriu. Ela gostou disso.

– Mas, sabe, apesar de tudo você pode ter razão... – ele disse, quase em sussurro. – Talvez não fosse mesmo nada disso o que ela esperava de mim.

– Guri, a hora quem faz é a gente. Seja o que for que tua mãe quis te dizer com: *é hora de você ser*, o bom é que ainda dá tempo...

Naquele instante, Allejo sentiu o coração latejar. Até mesmo ele já sentia que seu mundo iria ruir.

29

No quarto 137 daquele hospital psiquiátrico, o mundo ainda era restrito. O cheiro de antissépticos, oriundo da mistura de fenóis e óleos de alcatrão de hulha, era enjoativo; a monotonia e a rotina de remédios, injeções e eletrochoques, constante. O travesseiro ainda era um oceano de baba e suor e lágrimas e o que quer que caminhasse por ali, como em alguns outros lugares que não deveriam existir, também caminhava sozinho. O tempo era parado, o coração mesmo pulsava um corpo idoso, mas não em uma pessoa consciente. O adormecido ainda se mantinha em condição catatônica, ao léu de médicos psiquiatras que não mais acreditavam em uma recuperação, aliado a enfermeiras que, inconscientemente, perguntavam-se quando aquele espírito se desprenderia daquele corpo de vez.

Larissa Tavolaro era uma médica psiquiatra jovem, responsável pelo paciente em coma, abandonado à própria sorte. Ao contrário da maioria dos psiquiatras daquele lugar, entretanto, era uma mulher de fé inconsciente, que objetivava um milagre distante demais de sua realidade medicinal.

Todavia, ao observar seu paciente naquele dia, Larissa pôde perceber que algo, ou alguma coisa, estava diferente. Não no doente exatamente, mas nela própria. Os pensamentos estavam envoltos por alguma desordem passageira ou amenidade anormal. Sabia o que significava se distanciar e compreendia a necessidade dessa opção nos tratamentos, mas pela ainda juventude negligenciava em se envolver com a história de seus pacientes. Naquele dia, contudo, o mais assustador era que Larissa Tavolaro observava seu paciente mais dotado de pena, e *nada* sentia. Ela olhava para aquele senhor e via apenas mais um nome em uma prancheta carcomida.

E tudo que era fé; tudo que era sonho; de repente, ao seu redor, era nada.

Deitado naquela cama fria de lençol agarrado em ácaros, por mais que o corpo ignorasse os comandos mentais, ainda que a voz se omitisse, ou ainda que inexistissem atos ou gestos mais amplos, o catatônico sentia o que lhe acontecia ao redor. O corpo estava preso, mas se o espírito não era completamente livre; e se não podia dar-se inteiramente por satisfeito com seu livre-arbítrio cósmico, era apenas por única e exclusiva causa de sua amarra. De sua corrente divina. De sua algema etérea.

De seu maldito fio de prata.

No fim das contas, o que aquele debilitado adormecido sentia era demasiadamente assustador para ela. Pois uma das forças primitivas mais básicas do ser humano, um dos mecanismos que roda junto à Roda dos Mundos, estava parada. A grande teia etérea, a mesma que fazia com que todo ser humano que simplesmente respira já fosse responsável por seus semelhantes, estava desorganizada E independente do corpo físico estar podre; os órgãos internos, deteriorados; e a mente já não pudesse mais se expressar como em anos atrás; o fato foi que apenas quando tentou sentir a pulsação do mundo desperto – e não conseguiu –, que aquele senhor entrou em seu mais absoluto desespero.

Porque descobriu que a Roda dos Sonhos estava quebrada.

O efeito não atingia apenas eles. Naquele hospital psiquiátrico, em um mesmo momento, dezenas de enfermeiros, médicos e seguranças foram acionados em estado de urgência, quando outras dezenas de internos começaram a gritar em agonia e tentar o suicídio mais prático que lhes viesse à cabeça. As cenas que se seguiram perturbavam. Os internos batiam os crânios nas paredes, tentavam se enforcar com os lençóis dos leitos, asfixiar a si próprios com os travesseiros, até mesmo cravavam suas unhas mais crescidas na própria pele ou nos próprios olhos com o intuito de abrir buracos que sangrassem o suficiente. Urros mesclando terror e medo se esfregavam pelos corredores, levando com eles angústia. O mundo se tornava vazio e doloroso, e o vácuo provocado por esse efeito se estendia para muito além daqueles muros altos de jardins agradáveis.

Aquele local não era apenas ele o único dotado da sutileza, outros também podiam sentir a oscilação que estava acontecendo, ou deixando de acontecer. E ainda que a maioria não expressasse em palavras ou raciocínio mais lógico, a sensibilidade daqueles internos, ainda que reduzida por drogas psicotrópicas que lhes impediam de pensar, dizia-lhes tudo o que precisavam saber. Era com esse conhecimento que vinha o desespero, pois não há loucura pior do que a retirada dos sonhos despertos de um ser humano doente. Da força que move cada acordar. Do sentimento que traz a esperança ao aflito; e o estímulo ao injustiçado. Sem esse sentimento, sem essa força, sem esse combustível, eles *já* estariam mortos.

Trancafiado naquele quarto, o senhor sofria, mas via mais longe do que os outros. Ele sabia que, por detrás de uma estagnação energética como aquela, existia algo pior. Existia a legítima abertura de uma estrada sinistra e soturna que seria despertada com formas-pensamento escuras. Uma estrada que encaminharia naquela noite milhões de almas de sonhadores desiludidos para os piores planos do Sonhar. Os planos mais umbríferos. Os planos de maior delírio. Naquela noite, os sentimentos mais assustadores e doentios que poderiam surgir da imaginação humana comandariam arquiteturas, atos e sensações dos sonhadores de todo o planeta Terra.

Phobetor, o filho escuro de Hypnos, iria receber em suas terras pavorosas, pela primeira vez em sua história, um número de sonhadores tão gigantesco, que seus dois irmãos iriam sentir imediatamente o feito. A anomalia teria consequências violentas.

Pela primeira vez, na história do tempo do mundo, os três deuses do Sonhar iriam duelar.

30

Sabe, eu deveria escrever sobre como foi meu dia hoje, e o dia de hoje foi tão maravilhoso quanto todos os outros têm sido, mas... bom, nem tudo está tão perfeito quanto deveria. Eu tenho uma profissão perfeita ao menos pra mim, tenho uma carreira perfeita e tenho um namorado (quase) perfeito, rs. Mas, bem, seria mentira se dissesse que por causa disso está tudo bem. Bom, eu deveria estar escrevendo sobre meu dia, mas algo está me impedindo de me concentrar nisso. Acho que sei o que é. É que está se aproximando a noite, e também a hora de dormir. Acontece que ultimamente, bom, parece piada, mas meus sonhos estão ruins. Horrorosos na verdade. Talvez eu tenha ficado impressionada demais com as histórias que o Allejo conta. Outro dia no vestiário eu fui contar um de meus sonhos pras meninas, e elas me olharam com uma cara de espanto como se eu fosse uma bruxa ou uma portadora de doença venérea.

Mas eu entendo as reações delas. É a mesma que eu tive quando meu namorado me contou os sonhos dele. Não levei muito a sério, mas agora estou sentindo na pele o que ele dizia. Ao menos tem alguma coisa boa ultimamente: eu estou sonhando essas coisas horríveis, mas ele parece que finalmente voltou a dormir melhor. Por isso, querido diário, já que se eu contar pros outros as pessoas vão me olhar como se eu fosse a bruxa do 71, então eu vou contar meu último sonho pra você mesmo.

Bom, por onde eu começo? Era assim: estava escuro. Na verdade, é sempre escuro ultimamente. Eu escutava alguns gritos de pessoas que não via e nem queria ver. Eu estava sozinha, sentada no chão. Mas o pior: eu estava nua! Cara, eu detesto sonhar que estou pelada! Mas ao menos antigamente eu sonhava que estava pelada na sala de aula ou em alguma apresentação de solo. Mas eu estava sentada no chão, sozinha, no escuro, e escutando gente gritando em algum lugar. Aí, escutei passos! Eu tremi, e foi quando eles chegaram.

Eu estava lá, chegavam uns caras com umas roupas negras, com detalhes vermelhos, tipo aquelas roupas de maluco que mata os outros por aí. Usavam capuz ou chapéus grandes e pontudos. Um deles, que parecia o chefe, andava meio curvado. Era um corcunda bizarro pra cacete, com uma mão de caveira! Os caras me rodearam, e eu dobrei e abracei meus joelhos, sem saber o que fazer. Aí um deles passou a mão no meu cabelo! Eles eram sujos, e quando eles andavam deixavam pegadas de lama no chão. Mas o pior ainda era o corcunda. Ele me olhava como um velho tarado. Ele era mesmo velho, dava pra ver que a pele era cheia de ferida, como se alguém tivesse metido a cara dele numa panela de água fervendo. E ele era rodeado de moscas!

As moscas rodeavam o velho e estou falando de centenas delas! Elas ficavam ao redor da cabeça dele. Grudadas na pele. Às vezes entravam pelo ouvido, outras vezes jorravam pelo nariz. Mas o pior foi quando algumas delas saíram de dentro de uma ferida do olho dele! Já os amigos dele tinham uma aparência mais escura, como se não fossem gente. Como se fossem... demônios ao invés de gente. Às vezes me pergunto se não eram mesmo demônios, mas se eu pensar mais nisso, vou ter pesadelos de novo. Eles tinham cara de bicho, sabe? Tinha um com uma língua tão grande que ia quase no chão.

Eu gostaria que o Allejo pudesse entrar nos meus sonhos de vez em quando. Ao menos nessa hora eu poderia me enroscar nos braços dele pra me sentir um pouco mais segura. Eu sempre me sinto assim quando ele me abraça de um jeito bem dele. Não adianta, mulher adora isso, né? Mas terminando: o cara lá com a capa esquisita tocou o meu cabelo e disse com uma voz macabra: "é essa aqui, meu lorde?". Já viu alguém falar assim: "meu lorde?". De onde a minha cabeça anda tirando essas coisas? Meu lorde! Eu nunca chamaria ninguém assim!

Os outros pareciam se divertir com isso. Aí o corcunda das moscas caminhou na minha direção. Ele era feio, sinistro. A aproximação dele já dava vontade de vomitar. Aquelas moscas vieram e grudaram na minha pele. E não parava. Eu nua, e aquelas patas repugnantes grudando nas minhas costas, no meu pescoço, na minha cara. Tudo com aquele zum-zum que elas fazem. Eu comecei a chorar, sem saber por que aquilo estava acontecendo. Eu só queria ir embora dali. E as moscas grudando cada vez mais em mim. Elas saíam de lugar nenhum, às vezes de dentro da boca do velho, como se ele cuspisse ou vomitasse enxames de moscas. Nem sei se o coletivo de mosca é enxame ou se isso só serve pra abelha, mas dane-se. O que importa é que aquele velho nojento esticou aquela mão podre na minha direção e disse pro carinha dele: "é, é ela sim, escuro!".

Aí foi quando a mão de caveira tocou o meu rosto. A mão dele era áspera e o toque queimava. Eu chorava muito. Aí ele deixou uma lágrima cair no dedo dele, e na minha frente ele fez a lágrima virar uma mosca, pode? Aí nessa hora, eu percebi que era um sonho.

Certo, eu já devia ter percebido, mas é mais fácil aqui escrevendo do que na hora. Eu sei que na hora que a lágrima virou mosca, eu pensei: "isso é impossível, então eu estou sonhando!". Aí eu fechei os olhos e pedi muito forte pra alguém me ajudar. Pedi pra que me deixassem acordar. Foi quando o velho corcunda bizarro e os demos dele perceberam e ficaram nervosos. O cenário pouco a pouco foi ficando mais escuro, e tudo ficou mais lento também. Era tipo o final de um filme, sabe? Quando vão entrar os créditos? Mas eu ainda ouvi aquele macabro dizer com uma voz rouca de bruxa algo que até hoje tá me perseguindo. Ele disse assim:

"Volta depois. Volta, e fica por aqui....".

Foi quando, graças a Deus, eu acordei. Essa foi a parte boa. O problema agora é lidar com o meu novo medo de dormir.

31

Em um ginásio da Suíça, Ariana Rochembach já se alongava há mais de uma hora. O técnico ucraniano e toda equipe técnica prezavam obsessivamente a parte muscular dos atletas, reduzindo a quase zero as chances de contraturas musculares por falta de preparo físico adequado. Os exercícios envolvendo antepulsão, deslocamento em bipedia, empunhaduras, espacatos, reversão, retropulsão e todo o vocabulário da ginástica artística exigiam que o trabalho muscular fosse levado com uma seriedade quase religiosa.

Ariana gostava de se alongar sozinha. Algumas de suas companheiras gostavam de se alongar atualizando conversas sobre suas vidas. Ela não. Para ela, qualquer exercício a ser executado começava a ser executado já ali. O momento de seu alongamento era também o seu real momento de concentração. Era quando pensava no que tinha de fazer, em como o iria fazer e o que esperaria conseguir.

Quando iniciava suas torções e flexões de músculos, nem mesmo seu técnico costumava importuná-la. A seriedade estampada, porém, naquele dia trazia uma questão que ia além do que outros poderiam notar. Acontecia que Ariana estava preocupada. Realmente preocupada. Na verdade, pensava em Allejo. Não costumava retirar o foco de qualquer coisa fora de seu treino, mas o rapaz estava invadindo seus pensamentos e isso *não* era bom.

Fora da arena, sim.

Dentro dela, não.

– Pronta, Ariana? – perguntou a técnica assistente.

– Estou. Estou, sim...

Levantou-se, e o corpo pareceu de ferro. Aquilo também era estranho. Quando se levantava depois de sessões de alongamento, costumava se sentir leve, como se flutuasse ou desobedecesse às leis de gravitação. Naquele dia, o mundo parecia de chumbo.

– Está tudo bem? – a técnica perguntou.

Ela demorou a responder. O olhar estava distante como o de um epilético. Observou o ginásio, onde continuariam treinando até a próxima semana do grande evento. Algumas das atletas se apresentariam nos exercícios de barras paralelas; outras, no cavalo; outras, nas argolas. Ariana faria sua apresentação no solo. Obviamente, recaía sobre ela a grande atração.

Ainda assim, a ginasta se preocupava. E quando andava na direção da arena, pesada do jeito que estava, a preocupação aumentava.

Volta.

Um arrepio lhe subiu mais rápido que eletricidade. A sanidade por um momento pareceu ausente. Mas só por um momento.

Ela achava que só por um momento.

Volta depois.

Ela se virou, buscando o dono de uma voz que não estava ali. O coração mais descompassado do que deveria. Ao fundo, alguém gritava seu nome. Foi quando ela percebeu que era a técnica assistente:

– ARIANA!

Ela se virou para a técnica com expressão alienada, como uma viciada retornando de uma viagem alucinógena.

– O que está acontecendo com você, menina?

– Desculpe! Desculpe, eu apenas... viajei um pouco aqui...

Mas que *sentimento* era aquele? Ariana, de repente, estava com... *medo* daquela arena. Aquilo era tudo o que ela sempre soube fazer bem na vida, mas, por um momento, havia entre ela e aquela área quadrangular de 13 x 13 metros um sentimento de repulsa que ela não sabia explicar.

Volta e fica por aqui...

Ariana pisou no tablado e, de repente, afastou-se em repulsa. A equipe técnica a observou curiosa. E ela começou a tremer:

– Desculpe... eu não posso... – a técnica se aproximou. Ela chegou para trás como se um demônio se aproximasse dela. – Desculpe, eu não posso...

De repente, como se isso possuísse lógica, Ariana correu na direção dos vestiários, chamando a atenção das colegas que observavam a cena estranha.

A técnica assistente fez um sinal para o técnico ucraniano e se apressou na direção do vestiário feminino. Encontrou uma garota que, naquele momento, parecia muito menor do que era em cima de um dos bancos de madeira, abraçada aos próprios joelhos. Ela tremia como se estivesse com frio. Havia lágrimas. Havia um coração angustiado. Havia uma voz repetindo frases que ela gostaria de esquecer.

– Ariana, querida, o que está acontecendo com você?

– Não, não, isso é impossível... isso é impossível... para... para... para...

A técnica abraçou a atleta.

– Calma, querida. Calma! Isso é só uma fase de pressão pela qual você está passando. É normal você sentir medo com tamanha expectativa...

– Técnica...

– Muitas meninas da sua idade não suportam nem metade do que você já suportou e...

– Técnica...

– O que você não pode é se esquecer de que todos nós estamos do seu lado para...

– TÉCNICA!

Ela parou de falar, assustando-se. Depois, voltou a assumir o tom maternal de sua postura anterior:

– Pois não, querida?

– Eu estou em um sonho?

A mulher não soube o que responder. Mas aquela não era o tipo de pergunta que se possa deixar sem resposta.

– Claro que não, querida. Apenas a sua vida é o sonho de toda atleta – ela disse, tentando animá-la.

Não funcionou.

– Então eles não podem me pegar... – ela sussurrou para si própria, enquanto continuava o balançar do corpo trêmulo. – Eles não podem me pegar...

"Eles ainda não podem me pegar...".

32

– Então como bem podem ver por aqui, é essa a região do prosencéfalo! – dizia doutor Boechat, um médico especialista em sonhos e seus distúrbios. Apontava com uma antena de carro a região de um cérebro desenhado em um painel pendurado.

– Prosencéfalo... – Allejo repetiu, com absoluta falta de interesse. Na verdade, queria apenas terminar o que quer que ele e sua namorada estivessem fazendo ali. No fundo, detestava seus sonhos. E também os médicos que se diziam especialistas neles.

– Exatamente! – o médico percebeu a falta de interesse do jogador e fez questão de ignorar. – O prosencéfalo recebe impulsos por causa de uma substância chamada acetilcolina, que por sua vez é secretada por neurônios. Dessa forma, são exatamente esses impulsos que originam as imagens desconexas que formarão os sonhos de cada pessoa.

– Ah... – Allejo comentou, com a emoção do aluno que detestava matemática e via a professora discernindo animada sobre a regra trigonométrica que diz que a soma dos quadrados do cateto equivale à hipotenusa ao quadrado.

– E como o cérebro seleciona as imagens escolhidas, doutor? – perguntou Ariana, um pouco mais interessada.

– Bom... – o médico vacilou. – Na verdade, a ciência ainda não pode responder com total clareza a essa pergunta.

– Ah... – Allejo repetiu, segurando uma das bochechas com o punho fechado.

– Nenhum cientista até hoje descobriu de forma efetiva e satisfatória o motivo ou o raciocínio que faz com que o cérebro escolha uma ou outra imagem em particular. O que podemos fazer é analisar cada caso e compreender o simbolismo que existe por trás dos sonhos de cada pessoa, através do estudo de teorias de estudiosos como Freud e Jung.

– Mas explicar mesmo, ninguém explicou ainda? – ela perguntou.

– A ciência caminha para isso. O sono com sonhos, porém, é uma etapa relativamente elaborada no processo REM...

– R-E-M, né? – Allejo repetiu.

– Sabe o que é o REM?

– Já escutei...

– Já escutou falar?

– Já! No iTunes...

– *iTunes*? – e o médico demorou a entender que estavam tirando um sarro de sua cara. – Oh, sim, entendo! – e ele sorriu um riso amarelo, típico de quem quer agradar a um piadista ruim.

– Mas só pra explicarmos para Ariana: este é o terceiro estágio, correto?

– Perfeitamente. Na verdade, o cérebro funciona através de ondas. Quando uma pessoa deita-se para dormir, seu cérebro está funcionando em uma frequência *beta*. Os músculos são tensos nessa fase, e os movimentos dos olhos permanecem em grande atividade.

– E isso se dá até o processo *alfa* – Allejo acrescentou, como um certo orgulhoso de suas pesquisas limitadas a websites.

– Sim. Quando acontece o relaxamento, o cérebro passa a emitir ondas de frequência *alfa*. Nesse ponto, seus exames são bem interessantes...

– Jura? – Allejo perguntou.

– O senhor se lembra dos últimos exames a que foi submetido?

Allejo detestava os procedimentos de tais exames. Deitava-se em camas de salas especializadas, e colocavam eletrodos fixados com gel especial em seu corpo. De intervalos em intervalos de tempos, acordavam-no e perguntavam coisas que ele nunca se lembrava direito, pois sentia o corpo pesado como se houvesse abruptamente sido puxado de volta.

Na verdade, o que detestava mesmo não era a submissão a tais exames.

Era a falta de resultados.

– Claro que me lembro...

– Estava avaliando os resultados deles. O senhor se submeteu ao eletroencefalograma, ao eletro-oculograma e ao eletromiograma. Além disso, houve ainda relatórios dos médicos que supervisionaram tais experiências no ambiente em que foram realizadas.

– A gente se sente uma cobaia de ficção científica...

– Entendo sua reação.

– Pra que servem esses exames? – perguntou Ariana, em um estágio entre a concentração e o receio.

– O eletroencefalograma registra ondas cerebrais... – disse Allejo, com uma naturalidade curiosa. O doutor Boechat o cortou e assumiu o papel principal, como ele teria feito se o médico resolvesse jogar futebol:

– O eletro-oculograma registra os movimentos dos olhos durante todo o processo de sono, e o eletromiograma mede a tensão muscular no processo. É nesse ponto que falo sobre a curiosidade dos exames do senhor Santiago. Normalmente, ao se iniciar a emissão das ondas alfas no cérebro, transcorrido certo tempo, o eletro-oculograma vai detectando diminuição dos movimentos dos olhos, sinalizando o Estágio I. É o início do sono.

– Tá, mas você falou que meus exames são *curiosos* nesse ponto.

– Acontece que essa diminuição dos movimentos oculares costuma ser detectada após uma média de dez minutos.

– E?

– No seu caso, parece que não foram preciso nem quatro.

– E isso quer dizer o quê?

– Nada muito preocupante. Apenas que o senhor sonha fácil! – o médico disse como uma piada. Como ninguém riu, concluiu: – Seu cérebro atinge esse estágio muito rapidamente, assumindo frequências mistas com ondas *theta*. Lembra o sono dos bebês...

– Sério?

– Ah, tu tá de brincadeira, doutor? Então tá explicado de onde vem esse *ma-ma-ma* que tu engasga quando não sabe o que dizer, né, guri?

Allejo olhou para cima e suspirou.

– Bebês... – o médico segurou uma risada e a deixou apenas como um riso natural. –... só possuem dois estágios: acordado e sonolento. Eles atingem o estado REM com uma facilidade impressionante. Ao longo do amadurecimento da criança, o estágio N-REM vai sendo adquirido.

– Mas... – Allejo insistiu. –... voltando ao início do Estágio I. É possível manter lembranças desse estágio ao acordar?

– Muito difícil. Pode ser que alguns relatem sonhos curtos. A maioria faz como no seu caso: no arquivo diz que você relatou, ao ser acordado nesse estágio, que não estava dormindo. Ou segundos suas próprias palavras: que estava *quase* dormindo.

– Foram várias perguntas. Mas acho que me lembro da sensação. Era como se eu estivesse...

– *Flutuando*?

Allejo se portou surpreso.

– Sim, como isso – e então percebendo o detalhe, perguntou rispidamente: – Como sabe?

– Está escrito no relatório – e Allejo sentiu-se idiota. – Mas, mesmo se não estivesse, eu poderia concluir. Pacientes acordados no Estágio I costumam ter a sensação de estarem flutuando. É uma preparação para o Estágio II, onde ocorre o fenômeno do N-REM e, enfim, o REM, quando os sonhos ocorrerão.

– Doutor... – Allejo disse com a voz mais fraca do que pretendia, sem fixar o médico. Observava além das janelas daquele consultório, como se um filme não muito animador estivesse passando diante de seus olhos.

– Pois não, filho… – os olhos do menino voltaram ao do médico, e ele viu por detrás daquele garoto tão poderoso um menino assustado.

– É possível ficar *preso* em sonhos? – a pergunta arrepiou o médico. Não necessariamente pelo conteúdo, mas a forma com que foi feita. – Às vezes, acordo de um sonho, mas é como se eu não tivesse retornado ao meu corpo, compreende? Ele se mantém imóvel, embora eu escute e veja tudo que está acontecendo.

– Na fase REM ocorre uma paralisação dos músculos e das atividades motoras do corpo, enquanto os olhos se movimentam sem parar. Isso tem uma explicação lógica: se fizéssemos na cama os movimentos que fazemos dentro dos sonhos, nossos parceiros poderiam acordar bem machucados, não?

Allejo observou Ariana. Ela sorriu para ele.

– Como estávamos comentando antes, passado a infância, o normal é que as pessoas não atinjam o estágio REM logo que adormeçam. Mas, algumas vezes, pode acontecer de isso se dar antes de perdemos a consciência por completo.

– Mas, bá, então tu tá dizendo que podemos ficar dormindo e acordado ao mesmo tempo?

– É mais ou menos isso. As enzimas do cérebro são liberadas normalmente, e ficamos com o corpo paralisado e sem movimentos, embora escutemos e percebamos tudo ao redor. Uma situação desesperadora, admito. Mas ainda assim a ser encarada com naturalidade. O processo para se desvencilhar disso é exatamente manter a calma. O cérebro logo percebe o que se passa e o corpo pouco a pouco assume as funções motoras novamente. Ou pode ser que o sonho esteja querendo aparecer ao mesmo tempo, e, além de escutar as coisas ao seu redor, o sonhador também ouvirá vozes em sua cabeça e verá coisas que não estão necessariamente a sua frente. A sensação vai ser mesmo a de se estar *preso* dentro de um sonho...

– Macabro...

– Como?

– Eu acho macabro esse negócio.

– O estudo dos sonhos tem muito a ver com misticismo e a busca de respostas por questões taxadas de *sobrenaturais*. A própria psicologia nasceu do estudo da mente em virtude de fenômenos magnéticos...

– Ainda acho macabro determinadas partes desses estudos – Allejo voltou a dizer, feito uma criança.

– De vez em quando, alguns sonhos assustam, não?

Allejo e Ariana olharam-se como se soubessem *exatamente* a que o médico se referia.

– Não foi à toa que Lutero achou que sonhos eram obras do demônio. Mas existem vários exemplos ao longo da História para mostrar a força desses estudos. Em *Fédon*, Platão conta como Sócrates foi estudar música a partir de um sonho em que recebera uma advertência. René Descartes revelou que teve três sonhos: dois deles envolviam sexo e violência. O terceiro foi quando lhe foi mostrado o "Tesouro da Ciência", de onde tirou as bases de teorias filosóficas e matemáticas. Maomé interpretava os sonhos de seus discípulos. E mesmo o cristianismo está cheio de exemplo de histórias de santos guiados por eles...

– É verdade! – afirmou Ariana. – Lembro-me das histórias do catecismo. São João, São Jerônimo, Santo Agostinho...

– São Francisco de Assis... – disse Allejo com uma voz firme, chamando a atenção dos dois.

– E só para concluir nossos exemplos, e aproveitando o termo... *macabro*, utilizado aqui, sabiam que Dante Alighieri afirmou que toda a *Divina Comédia* fora narrada a ele em um sonho de uma sexta-feira santa de 1300?

Allejo processou a informação por um tempo maior do que o médico esperaria. E então comentou apenas:

– Impressionante...

– E não é?

– Doutor... – Allejo assumiu uma nova postura na cadeira. – E quanto à interpretação de sonhos?

– Jung?

– Sim. Jung.

– O que tem?

– Acha que ela se aplicaria ao nosso caso?

– Para uma pessoa com a sua responsabilidade, acho que sim.

– Por que diz isso?

– Jung mostra que sonhos podem ser compensatórios, na medida em que podem servir de mensagens que o inconsciente quer enviar ao consciente. Pensando nisso, a interpretação dos símbolos oníricos procede de valiosa importância – uma pausa para que eles absorvessem a informação. – Isso pode ser uma forma dessa área do cérebro querer corrigir ou ratificar determinadas reações e atitudes importantes ao processo de individualização.

Allejo continuou pensativo. Um silêncio se fez. E então, ele olhou de baixo para cima o médico, como faz um homem propondo um desafio.

– Gostaria de tentar analisar nossos sonhos mais recentes, doutor Boechat?

O médico deu de ombros.

– Por que não? – perguntou. Allejo olhou pela última vez para a namorada, em suas linguagens de olhares. Pareciam dois meninos prestes a serem cúmplices de uma grande travessura.

– Ok, doutor! – ele disse, e ela sorriu imaginando que aquilo não iria dar certo. – Já que o senhor concorda, então nós iremos contar ao senhor como são os nossos sonhos...

* * *

– Reparou na cara dele? – o jovem casal ria, enquanto o carro retangular se punha em movimento, guiado dessa vez por motorista particular. – Parecia um filho não reconhecido do Mumm-Rá! – afirmou Allejo.

– Mas a melhor parte acho que foi quando tu disse: "Já sonhei que jogava sinuca com demônios, doutor! O que isso significa?" – e mais uma vez eles se puseram a rir sem censura.

– É, mas que eu posso fazer? Eu *realmente* joguei!

– É, nesse assunto tu tem história pra contar, né?

– Um dia eu contrato um *ghost writer* pra escrever um livro sobre isso. Acha que venderia bem?

– Qualquer coisa com a tua foto ou o teu nome venderia, guri.

Ele juntou o corpo ao dela, apontou a câmera do telefone digital para ambos e disse:

– Sorria!

A foto com perfil de informalidade foi salva na memória e as opções de navegadores de web acionadas.

– O que tu tá fazendo?

– Compartilhando...

Em poucos segundos, a imagem correu por interfaces de web para alguns dos milhões de admiradores virtuais que o seguiam por redes de networking social e serviços de microblogging baseados em mensagens instantâneas. Em alguns segundos, ela já marcaria mais de cinquenta mil acessos. Nos segundos seguintes, essa conta se perderia.

– E a sua cara quando eu disse que participei de orgia com súcubos? – ele perguntou.

– Ora essa, tu acha que eu gosto de saber que tem um monte de mulher transando com o meu namorado?

– Quem escuta isso pensa que eu fiz uma festa e contratei um monte de modelos!

– Coisa que tu já deve ter feito muitas vezes, né?

– É mole? Namorada com ciúme de sonho... – e ele a abraçou como ela gostava que ele o fizesse.

– Ora essa, é que nem ser traída em pensamento! Até a igreja considera pecado, sabia?

– Ah, igreja, mané igreja! A igreja considera condenável o uso de preservativo e a união homossexual por não ser algo natural, mas considera super normal andar sobre lagos e transformar água em vinho!

– Então por que tu usa a imagem de um santo católico no pescoço?

A pergunta era inteligente.

– Porque ela me traz uma *lembrança*. Além do mais, eu não preciso seguir de forma cega tudo o que uma instituição me dita para concordar com o que pessoas mais iluminadas disseram! Isso não parece lógico?

– Talvez... – ela parecia apenas querer a provocação.

– Claro que é lógico! Jesus Cristo veio ao planeta Terra e disse de todas as formas: adorem a Deus! Daí o que temos hoje? Igrejas proliferando em cada canto que adoram... Jesus! Acha que era esse o objetivo dele? Pois eu duvido muito! As pessoas hoje procuram líderes em todo canto! Eu era bem pequeno, mas me lembro bem do que aconteceu com esse país quando Ayrton Senna morreu naquela curva! As pessoas andavam pelas ruas perdidas, parecendo um episódio de *The Walking Dead*...

Fazia sentido. No Brasil, a morte do piloto de Fórmula 1 Ayrton Senna da Silva, considerado o maior piloto de todos os tempos, foi motivo de um trauma que permanece até hoje na memória da nação. De personalidade taciturna e passional, Ayrton Senna se tornara o maior ídolo da história esportiva do povo brasileiro. Para o piloto, a pista era uma metáfora da vida, e o país aprendia com ele em sua jornada. O abalo emocional provocado com o anúncio de sua morte em 1994 no GP de San Marino, em Imola, até hoje não foi esquecido. Com uma constante preocupação com as crianças pobres do mundo, manteve uma herança de altruísmo e solidariedade guardada em silêncio e revelada somente após sua morte. Por todo o seu legado, foi homenageado por bandas como Ramones e Sepultura, pela seleção brasileira campeã da Copa do Mundo daquele ano, e tornou-se nome de túneis, avenidas e pistas no Brasil, e até citação de animações no Japão, país onde até hoje é igualmente idolatrado.

– Quer saber, Ariana? As pessoas hoje em dia adoram qualquer um que pareça saber o que está dizendo! Quer ver como, se eu abrir uma igreja, ela vai lotar?

– Eu não duvido disso, guri! – ela riu, mas não por graça. – Aliás, o que vejo em teu discurso é que tu é uma baita de uma contradição.

Ele apertou os olhos.

– Como assim?

– Primeiro tu me vem antes com um papo de que tu não sonha com mais nada na tua vida! Que tu não precisa porque já realizou tudo que sonhou! Que pode tudo, que basta desejar alguma coisa que a tem como se sonhos e desejos fossem a mesma coisa – ele sentia que agora viria a parte da contradição. – Mas agora tu critica as pessoas que se espelham em outras melhores! Pois, por um acaso, não é melhor uma pessoa se espelhar em Cristo do que se espelhar em jogadores de futebol que levam vida regada a deslumbre e orgias? Tu usa uma medalha no peito para te lembrar de tua mãe, mas não segue o que ela esperava de ti! Os sonhos que tu vende são medíocres em comparação com o que tu poderia fazer!

– Mas... má...

– Ai, como eu odeio esse *ma-ma-ma* seu! Essa tua parte infantil e lenta tu também compartilha na internet?

Aquilo doeu. Dar com uma marreta na cabeça de alguém sempre dói menos do que chacoalhar o coração.

– E não é verdade o que tô dizendo, criança? Tu só vende sonho a quem paga por tua imagem! Mas sei por que tu tá com essa cara de bobo! É que deve tá pensando que tu faz caridade e leva brinquedo pra algumas crianças carentes, mas não é?

Ele não respondeu. A expressão na face, sim.

– Pois não duvido que tu tenha boas intenções com aqueles guris! Mas a pose toda que tu faz, aquela alegria excessiva, no fundo, mais parece para ostentar um orgulho de quem sabe que a televisão está ali do lado de fora!

– Não me julgue apressadamente! Eu nunca gostei da imprensa saber dessas coisas! Por mim, eu nem divulgava isso. É que eu descobri que muitos empresários copiam o exemplo e ajudam outras instituições!

– Ou essa é a desculpa que tu usa na frente do espelho pra chamar a imprensa pra te fotografar! Tanto que eu boto minha mão no fogo, e boto sem medo de queimar, criança, que foi teu empresário que te convenceu deste argumento!

Allejo queimava por dentro. De impotência. Como podia aquela pequenina transformar um mito de três metros de altura em *nada*?

– Como você acha que eu deveria agir? – ele perguntou de cabeça baixa, e ela via a sinceridade da pergunta. Naquele momento, ela o amou ainda mais por isso.

– Não discuto tuas boas intenções, pois sei que é uma pessoa boa! Sei, por exemplo, que realmente gosta de estar com aquelas crianças! Mas já viste o poder que tu tem? Tu poderia ter até mesmo tua própria ONG ou um projeto com a UNICEF ou a *Save The Children*, ou sei lá, a Cruz Vermelha! Não é a ONU que te quer como embaixador? – ele concordou com a cabeça, lentamente. – Sabe quantas crianças tu influencia os sonhos todos os dias? Eu não falo de centenas nem de milhares! Eu falo de milhões de crianças ao redor do mundo que querem ser como tu e sonham o mesmo sonho que tu vive!

Ele desfocou o olhar. O coração latejava em uma sensação proporcionada por um chakra cardíaco aberto para uma realidade além do Véu.

– Tu, por acaso, não sente como o mundo parece desprovido de gente como ti? Olha o rosto das pessoas, Allejo! Olha ali! Veja como elas mais parecem robôs sem saber direito o que fazer com a própria vida! E tu já viu o sofrimento de crianças em países pobres? Sabia que a cada cinco segundos uma criança morre de fome? E isso em um mundo que produz alimento pra catorze bilhões de pessoas! O *dobro* da população, Allejo! E tu já viu a tristeza das famílias que perderam tudo para as ondas gigantes de um Tsunami ou, sei lá, um furacão Katrina? Está nos jornais! Eu reli em uma *Superinteressante* outro dia sobre o genocídio que aconteceu no Sudão! Tu sabe algo sobre isso?

–... – e em outro momento, ele até acharia que não tinha nada a ver com o Sudão, ou mesmo motivo para ser responsável por alguma coisa que acontecesse por lá. Mas curiosamente, naquelas circunstâncias, sentiu vergonha por não saber.

– Em tempos atrás, grupos de tribos africanas se revoltaram contra o governo, exigindo mais estradas, hospitais e serviços públicos! O governo bombardeou, queimou as cidades, e jogou os corpos em imensas valas.

– E quantos morreram no ato?

– Aproximadamente quinhentos mil.

Allejo perdeu o ar por um momento.

– Os caras mataram *meio milhão* de pessoas?

– Exato, guri! Eles estão promovendo uma limpeza étnica contra os não árabes, como aconteceu na época do nazismo! Se isso acontecesse com outros países, o mundo inteiro já estaria em choque e fazendo pressão contra o governo do Sudão!

Silêncio. Mais uma vez ele fixou o nada.

– Agora, tu sabe o que uma visita de uma pessoa como tu a um lugar como este faria? Faria a atenção do mundo todo se voltar para lá! E aí, em vez de dar a capa de todas as revistas a uma modelo nua, tu iria levar esperança, e quem sabe, *solução* a pessoas que perderam seus sonhos, tá me entendendo?

Allejo observava o lado de fora do vidro. De repente, ao observar a rua, ele não via mais uma multidão de pessoas. Não via mais a mesma massa sem rosto, que corria a todo o momento até ele para lhe pedir rabiscos e fotografias. De repente, cada um daqueles bonecos tinha uma face. E ali, diante daquelas pessoas que não eram mais bonecos, ele também se perguntou o que se escondia por trás de cada coração. De cada história.

Hoje, posso lhe dizer que não sonho com mais nada. Não preciso.

Como alguém poderia falar uma estupidez dessas?

Não há nada que não esteja ao meu alcance.

Como alguém poderia realmente acreditar em uma estupidez como essa?

Cheguei em um ponto da vida que basta apenas deixar a vida me levar, e as coisas acontecerem...

Como alguém podia agir de forma tão estúpida quanto essa?

De repente, houve um sinal de Allejo, e a S-10 FREOU de forma brusca em uma rua de mão única, quase arremessando o corpo dos dois para frente. Ariana cantava distraída a música-tema de um seriado americano de televisão, quando subitamente quase infartou. O carro parado no meio da rua bloqueou o trânsito, proporcionando dezenas de buzinas raivosas de motoristas estressados. O motorista e o segurança particular desceram do carro como se algo muito importante estivesse acontecendo e abriram as portas traseiras da picape.

– Nossa Mãe! Mas que está acontecendo, Allejo? – Ariana perguntou, aflita.

Allejo se manteve sorrindo. Ariana, cada vez mais nervosa e preocupada, não.

– Allejo! Que tá acontecendo? Fala, que eu tô ficando nervosa!

– Desce do carro!

– Mas... mas...

– E sem *ma-ma-ma*! – a frase fez com que ela aliviasse um pouco a tensão submetida.

Ele desceu, e quando as pessoas o viram, esqueceram-se subitamente das irritações e estresse. Era até mesmo supernatural como a simples presença daquele menino modificava a sensação e realidade das outras ao redor. Ignorando o mundo surreal ao redor, Allejo colocou as mãos no bolso e retirou do próprio casaco a pequena caixa. Transeuntes se aproximaram, enquanto ele dava a volta no carro, em direção a ela. Ariana estava assustada com todas aquelas pessoas a encarando e por não saber ainda o que de fato estava acontecendo.

O carro já estava cercado. Motoristas haviam descido dos próprios veículos. Transeuntes ligavam as câmeras de seus celulares preparando vídeos que iriam rodar o mundo e estourar os acessos de sites de compartilhamentos de vídeos digitais.

Aquilo seria a prova de que estiveram realmente ali.

O momento em que Mikael Santiago, o Allejo, um dos rostos mais conhecidos do mundo, ajoelhou-se diante de Ariana Rochembach no meio de uma rua bloqueada e a pediu em casamento.

E do momento em que ela, emocionada e em choque, mas nunca despreparada, em meio a uma aglomeração de pessoas e corações, aceitou o pedido.

Por você, eu iria até o Inferno, Ariana!

Por uma mulher que valha a pena, um homem é mesmo capaz de coisas assim.

33

Qualquer um que ali pudesse estar, preso ou não por fios etéreos, não acreditaria que a entidade sentada em uma cadeira de balanço, com o rosto escondido pelos cabelos, seria a responsável por estimular alguns dos sentimentos mais nobres da raça humana. O mais perigoso dessa atitude era que, em locais como o Sonhar, acreditar *era* poder. E a falta dessa crença também representará fatalmente a perda dessa força.

– Madelein... – ela não precisava se virar. Ambos sabiam que, em algum momento, aquele encontro teria de acontecer.

– Faz tempo que não recebo uma visita tua, Lorde dos Sonhos...

– Evite o melodrama, Anjo! – ele ordenou. – Tu tens muito mais a me dizer do que eu a ti!

Ela se virou e ele podia sentir a fúria dela alterando o ambiente. Nada que pudesse, porém, assustá-lo. Ao menos aparentemente.

– E por que tu achas realmente que tenho algo a dizer-te, príncipe adormecido? Esbarra em petulância tua ousadia de me dizer isso em minha casa, diante de minha face!

– Casa essa, Estrela, que tu só possuis porque eu tive a caridade de doar a ti.

– Mas como te atreves? – a fúria alterou energias. Naquele segundo, em algum lugar do planeta Terra, o sonho desperto de um garoto de nove anos de se tornar detetive foi destruído. – Vais bancar agora o benevolente?

– *Acorda*, Madelein! Tuas terras estão dentro de meus domínios, ainda que não queiras admitir isto! – o idoso de capa negra a focou irritado. Em outro local do planeta, um chefe de família acordou assustado, jurando para si próprio que aquela dificuldade em dormir vinha da dificuldade financeira em que a família se encontrava.

– Meu condado tem independência, dada por teu pai, arrogante!

Era verdade. O condado de Madelein ficava dentro dos reinos de Morpheus, mas funcionava de forma independente, assim como o Estado do Vaticano se localiza dentro do território italiano, mas não faz parte da Itália.

– E muito cuidado com o que praguejas em minhas terras!

– Terras estas que não serão mais tuas, se continuares a permitir o que está acontecendo com tua fraqueza!

– Que te passas, deus sonhador? Estás com medo de perder tuas terras pra teu irmão Escuro? – ela provocou. – É por isso que vieste me procurar com humor alterado?

– Tu és tão estúpida quanto ingrata! – ele cuspiu no chão. Naquele local, nasceria uma flor dos sonhos. – E não fora eu aquele que te deu o terceiro comando em minhas terras? Não fora eu que permiti que fizeste teu condado em meus territórios para que estimulaste os sonhos acordados do orbe terrestre? Pois ratifica diante de mim, Arcano: é mesmo assim que tu irás me retribuir, como se fosse eu um injusto sem base no que cobro?

– Não me venhas com conversas ardilosas, Lorde Morpheus! Bem sabes tu que és pior que teus irmãos quando falamos em ambição! – o rancor emanado foi tão forte, que o sonho de uma menina inglesa de doze anos em ser uma atriz reconhecida se tornou tão distante, a ponto de, no futuro, ela se satisfazer em se tornar uma atendente de videolocadora por mais de vinte anos.

– Tu estás mesmo fraca! Mal fazes ideia do que acontecerá se Phobetor tomar para si os sonhadores desta esfera!

– Claro que faço ideia: tu serás *destruído*, Lorde Sonhador!

– Sim, eu talvez seja – ele concordou devagar. – Mas o serei depois de ti...

Ela nada disse. No fundo, ele estava certo.

– O que tu queres que eu faça? Eu não negociei a alma de meu escolhido com teu irmão pra isto! Eu apenas estava em meu direito... – ela parecia frustrada e insatisfeita consigo própria.

– Tu *ainda* acreditas que foi uma trapaça, não é?

– É *óbvio* que foi!

– Não, Anjo dos Sonhos! Digo e afirmo que não! Não por um acaso, desde os mais primórdios da existência infinita, a todo deus não cabe o direito de se representar nas terras de sua vigilância? Tu não falas entusiasticamente de teu direito divino? Pois estava eu apenas também exercendo o meu! E não entendo o porquê de tanto rancor, afinal, todos nós não enviamos alguns tocados por nós a todo o momento? Não somos nós que sopramos inspiração em seus ouvidos, guiamos palavras em seus lábios, e os lápis e os pincéis em suas mãos?

– Tu fizeste com que eu fosse *esquecida*! – agora ele sentia a mágoa que dormia com o rancor no tom dela. – Eu os estimulo todos os dias, cria de Hypnos, e quase nenhum deles se lembra de mim!

– Ninguém faz teu trabalho melhor do que ti! – ele tentou.

– Vai-te para os dez Infernos, Senhor dos Sonhos! – ela vociferou. – Não quero de ti piedade! Espero sim que pereças e sejas esquecido, ainda que o preço para isso seja teu irmão escuro tomar as terras de teu pai, ajoelhando teus sonhadores como escravos!

– Está certo, Anjo, vou então partir agora, pois vejo que teu discernimento é curto e meu tempo que corre é pouco! Mas faço uma jura a ti de que espero que voltes a ser a estrela que ilumina os sonhos despertos das almas terrestres, Madelein! Porque é triste para quem já te viu brilhar ver-te agora tão apagada e dotada de sentimentos que muito mais te aproximam de mortais do que de deuses!

Ela nada disse.

– Torço apenas para que tu não explodas em uma supernova e deixe como rastro apenas a existência de um buraco negro, que suga toda luz que toca.

Ela continuou a nada dizer.

As asas atrás dele, mais uma vez, tomaram forma na capa escura e o elevaram, para além daqueles territórios delimitados pelo cerco do infinito. Em um segundo momento, ele não estava mais ali. O silêncio de sua partida perdurou por alguns instantes, como se aquele condado já estivesse morto.

Madelein ainda nada tinha a dizer.

34

O ginásio estava equipado com todos os aparelhos necessários, além da área onde seriam exibidas as séries de solo das atletas. A série campeã de Ariana seria a última, fechando o evento na arena da cidade olímpica de Losane, situada no Lago de Genebra, na Suíça. Esse detalhe dizia muito. A Suíça sempre manteve a imagem de um país conhecido por belas montanhas, chocolates, queijos e relógios, mas a ginástica possui uma grande tradição local. Para se ter uma ideia, aproximadamente quatrocentas mil pessoas eram membros da Federação Suíça de Ginástica, transformando esta federação na maior poliesportiva do país.

Como se tratava de um evento festivo para promover o aniversário da fundação e a integração entre federações campeãs, não haveria juízes para acrescentar ou descontar pontos em tais performances, e os patrocinadores esperavam que esse fator diminuísse o nervosismo e contribuísse para que os atletas oferecessem seus melhores desempenhos.

Allejo chegara à arena cercado de expectativas. A Sport era uma das patrocinadoras da exibição de gala; e seu novo casal publicitário, a maior atração. Fotógrafos e jornalistas já o haviam deixado cego com os piscos argênteos, e era óbvio que todas as perguntas envolviam Ariana, principalmente após a explosiva repercussão virtual causada pela surpresa do suposto pedido de casamento. O primeiro vídeo amador postado com as imagens de uma câmera de celular em um site de compartilhamento já havia passado a casa das dez milhões de visualizações e exibido em telejornais noturnos. Muitos o acusavam de ser uma propaganda viral criada pela Sport.

– Ei, pode tirando essa cara emburrada! – ordenou Garnieri, parando ao lado dele e disfarçando como se falasse sobre o tempo, mantendo para a imprensa um sorriso amarelo nada sincero.

– Estou cansado, Garnieri! Posso fazer isso um pouco, mas não me peça para sorrir ao longo do evento inteiro... – resmungou Allejo.

– Mas você *vai* sorrir o evento inteiro! Você tá pensando que estão bancando isso aqui por causa da equipe de ginástica? A estrela desse evento aqui é você! Você e a Ariana! E trate de sorrir, pois, ao longo da programação, vão mostrar a sua cara diversas vezes, e é bom você estar sorrindo, contente e muito satisfeito no vídeo!

– Certo... – um suspiro. Allejo sabia que era um produto. E um produto é feito para ser...

vendido?

... comprado. Havia assinado um contrato vitalício, no qual teve apenas de vender a alma a uma megaempresa esportiva. Por mais que tudo fosse mágico, Allejo não estava tranquilo. Acordara pela manhã como se o corpo houvesse sido surrado no dia anterior. Sentia-se pesado. E isso era estranho.

– Ah, estou quebrado! Graças a Deus estamos no período de férias!

– O que você quer dizer com isso? – o empresário perguntou, visivelmente preocupado.

– Não sei direito! Estou me sentindo fatigado, sabe como é?

– Não, não sei! Explica isso direito. Você está doente?

– Eu só estou dormindo mal, acho. Não tenho tido mais daqueles pesadelos nos últimos dias, mas não tenho dormido bem ainda assim...

– Será que você tem que passar por algum tratamento mais radical?

– Não gostaria. Já passei por tantos, não?

– Bom, mais um não custa tentar! O doutor Davi indicou um excelente psicólogo pra Ariana, mas acho que vou marcar pra vocês dois! Se o cara for bom mesmo, não custa você conversar com ele...

– Ah, não! Mais um?

– Ora, vamos! Se ele não ajudar, pelo menos a gente tentou! Além do mais, uma consulta sua com algum renomado daria uma maior tranquilidade pra você, pra mim e pra nossa querida empresa que nos paga tão bem! – Allejo se impressionava como Garnieri conseguia pensar em dinheiro, e em agradar quem era dotado de dinheiro, vinte e quatro horas por dia. Não por acaso, o empresário sonhado por todo jogador.

– Tá, tá bom, se isso vai te deixar feliz...

– *Você* me deixa feliz, meu garoto! – ele disse, levantando-se e encaminhando-se em direção à porta, sabendo que o momento da volta dos comerciais estava próximo, e Allejo teria de dar uma rápida declaração ao vivo novamente sobre seus sentimentos em relação ao novo time, à apresentação de sua namorada e, o mais importante, à confirmação do noivado do casal.

Tu me falou de coletores de sonhos, mas me diz tu: quantos sonhos tu vendeu ultimamente pra alguém?

Allejo pensava em Ariana. Nas palavras dela. Preocupava-se, na verdade, com ela. Ele não saberia explicar o porquê, mas sentia que alguma coisa corria pelos cantos escuros daquele estádio, e ninguém ali parecia perceber. Tocou a medalha no pescoço. Iria começar ali uma oração de proteção por Ariana. Mas era tarde demais.

* * *

Ariana terminou o aquecimento. Como sempre, fechou a expressão, e o que costumava ser sorriso, tornou-se sensatez. Entretanto, se alguém observasse melhor os olhos da atleta, perceberia por detrás da seriedade e da sensatez e da concentração um receio aparentemente sem fundamento. Sabia que estava sozinha diante daqueles terrores e o único dentre a multidão que poderia entendê-la estava em algum lugar naquele estádio lotado, longe demais para alcançá-la naquele instante. Isso também era assustador para ela. Era um fato: mesmo quando distante, estava começando a se acostumar com a presença dele. Com o suporte dele. Com o amor dele. Dali a alguns instantes, ela tinha a certeza de que seu caminho se cruzaria com o que quer que estivesse rastejando por baixo dos panos sombrios.

E iria até o mais alto palácio do Céu.

Ou até ao mais profundo abismo da Terra.

Havia chegado o momento do solo. Houve o anúncio no alto-falante; o silêncio do público; a próxima música. Rápido, cada vez mais rápido. Um coração em arritmia. Ela suava, e suava frio. Um frio que paralisava a espinha e, dessa forma, também a energia. O fluxo dessa energia. Aplausos. Cada pirueta mais bem executada vinha acompanhada de aplausos. Só que, em seus ouvidos, eles soavam cada vez mais altos. Muito mais altos. Talvez porque não soassem dessa vez como incentivo, mas como a finalidade do bater dos sinos de uma capela que anuncia o anoitecer. Cada aplauso daquela arena, infelizmente, não funcionava para Ariana Rochembach como um sinal de estímulo.

Funcionava como uma neurótica contagem regressiva.

* * *

Ariana se posicionou na área demarcada. Concentração. Algo ainda ardendo dentro de si. Algo *ruim*. Um suspiro. Como sempre, o ritual de sorte: a mão direita que ajeitava o cabelo na parte de trás da orelha direita.

Volta e fica por aqui...

A voz sussurrante do velho corcunda ecoou, rastejando pela mente e pelos sentimentos mais instáveis. E foi quando aconteceu. De repente, a arena não era mais a arena. Não a arena em que ela estava. O som do mundo era outro. O som do planeta era o silêncio mórbido do mais puro vazio, dotado de paredes de escuridão. E era nesse cenário trevoso que Ariana podia vê-los. Oriundo de névoas negras de lugar algum, vestidos com roupas pretas de detalhes avermelhados, lembrando vestes de rituais de magia negra, os árbitros monstruosos chegavam. Havia capuzes lhes cobrindo, de onde alguns insetos pareciam sair de vez em quando. Eram eles, seus juízes. Seus malditos juízes liderados pelo senhor de todas as moscas.

Naquele momento bloqueado de pulsão, Ariana se sentiu nua. A música de sua apresentação ecoou pelo sistema de som, e ela sabia que não havia volta. Foi quando iniciou a série, ainda que não mais escutasse o estádio. Fez suas passadas para preparar os *full-out* e as rondadas. Reversão lateral; passada de mãos. Tudo conforme o indicado. Quando aterrissou de um de seus carpados, contudo, os pés sentiram o frio. O mesmo frio do chão que se tornara plano e extremamente congelante em seus pesadelos, por onde dançava batidas *hip-hop* com o corpo nu exibido para demônios.

De súbito, o mesmo medo lhe invadiu a mente. O medo do fracasso. A plateia de sombras começou a emitir o mesmo som de cães sendo espancados, e cada movimento que ela fazia não era mais dotado de aplausos, mas de vaias que lembravam o gargalhar de hienas.

E então voltava o velho dilema: se ela corresse, a inércia a faria escorregar.

Se ficasse parada, o gelo lhe queimaria os pés.

A solução, como sempre, seria voar. Era a hora do movimento Dos Santos. O salto do *duplo-twist carpado* que ela não tinha a menor condição psicológica de executar. Nas plantas dos pés, ainda a sensação cortante do frio que paralisava a espinha.

Foi quando ela correu.

Sentiu os pés sendo cortados e sangrando nas solas. Mas correu mesmo assim. Buscava dentro dela forças intensas, forças que carregava com os corações de milhões de pessoas que ela não via, mas sabia que pulsavam com ela. Houve o primeiro giro. O segundo salto. E então, a execução. Ariana Rochembach saltara naquele instante com uma impulsão tão espantosa, que, pela primeira vez na vida, conseguira atingir uma altura três vezes e meia maior do que a sua, superando até mesmo a atingida por Daiane dos Santos no movimento original. Era o verdadeiro voo de uma atleta em ascensão, observada por juízes monstruosos que apenas ela conseguia ver.

Ariana desceu após o giro espantoso e *cravou* o movimento de descida, para o espanto de especialistas e leigos de diversas partes do mundo. Talvez nunca, em toda história da ginástica, uma artista houvesse realizado um movimento tão perfeito e de grau de dificuldade tão elevado, de uma forma como aquela, com uma cravada final como aquela. E, logo, o mundo voltou a ser o mundo. Não havia mais sombras nem demônios nem moscas nem medo. Havia apenas aplausos, gritos, histeria. Milhares de pessoas estavam de pé e jornalistas e repórteres em diversos idiomas tão agitados, que sua agitação era passada aos telespectadores. Ariana sentiu aquela vibração e, naquele momento, sentiu também seu dever cumprido. Como se o mundo fosse dela; porque era dela. E então veio a *dor*. Uma dor que latejava forte e subia pelo osso inferior corroendo terminações nervosas. No interior dos mesmos pés, anteriormente cortados pelo frio, Ariana sentiu que algo havia se rompido de forma violenta.

Lá do alto, Mikael Santiago viu sua noiva tombar como se fosse uma pessoa comum. A imagem trazia com ela a derrocada da imponência de alguém que poderia menos do que imaginava. E logo o mundo, que era ela, tornou-se vazio. Uma heroína tombou diante dos olhos de sua própria legião, carregando muitos sentimentos na queda. Uma equipe médica em desespero correu para o centro, e câmeras tremidas acompanharam o socorro médico. O público, que era histeria, tornou-se silêncio e então murmúrios. O que quer que rastejasse por aquelas paredes ainda caminhou em seu trajeto mórbido. E, tudo o que era sonho, de repente, tornou-se escuridão.

Em meio a lágrimas de dor intensa, Ariana escutava os zumbidos dos insetos. Allejo escutava a gargalhada de demônios.

35

Um mundo é dotado de formas e pensamentos e essência espiritual. Todos os dias, milhões de pessoas sonham e rezam e oram, reforçando uma espiritualidade baseada em arquétipos, metas, desejos e medos. Alguns espíritos buscam redenções de angústias; outros, o sincero perdão de pecados. Entidades maiores que os homens e menores que os anjos vigiam toda uma estrutura de intuições, pensamentos, consciência e intenção em um cenário de quintessência, nascido da engrenagem de forças transcendentais.

O pensamento de um ser humano nessas terras se mostra tão potente e tão devastador, que pode dar a gênese a deuses menores e destruir para sempre entidades esquecidas. Pode até mesmo manter vivas terras de éter. No fim de tudo, a dependência de um deus em relação a seus fiéis será sempre a mesma de um médico em relação a seus pacientes: por mais que se tenha uma visão contrária, os fiéis serão sempre mais importantes que os deuses, afinal, sem aqueles estes não existiriam e se tornariam extintos na medida em que se tornariam inúteis e, principalmente, *esquecidos*.

Até mesmo deuses menores, ou entidades próximas ao que se poderia entender disso, de vez em quando, lamentam os próprios erros. Ou ao menos, não sabem discernir se suas decisões acabam dotadas de sabedoria mundana ou estupidez divina. E quando colocadas em maiores proporções, as decisões de seres maiores como esses atingem um número tão grande de espíritos, que isso também influencia e altera todo o encaminhamento e todo o destino da humanidade dependente de tais entidades.

Era diante de todo esse cenário, e era alheia à sua própria vontade, que, naquele momento, uma deusa menor copiosamente chorava de dor, de tristeza, de rancor, de insatisfação, de angústia e de culpa. As lágrimas provocavam chuvas na terra de seus sonhadores. De vez em quando, as chuvas que caem são lágrimas de deuses que também choram. E quanto mais triste, quanto mais dotada de sentimentos muito mais ligados à humanidade que à essência divina, essas lágrimas que desciam se tornavam mais fortes.

E o que era chuva se tornava tempestade.

E o que era decepção se tornava destruição.

Era por isso que, inconscientemente, o fiel rezava. Os braços dos pais envolviam os filhos com a proteção que apenas os pais podiam conferir e as mãos das mulheres tomavam terços que reforçavam orações. E o que era divisível se tornava uno. Pois na dor, e somente na dor, que os homens se uniam pelo mesmo objetivo. Quando o inimigo ajudava o outro, o ofendido esquecia a ofensa em troca da ajuda do ofensor. O mundo, ainda que dotado de um desvirtuado interesse mútuo das partes envolvidas, tornava-se íntegro, ao menos na essência que corre por baixo dos panos físicos.

Lady Madelein sabia disso. Era uma deusa, dotada, pois, em essência de uma onisciência divina, ao menos enquanto pisasse em seus próprios domínios. Como um homem encarnado, porém, Madelein era dotada de ambição. E junto a esses sentimentos humanos, sempre acompanhavam as suas contrapartes. Por isso, ela chorava. E se sentia menor que um mortal.

– Estrela... – Madelein ergueu a cabeça. Diante dela, um de seus muitos servos, nascidos da essência de inspirações humanas, observava-a assustado.

E foi quando ela viu.

E o mundo dos sonhos despertos se estremeceu.

À sua frente estava Phobetor, o Senhor Escuro. Mas, dessa vez, ele não estava só. Dessa vez, caminhavam com ele milhares de demônios, produzidos pela essência e energia emanada de milhares de depravados, alcoólatras, estupradores, pedófilos, assassinos, maníacos, traficantes, drogados, luxuriosos, e toda a pior espécie que aumentava e comparecia diariamente às terras do deus dos pesadelos.

Madelein observou aquele exército de ódio, rancor e essência destrutiva, e abaixou os olhos. Ela sabia que eles ali estavam para tomar suas terras e que também só ali estavam porque ela assim permitia a partir do momento em que se tornava fraca. E aquele seria apenas o primeiro passo que alteraria toda a estrutura da vida desperta na esfera terrestre. Um ato como aquele inauguraria uma nova era no comando cósmico terrestre, ecoando consequências por outros universos. Destronada; Madelein ali sabia muito bem o que aquilo significava.

A grande guerra pelo Sonhar já havia se iniciado.

E seu vencedor conquistaria os fios de prata de sete bilhões de sonhadores terrestres.

36

Allejo rodava em círculos. Estava na sala de espera de uma clínica suíça, acompanhado do empresário. Ariana havia sido levada à sala de atendimento, onde iriam constatar a gravidade da lesão sofrida. Do lado de fora, a imprensa dava sua própria versão, de acordo com as imagens que não se cansavam de repetir da queda do solo e com diagnósticos curiosos de médicos que avaliavam ao vivo por telefone, em programas sensacionalistas, uma paciente que não podiam tocar.

– Isso não tá acontecendo... isso não tá acontecendo... – Allejo repetia, enquanto andava ao redor dos mesmos círculos.

– Allejo, pare com isso! – ordenou Garnieri com firmeza, segurando-o pelos braços. – Ela está bem! Você vai ver: daqui a pouco o médico vem aqui e vai dizer que foi só um susto!

– Mas... e se ele disser que *não* foi apenas um susto?

– Aí então você vai ficar do lado dela durante o tempo de recuperação, como está acostumado nessa vida de atleta que vocês levam!

– Não, você não está entendendo! Eu conheço lesões! É por isso que... Deus, tem um copo-d'água por aí?

Garnieri pegou um copo de plástico e o encheu com água mineral retirada de um galão. A mão do garoto tremia ao receber o copo.

– Eu conheço lesões, sim! – ele insistiu. – Por isso estou dizendo: aquilo não foi uma contusão normal!

– E por que diz isso?

– Porque... o jeito com que ela caiu... mais do que isso: a *expressão* com que ela caiu! Eu sei, Garnieri! Eu *sei*!

A porta da sala se abriu e entraram a técnica assistente e as companheiras de equipe. Eram sete ao todo, já que o técnico ucraniano ficara de bucha de canhão para a imprensa, dizendo qualquer coisa para os jornalistas que lotavam a entrada da clínica. Os reflexos de flashes podiam ser vistos se chocando nas paredes feito besouros, típico de um grupo que necessitava driblar fotógrafos e jornalistas mesmo naquelas instalações particulares.

– Pelo jeito, sem notícias ainda, né? – a mulher perguntou.

– É, o doutor Davi ainda não retornou! Ele pediu pra ficar apenas a equipe médica lá dentro...

Allejo foi até a janela e observou o horizonte. Viu do lado de fora desconhecidos acenando para ele no andar de baixo, como se fossem também de sua família. Flashes de máquinas bateram em sua face, e ele retornou para dentro.

Foi quando sentiu uma mão no ombro.

– Você também está sentindo que foi mais grave do que tão dizendo, não é? – era Helena, a melhor amiga de Ariana.

– Estou. E mentiria se dissesse que não espero pelo pior...

– O pior seria se ela tivesse morrido, Allejo...

– O pior para ela não seria isso.

O celular dele tocou. Ele desligou sem atender. Por um momento, *jurou* que viu a porta se abrindo. O telefone tocou novamente. O visor não reconheceu a chamada.

– Alô!

– Senhor Santiago?

– Quem fala?

– Eu estou tentando há algum tempo falar com o senhor! Eu sou um empresário do ramo imobiliário chamado Lúcio Vernon!

Allejo fez uma pausa. Odiou-se por ter atendido à ligação.

– Senhor Vernon, não acho que esta seja uma boa hora para...

– Você *sentiu*, não foi?

Allejo ficou mudo. Deveria ali ter desligado o telefone móvel, mas, por algum motivo, não o fez.

– Você *sentiu* que alguma coisa rastejou por aquele estádio e que nem todas as pessoas podiam ver, não sentiu?

Quem diabos era aquele maluco que ligava para seu celular e perguntava *aquilo* como se fosse natural?

– Senhor Vernon, ou seja lá qual o seu nome, eu vou desligar agora...

– Você pode fugir das circunstâncias, senhor Santiago, mas não pode fugir do seu caminho...

– O senhor está me confundindo...

– Nós não iremos desistir de você.

– Peraí, que papo é esse de "nós"? Que porra é essa? Alguma brincadeira sem graça? – a alteração da voz chamou a atenção das pessoas na sala. Garnieri se aproximou.

– Quem é que tá falando? – o empresário perguntou, quase tomando o telefone da mão do protegido. Allejo se afastou, fazendo sinais para que ele não se metesse.

– Forças ocultas estão correndo por baixo da terra, e por muito além dela, e nosso tempo corre rápido! – o estranho insistiu. – O senhor pode mentir sobre isso para todos ao seu redor, mas não pode mentir para si próprio que não as reconhece!

– Já saquei! Você é de alguma seita ou coisa do tipo, não é?

– Nós estamos te esperando.

– Ora, vai se foder, seu fanático! – e, mais uma vez, toda a atenção da sala se juntou a ele. – E vê se não torna a ligar pra esse telefone ou eu te processo mais rápido do que tua mãe gira uma bolsa, deu pra entender?

– Não se preocupe com isso! – e, pela voz, o outro lado da linha parecia achar graça da ofensa. – Em nossa próxima conversa, será o senhor quem irá entrar em contato conosco.

– Vai sonhando, seu maluco!

– O senhor tem o meu telefone.

– Pois enfia o número no...

– Aguardo seu retorno, senhor Santiago, quando for *a hora de você ser.*

O telefone foi desligado. A sensação de Allejo era por demais intensa. O estômago queimava, embora ele não soubesse se de raiva ou de impotência. O que sabia é que estava doido para descontar toda aquela adrenalina em algo ou em alguém. E então a porta de onde sairia o médico enfim se abriu.

O cordão santo no pescoço balançou.

E, por mais que o doutor fosse dar, pela primeira vez no dia, seu parecer médico aos presentes, Allejo já sabia o que seria dito.

Eu quero acordar... eu quero acordar... eu ordeno a meu corpo que acorde...

Infelizmente, dessa vez, aquilo tudo não era um sonho.

37

Em um pequeno condado do Leste Europeu, um jovem de um pouco mais de treze anos disse ao pai que seria domador de leão do circo da cidade. O pai lhe quebrou o nariz para que parasse de sonhar com besteiras e procurasse um trabalho de verdade.

* * *

Na Nova Zelândia, um grupo de jovens músicos talentosos tentava um lugar ao sol há mais de cinco anos juntos. Nenhum de seus amigos e fãs locais tinha dúvida quanto à qualidade de suas músicas e o carisma de seus integrantes. O pai de um dos garotos comentou uma vez, porém:

– O som de vocês é muito bom. Mas acho difícil uma banda daqui cair no gosto do grande público! Afinal, me cite uma única grande banda surgida da Nova Zelândia...

Os cinco pensaram e não obtiveram resposta. E então resolveram comprar roupas novas e prestar o vestibular para carreiras como direito, medicina e odontologia.

* * *

Em uma cidade rústica na África do Sul, uma filha ajudava a mãe a lavar a roupa dos patrões.

– Mãe, eu andei pensando, e gostaria de um dia sair daqui e ir estudar nos Estados Unidos!

– Pois então pare de pensar, que eu sustento essa casa com realidade...

A filha obedeceu.

Pelo resto de sua vida.

* * *

Em uma cidade do Japão, um jovem extremamente inteligente tinha o sonho e o potencial para se tornar um grande executivo na indústria de computadores e das novas tecnologias envolvendo jogos para celulares e internet. Ele, contudo, havia perdido a última vaga da faculdade por causa de menos de meio ponto em uma prova de vestibular.

No dia seguinte, envergonhado, amarrou o pedaço de uma cortina ao redor do pescoço e saltou da sacada de um edifício.

O corpo foi encontrado pelos pais.

E até hoje ambos parecem vegetar acordados.

* * *

Uma tenista russa de bom nível técnico desistiu de repente do tênis. Pessoas próximas a haviam convencido de que ela não era nem tão bonita nem tão voluptuosa para disputar um lugar demarcado por beldades como Kournikova e Sharapova. Ao observar-se de biquíni no espelho, notou que elas tinham razão.

* * *

Um inglês amante de Shakeaspeare gostava de fazer versos inspirado no dramaturgo. Possuía um projeto de mesclar poesia com música clássica e compôs duas ou três canções como rascunho. Quando mostrou empolgado o resultado à namorada, a garota achou tudo aquilo bastante *ridículo*.

Até hoje, o jovem poeta continua a escrever apenas curtas poesias sobre paixão e desilusão em cadernos finos, que raramente são abertos.

* * *

Apaixonado por geografia, um menino argentino disse à mãe que seria geógrafo. A mãe disse-lhe para que fizesse informática porque *dava dinheiro*.

* * *

Em uma cidade costeira de Portugal, um corretor de seguros de sessenta anos, que passara a vida sonhando em se tornar advogado, aposentou-se. Com tempo livre, ele pensou em, enfim, concluir seus planos e ingressar em uma faculdade de direito para sagrar-se advogado antes da morte. Quando foi se inscrever, porém, descobriu que seria o único de sua sala a ultrapassar a faixa dos 25 anos. O senhor desistiu da inscrição.

E, hoje, cada vez que joga cartas com outros aposentados em parques públicos da cidade, ele volta a esperar a morte e a se considerar velho demais.

* * *

Ariana Rochembach já havia conquistado muitos dos sonhos despertos que havia sonhado ao longo de sua vida. Quando um médico renomado lhe disse, porém, que ela talvez não pudesse jamais praticar ginástica artística novamente, o mundo – e toda a vida dentro dele – pareceu se resumir unicamente a um sombrio pesadelo infinito, em que ela não possuía a opção de acordar.

38

Allejo, Ariana e Garnieri haviam deixado a clínica de helicóptero. Era a única forma de conseguirem sair dali sem serem devorados pelos jornalistas. Claro que isso não impediria os profissionais de conversarem com enfermeiras, médicos, atendentes, e juntarem tudo o mais que precisassem de informação para que cada meio informativo desse por si próprio o parecer sobre o caso. Em uma coisa, porém, todos pareciam concordar: aquela talvez tivesse sido a última apresentação de Ariana Rochembach.

Dentro do helicóptero que sobrevoava a cidade, a ginasta mantinha os olhos em lágrimas e a cabeça apoiada no ombro dele. Allejo nada dizia. E, em silêncio, perguntava-se por que tudo aquilo estava acontecendo.

Não há nada que não esteja ao meu alcance.

O fato era que somente agora se dava conta do quanto estava errado. Pois não era ele aquele que via a pessoa amada sofrendo de uma dor que não podia curar nem comprar a cura? E enquanto houvesse aquele silêncio, os pensamentos berrariam a conclusão. Os olhos se cruzavam com os dela, e ele os desviava por falta de coragem. Aquilo possuía um motivo.

Em outras palavras, guri, tu iria passar o resto da vida pedindo por uma segunda chance...

Era exatamente isso o que ele pedia.

* * *

– As pessoas ainda estão lá fora? – ela perguntou, deitada na cama com a coberta nas pernas. O pé já estava engessado. E a indicação principal era de repouso absoluto.

– Estão. Está cheio de fã com cartazes e presentes! – era verdade. – Eles enlouqueceram com a sua apresentação...

Ela sorriu com os lábios apertados, como se fosse chorar junto com o sorriso.

– Foi trilegal não foi?

– Foi muito mais do que isso, Ariana. Sabe quantas atletas conseguiram um dez no solo?

Uma pausa. Dessa vez, parecia que ela apenas iria chorar, sem sorriso algum.

– Mas como tu sabe disso? Tá entendendo de ginástica agora?

– Óbvio! – ele riu. – Mas nem é preciso! Já deu na televisão. Todos os canais esportivos consultaram especialistas em ginástica para analisar a sua apresentação! A maioria concordou que ainda que tenha acontecido o... bom! Que *aquilo* foi uma rara nota dez!

– Rá! Até parece! – ela mostrou a língua pra ele. – O fato é: do que adiantou se...

– Você está com fome? – ele cortou a frase antes que ela a terminasse.

– Não. Acho que nunca mais vou ter fome na vida...

– Não fala assim, por favor.

– Tu resistiria? Fala a verdade!

Ele nada disse.

– Se te dissessem que tu nunca mais iria pisar num campo! Se te dissessem que tu nunca mais iria saber o que é ouvir teu nome gritado por torcida, ou sentir a explosão de um gol! Tu resistiria?

Ele, mais uma vez, nada disse. Diante do silêncio, ela se pôs a chorar.

– Porque, guri, eu acho que eu não aguento... – aquilo *doeu*.

Como não sabia o que ser dito, ele se aproximou dela e abraçou-a uma vez mais. Era o mesmo abraço que a fazia se sentir segura. Mas jamais em paz.

– Eu vou voltar, guri! Não me importa o que digam os médicos ou os especialistas! Eu vou voltar! – ela disse dentre lágrimas.

– Eu acredito em você e não estou só! Milhares de pessoas também.

Ela nada disse.

– Agora vê se dorme... – ele pediu.

Aquela frase a tirou do silêncio para fazê-la entrar em pânico.

– Não! Não! – ela resmungou, debatendo-se como uma prisioneira.

– Calma! Calma!

– Não, tudo menos isso! Fica comigo! Por favor, fica comigo! Mas não me deixa dormir! Dormir não! Dormir não...

– Ei, calma, calma!

– Por favor... não me peça para dormir...

– Calma. Eu vou ficar com você aqui, está certo? Eu sempre vou estar aqui.

Allejo, no fundo, era o único que conseguiria entender por que Ariana Rochembach tinha tanto medo de suas noites ruins de sono. E ele não percebeu, mas, no momento em que a consolava, uma imensa mosca varejeira se posicionou na parede à frente, e seria possível jurar que observou os dois jovens como se fossem, para ela, as duas pessoas mais importantes de todo o planeta Terra.

39

– O que tu queres, maldito? Destruir os sonhos de meus despertos? – ela perguntou. Encontrava-se acorrentada pelos braços, pernas e pescoço, e ajoelhada, diante do novo senhor de seu condado. Acorrentada como ela, ao longo de uma fila de nove escravas, suas afilhadas, as nove Musas gregas, choravam diante do cenário aterrorizante.

– *Destruir* é uma palavra forte! – o Escuro sorriu. – Quero, na verdade, apenas tomá-los de ti!

Ela balançou a cabeça como se tivesse escutado algo extremamente idiota.

– Por mais que leves trevas aos sonhos despertos deles, isto não quer dizer que eles irão escolher teus domínios! É algo tão óbvio quanto o temor de uma fada ao ferro frio.

– Eles escolherão a partir do momento em que tais domínios forem a única opção! A partir do momento em que humanos, elfos e fadas sonharem os mesmos pesadelos! Em que o motivo que rege suas vidas se torne tão medíocre, que seus pensamentos serão apenas baixos o suficiente para aumentar minhas terras. Ou para decorá-las ao meu gosto.

– Tu és nojento, para não dizer disfêmico...

– Não me julgues, Estrela. Bem sabes que em tempos de guerra teus despertos são mais propensos a isso do que em meus pesadelos! No íntimo, assim como tu e todos os outros, apenas sigo a essência em que fui moldado por meu pai!

– Teu pai terá vergonha do que estás fazendo quando souber o que acontece no Sonhar que tanto preza!

– Com meu pai me entendo eu. Antes, porém, tenho de me entender com meus irmãos!

– Achas que sozinho pode enfrentar os dois?

– *Sozinho*? Não, sozinho eu nada faço! Seria estupidez de minha parte pensar o contrário... – e seria mesmo. – Farei com tua ajuda, na realidade!

– Rá! – ela balançou a cabeça uma vez mais. – Mas tu sonhas alto mesmo! De vez em quando, me fazes acreditar que tu possas mesmo tudo o que pensas!

– Acredito! E não fora esta a opinião que tive de ti em tua última visita? E não és uma virtude, em terras como estas, existir o que se pensa? – ele se aproximou dela. Estendeu a mão esquelética como se nela segurasse o próprio coração. – E é por isso, e não apenas por isso, que estou oferecendo-lhe minha aliança, Arcano! Venho aqui pedir que te juntes a mim, e espero profundamente que não jogues fora esta oportunidade.

Uma pausa. Um choque. Um retrocesso de raciocínio. Uma tentativa sublime de projeção desse mesmo pensamento.

– E pode por um acaso, em nome da degola de mil goblins, me explicar por que motivo eu pensaria em tomar uma atitude aparentemente tão abjeta como essa? – perguntou o anjo inerme.

– Porque posso saciar a ambição que corre em tua essência.

– Ainda não vejo bons motivos em teus tratos...

– Madelein, minha cara, seja sincera: o que ganhaste nestes anos todos mais perto de Morpheus do que de mim? No fim de tudo, não fora ele quem inspirou um de teus sonhadores despertos mais importantes, aquele que deveria ter sido o *teu* avatar? E não fora ele quem o fizeste afirmando que o fazia para ajudar-te, quando, na verdade, pegava-o para si? E hoje, Anjo, o que teus próprios sonhadores pensam do Sonhar? Eles pensam, e nós sabemos o quanto isso influencia teus domínios, que Morpheu veste-se de preto, conversa com corvos, e o pior: é o *único e grande senhor dessas terras!* – um trovão estalou. Dezessete mil sonhos despertos foram destruídos com o estalo. – Em outras palavras, Madelein, Senhora dos Sonhos: tu foste *esquecida* por teus próprios sonhadores! Eles são por ti, e também por tuas afilhadas, diariamente inspirados em suas artes e suas vidas e nem mesmo sabem disso. Chamam tuas afilhadas de Perpétuos e nem mesmo percebem que és tu a Estrela. Tu julgas ruim o que eu estou fazendo? Então me diga: o que fizeste o meu irmão maldito, que fez teus sonhadores imaginá-lo maior até mesmo que Hypnos, meu pai e nosso criador maior?

Madelein sabia de tudo aquilo. Ponderava sobre aquilo ao longo de todo o tempo. Sobre a trapaça de Morpheus. A detestável trapaça do Senhor das Memórias no mundo mortal, em que fragmentou a própria figura no imaginário humano utilizando suas Musas por sua frente, e depois uni-as novamente por suas costas. A grande e genial arapuca do deus-sonhador, que a diminuiu infimamente a ponto dela servir a mortais que não mais a reconheciam, tornando-se mais uma escrava de um plano em movimento do que uma parceira arcana.

– Tu bem sabes... – o deus sombrio continuou. –... que ele assim o fizera para que quando achasse oportuno, tentasse o que hoje eu estou iniciando.

– Eu...

– Vamos, Estrela, ambos temos consciência de que meu irmão pode ser sono, mas ele também é destino, morte, desejo, delírio, desespero e, até mesmo, destruição.

– Eu...

– A diferença entre nós é que eu estou realmente oferecendo a ti uma parceria de verdade, sem o interesse de ludibriar-te em um futuro menos distante.

– E o que pretendes me oferecer de concreto se te ajudar a conquistar teus sonhos despertos, Lorde Phobetor?

– Seja minha rainha, Lady Madelein! – ele sorriu, mostrando dentes desgastados. – É isto que te ofereço! Senta-te ao meu lado em meu trono e descobre o que é deleite quando todas as terras do Sonhar forem minhas e tu não mais precisares te preocupar em ser comandada por ninguém de nossa raça.

Aquela era uma proposta poderosa.

– É grande tua proposta... mais do que isso... é descomunal...

– Tu inspiraste Rowling, e foi nas terras de Morpheus que se moldou Hogwarts. Tu inspiraste Tolkien, e foi nas terras de Phantasos que se anexaram as extensões de Terra-Média. Tu inspiraste Lovecraft, e em minhas terras se fixou Miskatonic. Então eu te pergunto com sinceridade, anjo: até onde vai tua vontade de ser coadjuvante em um mundo de formas e pensamentos?

– Eu...

– Até quando pretendes trabalhar sem seres recompensada por teu valor? Sem seres sequer *lembrada* por teus inspirados?

– Eu... – ela realmente queria apenas dizer: *é minha função.*

Mas não conseguia.

– Pois eu hoje posso dar-te tudo o que sempre sonhaste, Lady Madelein, e aqui estou em sinceridade oferecendo teus próprios sonhos a ti: tome meu lado nesta guerra e torna-te a Senhora do Sonhar!

Um silêncio se fez entre os dois.

– Eu... – ela iniciou.

A calada se fez novamente em sombria taciturnidade, aguardando uma decisão importante para muito mais do que apenas um mundo.

– Eu *aceito* tua proposta, Senhor Escuro!

Demônios sorriram tão distorcidos, que a geografia e as formas daquele condado começaram a sofrer uma transformação imediata no momento hediondo, tornando-se sombrosos e lúgubres. As correntes que prendiam Madelein explodiram e se tornaram pó. E os sonhos despertos de bilhões de pessoas se tornaram, de uma hora para outra, deturpados e extremamente malditos.

Dias de pesadelo estavam por vir.

40

– De fato, o que está passando atualmente é apenas um reflexo de toda pressão psicológica exercida sobre a sua pessoa nos últimos meses – disse Gualter Handam, o tal psicólogo indicado a Garnieri. Allejo estava deitado em um divã, e não via o rosto do cidadão enquanto falava, mas tinha a certeza de que, se o fizesse, veria um olhar extremamente debochado.

– Não é pressão! Não é *pressão* porra nenhuma! – Allejo esbravejou, já cansado de ser contrariado por pessoas que não entendiam o que ele sentia, e não pareciam bem dispostas nem a tentar. – A questão é que tem alguma coisa acontecendo comigo!

– E, na sua opinião, o que estaria acontecendo?

– Ai, meu Deus... – a diferença entre o humor de Allejo e o do psicólogo era que Allejo, como cliente, não precisava disfarçar sua irritação. – Será que você faz alguma coisa que não seja me devolver as perguntas? Eu estou falando há mais de meia hora, droga! E você quer que eu continue aqui falando...

– Gostaria de falar mais sobre a pressão ao seu redor?

– Não, não! Pressão, fama, status, isso tudo é lixo! Minha preocupação mesmo é com ela...

–... além disso, é de conhecimento geral que sua noiva sofreu um grave acidente recentemente, e isso claramente afetará seu equilíbrio emocional, o que é perfeitamente normal, quero deixar bem claro!

Allejo odiava aquele jeito evasivo de algumas pessoas se expressarem. Detestava frases entrecortadas por expressões como “digamos assim” ou “quero deixar bem claro”. Isso quando não usavam a pior de todas: o tal do “ou seja”. “Ah, isso se trata de um distúrbio de nível profundamente neurótico, ou seja, o senhor é maluco!”. Ora pombas! Se é para citar duas explicações dotadas do mesmo conteúdo, por que não se referir então diretamente à segunda, já que está partindo do princípio de que o ouvinte não vai entender a primeira?

– É, eu sei – ele olhou para cima, como se visse o rosto de Ariana. – Ela tá arrasada! Você sabe que essa consulta foi marcada pra ela, né? Mas... como ela não quis vir... fazer o quê? O meu empresário me convenceu a conversar com você no lugar...

– E por que quis vir?

– Eu não quis, me obrigaram... – a sinceridade do rapaz reluzia. – Mas... sabe... a situação dela é bem difícil! Acho que a ginástica pra ela é até mais do que o futebol pra mim, só pra dar uma ideia. Se ela não puder mesmo voltar... não quero nem...

– Acredita que ela vai se recuperar?

– Se dependesse só dela? Com certeza – a vontade de Allejo era completar a frase com um: *né, seu imbecil?*, ainda que não fosse culpa daquele homem sua irritação. – Mas então, *doutor* Handam, até o caso dela tem a ver com isso que estou dizendo! Sobre o que tem acontecido comigo! Tô te dizendo: tem alguma... *força* negativa, sei lá, atrás de mim, e influenciando as pessoas próximas...

– Certo... forças negativas... – a expressão cética estava doida para flertar com a ironia. – E essa força negativa seria oriunda...

Algo dizia a Allejo que ele não deveria responder a pergunta.

– Quer mesmo saber? Eu acho que tem um bando de macumbeiros fazendo trabalho pra cima de mim! – mas ele respondeu.

– Interessante... – o rapaz voltou a achar que não deveria ter respondido. – E, bom, você os conhece?

– Eu nunca vi nenhum deles antes! Mas eles me ameaçaram!

– Certo. Então um grupo de... *macumbeiros*... o ameaçou com um... *trabalho espiritual*, digamos assim, e acredita que isso estaria diretamente ligado com os problemas psicológicos e físicos pelos quais vem passando... Seria isso?

– Você não tá me levando a sério, né? Eu sabia! Você não me entende, psicólogo!

– De maneira nenhuma! É que penso se seria um caso de polícia ou de exorcismo.

Algo lhe dizia que dessa vez o psicólogo havia tentado uma fracassada tentativa de dizer uma piada. Em outra situação, talvez Allejo risse dos próprios problemas. Mas não naquele dia, e não naquele estado. Por algum motivo, havia alguma irritabilidade no ambiente que o estava impedindo de ser racional.

– Eu já fui à polícia, seu idiota! – ele disse, levantando-se e vestindo uma jaqueta de couro. – E a reação deles não foi muito diferente da sua. Aliás, eu não sei onde estava com a cabeça quando aceitei vir nessa merda de lugar!

– Por favor, foi um comentário irresponsável e extremamente infeliz da minha parte. Desculpe se eu... – o desespero parecia sincero. Allejo gostou daquilo.

– A minha vida já está um caos. Pra eu pagar pra ficar escutando gracinha, eu converso com o meu cachorro, que me escuta em troca de um osso muito mais barato em troca!

Allejo se dirigiu à porta e a abriu com violência.

– Senhor Santiago...

A porta bateu, deixando o consultório para trás. Allejo saiu da sala parecendo um vulcão humano e esbarrou violentamente em um senhor de barba branca e óculos de aros finos, que parecia estar esperando uma deixa para entrar na sala. O senhor o observou com o ar intelectual, aquele detestável ar intelectual, e Allejo, naquele momento era apenas fúria e dispersão em pensamentos.

– Tá olhando o quê? Nunca viu?

O senhor ergueu as mãos para o alto, como se dissesse que não queria confusão. Allejo continuou o caminho sem olhar pra trás. Não estava interessado se a secretária iria fofocar para as amigas solteironas que o jogador era dotado de adjetivos como *grosseiro* e *deslumbrado*. Não lhe interessava (mais) se iriam mostrar uma imagem diferente do Allejo, que ela e milhões de outras pessoas idealizavam em seus sonhos despertos. Em seus pensamentos. Em seus sentimentos.

Saiu daquele consultório e apertou uma dezena de vezes o botão que chamava o elevador, como se isso fosse influenciar a velocidade do veículo. Com pensamentos acelerados demais para esperar, porém, dirigiu-se de forma dispersa à escada do prédio. Quando desceu os primeiros degraus, por conseguinte, reparou, de repente, que aquela escada era silenciosa o suficiente.

Foi por isso, e apenas por isso, que Allejo resolvera se sentar em um daqueles degraus frios e solitários, e encostar a cabeça na parede, envolvendo os joelhos com os braços. Pensou em Ariana. Pensou naqueles sentimentos que o estavam tomando e fazendo-o escravo das circunstâncias, em vez de senhor de si próprio. Não sabia por que motivo seus pensamentos andavam tão enlouquecidos ultimamente, nem por que seus sonhos e desejos tão tenebrosos.

Mas de uma coisa ao menos sabia: aquela escada era solitária o suficiente para ninguém escutá-lo chorar.

Às vezes, isso é tudo o que um homem precisa por algum momento.

41

Ariana andava pelos corredores do novo apartamento de Allejo, em Paris, no bairro de Jardim de Luxemburgo, na área mais central da cidade, próxima ao Museu do Louvre. A cada passo mais lento com o tornozelo engessado, o lugar parecia mais próximo de um apartamento fantasma. Na realidade, os fantasmas não vinham da residência, mas de seus pensamentos. Cada momento de respiração parecia ter um toque gélido de dedos fantasmagóricos. Lágrimas ainda lhe tomavam a face em momentos aleatórios, e o sistema nervoso ainda não estava com completo controle. Observava o mundo agora de fora, um mesmo mundo que não parecia mais dela.

Ao fundo, apenas a voz do médico que repetia a frase desgraçada.

Ariana... infelizmente temos más notícias...

Não, não eram más notícias. Más notícias *de verdade* são quando alguém bate à sua porta para lhe dizer que você será indiciado porque seu cachorro mordeu a perna do entregador de jornais, ou quando sua namorada lhe diz ao telefone, em um dia chuvoso, após voltar de uma viagem de negócios, que os dois "precisam conversar". *Isso* são más notícias. Agora...

Você sofreu uma fratura do calcanhar em dois pontos distintos, com um rompimento mais sério do que pensávamos nos tendões. Em outras palavras: infelizmente, aquela talvez possa ter sido a sua última apresentação de ginástica...

Isso não são más notícias. Isso é uma condenação ao Inferno. É um tiro de uma bala que não se cura porque perfura a alma.

Infelizmente, aquela talvez possa ter sido a sua última apresentação de ginástica...

A frase retornava. E retornava. E retornava. Como um fantasma.

* * *

Em um nível acima, nos pensamentos mais etéreos de Ariana Rochembach, exatamente no ponto em que o sublime se abre receptivo à inspiração, uma sombra se projetou. O fato era que, desde que Madelein aceitara se unir com Phobetor, os demônios obscuros do Senhor dos Pesadelos também passaram a caminhar de mãos dadas com os seres do Anjo dos Sonhos. Passaram a caminhar por psiques, a confundir e ofuscar ainda mais o conturbado pensamento do inconsciente humano, em um passe livre sonhado por obsessores ao longo de toda a eternidade. Passaram a se alimentar da esperança desenvolvida em uma complicada cadeia de pensamentos ainda não explicada pela ciência. E, o pior de tudo, passaram a também se viciar nela.

Ariana parou no corredor do segundo andar do apartamento e foi até a escadaria, onde olhou para o andar inferior. Depois, observou a altura. Calculou mentalmente que a distância de onde estava até o chão deveria ser algo entre sete ou oito metros. Seria, pois, essa altura a distância suficiente para *matar* uma pessoa em queda livre? Afastou o pensamento da mente. [mas que diabos de pensamento era esse?]. Recriminou-se por ele. E foi quando tentava se desvencilhar dessas ideias que não pareciam dela, que outra voz se sobrepôs.

Ariana... infelizmente temos más notícias...

Ela fechou os olhos, na tentativa de se manter sob controle. Aquilo iria parar. Aquilo *tinha* de parar. Fechar os olhos, porém, trouxe-lhe outra visão. Ela se viu, de repente, longe dali. Sozinha. E então, o desconhecido pareceu se tornar comum e isso o tornava mais assustador do que se ele se mantivesse desconhecido. Pois Ariana se via novamente nua. Solitária. Diante de uma plateia de demônios e em uma arena de solo que lhe cortava os pés. Uma arena tão fria, que lhe queimava a sola e perfurava como um caco de vidro penetrando lentamente na epiderme.

Abriu os olhos violentamente. A luz a cegou por um momento e pareceu incomodá-la. Logo, a mistura entre escuro, pensamentos conturbados e a forçosa adaptação visual acabaram por gerar tontura. Relembrar o pesadelo dos demônios trouxe-lhe náuseas.

Infelizmente, aquela talvez tenha sido a sua última apresentação de ginástica...

Relembrar as palavras trouxe fraqueza. Ariana se afastou da janela, colocou uma mão na boca e outra no estômago. Não tinha o menor senso de direção de onde se localizava o banheiro mais próximo, pois o mundo, naquele momento, era um brinquedo de um parque de diversões macabro em que ela girava. Chegou para trás, achando que estava indo para o lado. A perna engessada não ajudou. A tontura tirou a ação. As náuseas descontrolaram as emoções. Os pensamentos escuros geraram descontrole, tornando-a um ser torturado por reflexos incontroláveis do próprio corpo. E logo, diante desse quadro nada favorável, quando Ariana tentou ainda se manter de pé, já era tarde.

Porque ainda existia a escadaria.

O corpo de Ariana tombou diante do primeiro, e assim continuou a tombar diante dos vinte e nove degraus que compunham a escada. Na queda, o corpo travou a respiração em uma legítima sensação de asfixia. Uma costela pareceu estalar em um dos momentos em que sua espinha se torceu e o corpo virou em cambalhotas feito uma artista de circo. A cabeça bateu forte três, quatro, cinco vezes. A gravidade continuou puxando o peso, cada vez mais violentamente. Mais rápido. Mais forte. Até que, ao faltar sete degraus, o corpo escorregou para fora da escadaria e caiu de uma única vez diretamente no chão.

No impacto final, Ariana escutou o próprio crânio *rachar*. E junto com o som, as trevas. Não havia dor. Não havia consciência. A diarista que limpava a cozinha do apartamento escutou o barulho estranho, aproximou-se e gritou quando viu a cena, derrubando pratos que se espatifaram.

Quando a ajuda chamada chegou, Ariana estava no chão. Um dos socorristas correu para ver se havia respiração. Muitas vozes falavam ao mesmo tempo. E no meio desse pandemônio de vozes e sentimentos, havia dois sons em que ninguém prestou atenção.

Um era referente ao suspiro de anjos. O outro; às risadas de demônios.

Difícil definir qual era o pior.

42

Em Brasília, um grupo formado por cinco jovens de classe média alta resolveu, de repente, incendiar um mendigo, encharcando-o com gasolina enquanto dormia. Nenhum deles possuía qualquer antecedente criminal.

Quando interrogados pela polícia, disseram aos policiais, sem quaisquer indícios de culpa nos olhos, que a vítima queimada era *apenas* um mendigo.

* * *

Em Israel, uma instituição foi atacada por sete homens-bomba em uma visita de integrantes das Nações Unidas. Foi fácil para os líderes palestinos do atentado burlarem a segurança do evento.

Os sete homens-bomba eram crianças de 8 a 14 anos.

Todas elas se apresentaram voluntariamente para a missão.

* * *

Em um tradicional Estado da Romênia, mães revoltadas fizeram uma curiosa manifestação em praça pública. Uma fogueira imensa havia sido iniciada no centro dessa praça. Até aquele momento, seiscentos livros de Harry Potter haviam sido queimados.

* * *

Na Palestina, setenta palestinos foram mortos a sangue-frio por soldados do exército israelense, que obtiveram ordens de retaliação dos superiores. Dentre esses mortos, pelo menos vinte e cinco eram adolescentes entre 14 e 16 anos.

E, segundo porta-vozes com auras de contornos sombrios de ambos os lados, mais ataques viriam.

* * *

Uma grande emissora de televisão exibiu no último domingo uma entrevista com alguns dos homens por detrás das bombas que destruíram Hiroshima e Nagazaki. Quando perguntado se sentia algum remorso em seu âmago, Theodore Van Kirk, o piloto que jogou a bomba em Hiroshima, disse firme, sem fraquejo, que *não*.

Que seus sonhos não eram ruins. Que faria tudo novamente.

E que o único objeto que carregava no dia do ataque era uma pequena bíblia de bolso.

* * *

Estudantes franceses visitavam um campo de concentração fantasma como exercício escolar na Alemanha. Ao observarem diversos fornos imensos desgastados pelo tempo, um rapaz perguntou a seu professor se os nazistas mantinham uma indústria metalúrgica no lugar. Ao saber que não, insistiu:

– E para que esses fornos crematórios então?
– Para queimar vivos os prisioneiros.
O menino se recusou a dormir naquele dia.

* * *

A cada cinco segundos, uma criança ainda morre de fome ao redor do mundo.

Definitivamente, sobram motivos para demônios sorrirem.

43

Allejo entrou na sala resmungando, empurrando repórteres e xingando jornalistas, que quase o impediam de entrar no local. Uma insistência que cada vez mais o irritava. Gostava de sua profissão, e por muito tempo adorou toda a atenção frequente em cima do próprio ego, mas, a cada dia, o que um dia pareceu uma bênção tomava o caminho oposto.

Na sala de espera, naquele momento já havia Garnieri.

– Cadê ela? Cadê ela?

– Calma! Calma! – ele disse, segurando o protegido. – Os médicos estão cuidando dela, está bem? Não vamos piorar a situação!

– Piorar? E como nós poderíamos piorar uma situação dessas? – perguntou rendido.

Garnieri observou o rapaz se jogar em um sofá, e não conseguiu evitar a pena. Admitia para si que o que aquele garoto estava tendo de aguentar nos últimos tempos não era para qualquer um.

– Ei, vamos torcer! Não deve ter sido nada grave, ok? – ele disse, sentando ao lado de Allejo e tentando animar o rapaz.

Mas sabia que estava mentindo.

– Como ela foi cair da escada?

– Não sei. Ninguém viu. Ela não devia ter nem levantado da cama! Não sei o que diabos aconteceu! Quando eu entrei, depois que a empregada gritou, ela já estava no chão...

– Ela bateu com a cabeça?

Garnieri balançou a cabeça positivamente por duas vezes. Pela expressão, via-se que a coisa era séria. Allejo colocou as duas mãos atrás da cabeça.

– Por quê? Por que tem acontecido tanta desgraça de uma vez só na minha vida?

Garnieri achou que qualquer resposta seria imprudente.

– Garnieri, me escute: eu *não* posso perder essa garota! É sério, cara! Eu não sou forte, não o suficiente! Eu não vou aguentar perder Ariana também, Garnieri! – a voz se tornou chorosa. – Eu não vou, cara! Eu não vou...

– Calma! Calma. Não cria ansiedade antes do tempo. Espere, está bem?

Allejo suspirou. Limpou as lágrimas. Foi quando o celular tocou. Pelo número, ele viu que era a técnica assistente, provavelmente atrás de notícias sobre mais uma tragédia envolvendo sua atleta em tão pouco tempo. O jogador estendeu o celular para o empresário.

– Toma! – ordenou. – Eu não estou com vontade de falar com ninguém...

Garnieri tomou o celular e foi para um canto da sala de espera atendê-lo. Allejo observou da janela o lado de fora e viu pessoas apontando para ele. Afastou-se, suspirando. Foi quando escutou algo dentro da própria mente perguntando:

– *Quem é você?*

Os olhos ergueram-se, buscando alguém na sala, mas só havia Garnieri, distante e falando baixo demais para que ele pudesse escutar com clareza. Voltou a relaxar os ombros. Inspirou fundo, lentamente, sentindo o peito crescer. Lembrou-se de uma frase dita a ele pelo tal Lúcio Vernon.

Forças ocultas estão correndo por baixo da terra, e por muito além dela, e nosso tempo corre rápido.

Forças ocultas. Por que diabos isso lhe parecia cada vez mais sério, em vez de uma piada?

– *Quem é você?*

As costas tremeram. A voz novamente gritava dentro do cérebro. Buscou mais uma vez um fantasma que não existia. Apoiou o rosto sobre as mãos.

– Deus do Céu! Eu estou ficando maluco! Eu estou ficando maluco!

Fechou os olhos, tentando relaxar ou escapar daquela angústia, esquecendo que tentar dormir em casos como o dele nem sempre era a melhor opção.

Foi quando teve uma...

VISÃO

A imagem do rosto de um homem sem boca. Tinha a pele acinzentada e os olhos vazios. A epiderme era cheia de feridas e crostas, e apresentava dedos sem unhas. A boca era costurada com uma linha de sutura que continuava ao final de cada ponta do lábio grosso.

Allejo abriu os olhos, exalando o ar forte. Respiração entrecortada. A mão direita no próprio peito.

– Puta que pariu! Que merda é essa? – o desespero que lhe tomava conta dessa vez era o de um sentimento primitivo. O tipo de desespero trazido pelo medo que o homem sempre sentiu do desconhecido.

– *Quem é você?*

E outra...

VISÃO

Um rosto negro, coberto de lodo e com os olhos manchados de sangue, que o impedia de enxergar. O corpo escuro e coberto de vermes, porém, não tinha braços e era visível o desespero de seu dono para tentar limpar o próprio rosto sem saber como.

Allejo espremeu o próprio crânio com furor, repetindo feito um ensandecido:

– Não, isso não está acontecendo! Isso *não* está acontecendo!

Mas estava.

– *Quem é você, seu maldito filho da puta?*

Mas realmente estava.

– Sai! Sai! Isso NÃO está acontecendo!

De repente, a lucidez. Garnieri estava balançando Allejo pelos ombros.

– MIKAEL! – o nome dito com vigor. – Para, Mikael! A gente tá num hospital! O que está acontecendo com você?

– Você ouviu, Garnieri? Me diz que você *também* ouviu!

– Ouvi o quê?

A porta na sala de espera da clínica se abriu. O médico responsável entrou no recinto. Allejo se calou, e o mundo pareceu se resumir ao senhor de barba clara e avental esverdeado.

– Doutor... – Garnieri virou-se para ele.

Allejo nada disse. Mantinha apenas o coração esmurrando o próprio peito. Não havia vozes. Não havia imagens. Não havia nada. Apenas o peito ardendo em brasas.

– E qual a gravidade? – Garnieri perguntou em francês.

– Me acompanhem por favor... – solicitou o médico.

Ambos se dirigiram a uma sala particular, com diplomas espalhados ratificavam alguma excelência em neurocirurgia. Em uma das paredes, havia um negatoscópio.

– Devido à difícil situação, e da paciente em questão, fizemos os exames em estado de extrema urgência, de onde tirei algumas conclusões. – sobre o painel de luz havia radiografias e tomografias do crânio de Ariana. – A queda que a menina sofreu foi bastante violenta. Reparem que esse lado do crânio foi atingido mais de uma vez, causando um hematoma extradural...

– O que ele disse? – Allejo perguntou, compreendendo metade.

– Parece que ela sofreu um hematoma na cabeça...

– Porra! E isso quer dizer o quê? – Allejo esbravejou irritado com o linguajar médico. Por um momento, sentiu vontade de arrancar a cabeça dele com uma espada, tal qual faria...

Beliel...

... um gladiador.

– Um hematoma extradural é um hematoma em um dos dois hemisférios cerebrais – o médico disse impassível.

– E isso é sério? – perguntou um Allejo já de voz baixa e rendida.

– Eu mandei preparar a mesa de cirurgia. O cérebro tende a inchar em um caso como esse. Mas, como a caixa craniana é fechada, não há espaço disponível para essa dilatação.

Allejo apertou os olhos. Não sabia se estava entendendo tudo o que lhe estava sendo explicado, mas a dor dentro do peito seria a mesma.

– E tem alguma forma de se evitar esse inchaço? – Garnieri insistiu.

– É o que vamos tentar. Vamos fazer a operação para chegar até o hematoma e fazer uma hemóstase.

Nenhum dos dois comentou a frase. O médico entendeu o recado.

– Uma hemóstase é quando aspiramos o sangue coagulado do hematoma...

Garnieri reafirmou a explicação e Allejo foi até a janela da sala, mantendo as duas mãos atrás do crânio. Precisava de ar.

– Esse... *inchaço* no cérebro pode provocar... provocar...

– Quando o cérebro comprime com muita força a caixa craniana, ele não consegue funcionar – concluiu o médico.

– E aí acontece...

– Pode-se obter o risco de uma morte cerebral.

Allejo explodiu um soco no vidro da janela, que se partiu. O médico e o empresário olharam assustados.

– Eu pago... – ele disse com a cabeça baixa.

O médico suspirou.

– Mas ela vai viver, doutor? – o garoto perguntou.

– Podemos lhe garantir que ela vai viver. Agora, quanto a acordar, isso pode durar horas ou durar anos! E, quando ela acordar, pode ser que volte sofrendo apenas um lapso de memória ou com graves sequelas irreversíveis. É preciso estar preparado para tudo.

Allejo saiu dali e voltou à sala de espera. Sentou-se no chão, encostado no sofá, abraçado às próprias pernas, feito uma criança com medo do escuro. Chorava sem saber o que fazer nem a quem pedir ajuda. Garnieri queria ajudá-lo, mas existem situações em que não há o que ser feito.

Me diz que você também ouviu.

Qualquer resposta poderia enlouquecê-lo.

44

Na Colina dos Ventos, nos planos do Sonhar de Morpheus, tudo o que antes era quietude não era mais. Passos eram alternados com um som cadenciado. Um som potente e perturbador, dotado de sincronia e energia. Homens caminhavam ao lado de outros homens e ao lado de seres que em muito pouco, ou em nada, lembravam um ser humano. Havia seres parecidos com anjos, e havia seres parecidos com monstros e lagartos e esqueletos e feras e fadas. Alguns vestiam armaduras e cavalgavam corcéis de fogo. Outros andavam com uniformes e se protegiam com escudos dotados de brasões de muitos arquétipos. Muitos carregavam facas e espadas e lanças. Outros traziam coletes e pistolas e rifles e bombas. E alguns ainda traziam armas diferentes de quaisquer outras já vistas na esfera terrestre.

O que caminhava por aquelas colinas naquele dia não era um grupo, mas um exército. À frente deles, em cima de um poderoso unicórnio formado da essência do sonho desperto transmutado em inspiração para um desenho de Luís Royo, Morpheus cavalgava em uma armadura prateada. Sobre a cabeça redonda e calva, trazia um brilhante elmo de ouro arredondado e pontudo, que mais lembrava uma coroa.

Uma imponente coroa do Rei do Sonhar.

Do único Rei do Sonhar.

A Colina dos Ventos era uma divisa onde se iniciava extraoficialmente o condado de Madelein, dentro de suas próprias terras. E, por muito tempo, pouco para um deus, mas a eternidade para a raça humana, aquele local serviu para o descanso de poetas, pintores, desenhistas, escritores e todo artista cujo coração pulsava em um mundo mais denso. Uma colina visitada por viajantes astrais, por sonhadores protegidos por fios de prata, por seres cuja morada já era o Sonhar e por sonhadores despertos cujos espíritos por ali passeavam, enquanto as mãos no corpo físico descreviam segredos ou pintavam paisagens.

Naquele dia, todavia, eram tempos diferentes, e o Sonhar não estava mais em paz.

Três deuses haviam entrado em discórdia.

E aquela colina seria um dos seus palcos de guerra.

Do outro lado, sem o anúncio de cornetas ou o bradar de gritos de guerra, ele também surgiu. O Exército Escuro. Infinitamente mais numeroso e superior, dotado de demônios e bruxas e vampiros e gárgulas e homens-lobo e homicidas, estupradores, obsessivos, fanáticos, pervertidos, suicidas em potencial e ainda de diversos monstros nascidos do inconsciente humano mais pervertido ou mais infantil. Eles se posicionavam. Traziam chicotes e clavas e tridentes e bolas de fogo e espadas malditas e outras armas potentes como um pensamento bem direcionado.

À frente, montado em um dragão negro com imensas asas de morcego, Phobetor vestia uma armadura trevosa com um elmo de cavaleiro fechado. E sorria porque sabia que seu plano estava dando certo. Ali ele via que estava dando certo. Pois, ao trazer Madelein para seu lado e tirar os sonhos despertos dos encarnados, ele conseguiu com que milhões de desiludidos trocassem os reinos de Morpheus por seus reinos escuros. E também o lado do exército de uma batalha.

Havia vinte milhões de soldados dentre seres e sonhadores dos planos de Morpheus e havia quatrocentos milhões de soldados dentre seres e sonhadores dos planos de Phobetor. Centenas de milhares deles caminhavam naquele campo de batalha etéreo com seus fios de prata ainda reluzindo. A maioria, porém, era formado de essência que moldava os planos do Sonhar.

E, próximo a eles, Madelein, a Senhora dos Sonhos Despertos, a tudo observava com um olhar impassível de quem não via com bons olhos aquele combate nas entradas de suas terras.

– Tu estás diante de uma situação inédita, Estrela! – exclamou Phobetor, sob uma voz abafada pelo elmo.

– Não me sinto uma privilegiada por isso, Senhor Escuro.

– Pois deverias! Afinal, não foste tu que manifestaste o desejo de te tornar senhora de um deus? E quem transformou esse desejo em um sonho? Pois então... – e o dragão enegrecido ergue-se aos céus e rugiu. – Então observa e aprende, Anjo dos Sonhos, como é que os deuses guerreiam!

Vinte milhões de soldados gritaram. Quatrocentos milhões de soldados responderam.

E a batalha na Colina dos Ventos se iniciou.

45

Mikael estava de pé, no tapete de água do mesmo lago dotado de pequeninas fadas que mais pareciam insetos. Um fio de prata refletia um céu límpido que, aos poucos, ia escurecendo mais e mais. Ao seu lado, o ser desprovido de pelos e pigmentação ainda observava um horizonte sem vida.

– Que barulho é esse, Nour-el?

– É a primeira batalha. A guerra já se iniciou...

– "Guerra"? Que guerra?

– A guerra entre os filhos de Hypnos, o Senhor do Sonhar!

– E por que eles estão em guerra?

– Porque *ambição* não é um sentimento atribuído apenas aos humanos! Muito além de tua compreensão, e servindo a seres de vibrações diferentes da tua, seres deste e de outros planos desvirtuam a própria essência em nome dessa virtude contrária.

– Não sabia que havia ambição entre os deuses...

– Há muitas coisas que tu não sabes, mortal.

Mikael suspirou, concordando

– Me lembrarei dessa conversa quando acordar, cinzento?

O albino olhou para ele de lado, como não gostando da alcunha.

– Se fizeres um pouco de esforço. Não vens sonhando lúcido há tempos?

– Sim, mas meus sonhos agora são bem melhores do que antes...

– O preço por isso foi alto.

Mikael apertou as sobrancelhas. Dessa vez, foi ele quem observou o ser de lado.

– Que quer dizer?

– Quero dizer que tua alma foi *negociada*, garoto! Madelein a comprou, e por isso, quando tomas lucidez, percebes estar aqui...

– Vocês podem *negociar* almas? Pensei que isso fosse coisa de demônios!

O albino manifestou algo que parecia um sorriso.

– Ah, inocência. Acreditas mesmo que no Inferno não há crianças cumprindo penitência?

–...

– Muitos dos mercadores e negociadores de almas são anjos, dos mais poderosos, e dotados de prestígio na hierarquia celeste. Acredita, sonhador: esta sim talvez seja a profissão mais antiga do mundo!

– Então me explique, Albino! Deus, por um acaso, não me fez livre pra decidir o que fazer com a minha alma?

– Oh, sim! Tanto fez, que tu decidiste! Não por um acaso Phobetor era teu dono...

– E desde quando vendi minha alma pra esse tal? – a surpresa era legítima.

– Desde antes que tu renasceste. Tu assinaste com teu próprio punho o documento!

– O quê? – a surpresa era muito grande. – Tá me dizendo que eu mesmo... *negociei* minha própria alma?

A frase de Ariana lhe explodia na mente.

Tu quer ser vendido?

Ele não se lembrava da resposta.

– Isso deveria ser algo óbvio. Apenas tu podes negociar tua própria alma, ou como querias que funcionasse esse mercado?

– Mas... ma... ma... – e ele se sentiu ridículo uma vez mais. – Mas por que eu faria isso? E por que diabos eu não *me recordo* disso?

Nour-el abriu as mãos e o observou sério.

– Porque existe um Véu, sonhador, que raramente é rasgado na terra dos homens – uma pausa. – Faz parte dos planos superiores.

– Planos de seres como você...

– Nem de longe próximos de mim. Estou eu muito mais próximo de ti do que de entidades que traçam os planos divinos.

Mikael manteve-se em silêncio por um momento, absorvendo informações. Imaginar que as almas humanas faziam parte de um jogo de xadrez entre entidades era demais para a cabeça de um homem comum.

– E o que foi que pedi em troca de minha alma?

– A fama e a glória. A sensação de poder. Entenda que tudo o que é ilusório e passageiro Phobetor pode fornecer de forma satisfatória a um mortal. Obviamente, tais negociadores costumam ter pesadelos...

Mais uma vez o silêncio.

– E foi ele então quem me deu o dom que tenho e me fez glorioso?

– Não, isso foi a ti dado por Madelein, manifestado com a essência dos sonhos despertos de teus pais, e com tua própria essência cósmica.

A surpresa mais uma vez foi grande.

– Os sonhos despertos de meus *pais*?

Nour-el fez um sinal positivo.

– Por que meu pai não está por aqui, Nour-el?

– Porque teu pai não sonha! Não mais – Mikael entendia o que ele queria dizer. – Ele está nos planos dos mortos. Ou talvez até mesmo já tenha evoluído para outro maior...

– Mas ele não poderia vir até aqui?

– Sim, com uma *permissão*. Mas, para isso, é preciso que ele saiba que tu estás aqui.

– E você poderia fazer isso?

– Talvez. Mas assim como pouco se faz de graça na Terra, pouco se faz de graça no Sonhar.

– Venderia a minha alma a ti por isso...

– Cuidado, desperto! Daqui a pouco, mais parecerá uma prostituta! – Mikael quase riu. Aquela fora a primeira vez que Nour-el parecia menos carrancudo.

– Mas, Albino, por que não vendi minha alma a Madelein?

– Porque Phobetor notou o que Madelein queria fazer contigo! E o tomou dela, seduzindo com a tal proposta maior que aceitaste!

– E o que Madelein queria de mim?

– Tornar-te seu *avatar*!

O peito de Mikael apertou.

O que quero te dizer, Mikael, é que tu pode servir de inspiração pra muita coisa boa em muita gente.

Pequeno...

Tu me falou de coletores de sonhos, mas me diz tu: quantos sonhos tu vendeu ultimamente pra alguém?

Mikael se sentia pequeno.

Porque, sinceramente, se tua mãe for metade da mulher que tu pinta, não sei se ela ficaria orgulhosa de ver a ti bancando o meninão deslumbrado enquanto poderia ajudar tanta gente.

Extremamente pequeno.

– E então ele me fez uma proposta melhor, seduzindo-me com fama, poder e glória...

– Phobetor conseguiu esconder seu eu superior de seu ego, confundindo-o como se fossem um só! – explicou Nour-el, como que tentando diminuir a pena do rapaz. – Logo, tu achaste a proposta dele muito mais sedutora.

– Madelein deve ter se decepcionado...

– Um pouco. Mas ela ainda não desistiu de seu intuito, nem de tentar novamente construir seu avatar. A guerra que escutas daqui nasceu da consequência desses sonhos.

– Mas por que não tenho tido mais pesadelos como antes nos reinos de Phobetor?

– Porque Madelein te *comprou* de volta do Senhor Escuro! Em troca, porém, de um alto preço.

– O que poderia ser pedido em troca? – ele perguntou, aflito.

– A sua contraparte.

– Não... – os olhos dele se arregalaram.

– Há muitas coisas que tu não sabes, mortal...

– Não! – ele gritou, e a dor no peito intensificou em raiva.

– E... por mais que tu não queiras, e por mais que tu sofras com esta verdade, a alma *dela* agora é dele...

– NÃO! – e o corpo dele afundou na água. Começou a sentir uma sensação desesperadora de afogamento, quando escutou:

– Pare de se debater! Se morrer nesse plano, acordará novamente no outro.

Ele se ergueu da água e colocou-se de pé novamente, como se flutuasse.

– E onde ela está agora? Eu mereço saber...

– Ela está *presa*.

– Presa? Mas como? E pelo quê?

– Pelo próprio fio de prata!

– Onde?

– Em algum lugar dos Reinos Escuros de Phobetor! Se tu perguntasses minha opinião, apostaria nos domínios comandados por Baalzebu, sombrio Senhor das Moscas!

E no espírito de Mikael, o que era desespero e medo e vergonha e culpa se tornou também raiva. Nour-el podia sentir a *transformação*.

– Você me disse uma vez que era um caçador de almas, albino. Pode me levar então até lá, Nour-el?

– Talvez. Se ficares me devendo um favor...

– Peça o que quiser. Mas me leve para brincar de peão nesse seu maldito jogo...

– Não nessas condições. Nelas, não é possível.

– Como é?

– Tu aqui estás em lucidez, desperto, mas ainda és um simulacro. Se queres me acompanhar por viagens entre os planos, precisa aqui também chegar por viagem astral.

– E como diabos faço isso?

– Não posso te ensinar. Mas existem pessoas em tuas terras que podem...

– E onde as encontro?

– Tu não as encontra. Elas aparecem a ti quando estás pronto...

O mundo começou a ficar mais denso. Mikael foi percebendo que, do outro lado, seu consciente chamava seu inconsciente e vice-versa.

– É hora de ir – o albino preveniu, com o sobretudo agitado pelo vento. Ao fundo, ainda os gritos de espadas e tiros e explosões.

– Jura que vai cumprir sua palavra?

– Se tu cumprires a tua. Vem a mim quando estiver pronto, que irei guiar-te até teus algozes! Mas digo: cuidado com o que desejas, sonhador. Em planos como esse, nem sempre conseguir é a melhor das opções.

Mikael ponderou, enquanto ia sendo arrastado pelo fio prateado. E quando viu Nour-el se dissipar, enfim, percebeu algo que julgou estúpido de ignorar anteriormente. Acordou com os músculos doloridos e fechou os olhos pedindo para voltar ao sonho perdido. Nada aconteceu. O corpo estava recarregado e não sentia cansaço. Allejo se lamentou, pensando se a última imagem que vira fora verdade ou fruto de imaginação, embora o que não seria imaginação dentro de um plano formado de essência de sonhos?

Mas, dentro de si, ele tinha certeza de que de fato vira aquele detalhe antes do retorno. Estava lá. Não tão brilhante quanto os outros, mas presente ainda assim naquele ser misterioso.

Acima da cabeça de Nour-el, assim como a da dele, também tremulava um fio.

Tremulava um fio de prata.

46

Allejo discou o número sem a certeza de que deveria acompanhar o ato. Uma voz masculina atendeu, de forma apressada.

– Eu estou pronto – uma pausa. – Enfim, eu estou pronto. Seja lá o que vocês querem dizer com isso...

Do outro lado da linha, Lúcio Vernon abriu um largo sorriso e observou profundamente o horizonte além do arranha-céu.

Finalmente eles estavam completos.

III
SONHOS DESPERTOS

You may say I'm a dreamer,
but I'm not the only one...
I hope some day you'll join us
(John Lennon)

47

O carro corria por uma estrada que deixava cada vez mais para trás o grande centro. Lúcio Vernon acelerava um sedan e, por mais que soubesse o quanto era um instrumento perante a vontade de deuses, e o quanto seu destino, e também o de todos os sonhadores da Terra estavam traçados, ainda assim era estranho para ele ter Mikael Santiago, o Allejo, no banco carona ao seu lado, em completo silêncio.

Estavam já na estrada fazia quase uma hora e nenhum diálogo travado além de...

– Aonde estamos indo?

– Você verá...

...fora dito. Allejo observava o horizonte como se ali estivesse um grande livro cósmico com as respostas de que necessitava, e Lúcio mantinha-se em religiosa concentração, com a grande responsabilidade de encaminhar aquele garoto.

– Isso é um quadro? – Allejo perguntou em um francês com sotaque, observando, no banco de trás do carro, um embrulho com a forma quadrangular.

– Sim. É um quadro com o desenho de um amigo...

Allejo voltou ao silêncio. Observou o lado de fora de sua janela, de onde a paisagem campestre cada vez mais emergia.

– Como eram teus sonhos, senhor Vernon? – ele perguntou, ainda sem observar diretamente o perguntado.

– Horríveis, garoto. Os piores possíveis...

– Os meus também... – Allejo disse, dessa vez, observando-o. Lúcio Vernon viu aqueles olhos jovens, e ali também viu nada mais do que um garoto que não entendia o que estava se passando, e muito menos por que havia sido escolhido. Sentiu um pouco de pena do fardo daquele menino. E também que isso em nada mudava o que deveria ser feito.

– Escute... sei o quanto é difícil pra você essa situação! Para não dizer também surreal...

Allejo o observava, parecendo concordar.

– E posso dizer que o sei, porque eu já estive em seu lugar e fui ao mesmo local aonde o estou levando agora. Também fui levado por um senhor chamado Edgar Mastrovani, que quase nada me disse, e que eu nunca havia visto na vida, embora sentisse que era o certo acompanhá-lo. Eu não saberia explicar o porquê, mas eu sabia que ninguém mais além dele poderia me ajudar, você me compreende?

–...

–...

–... compreendo.

– E você também sente que é certo me acompanhar?

Allejo ponderou. Não, não deveria ser. Mas pensando bem, também não era assim que deveriam se sentir Copérnico, Newton, Einstein e todos os tocados que levantaram ideias que hoje são aceitas como verdades, mas, na época, eram apenas teorias postas em dúvida?

– Muito bom, filho.

Allejo voltou a observar o horizonte. O celular vibrava o tempo inteiro, mas ele ignorava as ligações. Estava perdido demais e, quando procurava por qualquer uma daquelas pessoas, elas aumentavam sua perdição. Resolveu puxar o primeiro assunto que lhe veio à cabeça para se entrosar com o homem que ainda não havia definido como um mentor espiritual ou um sequestrador dissimulado.

– *Mister Sandman, bring me a dream... make him the cutest that I've ever seen...* – o homem cantava.

– O senhor já leu *Sandman*, senhor Vernon?

Lúcio, por um momento, surpreendeu-se. Depois, achou graça.

– Sim. Já li muito sobre...

– E o que acha?

– Acho interessante...

– "Interessante"? – Allejo apertou as sobrancelhas. – Pensei que diria "genial"...

– Acredito que seja. Embora muita coisa ali tenha sido desvirtuada...

– "Desvirtuada"?

Vernon percebeu a dificuldade do rapaz para entender aqueles conceitos em francês e passou a explicar em inglês:

– Na obra, os planos são bem definidos, e a relação entre mortais e deuses é bem definida. Mas é uma obra unilateral...

– E isso quer dizer o quê?

– Que temos o Sonhar apenas do ponto de vista de uma entidade, e por isso digo que é uma visão parcial...

Allejo ponderou. Não compreendeu por completo e comentou:

– Mas o senhor admite que os Perpétuos são incríveis?

– Rá – o senhor riu. – *Isso* foi impressionante, sim! Pela originalidade da criação.

– Acredito que nascemos do desejo e terminamos na morte...

– Jura? – o senhor pareceu realmente surpreso, lembrando um apostador que vê alguém apostar em um cavalo errado.

– O senhor não?

– Não. Você também vai mudar de ideia em pouco tempo.

– Não nascemos do desejo?

– Não.

– Mas...

– Nós nascemos de uma força. Simplesmente.

– Então nós nascemos de um desejo de... sei lá... Deus...

– Não, Deus não seria dotado de desejos.

– Não compreendo.

– Deus não é dotado de nada, filho. Ele é tudo, mas é muito mais. *Deus* é.

– Continuo sem compreender o conceito.

– Se eu lhe disser que Deus é tudo, então estarei dizendo que eu sou Deus, e esse volante que estou segurando é Deus, me acompanha?

– Certo.

– Mas Ele será muito mais do que isso. Ele será também o ar que existe entre mim e esse volante. Assim como será as bactérias desse ar, e será também as ondas dos meus pensamentos, que emito para formular esse raciocínio! E será ainda muito mais do que eu possa imaginar, compreende?

– Talvez...

– Você faz parte do que os teósofos chamariam de o Creador experimentando a própria criação.

– O que é um "creador"?

– Imagine que você tenha uma fazenda...

– Certo.

– A vaca dessa fazenda é *criada* por você. Mas foi *creada* por Deus.

– Hum... – Allejo manteve-se em silêncio. O cérebro em completa agitação. Logo, perguntou: – Mas... como fazer ou manifestar algo desprovido de desejo?

– Executando-o de forma plena.

Allejo ponderou.

– O senhor fala da mesma forma como se pregaria o conceito budista?

– Exato! E mesmo porque, se até um iluminado pode superar a provação dos próprios desejos, como você pode imaginar então que forças maiores não o tenham feito?

– Por esse ponto de vista...

– E não é?

– Mas, senhor Vernon, Deus nunca desejaria nada?

– Para que ele desejasse, o desejo teria de surgir antes Dele, pois Deus também teria nascido de um...

– Mas por isso o desejo é perpétuo, não?

– E o que então desejou a existência de Deus?

– Meu cérebro está dando um nó!

Lúcio riu. Estava começando a se divertir.

– O fato é que seu cérebro é limitado para compreender forças maiores que você. Tente usar seu raciocínio para compreender o conceito espacial de infinito! Pois, se algo tem um espaço infinito de limite, cujos limites também se expandem a ponto de não terem fim... diabos, *como* isso funciona?

– E por que existem vários deuses?

– Não existem. Existe apenas um.

– Mas não são três os deuses do Sonhar?

– Na verdade, o deus do Sonhar é um só. Você se refere a seus três filhos.

– Que seja. Não são três deuses menores?

– Não para nós.

– *Como* não?

– Eles e todos os deuses gregos e troianos e hindus e americanos e alienígenas nada mais seriam que uma mesma experimentação da mesma força.

– O senhor está dizendo então que voltamos ao conceito de...

– Do Creador experimentando a própria criação.

– Isso é louco...

– Isso depende do seu conceito sobre normalidade. Se você considerar normal apenas tudo que lhe é reconhecível, conhecido e característico, então qualquer informação fora dessa realidade própria de pensamento será considerada *anormal*. Mas não concorda que isso limitaria bastante sua visão da vida?

– Possivelmente...

– Então. Na verdade, o que Gaiman teve como *inspiração* e chamou de Perpétuos são os estados de consciência necessários às Musas de Madelein, para que se *manifestem*...

– Ainda acho loucura.

– Filho, quando artistas criam suas maiores obras? Pois não o fazem quando em estados de total delírio ou triste desespero? Por meio de um sonho desperto, ou da sina de cumprir seu próprio destino? Não manifestam suas ideias para saciar seus desejos materiais ou manifestarem a destruição de doutrinas ou conceitos? E me diga: para serem reconhecidos, muitos deles não apenas debatem, mas também necessitam da morte para atingir a consagração?

– Mas... ao menos o senhor concorda então que todos terminamos na morte?

E dessa vez, Lúcio soltou uma gargalhada. Allejo não entendeu a reação.

– Ah, minha nossa! – ele ainda ria. – Essa, garoto, foi a maior das trapaças e a maior genialidade dos planos meticulosos de Morpheus! Convencer a todos de que a morte é um perpétuo foi digno de um prêmio!

– Mas ela não é?

– Não. Claro que não...

– E qual seria o segredo da morte?

– O segredo, filho, é que a morte como um fim simplesmente não existe.

Allejo analisou sobre o que escutou, como se o mundo ainda fizesse sentido. E muito tempo depois, concluiu:

– Ok, eu não tenho base ainda para discutir com o senhor! Mas, ainda assim, não adianta. Por mais que eu não tenha argumentos, eu acho que não consigo deixar de me convencer...

– Sobre o quê?

– Assim como no Metallica, eu acredito no Sandman...

Lúcio Vernon soltou mais uma de suas gargalhadas. Ao menos por um momento alguns sonhos despertos pareciam perpétuos.

48

Ariana abriu os olhos, mas continuou escuro. Não sabia onde estava nem como chegou ali. Sentia-se cansada, suja, poluída. Amaldiçoada. Solitária. De algum lugar, sentia um cheiro degradante de enxofre, lodo e escória. Era como se estivesse sentada na vala de um escoamento de esgoto fechado. O chão era molhado por algo pegajoso que provocava repugnância. De vez em quando, sentia larvas nadarem e lhe tocarem a pele. Abanava-se para espantar insetos, que zumbiam muito mais alto do que deveriam e queimavam ao toque. Eram as moscas. As imensas moscas varejeiras que a observavam em suas piores vivências.

E não apenas de escuridão e cheiros e moscas era construído o local onde estava. Ruídos e sentimentos pulsavam ante à manifestação. Sentimentos como ódio, culpa, desespero, raiva, dor. Tudo era vivo, e de uma essência tão profunda e poderosa, que moldava paredes e pisos. Ariana, abraçada aos joelhos, chorava e escutava os sons lamuriosos dos seres trevosos em situação idêntica. Escutava seus lamentos, choros, gritos e dores.

Pensou em Mikael Santiago e tudo o que o cercava. O pensamento a impediu de beijar a loucura. Ao lado, um dos seres trevosos que não via a tocou, e ela sentiu as próprias vísceras queimarem. À frente, outro gritou. Escutou um ainda cuspir em outro, enquanto bradava um mau agouro às gerações da família do ofendido. Alguns pediam a alguém que pudesse escutá-los por uma única chance de vingança contra seus inimigos. Outros; pelo encontro com seus traidores.

Ariana continuava a pensar em Allejo. Sentia as batidas do coração dele. Sentia um pouco da energia que emanava dele, mas não durou muito tempo. Pois foi então que ela escutou os passos e os murmurinhos, em número maior que os brados dos angustiados. Eram passos pesados. Eram os passos do demônio. Do senhor daquelas terras. Do responsável por todas aquelas almas, inclusive a sua.

Eram os passos de Baalzebu, o Senhor das Moscas.

49

Allejo sentiu-se tonto por um momento. Tonto como se houvessem sugado sua energia. Buscou apoio em alguma coisa e sentiu as mãos de Lúcio Vernon lhe segurarem.

– Tudo bem aí?

– Mais ou menos. Deu uma tontura de repente!

– Hum...

Ambos estavam diante do que, à primeira vista, parecia um palácio, na região do vale do rio Loire, no interior da França, a 180 quilômetros de Paris. O Vale do Loire se tratava de um local conhecido pela culinária, pelos vinhos, mas, principalmente, pelo extraordinário número de castelos medievais. Morada da aristocracia francesa desde a Idade Média, os castelos mais antigos se apresentavam como legítimas fortalezas, enquanto os mais recentes se mostravam palácios clássicos e renascentistas. Hoje em dia, alguns servem como atração turística; outros, como hotéis; outros, como propriedade privada.

Era para um desses últimos que estavam indo.

Apenas o jardim daquele local já era algo extremamente deslumbrante. O cheiro natural que vinha de flores exóticas e extremo ar puro também eram incomuns para alguém acostumado às grandes cidades europeias. Além do mais, havia o silêncio. Nenhum som de carro. Nem de rádio. Nem de televisão. Escutava-se apenas o caminhar na estrada de terra e o assobio de pássaros.

– Que lugar é esse? – Allejo perguntou.

– Um templo.

Um senhor vestido com roupas de jardineiro cortava plantas com uma imensa tesoura. Ele sorriu para os dois que caminhavam na direção da entrada. Não usava túnicas ou exibia qualquer cabelo que o fizesse passar por monge. Não falava, não assobiava. Limitava-se apenas a fazer seu serviço naquele jardim, como se isso já deixasse o mundo suficiente.

– Não estou entendendo nada ainda. O que estamos fazendo aqui?

– Vou lhe dar dois conselhos, de quem já esteve na mesma situação que você. Primeiro: controle a ansiedade. Se você não conseguir controlá-la, tudo vai ser muito mais demorado, e tempo é algo que não temos. Não mais.

Allejo o observou com seriedade. Entendia pouco do que estava sendo-lhe dito, mas queria entender por completo.

– E o segundo?

– Economize suas palavras. Você aqui terá cada vez menos delas.

Chegaram à entrada local, onde um tapete ditava um caminho a ser percorrido. Nas paredes, diversos quadros lembravam pinturas oníricas. A grande galeria possuía uma centena de pés de comprimento e trinta de largura. O pavimento dos ladrilhos eram quadrados, assentados e com boa iluminação. Allejo pensou que iriam entrar, mas Vernon seguiu com ele em direção a uma capela de noventa pés de comprimento e trinta de largura, localizada próxima a uma torre com uma escadaria de cento e onze degraus.

Pararam na entrada. Percebeu que Lúcio carregava o quadro embrulhado com ele. Viu de longe a figura de um homem caminhar sem pressa na direção dos dois. Já iria começar a se dirigir na direção dela e entrar na casa, quando Lúcio o interrompeu:

– Tire os sapatos antes...

Observou sapatos e chinelos e amontoados do lado de fora e sentiu-se idiota. Retirou os tênis. Resolve caminhar na direção da casa, mas foi interrompido mais uma vez.

– As meias também...

Suspirou e retirou-as. Já iria ficar impaciente, mas... [*controle sua ansiedade*] desistiu. Colocou o par de calçados em um canto.

– Não tem problema de roubarem os tênis ao deixá-los por aqui, não é?

– Não seja estúpido.

O ego de Allejo inflou. Em seguida, sentiu-se realmente estúpido. [*economize suas palavras*]. Era realmente hora de escutar o que tivesse de escutar e aprender o que tivesse de aprender. – Posso entrar agora? – ele perguntou a Vernon, com uma humildade que o surpreendeu.

– Por favor, seja bem-vindo...

Allejo e Vernon entraram. Caminharam na direção da figura do homem que os esperava. Era um senhor calvo, já de certa idade, com uma expressão serena. Curvou-se diante dos dois, com as mãos unidas na altura do peito. Lúcio fez o mesmo. Allejo, por consequência, tentou fazer o mais próximo que compreendera do gesto.

– Eu sou Mikael Santiago – disse de forma tímida.

– Eu sei – o monge disse sorrindo.

Allejo olhou para Vernon. O senhor acenou de volta com a cabeça.

– Eu sou Amit – o homem disse. – Há muito, esperávamos por sua presença. Vou levá-lo até seus aposentos.

– "Aposentos"?

– Sim – disse Vernon. – Eu não lhe avisei que iria dormir por aqui?

– Não! – Allejo bradou.

Vernon pediu com gestos que ele diminuísse o tom de voz, e Allejo se sentiu estúpido mais uma vez. [*controle sua ansiedade*].

– Quero dizer... eu não posso ficar aqui! Eu tenho compromissos.

– A porta está sempre aberta. Nós não o obrigamos a entrar nem impedimos que vá embora – disse o velho Amit.

– Eu...

– Como você, eu procurava respostas em outros locais, Mikael – disse Vernon. – E também, como você, encontrei apenas dúvidas. Aqui descobri minha função ao descobrir minha essência. Portanto, se quiser sair por aquela porta e achar que a luz que emana daqui de dentro vai cegar você, faça-o!

– O que devo fazer? – ele perguntou, sem se surpreender dessa vez.

– Nem uma palavra a mais será dita – concluiu Amit, sorrindo como sempre.

– O que ele quer dizer com isso? – Allejo perguntou a Vernon.

– Está escutando alguém dizer alguma coisa além de nós?

Não, ele não escutava.

– Este lugar é chamado Templo do Silêncio. Se quiser encontrar a si próprio, garoto, não há outra forma. Você irá acordar e dormir e comer sem dizer uma palavra. Sua função será apenas escutar o que lhe for passado, obedecer ao que lhe for pedido e refletir sobre o que lhe for ensinado e vivenciado.

Aquilo pareceu desesperador. Mais ainda para alguém acostumado com o mundo aos próprios pés.

– E ficaremos aqui até quando?

– Até nada mais precisar ser dito.

Allejo colocou a mão no bolso e puxou o celular. Havia um sinal mínimo e um ponto de bateria que iria descarregar, caso fizesse um telefonema.

– Eu tenho direito a uma última ligação?

Ambos os mestres sorriram. Ele caminhou até o lado de fora e discou o número de seu empresário. O telefone entrou em caixa postal. Quando o sinal foi emitido, disse:

– Oi, Garnieri. Estou ligando pra avisar que vou ficar uns dias fora, espairecendo. Por favor, segure as pontas pra mim enquanto eu fizer isso. Se perguntarem, pode dizer que eu estou viajando por causa de um tratamento. E não se preocupe, eu estou em boas mãos. Acho que nas melhores que eu poderia nesse momento, na verdade – o tempo já ia se esgotar. – E... olhe ela por mim, tá? Por favor, cuide dela pra mim.

O sinal caiu. A bateria terminou. Allejo fechou o celular e o colocou em cima da bancada de madeira, sem se preocupar. Caminhou de volta ao templo. Fez a reverência a Amit.

– Por favor, mestre Amit, poderia me indicar meus aposentos?

O mestre fez sinal para que ambos o acompanhassem. Quando iniciou a trajetória, ainda comentou ao jogador:

– Não estranhe seus sonhos de início. Quase todos que vêm até nós costumam ter sonhos extremamente poderosos nas primeiras noites, que acabam por assustá-los a princípio...

Allejo teve de rir do comentário.

50

Em árvores gigantescas de mais de três mil metros de altura, uma cidade fora erguida por seres de orelhas pontudas e traços físicos visivelmente finos. Uma cidade com uma vista jamais alcançada por uma construção terrestre, em cujo horizonte a luz solar tocava de maneiras diferentes em cada composição. Mesmo a arquitetura projetada não agredia de forma destrutiva e alienígena o meio ambiente em que estava inserida. Cada casa, cada ponte, cada estrutura era elaborada com uma técnica e uma projeção que complementava a natureza, em vez de submetê-la.

E era dentro dessa cidade tão exótica e singular que existia um palácio magnânimo o suficiente para ser digno de apenas um rei. Uma construção soberana erguida sobre troncos poderosos de árvores agigantadas, aliadas a ganchos e roldanas que se estendiam ao redor das copas, quase invisíveis. Uma estrutura inteiramente surreal e arquitetonicamente anormal para os padrões e pensamentos humanos, padrões e pensamentos, aliás, muito distantes dos limites estabelecidos ali.

Morpheus caminhava por aqueles corredores montados sobre a madeira de troncos grossos e sentia os olhares dos vassalos. Eram olhares de desprezo, de menosprezo, de intolerância. Sabia que aqueles seres nascidos da essência de sonhos de seres fantásticos não simpatizavam com sua presença, embora adorassem receber em suas terras a visita de seus sonhadores. Morpheus, porém, era uma entidade elevada demais para se preocupar com isso.

– Phantasos...

Ele estava de costas, observando, por uma janela octogonal, dois elfos alados com asas de arcanjos ensinando um menor a voar. Apresentava-se ainda como um rei de cabelos trançados, sem a barba longa, mas dessa vez havia orelhas pontudas e olhos de felinos na face. Símbolos que lembravam tatuagens tribais prateadas desenhavam-se a partir das orelhas, descendo pelas bochechas e terminando abaixo de um dos olhos. Uma capa acinzentada se projetava sobre uma roupa de couro dourada, que, à primeira vista, parecia muito mais pesada do que realmente era.

– Estás levando uma surra em teus próprios domínios, Lorde Sonhador? – perguntou.

Aquilo inflou de raiva o ego do visitante. Poucos seres têm a real noção do tamanho do ego de um deus.

– Não me venhas com zombaria! – ele bradou. – Mesmo porque, se eu cair, irmão, tu bem sabes qual será o próximo passo dele!

– Sei... – Phantasos manteve o olhar para além das janelas e viu em sua mente divina aquela cidade de árvores e outros locais de Phantasia inteiramente destruídos. – Ele virá tomar também meus planos de mim...

– E irá conseguir.

– Meus elfos e minhas fadas e meus faunos e meus gênios são poderosos...

– Mas não poderão contra a força de sete bilhões de sonhadores – o palácio pareceu estremecer, como em um abalo sísmico de baixa escala. – O exército dele já está maior, e os seres de essência já estão mais fortes. E é duro admitir, mas...

– Mas sem o toque de Madelein e suas afilhadas, teus reinos são mais fracos.

Morpheus trincou os dentes. Abaixou a cabeça.

– Não piores minha consciência, irmão...

– *Consciência*? E onde tua consciência estava quando te colocaste acima dela? Quando a trapaceaste para te sagrar senhor supremo do plano terrestre?

Morpheus começou a se enfurecer com a reação, e sua aura assumiu uma intensidade maior e mais alaranjada.

– Não vim até aqui escutar teus sermões...

Phantasos enfim se virou para ele.

– E para que vieste então, orgulhoso?

– Vim para oferecer-te uma proposta.

– Queres minha ajuda, não é?

Silêncio. Morpheus era o filho mais soberbo de Hypnos, e tortura demais seria admitir que, sozinho, não fosse mais capaz de cuidar das próprias terras. Uma tortura tamanha, que talvez fosse capaz de perder uma guerra cósmica e tornar-se um deus esquecido a pedir socorro a outro igual ou maior que ele.

– Eu vim te dar a oportunidade de escolher ou recusar unir-te a mim na guerra contra o Segundo.

Phantasos se aproximou. Os olhos fixos nos do outro.

Nos lábios, um sorriso triunfante.

– Entendo. Entendo e acredito que seria uma sábia decisão eu aceitar, embora te questione e, muitas vezes, duvide de teus métodos.

– Queres ou não aceitar minha proposta, Luminoso?

– Isso, meu irmão, vai depende de ti...

– Vais me pedir para *implorar* por tua ajuda?

– Não algo tão radical. Mas para ti, admito que será algo tão difícil quanto...

Silêncio entre os dois, e ao redor deles.

– O que queres afinal, Phantasos?

– Do jeito que tu colocas tua proposta, mais me parece que aqui vieste me fazer um favor do qual terei de ser eternamente grato pela benevolência – os olhos felinos se apertaram. – E tudo quando, na verdade, aqui vieste apenas porque sabes que não tens chance sozinho contra um irmão que subestimaste, aliado a uma deusa que menosprezaste! Não, Lorde Morpheus, tu aqui não me fazes um favor, tu aqui *já* vieste implorar por minha ajuda!

– Cuidado. Muito cuidado, Lorde Fantástico. Posso eu mudar minhas ideias e o traço de meus planos!

– Oh... verdade? – Phantasos perguntou, em um tom agarrado com ironia. – Perderia teus reinos por orgulho? Serias capaz de distorcer minhas palavras em prol de arrogância, ainda que sabendo que significaria a morte de tua soberania? A transformação em uma divindade menor, a treze passos do esquecimento?

– Eu teria outras opções...

Ambos sabiam que aquilo era mentira. A outra opção era ainda mais inviável, em se tratando do orgulho de Morpheus.

– Oh, claro! Ter, tu terias sim. E embora admita que eu não consiga visualizar a cena, juro que adoraria ver a ti choramingando no colo do *pai*!

A raiva dentro de Morpheus inflou de tamanha forma, que a parede onde havia a janela que Phantasos antes observava EXPLODIU. Um imenso rombo ficou no local. O senhor do lugar não alterou o sorriso.

– Maldito seja! Diga logo o que queres que eu faça ou nega de uma vez meu pedido...

Morpheus abaixou a cabeça. Phantasos, por um momento, sentiu pena do caçula. A parede onde antes havia o rombo começou a se reconstruir.

– Quero apenas que *admitas*...

Morpheus mantinha a cabeça baixa. Os ombros soltos. O brio despedaçado. A arrogância destruída. Ele sabia o que o irmão queria dizer e o quanto seria difícil, dentro de si, realizar aquele desejo.

– ...

Silêncio. Mais uma tentativa foi feita:

– ...

Uma linha inteira de silêncio.

– Vamos, meu irmão, *peça*.

– Eu...

– *Peça*.

No orbe terrestre, milhares de sonhadores, de repente, começaram a chorar em seus sonhos, sem motivo ou explicação lógica.

– Eu *preciso* da tua ajuda, irmão.

O irmão mais velho se aproximou do caçula. Desde a criação da vida, e muito antes dela, aquela era a primeira vez que Lorde Morpheus admitia precisar da ajuda de outra entidade. A primeira vez em que admitia a si próprio que não era tão onipotente quanto sonhava, ou quanto fizera outros sonharem. No orbe terrestre, um trovão estalou forte anunciando que dias de chuva viriam.

E, em algum lugar, naquele momento efêmero, sonhadores terrestres se esconderam de fortes lágrimas que caíram dos céus, descobrindo que deuses também choravam.

Nem sempre por bons motivos.

51

Allejo estava louco para contar seus últimos sonhos de guerra a alguém. Estava em um mosteiro em que necessitava de dias de reclusão. O fato é que, com a política de silêncio local, não poderia contar seu sonho a alguém, e caberia apenas mantê-lo dentro de si. As imagens, normalmente efêmeras a ponto de restarem somente lembranças, dessa vez, permaneciam vivas, como permanecem no espectador as imagens de um filme recém-assistido.

Estava em um salão com piso de madeira e colchonetes simples no chão. Mantinha-se sentado com as pernas cruzadas, ao lado de outras doze pessoas. Ao redor, deidades com rostos de animais lembravam entidades hindus. Um quadro exibia uma frase de Fernando Pessoa sobre sonhos. Mestre Amit sentava-se à frente de todos, com a mão direita sobre a outra, à frente do plexo solar, e emitia mantras enquanto contava orações em uma japamala, uma espécie de terço hindu. Os mantras que emitia era o único som permitido naquele recinto.

– Fa... – vibrava a voz do monge.

Allejo brigava com os pensamentos. Pensava em Ariana. Em sua casa. Em sua carreira. Em sua ausência. Em Ariana. Em ficar em silêncio. Em Ariana. Em seus pais. Em não pensar em nada. Em seus pais. Em comida. Em Ariana. Em não pensar em nada. Em *tentar* não pensar em nada.

– ... ra...

Manter-se em inatividade trazia sono, mas não a vontade de sonhar.

– ... on!

Lembrou-se da conversa absurda com o ser albino. [*há muitas coisas que tu não sabes, mortal...*]. A de que teria vendido a própria alma. E pior, de que ela teria sido negociada posteriormente. Negociada com ela, a Senhora dos Sonhos Despertos.

Voltou a olhar para o quadro. Já ia reler a frase escrita, quando teve mais uma...

VISÃO

Um homem completamente nu, caminhando sem destino. Tinha as duas mãos estendidas à frente do peito. E, em cada palma, segurava um de seus olhos, ligados ao rombo no rosto por dois fios de nervuras.

– Você de novo?

A voz. A maldita voz retornava à mente. Era uma voz extremamente assustadora, mais ainda por não possuir um dono a quem ser associada. Allejo inspirou assustado, chamando a atenção de outros. Queria pedir ajuda, mas tinha de permanecer em silêncio. Em silêncio. Em total silêncio. E aquilo era angustiante. Cada vez mais angustiante. A respiração acelerada. Descompassada. O coração acelerado. Olhou para mestre Amit. Ele ainda se mantinha na mesma posição, recitando o mesmo mantra.

– Eu já perguntei quem é você, seu filho da puta...

A voz o *perseguia*. Antes tentara falar com ela de volta, no hospital, e não conseguira. Agora, quando não podia falar absolutamente nada, voltava sua comunicação para os pensamentos. Respirou de uma forma mais cadenciada. Olhos fechados. Boca fechada e seca.

– Eu sou apenas um sonhador... – Allejo pensou.

– E por que queres tanto vir a meus domínios?

A voz o escutara! Ou estava já praticamente insano ou a voz enfim o respondera! E para o bem ou para o mal, Mikael Santiago havia conseguido estabelecer uma *comunicação.*

– Quem é você? – Allejo mentalizou com concentração, como se seu pensamento fosse uma faixa de energia.

– Eu sou o mestre dos seus pesadelos, inseto! Eu sou o Senhor das Moscas...

Allejo abriu os olhos no mundo físico, exclamando de medo e surpresa:

– Ah!– ele gritou e todos os presentes abriram os olhos e se voltaram para ele. O coração cada vez mais acelerado. A boca cada vez mais seca. A respiração cada vez mais descompassada. Ao fundo, mestre Amit continuava o seu afazer, sem se incomodar com qualquer reação.

– Fa-ra-on...

O mantra FARAON acalmou-o. Dentro de si, porém, começava a achar que, se não arranjasse uma forma de se adaptar ao que estava sendo submetido, ou ao que estivesse se submetendo, enlouqueceria em poucos dias.

Ele observou mais uma vez o quadro. Releu a frase do poeta português pintada à mão.

O homem é do tamanho do seu sonho.

Mikael Santiago ainda se sentia pequeno.

52

O Lorde Moldador caminhava pelo local soturno sem pedir permissão a demônios ou seres perigosos, mas, ainda assim, menores do que ele.

– Tens certeza de que continuará com teu plano, irmão? – o cadavérico rei local o questionou.

– Tanto quanto tu achas que conseguirá vingar com sucesso o teu, Phobetor...

– Eu não acho, Morpheus. Eu *tenho certeza*. Teus sonhos dão matéria a diversas interpretações. Quando despertos, teus sonhadores buscam significados esdrúxulos em tuas representações oníricas. Alguns mal sabem qualificar suas experiências nos fragmentos que lhes sobram de memórias despedaçadas. Admita: não chega a ser ridículo um sonhador não ter noção da natureza do próprio sonho?

– E em que tu és tão diferente, Escuro? Acaso do onírico também não vivem teus reinos de trevas?

– Disso tenha certeza! Mas nossa semelhança para por aí, irmão. Afinal, aponte para mim um sonhador que tenha dúvidas da natureza de um pesadelo em minhas terras...

Rei Morpheus se irritou, mas não iria entrar no jogo provocativo de um irmão que estava disposto a matar.

– Tu bem sabes o motivo que aqui me traz, Phobetor. Por mais que tu me surpreendas, é fato que tu és um deus menor e com poder para tal, como eu e o primeiro irmão! E isso significa que tens conhecimento do que será necessário ser tratado antes de uma guerra como esta...

– É claro que sei, *trapaceiro*! É necessário um tratado de guerra. Mais ainda em terras e planos dispersos como os vossos...

– E qual tua primeira proposta?

– Sugiro guerras de trincheiras em cenários moldados com sonhos de soldados revoltados...

– Mesmo em tuas escolhas, mostra-te covarde... – ressaltou Morpheus, dentre expressões de desprezo em meio a pupilas esbranquiçadas.

– Oh, é assim que vês, caçula? Então digas tu: que sugestão tens sobre tratados?

– Sugiro campos de batalhas medievais moldados com memórias de escritores fantásticos. Homens em cavalos; em grifos; em dragões; carregando arcos e espadas e escudos, em lutas de corpo a corpo como guerreiros de verdade sonham guerrear...

Um silêncio sepulcral. Logo cortado pela voz macabra:

– Queres dizer que cresceste na hora de guerrear? – Phobetor perguntou, em meio a um riso desprezível. – Admito que não esperava tal escolha de ti...

– Então não tens mesmo a noção do prazer que sentirei quando transpassar uma lâmina por tua garganta, irmão traidor...

Por um momento, o sorriso de Phobetor desapareceu, trazendo de volta o silêncio sepulcral que tanto combinava com o local soturno.

– Está bem. Juro a ti que farei tu te arrependeres da decisão; e o farei com minhas próprias mãos. Mas o pacto está selado. No tratado de guerra que tu definiste...

– O domínio será moldado para que cada sonhador que tomar lugar no campo de batalha o faça com lâminas e armaduras. A grande batalha se travará em meus campos, ao redor de meu castelo, pois sou o ofendido e o desafiado. Por último, estabeleço que os únicos soldados no campo de batalha serão os meus e os teus sonhadores, além de seres oníricos que já vivem no Sonhar. Este é o tratado, e qualquer quebra desses valores será considerada uma trapaça, punível com um julgamento de forças maiores que nós.

Sentado em seu trono, Phobetor pôde escutar a respiração de Balerion, o deus-dragão negro, enquanto analisava a proposta concretizada. E então definiu com vigor a resposta:

– Não.

Lorde Morpheus não pareceu surpreso. E Phobetor concluiu:

– Batalharemos nas bordas de teu castelo, mas não limitaremos os moldes. Pelo contrário, iremos *liberá-los* – a proposta surpreendia. – Nós veremos o imaginário de adormecidos tomando forma por desejos inconscientes. Veremos homens e veremos monstros. E veremos o melhor dos sonhos dos teus combatendo com o pior dos sonhos dos meus. Os embates custarão pedaços de inocência dos dois lados. E então nós veremos o que será mais forte ao acordar....

– Tua proposta é ousada...

– Assim como meus planos. Mas sinta-te à vontade para recusar e manipular trapaças que te tornem forte em muitos lugares, menos em um campo de batalha...

O orgulho de Morpheus inflou.

– Está certo, deus caído. Eu *aceito* teu tratado de guerra! E, com prazer, te vejo assinares a sentença de tua desgraça...

Rei Morpheus se virou para sair da mesma forma impaciente que ali chegara. Foi quando escutou a voz do irmão macabro, sussurrando:

– Haverá lâminas e sangue pelos campos oníricos...

– E essa nem será a pior visão que terá após o fim.

– Serão dias de delírio; desespero; desejo e morte...

A voz de um deus que já não estava mais lá foi apenas o que restou de resposta.

"É disso que são feitos os sonhos..."

53

Ariana ainda estava deitada na cama fria da sala de reanimação. Era triste a visão da jovem dependente de um arco metálico de fios e aparelhos. Eletrodos controlavam os batimentos cardíacos. A tela mostrava que estavam instáveis, embora isso não diminuísse a angústia. A família já havia chegado, e a mãe segurava uma das mãos da menina. Naquele braço havia um cateter que controlava a pressão da paciente. Na face, um respirador artificial ajudava na ingestão de oxigênio. Alexandre Garnieri era um mar agitado de receios. Dois drenos estavam enfiados sob o crânio de Ariana para um melhor controle da atividade cerebral, e isso não aliviava aquele momento, afinal, como se aliviava um momento em que uma vida oscila diante de monitores? E o pior: onde estava seu protegido naquele instante? Havia recebido apenas o recado eletrônico maluco que não dizia absolutamente nada. Ao menos *quase* nada.

De uma frase, contudo, ele ainda se lembrava bem.

E cuide dela pra mim.

"Cuide dela pra mim". Aquilo não era um pedido, era uma súplica. Era a voz de um homem que implorava pela ajuda de outro. A voz de um amigo. Chegava a ser uma situação surreal. Foi quando a porta se abriu, e um enfermeiro sorridente entrou, cumprimentou-o e rapidamente fez a troca na estrutura metálica por uma nova bolsa de cloreto de sódio.

Por favor, cuide dela pra mim, Garnieri.

Alexandre Garnieri não sabia qual parte de tudo aquilo era a mais difícil.

* * *

Allejo acordou com um sorriso. Suava. Podia escutar o barulho da chuva que martelava as telhas daquele templo de silêncio e sonhos. Chovia do lado de fora, e ele não sabia se aquele já era o segundo ou o terceiro consecutivo. Não se importava. A única coisa com que se importava no momento era a incômoda sensação de ter acordado de um sonho que não havia terminado. Nunca havia tentado o que iria fazer, nem sabia se isso era possível, mas sabia que tinha de ser feito. Foi quando se deitou novamente e fechou os olhos. Assumiu rapidamente uma respiração mais lenta e sentiu os músculos relaxarem. Nos lábios, apenas um sussurro, repetido com muito mais intensidade na mente.

– Eu quero retornar... eu quero retornar... eu *ordeno* ao meu corpo que retorne...

Na manhã do dia seguinte, um milhão de pessoas iria pouco se lembrar para contar aos amigos sobre sonhos intensos em que viram guerreiros de armaduras se digladiarem em uma arena antiga. E ainda mais: em que viram um único e sanguinário guerreiro selvagem matar sessenta e cinco adversários, antes de se retirar da arena ovacionado e aclamado pela extensa multidão de fios de prata.

54

Ariana abriu os olhos. Ainda estava lá. No escuro, no lodo. Na lama. Ainda sentia o cheiro de enxofre. Ainda escutava os eternos gemidos fantasmagóricos de almas presas a sentimentos e ressentimentos. Escutava os risos dos demônios, que chegavam quase a um orgasmo de prazer com aqueles espíritos ali presos pelas próprias escolhas. Sentia o toque frio, tanto do ar gélido, quanto do chão úmido. Não escutava o próprio coração. Não executava nenhuma respiração. Sabia que não estava morta, mas também não estava viva.

Ao fundo, o Lorde Demônio se aproximava. Trazia um chicote de fogo, originário do tentáculo de um kraken. Passava em meio a escravos, chutando-os. Sugando-os. Adorava aqueles gritos. Adorava aqueles sentimentos. Alimentava-se deles. Na verdade, anjos precisam da mesma energia de que são formadas as almas. Já demônios são viciados nelas.

Um espírito próximo a Ariana rastejou em sua direção, fazendo o barulho de uma pessoa sem língua querendo se comunicar. Ariana se afastava dele, também rastejando no lodo, com medo daquilo que mais parecia uma lagarta humana. Ao redor dela, porém, só havia espíritos que não estavam em situação melhor. Abraçou os joelhos. Queria gritar e a voz não saía. Queria correr e o corpo não obedecia. Queria acordar e sabia o quanto isso estava longe do possível.

Muito longe de ser possível.

O rastejante se aproximou com mãos calejadas, faltando dois dedos. O rosto era um mar de lama e excrementos e, no topo da cabeça, só havia tufos que lembravam palha. A boca era dotada de uma língua negra e dentes tão escuros quanto. Nunca havia visto nenhum homem com dentes negros. Mas o que ali já havia visto? E o que ali era um homem?

– Vem... – ele repetia devagar. A voz cortante. Fina. Diabólica.

Ariana começou a tremer. Queria luz. Só que tudo naquele lugar se enegrecia.

– Vem, e fica aqui...

Ariana gritou. O Lorde Demônio, que passeava entre os prisioneiros, teve a atenção desviada e partiu na direção daquele que quase tocava sua escrava mais cara. No segundo seguinte, o chicote de fogo estalou nas costas do rastejante, queimando violentamente seu duplo-etérico.

A alma gritou como se cozinhasse.

– Essa daí, não! – gritou o Senhor das Moscas, transformando os próprios olhos em vermelho-fogo. – Todos vocês, vermes daqui, estão me escutando? – ele perguntou em voz retumbante. – Aquela ali, *por enquanto,* não!

Em seguida, retirou de dentro de um manto adornado com crânios de fadas uma faca com runas negras. E em um segundo momento, o fio de prata que prendia aquele rastejante foi *cortado*. Demônios que mais lembravam bestas correram em quatro apoios mostrando presas, feito carnívoros atrás da caça abatida. Saltaram sobre aquela carcaça emitindo grunhidos grotescos e babando um líquido negro e ácido.

– Chega! Chega, cães bizarros, crias de um capeta moribundo! Vamos com isso de uma vez! Encaminhem logo esse desgraçado pra onde ele deve ir – os demônios-bestas começaram a arrastar o espírito pelo chão, passando pelas outras centenas de espíritos em choque. – Levem o maldito para os círculos de Hades...

O homem, se aquilo era um homem, gritou ainda mais desesperado. E foi enquanto ia sumindo daquele círculo, que Baalzebu virou-se para os outros amedrontados e bradou:

– Essa daqui eu não posso perder – e pegou Ariana pelas bochechas. Ela fechou os olhos quando viu o vermelho-fogo. – É você quem vai me trazer *ele*, não é? É você quem vai me trazer aquele maldito filho da puta, não é?

Ariana chorava. O Senhor das Moscas sorria.

– Vamos ver se ele é mesmo tão poderoso a ponto de merecer uma guerra pela disputa dele...

O demônio continuou sorrindo.

Ariana continuou chorando.

* * *

No plano físico, levaria ainda dois dias para um grupo de maconheiros encontrar um de seus companheiros morto, abraçado ao vaso sanitário. O cadáver já se mantinha em casa há dias em eternas viagens alucinógenas envolvendo demônios, chicotes e moscas. A última combinação havia envolvido uma poderosa mescla de cocaína e ecstasy.

A última frase que um de seus companheiros de tóxico disse foi:

– Ao menos agora, ele foi para uma melhor...

Ele morrera com os olhos fechados, como se estivesse dormindo.

55

Allejo caminhava descalço pela terra no jardim do Templo do Silêncio. Observava alguns monges cuidando da terra; outros cozinhando e servindo refeições; outros limpando o templo e conservando o local. Começou a se sentir um inútil e, por vontade própria, pegou uma vassoura e se pôs a varrer a varanda do local. O celular ainda estava desligado, ao lado dos tênis abandonados. O mais curioso é que parecia que não se importaria mais se também lá não estivessem.

Enquanto varria a varanda, Lúcio Vernon se aproximou.

– Vejo que está se acostumando com a rotina do templo...

Allejo por pouco não respondeu a Lúcio, que fez um sinal de silêncio, com o indicador.

– Não responda. Apenas escute.

Allejo assentiu, dominando a ansiedade.

– Acredito que esteja tendo sonhos poderosos ultimamente... Allejo assentiu mais uma vez.

– Passei por experiências marcantes também quando optei pelo mesmo processo. Acredite, eles não são apenas fragmentos perdidos unidos com subconsciência. Eles irão lhe revelar muito mais do que você imaginava ser possível saber sobre si próprio. Eles irão lhe dizer quem você foi, para então você saber quem é.

Allejo não assentiu nem discordou. Apenas manteve-se pensativo, tentando dessa vez não descartar novas informações apenas por contradizerem algumas de suas verdades ou crenças profundas.

– Depois do almoço, você vai comigo ver Amit. O tempo corre contra nós. É hora de você avançar sua evolução...

Allejo assentiu uma última vez. Dentro de si, já a certeza de que era tudo o que ele precisava saber.

* * *

O monge estava sentado da maneira como se sentam os homens pacientes. A sala ostentava um incenso de aroma doce. Alguns quadros com deuses hindus evocando seres bizarros de pele azul, com fontes brotando do topo do crânio ou trombas de ornitorrinco adornavam paredes bicolores. Ao redor do pequeno ancião, apenas algumas almofadas com detalhes e desenhos em linhas douradas.

Allejo sentou-se diante dele. Lúcio, ao lado do monge.

– Como têm sido seus sonhos neste templo? – o monge perguntou, em um tom de voz sem alteração.

Allejo olhou para Lúcio. O empresário fez sinal com a cabeça, assentindo uma permissão. Fazia cinco dias que Allejo não ouvia a própria voz. Limpou a garganta.

– Meus sonhos... – ele fez uma pausa para avaliar o volume do tom. Estava baixo. Bem abaixo do que costumava utilizar em seu cotidiano. –... têm sido de guerras. Sonhos de fogo, de luta e morte.

O mestre assentiu, como se esperasse a resposta.

– E como você tem se sentido nesses sonhos?

– Eu...

A voz fraquejou. O mestre reformulou o questionamento:

– Como você tem se sentido *dentro* da guerra?

Allejo sabia a resposta, mas não tinha espontaneidade para dizê-la.

– Eu me sinto... *ótimo*! – ele observou os dois, esperando repreensão. Como não houve, continuou, acrescentando vigor: – Eu não sei bem o porquê nem como vocês irão encarar isso, mas... ao menos lá... eu adoro tais batalhas. Eu mato homens nesses sonhos como se fossem moscas... – e aqui ele próprio se assustou com a comparação. – E *gosto*.

Amit observou-o como um homem preocupado em ler a aura de alguém.

– Neste templo, tudo o que sonhar estará sendo direcionado – uma pausa, não longa demais. – Você, na verdade, não estará tendo sonhos, mas *vivências*.

Allejo não sabia se compreendia. Lúcio complementou:

– Você aqui passará por situações que lhe mostrarão outras situações que você já vivenciou ou poderia ter vivenciado.

– Como "ser humano", vocês dizem?

– Como muito mais do que isso... – afirmou mestre Amit.

Allejo lembrou-se de Nour-el. E da promessa nascida entre os dois.

– Eu já tive alma de essência guerreira então? Algo como em alguma outra vida ou realidade alternativa, coisa assim?

– Você ainda a tem, na realidade – confirmou Lúcio. – Não à toa sente-se tão bem dominando multidões em arenas.

– Não mato pessoas em campo...

– Mas tenho certeza de que trata cada jogo como um combate. E trata cada derrota como como uma morte. E tenho certeza de que o ser em que se transforma lá dentro cortaria a cabeça de um adversário, se lhes dessem espadas e motivos.

– Não sei se seria capaz de enfrentar um homem até a morte.

– O que faria se um homem entrasse de noite na sua casa, arrancasse Ariana de seus braços e a mantivesse sua escrava, molestando-a em um cativeiro escuro?

– Eu... – e algo dentro do peito dele *inflou* apenas com a possibilidade –... provavelmente arrancaria a cabeça do desgraçado – o tom saiu baixo, como o de um homem que faz algo que não se orgulha, mas sabe que é o que seria feito.

– Eu sei... – disse Lúcio, sem emoção. Havia seriedade nos olhos dele.

– Você já veio até aqui pronto – acrescentou Amit. – E nosso tempo é curto. Como dito, é preciso acelerar seu processo.

– Já vim *pronto* a esse templo?

– Você é um viajante por instinto. Apenas precisa aprender a técnica.

– Ainda não compreendo.

– Existem duas formas de se caminhar pelos planos do Sonhar – explicou Lúcio. – Uma é através de *simulacros*. Um simulacro é uma cópia do corpo físico que você utiliza para interagir nesses planos, feito um avatar de videogames. Caso esse simulacro seja destruído em outro plano, seu corpo físico automaticamente acorda porque ambos estão ligados por um fio de prata.

– Um fio de prata... – o comentário escorregava em chãos úmidos de surpresa.

– E a outra maneira?

– A outra é de uma forma mais intensa, mas igualmente mais perigosa e mais difícil: a *viagem astral*. Nesse caso, não existirá simulacro. É o seu próprio espírito quem abandonará o corpo físico e seguirá para os planos mais etéreos.

– E isso quer dizer que...

– Que, se você cruzar a barreira dos mortos em tal caso, não haverá volta. Você provavelmente se desprenderá do corpo físico terrestre e sofrerá o que nós chamamos de morte natural...

– Certo... – ele se manteve concentrado, ou o mais próximo disso. – E algum de vocês teria uma explicação lógica para eu manifestar sonhos lúcidos por meses a fio?

– Bom... – iniciou Lúcio, ressabiado. – Nós temos uma hipótese.

– Uma guerra anda afetando os sonhos despertos dos mortais – o monge continuou. – Não à toa nos campos oníricos e inspirados a ciência e a arte humana evoluíram de forma acelerada, enquanto o ser humano parece regredir de maneira tão uniforme quanto. O homem de hoje sonha pouco. Conquista pouco. Frustra-se muito. Tal frustração reflete violência e cólera.

– Entendo o que dizem. Mas ainda não compreendo minha lucidez adormecida...

– Você é um sonhador cobiçado – afirmou Lúcio, no timbre de um homem que fala sério. Allejo sorriu, esperando uma piada, mas nada aconteceu.

– Certo. Mas suponhamos que tudo isso fizesse sentido, o que não faz, mas suponhamos que fizesse... o que eu teria de diferente dos outros? Por que não cobiçariam outros muito melhores do que eu, como mestre Amit?

– Repare no que você se tornou, nos rostos das pessoas quando aparece, nos sentimentos variados que desperta. Você é capaz de ajudar a saciar a fome de um país ou de interromper um conflito em outro. É um gatilho que evoca momentos emotivos das pessoas. É uma meta inalcançável. Um rosto que todos gostam de ver. O sonho personificado que toda criança um dia teve. E ainda tem.

Allejo manteve a expressão séria ao redor de quietude. O monge complementou:
– Em outras palavras: você se tornou o sonhador mais poderoso do orbe terrestre.

Foi quando ele teve uma...

VISÃO

Um sonhador. Um espírito albino.
"E o que Madelein queria de mim?".
"Tornar-te o avatar dela!".

Allejo era silêncio. Outra...

VISÃO

"Com você sabe tanto sobre mim, Nour-el?".
"Tu és observado há tempos...".
"Por quem?".
"Por ela".

E surpresa.

VISÃO

"Sabe quantas crianças tu influencia os sonhos todos os dias? Eu não falo de centenas nem de milhares! Eu falo de milhões e milhões de crianças ao redor do mundo, que querem ser como tu..."

A cabeça girava feito uma montanha-russa sem freios e sem condutor.
– Me digam: espiritualmente, por que uma pessoa permanece em coma?
– Porque seu espírito está preso no plano astral...

VISÃO

"Mas... Nour-el... mas por que não tenho tido mais pesadelos como antes nos reinos de Phobetor?".

"Porque Madelein te comprou de volta do Senhor Escuro! Em troca, porém, de um alto preço!".

"O que ele pediu em troca?".

"A sua contraparte".

As lembranças eram resgatadas em fragmentos cada vez mais vívidos.

Cada vez mais rápidos.

Cada vez mais despertos.

VISÃO

"Eu já perguntei quem é você, seu filho da puta...".

"Eu sou apenas um sonhador...".

"E por que queres tanto vir a meus domínios?".

"Quem é você?".

"Eu sou o mestre dos seus pesadelos, inseto! Eu sou o Senhor das Moscas...".

Uma pausa. E outra...

VISÃO

Um quadro.

"O homem é do tamanho do seu sonho".

E outra...

VISÃO

"Tu, por acaso, não sentes como o mundo parece desprovido de gente como tu? Olhe o rosto das pessoas, Allejo! Olhe ali! Veja como elas mais parecem robôs sem saber direito o que fazer com a própria vida!".

Para outra...

"Tu aqui estás em lucidez, desperto, mas ainda és um simulacro. Se queres me acompanhar por viagens entre os planos, precisa aqui também chegar por viagem astral."

"E como diabos eu faço isso?"

"Não posso te ensinar. Mas existem pessoas em tuas terras que podem..."

Allejo observou-os com um olhar diferente. Ambos – o monge e o tutor – sabiam que aquele olhar não era o olhar de um ego. Não apenas. [*é hora de você ser.*] Era o olhar de uma essência além dos sentidos, da personalidade e das emoções.

– Uma pessoa *viva* em coma pode sentir o sofrimento do espírito desprendido?

– Enquanto nela houver um fio de prata, as emoções não se separam. É uma das bases do sofrimento do Vale dos Suicidas. Aqueles que se matam mantêm seus fios de prata ainda pelo período que deveriam ter vivido, sentindo o corpo físico apodrecendo e os vermes lhe atacando...

Allejo ficou calado. Mãos fechadas. Corpo tenso. Expressão fechada.

– Me ensinem... – ele pediu no tom de um homem que implora. – Me ensinem a forma...

Os presentes se arrepiaram com aquela mudança de *tom*. Uma voz modificada. Uma voz de preparo. Uma voz de guerra.

– Eu vou buscá-la – os olhos demonstravam a seriedade que o tom já não mentia. – Me ensinem, e eu irei buscá-la...

A medalha no pescoço balançou.

Por você eu iria...

– Por ela, até o Inferno.

56

PHOBETOR

Um exército de um bilhão de almas caminhava em marcha militar. O avanço já provocava pesadelos. Seriam sonhos construídos com pedaços da essência de narrativas de escritores como Bram Stoker, Stephen King, Clive Barker e Edgar Allan Poe, ou com pedaços das essências que tais escritores buscavam em suas inspirações. Gritos, espectros, arrastares, sangue, surrealidade, alterações da lógica, noções de realidade distorcidas, monstruosidades, negação, desconhecimento, loucura, violações de limitações de tempo, espaço e leis naturais abraçavam sonhadores perplexos.

Além disso, não eram apenas almas de sonhadores que caminhavam ao redor do Lorde dos Pesadelos. Como sempre, acompanhavam-no seres viventes dos planos fantásticos, nascidos da força movida pela mente humana no plano astral. Quando caminhavam, faziam-no com vestimentas escuras e armaduras negras. Ali havia homens, monstros e dragões. Golens de três metros e pregos no crânio quadrangular caminhavam ao lado de bruxas com dentes pontiagudos e afiados. Mortos-vivos sem olhos davam passos capengas, atropelados vez ou outra por seres negros e grotescos nascidos de pesadelos infantis. Seres humanoides com tentáculos se agitando no lugar das narinas puxavam carroças sustentando jaulas com licantropos enfurecidos, que espancavam as grades.

O exército de Phobetor já havia tomado o Condado de Madelein. Seus lordes demônios transformaram musas em escravas e pensamentos sadios em loucura. Tocaram as mentes de sonhadores com perversidades tão poderosas quanto na época em que a Inquisição destruíra o avanço da ciência em prol de uma obsessão religiosa.

A busca pelo Deus único sentado ao trono iria alimentá-los. Cada vez que um fiel explodisse o próprio corpo em busca de um destino sagrado ou atirasse uma bala em batalha por uma terra santa de areia e sangue, eles se fortaleceriam e guardariam um lugar especial para seus afilhados, com a mesma risada estridente que os demônios sabem conceber.

Para conseguir seu intuito, Lorde Phobetor arriscaria sua maior empreitada. Aquilo que lhe elevaria no ranking cósmico divino, adorado no plano terrestre na mesma intensidade de Alá, ou Jeová, ou Cristo, ou Krishna, embora em essência contrária. Cantariam mantras sombrios em sua homenagem. Realizariam cerimônias dotadas de sacrifícios em seus altares. Haveria orgias, bebidas e cânticos. Seus irmãos se tornariam seus escravos, e seus reinos seriam unificados, tanto nos sonhos dos homens, quanto nos sonhos dos fantásticos. Entre o sonho e o feito, apenas a vitória naquele campo de batalha. Afinal, Lorde Phobetor e seu exército, naquele momento, estavam para tomar o ponto mais alto do Sonhar em uma ousadia jamais imaginada: a conquista do próprio Castelo de Morpheus, à frente de seus próprios súditos.

À frente de seus próprios sonhadores adormecidos.

Diante de seus fanáticos sonhadores despertos.

LARISSA TAVOLARO

No Hospital Psiquiátrico Shepard, centenas de internos dormiam da forma que conseguiam. Alguns, por vontade própria; outros por medicamentos fortes demais. Eram três da manhã. Não havia sons maiores do que o ruído de uma sonolenta respiração bloqueada, ou movimentos mais bruscos do que um ajeitar de lençóis. Entretanto, em suas mentes, ou fosse lá onde tais consciências estivessem, nada era silêncio. Nada era estático. Tudo era guerra e morte e som e lágrimas.

Naquele instante, a psiquiatra Larissa Tavolaro caminhava sonolenta pelo pequeno apartamento onde havia acordado com sede. Chovia do outro lado do vidro da janela. Pouca luz entrava pelas brechas tímidas das cortinas sanfonadas. Contudo, ela gostava do som da chuva e, enquanto se dirigia até a geladeira cheia de congelados e refrigerantes dietéticos, pensava em seus internos adormecidos.

Perguntava-se se estariam tendo noites de sono mais tranquilas do que as dela.

Jamais poderia imaginar a resposta.

ALLEJO

Allejo estava deitado, com a cabeça virada para o norte. A chuva ainda caía e, além do barulho, podia sentir o cheiro. O corpo mantinha músculos relaxados. Os ombros soltos. A face com expressão leve. A respiração lenta. Os pensamentos unificados. Ao seu lado, Amit, o mestre, recitava palavras em uma inflexão de voz que faria um insone viajar em duas frases.

– Imagine um triângulo de luz ao redor do corpo. A ponta dele fica acima do centro do seu peito. É seu chakra cardíaco.

Allejo era foco. Outros pensamentos tentavam lhe invadir a mente, mas eram desviados, embora pensar nesse desvio já retirasse a pureza da concentração. Ainda assim, ele havia compreendido o que significava não brigar com eles, mas aceitá-los e torná-los parte do processo. Estava há 72 horas em jejum.

– Pense em luz... veja o triângulo se tornar luz...

A mente esforçava-se. Ele *queria* aquilo. Esse querer, porém, gerava ansiedade, e o esforço se tornava um obstáculo para a naturalidade.

– Mantenha a respiração em ordem natural. Não há nervosismo. Não há apreensão.

Torpor. Relaxamento. Respiração. Em outro cômodo, Lúcio mantinha-se em estado meditativo.

– Não existe pensamento. Não existe corpo físico. Não existe o ego. Só existe o Eu. Só existe o Eu...

O tubo luminoso que Allejo enxergava na própria consciência ganhou intensidade. Ele sentia isso. Sentia-se leve. Cada vez mais leve. Pouco a pouco, a voz do mestre ia se tornando mais lenta.

Cada vez mais baixa.

Cada vez mais distante.

– O universo, neste momento, existe dentro de você. Você é o silêncio. Você é a pulsação. *Você é...*

– Eu quero sair... eu quero sair... eu quero sair... – ele pensava no silêncio dentro de si. Os sentidos cada vez mais vagos. O tato já sem existir. Determinadas partes do corpo formigavam, e a respiração tornou-se mais uniforme e natural. O cheiro da chuva, de repente, pareceu mais intenso. O som, também. Na verdade, tudo parecia repleto de mais veemência. Se estava frio, o corpo se sentia congelando. Se estava fresco, os pelos eriçavam.

Um silvo agudo começou a nascer, produzido pela glândula pineal, tornando-se alto. Cada vez mais alto.

Mestre Amit, com as mãos em prece, pediu aos espíritos locais que guiavam aquele templo que também ajudassem a transição daquele menino.

– Eu quero sair... eu quero sair...

O som do zumbido foi aumentando. O corpo, de repente, pareceu inflar como um balão. Allejo, por baixo das pálpebras fechadas, concentrou seu foco no meio da testa, entre as sobrancelhas. O barulho se tornou mais intenso. O coração começou a bombear mais rápido. A reação começou a deixá-lo com certo receio. E o receio bambeou um passo ao lado do medo.

– Relaxe... não há o que temer... não há... o que.. temer... – ele achava que aquelas palavras eram suas. Não importava a resposta. – Você vai sair... sem medo... sem receio... – o coração mantinha-se instável. – Você precisa... por ela... – a lembrança explodiu dentro dele sentimentos primitivos de coragem. Sentimentos que traziam força. Sentimentos dotados de poder, porque eram dotados de amor. O zumbido ficou mais estridente, parecendo que a cabeça seria detonada. Sons intracranianos simularam o rachar do lado de dentro da cabeça.

– Eu quero sair! Eu quero sair! Eu *ordeno* ao meu espírito que saia...

Allejo escutou um CRACK em algum lugar no primeiro instante.

No segundo, já estava na quinta dimensão.

MADELEIN

O Anjo dos Sonhos observou de longe, do alto de um monte irregular, o castelo que seria tomado diante do exército de formigas negras que marchava até ele. Estar ali e ver tudo aquilo realmente acontecer trazia dúvidas.

Dúvidas sobre estar certa. Dúvidas quanto aos motivos de estar naquela guerra.

Deuses são dotados de ambição, é um fato, e ela queria se tornar uma deusa. Mas até onde sua ambição não caminharia por vielas confusas e se perderia em meio a um labirinto megalomaníaco? Até onde conseguiria achar a saída da própria tormenta? Tinha seus próprios planos, mas ali não soube mais se a aliança que fizera com Phobetor representava a melhor forma de atingi-los. Ali ela não sabia (mais) se seu plano daria certo. Se sete bilhões de fios de prata de sonhadores terrestre estariam a salvo de sua própria cobiça.

Ela via as afilhadas tratadas como escravas, e aquilo ardia. Cada vez que um lorde demônio pegava uma de suas Musas pelos cabelos e a exibia feito um troféu, ela sentia vontade de destruir o infame simplesmente pela ousadia de tocá-las. Entretanto, também sentia-se cada vez mais fraca. Sentia os sonhos despertos dos seres humanos cada vez mais vazios. Mais longe. Menores. Sentia os pensamentos de homens que apenas esperavam a morte. Sentia mulheres que viviam para o corpo e homens que viviam para o domínio. Sentia o medo que se agregava e dava formas naquele mundo.

Formas cada vez maiores.

Cada vez mais poderosas.

Cada vez mais assustadoras.

E cada vez que essas formas se fortaleciam, e cada vez que sentia a força dos pensamentos cada vez mais vazios dos sonhadores que a deveriam alimentar, Madelein, a Senhora dos Sonhos Despertos, voltava a se perguntar se não havia ido com seu plano divino longe demais.

EDGAR MASTROVANI

O senhor estava com o sobretudo branco com os outros, na sala sem altares nem marcações. Naquele dia, estavam em vinte. O aroma dos incensos ainda dominava, e os companheiros ativavam chakras através das mãos. Todos em silêncio esperavam a ordem *dela*. A senhora que tudo sabia, porque tudo sentia, porque tudo era. Sentavam-se em círculos. À frente de cada um, uma cópia do desenho rabiscado sob a inspiração da Senhora dos Sonhos Despertos, da época em que Madelein não era uma marionete. Nem uma escrava. Nem uma inútil.

Foi quando ela disse, ao inspirar forte, entrando em transe espiritual:

– É tempo! É a hora de cumprir os desígnios...

Ouviu-se a inspiração de todos na sala. Nenhuma palavra a mais foi dita. Nenhum som a mais foi emitido. E tudo o que pulsava no mundo passou a pulsar também ali.

Aquela sala também já estava em guerra.

LÚCIO VERNON

Lúcio mantinha-se sentado em meditação. Vestia o jaleco e, embora estivesse longe de seus companheiros, ainda estava com eles. Era o vigésimo primeiro. Até aquele momento, o mentor do último, daquele que iria cumprir a missão esperada, modificar os pensamentos e os sonhos dos homens ou destruir completamente com eles. Aquele que os transformavam em vinte e duas almas.

Vinte e dois. O número-mestre.

O esperado número-mestre.

Lúcio, porém, naquele local, não estava só. Ao redor dele, no interior da capela medieval, estavam acomodadas mais cinquenta pessoas. Eram homens e mulheres daquele templo que não vestiam jalecos como ele, mas seguiam as instruções com fervor. Um quadro exibia de forma ampliada o desenho pintado por Edgar Mastrovani. Um quadro com a imagem detalhada de uma espada oriental.

Foi quando escutaram entrar Amit, o mestre. Abriram lentamente os olhos na direção do velho monge e viram a certeza de que a primeira parte daquela batalha estava concluída.

Chegara o esperado momento de também ajudarem seu campeão.

NOUR-EL

O espírito albino parecia entediado.

– Enfim apareceste...

Allejo o observou, curioso. Curioso e fascinado. Queria dizer algo um pouco mais profundo, ou pensar, o que ali parecia o mesmo que dizer, mas as palavras pareciam escassas.

– Concentra-te. Nós temos trabalho a fazer.

Ele virou-se lentamente. O corpo físico continuava adormecido, deitado na cama. Observou-o, e gerou em si um sentimento de deslumbre. Nour-el imediatamente interveio:

– Espírito! – ele disse com potência. – Se ficares a te deslumbrar com o processo, retornarás ao zero. E talvez mesmo para se chegar a ela já será tarde. Tu compreendes?

Allejo o observou com olhar assassino. O olhar de guerra. O olhar assustador. A menção à figura dela mexeu com os brios uma vez mais.

– Tu estás quase pronto. Antes, é preciso visitar teu templo. Está na hora de conheceres enfim quem são as pessoas que te ensinaram a chegar até aqui...

ALEXANDRE GARNIERI

Garnieri dormia sozinho em seu apartamento. Havia concedido entrevistas a todo tipo de veículo de imprensa. A família de Ariana se recusara a ir embora, e a mãe pedira naquela noite para ser a acompanhante no hospital. Ninguém conseguia descobrir onde estava Allejo

– Nem mesmo eu sei onde ele está! Sei apenas que ele está isolado, e que esse momento é de muita dor pra ele.

– E você acredita que Ariana sairá do estado de coma? – perguntou um dos repórteres, em mais uma das perguntas repetidas.

– Não sei... – ele disse com a voz fraca. – O estado dela é grave. Bem grave. É preciso um milagre. Mas, sabem, aquela menina é muito forte. Lembro-me de uma vez que ela disse que via pessoas rezando pelo mal do outro, pela infelicidade e pela perda do amor do outro. E então ela dizia que cada vez que ganhava uma medalha, ela pensava em quantas pessoas poderiam se inspirar naquilo e buscar por metas maiores igualmente. Só que agora ela está naquela maldita cama sem saber como acordar. E eu me pergunto: quem vai sonhar por ela agora?

Alexandre Garnieri não fazia ideia, mas aquele depoimento despretensioso iria alcançar altos ibopes em países ao redor do mundo. Aquelas palavras seriam exibidas em diversos programas midiáticos e televisivos ao longo do dia seguinte. As visualizações através de vídeos online legendados atingiriam, em sua soma, a casa dos milhões. E seu efeito iria tocar diversos pontos diferentes do planeta com um efeito tão poderoso, mas tão poderoso, que reverberaria por uma guerra distante, que ele só poderia fantasiar.

O deus vestia a armadura divina. Dessa vez, não vestia a coroa com que lutara na batalha da Colina dos Ventos. Com que *perdera* a batalha pelo Condado de Madelein. Com que vira seu exército ser devorado por um inimigo que lhe mostrara na força a falta que aquele anjo fazia. Ostentava um elmo, cuja máscara de ferro estava aberta, e observava o mar do exército negro na muralha mais alta de sua torre, lembrando a visão de milhões de aranhas gigantes abraçadas. Tomavam toda a geografia dispersa, cercando o castelo. Escutava os gritos de ódio, rancor, pavor, medo e desespero. Escutava o choro de crianças. De velhos. De atormentados. Fazia parte dos sons deles. Mexia com a psique e dominava a atmosfera tensa à espera do confronto.

Espalhados por aquele castelo de dimensões desproporcionais estavam seus seres formados do onírico. Eram criaturas com as marcas de fadas, animais falantes, príncipes-sapos e amazonas pintadas com símbolos tribais. Havia vikings de peles claras e guerreiros de tribos de pele escura. Havia samurais honrados com katanas afiadas ao lado de mongóis montados em pôneis, exibindo arcos compostos. Havia bárbaros cobertos de mantas de peles de animais, ladrões com lâminas em bolsos falsos, monges com vestes shaolins, magos com grimórios escritos à mão, ninjas mascarados e silenciosos, paladinos com espadas vingadoras e todo tipo de arquétipo que pudesse coexistir no imaginário coletivo.

Ainda assim não eram eles seu grande trunfo.

Era a presença *deles*. Os seus sonhadores. Os seus fiéis seguidores.

E eles compareciam, a cada instante em maior número. Sonhadores cujos corpos dormiam no plano físico, enquanto seus espíritos ali estavam para o combate. Guerreiros que lutariam até a morte de um simulacro, sem ter mesmo a certeza da lembrança do combate ao retornar. Entidades que ali estavam por fidelidade ao seu soberano. Soldados armados ligados ao outro plano por milhões de fios de prata.

Sonhadores que realmente acreditavam no único e absoluto rei Sandman.

O que se veria à espera do embate com o exército sombrio naqueles arredores só seria possível de ser visualizado no inconsciente coletivo mais potencializado da humanidade. Eram meninos que montavam vassouras e apontavam varas de bruxos; que vestiam armaduras de bronze, de prata e de ouro, baseadas em mitologias e astrologia; que brandiam espadas incandescentes dotadas de luzes coloridas; que brilhavam os olhos em cor amarela ao avistar de um vampiro. Homens e garotos e garotas que esperavam no campo de batalha com anéis com runas, robôs encaixados ou sobretudos pesados e óculos escuros. Sonhadores que cuidavam de ovos de dragões e capturavam monstros em apetrechos de tecnologia avançada. Guerreiros que retraíam garras dos próprios pulsos e emitiam ondas telepáticas que controlavam seres do mar. Ateavam fogo ao próprio corpo, incandescendo. Escalavam paredes, produzindo teias no próprio organismo.

Eram tantos sonhos tomando formas, que tudo o que deveria ser inimaginável, ali, se tornava constante. Muitos nem mesmo tinham a certeza de que retornariam daquele combate, pois uma guerra como aquela era muito mais poderosa do que qualquer outra que já houvesse ali acontecido, mesmo naquele plano. As profundas consequências de sua devastação também não poderiam ser medidas da mesma forma que em outras batalhas menos avassaladoras.

Um guincho.

Era o som emitido pela forma-pensamento concentrada na figura do dragão negro descomunal. Lorde Phobetor mantinha-se montado em Balerion e acompanhava dos céus seu exército cada vez mais fortalecido. Uma força armada pelo menos dez vezes maior do que aquela que aguardava dentro do castelo a ser tomado. Um corneteiro se posicionou nas muralhas do castelo e emitiu acordes de guerra que ferveram ectoplasmas. Soldados de Morpheus bateram espadas em escudos, produzindo um som ainda maior do que as vibrações grotescas que acompanhavam a marcha desorganizada do exército escuro. Ambas as forças queriam o confronto. A batalha. O sacrifício. O exército escuro cada vez mais próximo. O barulho cada vez mais alto. Passos. Passos e mais passos. E então os portões do castelo de Morpheus foram abertos. Soldados correram de todos os ângulos para a direção do inimigo que chegava. O exército de sombras bradou e correu igualmente ao encontro. O dragão negro urrou mais uma vez. Perto, cada vez mais perto. A primeira espada aliada se cruzou com a primeira espada inimiga. Em dois movimentos, a primeira essência foi destruída. Do alto de sua muralha, o Lorde dos Sonhos fechou a máscara que se aclopava ao elmo.

E a batalha pelo Castelo de Morpheus se iniciou.

MIKAEL

Ele podia escutar os gritos. Podia mesmo sentir o cheiro, atiçado pelo ímpeto de guerra, naquela forma cada vez mais livre. Descobriu rapidamente as vantagens de estar em um corpo astral, submetendo-se às leis diferentes de tempo e espaço. Tudo acontecia muito mais rápido. O corpo naquela forma não respondia aos pensamentos: ele *era* os pensamentos. Podia planar como uma ave e, com a mente aberta para tal, ultrapassar objetos copiados e reproduzidos do plano físico. Infelizmente, haveria ainda de se tornar no futuro um viajante astral mais experiente para conseguir desapegar-se da matéria e, dessa forma, superá-la.

Um futuro que talvez não existisse.

– Para onde estamos indo, Albino?

– Para um templo. Eles te esperam por lá.

– Quem são eles?

– Aqueles que te ensinaram a estar aqui...

– Não entendo – ele comentou, confuso. – Aqui existem os mesmos objetos da outra realidade?

– Estamos na 5ª dimensão astral inferior, espírito. Tal região é uma infradimensão conhecida como o Mundo dos vivos e dos mortos, a antessala do Inferno. Uma terra que recebe tanto o corpo astral daquele que dorme quanto daquele que acaba de morrer. O que tu encontras neste plano é uma cópia do que encontras no mundo físico.

Corriam por uma região escura e de ruídos primitivos. Uma estrada que mais lembrava um caminho de terra mal iluminado na direção de lugar algum. De vez em quando, escutavam gemidos. Sombras se erguiam do chão e ao chão retornavam. Montes que pareciam de feno, de repente, ganhavam olhos vermelhos quando próximos, que se apagavam com o afastamento. Árvores ressecadas lembravam velhas magricelas em posições retorcidas. Vez ou outra, um corpo aparecia enforcado, balançando sob um carvalho, rodeado por corvos que lhe comiam os olhos ou pedaços de línguas esticadas. Tais corpos em pêndulo costumavam ter placas pregadas ao próprio peito com os nomes de suas personalidades.

– O que é esse fio que me liga ao meu corpo, Nour-el?

– O *antakarana*.

– Como é?

– O cordão de prata. Ele liga teu corpo físico à tua essência no corpo vital. O que teus despertos chamam de morte natural é quando o Anjo da Morte vem e rompe esse cordão. E sem a essência e a energia do corpo vital, o corpo físico não funciona...

– Mas em que parte do corpo exatamente isso se liga?

– A ligação na verdade é com todo o organismo, unindo todas as suas células físicas às células do seu corpo espiritual. Esses pequenos cordões se unem nas regiões em cordões maiores, que se unem em um cordão maior. De longe, o que se vê na verdade é uma ilusão provocada pela união de trilhões de cordas, que gera a impressão de partir de um único ponto.

– E essa ligação é igual em todos os viajantes?

– Claro que não – ele disse, como se aquilo fosse claro. – Não há uma corpo espiritual igual ao outro da mesma forma como não há um corpo físico igual ao outro, apenas semelhante. Mesmo a cor e a densidade dos fios de prata podem variar do prateado brilhante ao cinza-chumbo, de acordo com o desenvolvimento do espírito e sua vibração atual.

– E esses fios não... sei lá... se entrelaçam?

– Estamos falando de uma ligação energética, não física. Seria como perguntar se ondas de rádio podem se emaranhar.

Mikael pensou em parar de encher de perguntas seu novo guia. Todavia, a curiosidade falou mais alto:

– Haveria uma explicação de por que me sinto uma pessoa diferente da pessoa que sou aqui, quando acordo?

– Tu não deves pensar como *ser* uma pessoa diferente. Mas como *estar* uma pessoa diferente. Aqui tu és o que és. O que tu chamas de *ser* ao acordar não és tu, mas uma de tuas personalidades.

Para a sepultura, tu levas teu corpo físico, teu corpo vital e tua personalidade, que se separa do ego.

– O ego sempre permanece?

– Assim como tua essência. De onde achas que vem teu ímpeto de guerra que diverte multidões há mais de uma vida? Mudam-se as formas, mas tua função ainda é a mesma...

– É estranho ainda teus conceitos – ele disse, mas sem negação. – Contudo, acho que compreendo aos poucos a ideia...

– Mas há algo, porém, que eu mesmo não entendo, desperto...

– Diga.

– Tu consegues ver teu próprio fio de prata?

– Consigo ver até mesmo o teu, Albino...

O espírito-guia parou, muito assustado. Observou o espírito que o acompanhava com fascínio, com respeito. E com curiosidade.

– Tu és mesmo um especial. Os cordões costumam ser invisíveis aos olhos dos viajantes e dos sonhadores, mas tu consegues saber até mesmo minha condição...

– Sim – não havia surpresa na constatação. – Você não está morto no plano físico, não é, Nour-el?

Ele não respondeu. Aquela era uma informação que ele não esperava que aquele espírito soubesse. Ao menos não naquele momento. Não tão cedo. Não tão rápido. Diante do silêncio desse raciocínio, Mikael concluiu:

– Você *está* adormecido...

Nour-el abaixou a cabeça.

– O que não entendo, guia, é como pode permanecer tanto tempo adormecido no plano dos despertos? A não ser que seja um monge em meditação, essa é uma resposta que ainda não possuo.

– Mas tu a terás, sonhador. Se conseguires cumprir teu desejo, se conseguires libertá-la e então cumprir tua promessa comigo acertada, então tu entenderás...

– Não sei o que irá querer de minha parte, Albino, mas juro que se me ajudar, farei o que for preciso...

– Acredito em tua índole.

A paisagem enfim parecia chegar ao mais próximo do que seria um fim da estrada. Havia além dali uma caverna. Um amontoado gigantesco de rochas vulcânicas e restos orgânicos consolidados. A forma de entrada era triangular, e os sons fantasmagóricos que emanavam lá de dentro fariam qualquer duplo-etérico se contorcer.

– O que diabos é *isso*?

– Isso é teu teste final.

– Eu vou ter que entrar aí? – a pergunta era feita devagar. Bem devagar.

– Se não fores capaz de chegar ao outro lado desta caverna, acredite, tu não serás capaz de pisar dois passos dentro do Círculo menos grotesco do Inferno...

O albino estava certo. Se iria descer até onde pretendia, então deveria ser capaz de rir na cara de Satanás, de cortar o pescoço de Baalzebu e enforcar Lúcifer. As mãos tremeram ao pensar nela. Tremeram de fúria. Fúria pelo que fizeram a ela. Fúria pelo que iria fazer a eles.

– Você vai comigo, Albino?

– Se chegares até o fim, estarei te esperando do outro lado...

– Então se apresse, espírito-guia.

"Porque eu não pretendo me demorar".

PHOBETOR

O dragão negro abocanhou sete soldados de uma vez e os ergueu, soltando-os em queda livre. Ouviram-se gritos cada vez mais próximos do chão, e quando os corpos bateram contra o firmamento, promovendo o esmagamento de seus duplo-etérico, sete seres humanos – cinco homens e duas mulheres – acordaram de forma brusca no plano físico, assustando seus parceiros ao lado da cama.

O exército escuro continuava avançando na direção das entradas. Alguns escalavam as paredes de proporções gigantescas e tentavam quebrar os vitrais com desenhos de arcanjos da Cidade de Prata. Flechas esculpidas com ferro frio eram arremessadas na direção de fadas. Espadas reproduzidas em ilustrações fantásticas se cruzavam. Em um canto do cenário confuso e violento, uma legião de vampiros arrancou as asas de asuras, e lhes cravou dentes pontiagudos nos pescoços. Goblins cortaram as patas de cavalos, tombando cavaleiros gloriosos no meio de orcs famintos. Um basilisco, um imenso lagarto de dois metros saído de pesadelos árabes, observou com os olhos de anfíbio dourados um soldado de Morpheus em um primeiro momento; no seguinte, o guerreiro já estava petrificado. Em um hospital no plano físico, pessoas tentavam acordar o corpo do sonhador transformado em pedra, mas os médicos já acreditavam em morte cerebral. Vermes malditos de quatro metros de comprimento, nascidos da criatividade de cineastas de filmes B, ergueram-se do chão, e apenas os sons de seus rastejares provocaram vômitos em alguns guerreiros. Em meio aos milhões em digladio, algumas vezes saltavam bruscamente do chão e atuavam como bizarros coveiros ambulantes. Centauros de quatro braços derrubavam linhas da vanguarda inimiga. Um Demônio-Cobra liderava servos com feições e patas de cabra para dentro do castelo. O corpo reptiliano de três metros exibia uma cor esverdeada, e asas de morcego brotavam das costas como um imenso tumor. Os que ficavam no caminho iam sendo esmagados por uma gigantesca maça envolvida pelo veneno que cuspia incessantemente nos espinhos. Atrás dele, os servos de sua tropa, dotados de bocarras de muitos dentes, rasgavam pedaços de ombros, abocanhavam mandíbulas e comiam os ossos em um estalar que embrulhava estômagos. Uma legião de efialtes, demônios incubus que aparecem em pesadelos de mortais, avançou com os dentes e as unhas manchadas, emitindo brados de prazer como se o momento de matar fosse comparável a orgasmos sexuais. Não à toa, em seus domínios serial killers faziam visitas durante o sono para ganhar inspirações para atos depravados de teor sexista. Empusa, o Demônio Russo da Meia-Noite, abria caminho dentre soldados fardados. Tinha o pé esquerdo feito de bronze e o outro com cascos de mula, quebrando os braços e as pernas que lhe apareciam à frente, como gravetos. Múmias com roupas sacerdotais quebravam pescoços. Homens da caverna abriam rombos com armas construídas a base de ossos e pedra. Espantalhos aproveitavam o peso leve para saltarem e afundarem projeções de madeira no corpo de soldados organizados. Encapuzados da Ku Klux Klan caçavam sonhadores que satisfizessem seus instintos assassinos racistas. Carrascos degolavam com machados. Inquisidores espanhóis ateavam fogo com tochas que não se apagavam. Índios canibais se banqueteavam como abutres, ecoando cânticos em idiomas perdidos. Palhaços pedófilos gargalhavam em meio ao caos. Homens-cobras rastejavam em meio aos destroços, picando os pés de guerreiros desatentos.

Quanto mais aqueles sonhadores tentavam defender os limites do castelo, mais o número do mestre dos pesadelos aumentava. E a cada som, e a cada morte, e a cada destruição ou acordar, do alto do céu escuro, Lorde Phobetor sorria. Gargalhava. Sentia-se mais vivo, mais forte, mais alimentado. A aura toldada se expandia, e os sonhos e os pensamentos dos homens cada vez mais se tornavam os dele. Eram dele e iam para ele. Ele era o ódio. Ele era a luxúria, o vício, o fanatismo. O consumo. O escuro. O eterno Senhor Escuro. O Lorde Perverso. O futuro deus único.

Do alto do castelo, quilômetros acima do chão, Morpheus observava. A máscara de ferro ligada ao elmo, dessa vez, estava fechada, a espada, ainda na bainha. Ele via o dragão alado do irmão riscar o céu monocromático, e mentiria se dissesse que não temia a derrota, afinal, mesmo deuses temem deixar de existir.

Entretanto, dali de onde estava, Lorde Morpheus não se arrependia de um único dia de seu domínio naquele plano. De nenhuma atitude diante de seus sonhadores ou criaturas oníricas. Ainda que a derrota chegasse naquela batalha de oscilação temporal, e ainda que a essência divina sucumbisse diante de realidades etéricas, ele ainda assim acreditaria que desapareceria em paz. Além disso, parado acima de seus domínios, o rei Sandman sentia. Ao fechar os olhos por baixo da máscara de guerra, ele sentia a força de seus fanáticos. Eram homens que desapareciam daqueles planos de volta aos corpos físicos, mas escolhiam retornar. Porque ao acordar, eles ainda sentiam aquele apelo. Sentiam a convocação.

Sentiam o Chamado de Morpheus.

E por mais traumatizante que as memórias efêmeras ainda lembrassem o que a eles seriam pesadelos, ainda assim eles retornavam ao sono. Eles voltavam a se deitar. Eles voltavam a sonhar.

Eles voltavam à guerra.

Aquela era a grande diferença de seus sonhadores para os sonhadores de seu irmão. Aqueles espíritos ali ligados por seus fios de prata iriam até aquele campo de batalha retornar e retornar e retornar enquanto houvesse forças em suas mentes e seus cordões não fossem partidos. Foi quando Lorde Morpheus retirou a espada de duas mãos que guardava na bainha. A arma era angulosa, e a lâmina refletia a luz como um espelho, forjada com *aether* pela Dama do Lago, Viviane, a mesma feérica que um dia forjou Excalibur.

O rei caminhou na direção das escadas com a vontade concentrada e o olhar desfoque. Ao perceber a cena, um de seus capitães gritou uma afirmativa que mais parecia uma súplica:

– Meu rei, não há chance contra um exército tão numeroso de demônios!

O rei voltou até ele. A mente ainda concentrada. O olhar ainda em desfoque.

– Capitão... – ele disse, focando no súdito – acaso sabes como calar a voz de um demônio em uma batalha?

O capitão talvez tenha sabido um dia. Mas não naquele.

– Hoje não sei, majestade...

– Diga a ele: *eu sou a esperança*.

O rei se virou e desapareceu em dois pensamentos. O capitão voltou-se para observar a batalha com o fervor de um fiel, mas não encontrou ânimo. Ainda acreditava que não havia chances de derrotar um exército que parecia cada vez maior. Um exército de sombras e medo. Um exército que, por onde passava, destruía os bons pensamentos dos sonhadores, e levava com ele as piores inspirações aos sonhos despertos dos acordados. E se aquela era a realidade a que estavam então submetidos, aquele capitão por fim imaginou que era mesmo uma questão de tempo para todo o plano do Sonhar se transformar em um único pesadelo devastador.

E então ele escutou os sons pesados das cornetas de guerra.

Sons que se propagavam trazendo furor. Estímulos que deixavam espíritos em êxtases e corações em ardências. Cornetas que traziam expectativas perdidas. E o mais interessante foi que, no momento em que o capitão ouviu a harmonia emanada de pontos distantes demais para a lógica humana, ele voltou a sonhar.

Eram passos. Muitos passos. Pesados. Muitos passos pesados. Era o trotar de corcéis de guerra imensos. Eram zunidos de centenas de flechas incendiárias que cruzavam violentamente o ar até alvos milimétricos. Era o avanço de tropas em posições militares alinhadas e padronizadas, que se deslocavam com tamanha precisão matemática, que faria Aristóteles se emocionar. Que faria Sun Tzu sorrir pela originalidade. Que faria Alexandre, o Grande, passar a exigir aquele grau de comando e resposta como padrão. Eram tropas nascidas do mais básico princípio da fantasia. As forças militares de cavaleiros elfos em armaduras de ouro, montados em corcéis revestidos de lâminas espinhosas, com espadas de duas mãos. Gritos de euforia ecoaram no âmago mais profundo dos soldados de Morpheus. Os corpos físicos adormecidos de milhões de sonhadores, naquele momento, sorriram sem que soubessem. E o mundo, que era derrota, de repente, não era mais. Os acordes que ainda ecoavam ao fundo por detrás dos sons de embates lembravam os sonhadores do motivo.

O exército fantástico de Lorde Phantasos enfim chegava ao campo de guerra.

Espremida entre suas fileiras, dizem que marchava a esperança.

57

Uma notícia impressionante correu o mundo através dos canais da CNN naquele dia. A polícia grega havia prendido um homem de 31 anos com uma aparência tão inofensiva e debilitada, que outras sentiam pena apenas ao avistar. O sujeito era um canibal que matou outro homem, esquartejou-o e comeu algumas de suas partes, pedaços de seu cérebro e dos órgãos genitais. Tentou beber do sangue do morto, mas dissera não ter se adaptado ao gosto da seiva. O homem morto era seu pai.

* * *

Na cidade de São Paulo, um descendente de orientais venceu um dificílimo vestibular para medicina, sendo aprovado com honras. A família comemorou exaustivamente o primeiro passo na conquista de um sonho que acompanharam por boa parte da vida do rapaz. No trote violento sofrido nas mãos dos veteranos, porém, algo foi longe demais, e, sem saber nadar, o jovem inexplicavelmente acabou afogado em uma piscina. Não houve maiores explicações. Ninguém foi responsabilizado pela ideia estúpida. E os assassinos, até hoje, caminham impunemente.

* * *

Um número famoso da revista *Times* publicou que, após jogar a "Little Boy", a primeira bomba atômica, em Nagasaki, o co-piloto e capitão americano Robert Lewis teria dito a histórica frase:

"Meu Deus, o que foi que nós fizemos?"

Em Santa Fé, no Novo México, entretanto, após mais de nove décadas de vida, Frederick Ashworth, o homem responsável pelo arremesso da segunda bomba, a "Fat Man", em Nagasaki, admitiu a um repórter quais foram as verdadeiras palavras do capitão:

"Meu Deus! Olhem a filha da puta dessa bomba queimando!"

* * *

Dentro de um metrô japonês, milhares de pessoas foram atingidas por gases tóxicos espalhados na rede de ventilação por uma ação terrorista. Mais tarde, em um vídeo com ar amador enviado à imprensa, cada terrorista envolvido no ataque declarado afirmou a crença de estar contribuindo com uma forma eficaz de chamar a atenção das autoridades. E que o faziam porque sonhavam com um mundo melhor.

* * *

Em Israel, um tio que havia sido preso em flagrante violentando a própria sobrinha sob sua tutela explicava em rede nacional o motivo da atitude:

– Foi apenas uma forma encontrada de demonstrar meu amor...

* * *

Na Dinamarca, o jornal *Jyllands-Posten* provocou a ira de fundamentalistas islâmicos contra o governo de Copenhague após a publicação de doze histórias em quadrinhos com caricaturas do profeta Maomé. A criação gerou protestos que se estenderam por comunidades islâmicas de outras partes do mundo. O jornal foi fechado tempos depois. E tanto o responsável pela publicação quanto o autor dos desenhos passaram a receber ameaças de morte.

O mais curioso é que o periódico sabia perfeitamente que o Islã proibia qualquer tipo de descrição de seu profeta.

E até hoje ninguém sabe de onde veio a *inspiração* infeliz daquela ideia.

* * *

Na Inglaterra, voltara à mídia uma reportagem com flashbacks de um antigo caso em que um paparazzo fotografara um conhecidíssimo ator local, casado com uma das mulheres mais desejadas do mundo, recebendo sexo oral de uma prostituta de aparência suja e decadente. Alguns ingleses foram entrevistados sobre o assunto.

Até hoje ninguém ainda sabia explicar o que havia se passado na cabeça dele.

* * *

Uma campanha se utilizando de atores famosos de Hollywood foi divulgada no mundo todo em redes de televisões. Na propaganda, os atores estalavam os dedos a cada cinco segundos para demonstrar o tempo que se levava para uma criança morrer de fome.

As imagens passavam, principalmente, durante o horário nobre.

E cada vez que terminavam, milhões de pessoas voltavam a jantar.

* * *

A maioria delas criticava a atitude do ator inglês.

58

MIKAEL

Estava escuro, embora esse conceito no plano astral fosse diferente do no plano físico. Cada cenário, cada reflexo e cada visão eram construídos com a mesma técnica inspirada um dia ao neerlandês Rembrandt van Rijn. Em outras palavras: havia o mínimo possível de luz, o máximo possível de sombras. O suficiente apenas para realçar o que viesse a tomar forma na mente e na imaginação de quem observava o que não queria.

Ele caminhava, e o coração balançava na linha tênue que separava temor de coragem. Sabia que ali não estava só, mas de nada tinha certeza. E era isso, era essa incerteza ou esse desconhecimento que trazia a perda do controle, tão comum a um ser humano quando se tratava de assuntos ditos sobrenaturais. Em algum lugar obscuro, escutou o bater agudo de um martelo em metal. Depois um grito de morte. Depois o som de gotas pingando sobre uma poça. Seguiu-se o gemido de corpos em atos sexuais e uma série de murmurinhos atropelados e indistinguíveis.

O escuro aos poucos não parecia mais ser tão opaco assim, ou, se ainda o fosse, ao menos, estava se acostumando, o que de certa forma também era assustador. Escutou brados em meio ao vozerio, que reconheceu de uma memória antiga. Brados de guerra. De combate. De digladio. E então, o som das gotas na poça. De novo. E de novo. E de novo.

Caminhou com os caninos à mostra, prestes a avançar sobre qualquer coisa que lhe parecesse hostil. O que vislumbrou, contudo, era difícil de definir a periculosidade, tamanha a imaginação deturpada necessária para a existência.

O primeiro era um homem. Estava pregado em uma cruz pesada e carcomida de madeira, como um dia fizeram com o Cristo. Era um homem barbudo, magro, machucado e profundamente marcado. A expressão era fragilizada, e a morte, com certeza, fora dotada de suplícios e torturas. Ele não sabia como, mas sabia que aquele homem era um ladrão, e, como tal, tivera seu fim como no costume daquela época.

O segundo era um homem em cima de um palanque improvisado. Fazia gestos espalhafatosos, declamando com furor versos de conteúdo longínquos daqueles tempos. Suas ideias chamavam a atenção dos presentes, mas, quando soldados vestindo antigos uniformes romanos entraram no local, ninguém tentou defender o orador.

E ele viu um pescador da antiga Galileia que passara a vida sustentando a família com redes, canoas e pesca, mas vivia contando histórias ao redor da fogueira sobre os locais para onde as gaivotas voavam, bem distante dali.

Viu um guerreiro japonês se utilizando de antiquadas e pesadas armas de fogo, partindo com baionetas na direção de outros japoneses vestidos com armaduras, samurais representando um sistema de governo elitizado, que as novas gerações japonesas não desejavam mais.

Viu um pensador pendurado de cabeça para baixo em uma árvore, acusado pela Inquisição de simpatizar demais com a líder de um sabá. A garganta estava cortada. E era dele que caíam as gotas de sangue que faziam o eco na poça formada abaixo da cabeça invertida.

Viu um navegador espanhol matando a fio de espada índios da América do Norte. Viu um africano de uma tribo condenado a morrer em sua tentativa de captura como escravo. Viu um gladiador romano matar em um anfiteatro lotado, antes de se recolher a seu harém.

Ele via homem, escravo, covarde, herói. Via ganancioso, aproveitador, líder. Soldado, político, guerreiro. Homem de fé, de bem, de alma pura, maculada, renascida. Via índio, europeu, africano, americano, asiático. Ouvia tantas vozes, e tantos pensamentos, e tantos sons, que todos lhe tocavam ao mesmo tempo no limite do enlouquecer. Mikael Santiago, ou fosse lá o nome do espírito que estava com aquele nome, caiu de joelhos no meio daquele lugar. Ambas as mãos cravadas ao redor do próprio crânio. Os olhos fechados. As sobrancelhas apertadas. Os dentes cerrados. Mais um pouco, apenas mais um pouco, em meio a tantas vozes, e tantas provações, ele não saberia como evitar a explosão. Pois, mais que o desespero, havia o medo. O temor de quem entendia o que significavam as visões que lhe apareciam. O fato era que Mikael Santiago *sabia* que todos aqueles que ele via, e tudo aquilo que lhe aparecia, era ele. E ele era tudo. Ele era índio. Ele era amor. Ele era ódio. Ele era guerra. Ele era a espada que protegia. A espada que matava. Até mesmo a que morria.

Aquele espírito simplesmente sabia que cada uma daquelas visões era uma de suas personalidades, exploradas ao longo da Roda do Mundo.

E era *isso* que o enlouquecia.

O viajante gritou e sentiu que seu fio de prata o puxava de volta ao corpo físico, lembrando a relação de um dono e um cão barulhento. Tentou manter a calma. Desejou a possibilidade de ali continuar, mas não sabia mais qual o real desejo.

– É um pouco enlouquecedor, não é? – a voz veio detrás dele, em entonação tão ardilosa que só a pronúncia gerava arrepios.

O espírito virou-se lentamente e sentiu calafrios. À frente, havia de pé um demônio capaz de espremer pesadelos. Não havia chifres nem rabos nem dentes pontiagudos ou tridentes com lâminas de fogo. Ainda assim, aquele era o pior demônio que aquele espírito poderia ver em toda a sua existência. Porque o demônio era igual a ele.

PHANTASOS

O Lorde Fantástico comandava guerreiros de traços quiméricos diretamente do campo de batalha. Observava o campo com olhos felinos, dominado pelo exército do irmão sinistro. Partes da face ainda exibiam símbolos que lembravam tatuagens tribais de prata, a partir das orelhas pontiagudas. A capa cinzenta era constantemente agitada. A armadura élfica, rabiscada com escritos em Quenya.

Arcos poderosos armaram-se nas mãos de cinquenta milhões de elfos esguios de feições finas. Comandantes élficos posicionavam-se em determinados pontos e emitiam gestos. A leva de flechas cortou o ar, zunindo na direção do exército monstruoso que avançava desorganizadamente, tomando o castelo por brutalidade aleatória.

Nenhuma flecha errou o alvo.

Uma segunda leva foi preparada pelo mesmo exército de cinquenta milhões de arqueiros. Em poucos segundos, mais cinco dezenas de milhões de flechas cruzaram o campo de batalha na direção de um bilhão de inimigos. E apenas quem estava lá, e apenas quem podia sonhar em estar lá, poderia contar de maneira fidedigna o que era ver milhões de flechas zunirem dentre milhões de fios de prata, na direção de um inimigo em avanço militar desordenado. Exércitos de orcs berraram, antes de terem cabeças, intestinos e troncos transpassados. Vinte milhões de elfos alados, com asas extensas, surgiram em meio ao breu. Adiantaram-se pelos céus também com arcos compostos e prepararam disparos em velocidades extremas. Seus arcos, entretanto, eram compostos, comportando duas flechas por disparo. Foi assim que, de uma única vez, mais quarenta milhões de flechas também cruzaram os céus e desceram como chuva na direção da cabeça de trolls, perfurando-os de uma maneira menos precisa, mas ainda dramática.

Pela parte dos fundos do castelo, local onde a maioria dos sonhadores encarnados de Phobetor se localizava, o exército de cavaleiros de Morpheus continuava sua saga dentre choques de lâminas de espadas e estrondos em escudos com símbolos divinos. No início, os sonhadores de Morpheus acabavam dizimados pelo número imensamente desproporcional. Poder-se-ia dizer que havia ali uma proporção de trinta milhões de sonhadores defendendo arduamente aquela região do Sonhar, contra cem milhões de sonhadores que haviam vendido a própria essência ao mestre dos pesadelos.

Isso até a chegada do exército fantástico. O encontro da chegada desses cavaleiros avançando como manadas era estrondoso, e corpos e mais corpos de soldados negros acabavam destruídos em segundos. Cavaleiros saltaram de suas montarias para manejarem espadas em cortes e mais cortes, enquanto as montarias continuavam a correr na direção dos inimigos, cortando os corpos astrais com metal frio.

Do outro lado, na direção da entrada do castelo, lotada com uma multidão de milhões de sonhadores e seres do Sonhar em digladio, rei Phantasos mirou um objetivo. Nas mãos, apertou o cabo da mesma espada de duas mãos em que Tolkien se inspirou para criar Andúril, a espada de Aragorn II. Era um rei orgulhoso que gostava de receber visitas de almas humanas em suas terras efêmeras. Apreciava quando Madelein ou suas afilhadas guiavam até seus domínios espíritos curiosos o suficiente a ponto de se interessarem por sua cultura. Recebera escritores como Michael Moorcock, C.S. Lewis e Terry Brook como príncipes estrangeiros. Montara palcos para que espíritos de melodias líricas como Enya ou Loreena Mckennitt cantassem para suas sereias.

Lutar em uma guerra como aquela era mais do que um direito de escolha. Afinal, sem o deslumbre terrestre, a magia por detrás da figura de um elfo perdia força. Definitivamente, sabia que Phobetor não poderia vencer aquela guerra.

E, se dependesse apenas dele, e de seu exército, não iria.

MIKAEL

Ainda o silêncio daquela caverna. Ainda diante do pior dos demônios. Ainda diante de si.

– Quem é você? – o viajante perguntou devagar.

– Melhor perguntar quem és tu! A resposta será a mesma.

– Não zombe de minhas perguntas, demônio! Arrisque alguns de seus deboches e o divido em dois antes que pronuncie seu nome ao contrário!

Mikael mostrava mãos agitadas e uma energia sedenta por confronto. A dúvida era apenas como confrontar a si próprio. E não se destruir.

– Aí está algo que gostaria de ver! Pois diga a mim, viajante: como faz um homem para matar algo dentro de si? – o tom transbordava ironia. – Como vive um sonhador sem essência?

– Diz logo quem é você, maldito! – ele exigiu com um furor não tão bravo.

– Sou teu duplo perverso, luminoso.

Silêncio. Um vento sibilou igual a língua de uma cobra.

– Ainda estamos na quinta dimensão? – perguntou o espírito guerreiro.

– Sim, estamos. Oh, nós estamos! Na parte inferior dela, na verdade. No plano em que o ser humano é múltiplo! Em que o santo nunca está sozinho...

– Diga-me: que visões do Inferno são estas que tenho neste local maldito, demônio?

– São teus egos, arcanjo. Acaso não os suportas?

Silêncio.

– O que fazem antigas personalidades neste lugar?

O demônio com o mesmo rosto que o dele, sorriu.

– Repetem os mesmos erros cometidos outrora. Novamente. E novamente. E eternamente...

– Por que me diz que um santo aqui nunca está sozinho?

– Porque são de pessoas santas como tu que nascem os duplos como eu! – o demônio gargalhou. Mikael ouviu aquela risada ecoando diretamente na parte interna da cabeça. A sensação de explosão iminente retornou. – Não adianta, espírito guerreiro! – o escuro continuou. Ainda havia um sorriso. – Frente ao elohim Gibor, estará sempre Andrameleck, o demônio! Frente ao anjo Anael, estará sempre Lilith, a súcubos! – o sorriso deu lugar a uma expressão de prazer. – Frente a ti, estarei sempre eu!

– Beliel... – Mikael sussurrou, entre desespero e surpresa. – Você é Beliel...

– E tu também...

O sorriso continuou.

NOUR-EL

Do outro lado da saída da caverna, o guia albino esperava. Não havia a certeza de que seu esperado sairia por aquela abertura, nem que não sucumbiria àquela tentação. O espírito, porém, parecia calmo em sua posição de espera.

Quem observasse as mãos trêmulas, contudo, saberia a verdade.

MIKAEL

– O que quer de mim, demônio?

– Quero que me *alimente*. Que satisfaça meus desejos. Que sucumba às minhas tentações e à minha proteção!

– E se eu recusar?

– Aí notarás que não tens escolha! Ou de onde achas que necessitarás retirar força para ires buscá-la em uma região dos círculos infernais?

Aquilo o estremeceu. Talvez pela possibilidade de engano. Talvez pela de veracidade.

– Entretanto, devo sim te agradecer – o demônio continuou.

– Por dar motivo a seus deboches?

– Por muito mais do que isso! Por me satisfazeres, por me acolheres, até mesmo fortaleceres... – mais um sorriso.

Mikael apertou os punhos. E então veio a sensação de fraqueza.

– Eu nunca fortaleci uma *coisa* como você.

– *Nunca*? – a voz diabólica continuou. – Acho que tu não entendeste do que estamos falando, meu duplo! Entendas de uma vez, perdido, que a cada vez que tu entorpeces teu corpo físico é minha a voz que te agradece! A cada vez que tu fodes tuas putas de luxo é de mim que brota o prazer do teu orgasmo! A cada vez que tu cais de embriaguez em ambientes escuros, sou eu que sugo a essência emitida...

– Não é verdade...

– Quando tu matavas antigamente, era eu quem berrava pra ti o quanto tu eras forte! Quando te olhas no espelho, sou eu quem diz no teu ouvido o quanto tu és belo! Quando trais tuas vadias, sou eu que reforço teu sentimento másculo! Quando pisas numa arena, sou eu quem acaricia tua essência e sussurra no vento o quanto tu és poderoso! Sou eu que viro tua cara para gente fraca! Que te faz sentir que nada mais é possível de ser sonhado! Que te dá a sensação de que tu já chegaste ao topo mais alto do mundo!

– NÃO! Eu NÃO acredito nisso, demônio do Inferno!

– Pois acredite! Porque fui eu, fui eu quem te tornou aquilo tudo... que tu... sempre... sonhaste!

Um pedaço de rocha tombou em algum lugar de uma altura considerável e EXPLODIU em pedaços menores ao tocar o chão.

– NÃO, maldição! NÃO! – Mikael caiu de joelhos uma vez mais e socou o chão, com raiva. E ódio. E desespero. Angústia. E dor. – NÃO! NÃO! NÃO!

– Conforma-te, desgraçado! Ou o que pretendias fazer agora? Me destruir? Não sejas ridículo! Conforma-te que, sem mim, tu és nada! Me escutaste? Nada!

– Eu sou esperança! Eu sou esperança...

– Sem mim, tu... és... NADA!

O espírito de Mikael caiu no chão em uma posição que mais lembrava um feto, torto, retorcido e fragilizado. Chorava. Tremia. Babava. Sentia-se um homem sujo. Um espírito maculado. Um ser deprimente. Sentia-se tudo, menos metade do que sempre sonhou se tornar. Sentia-se impotente. Desgastado. Destruído. Estava acuado, e isso era angustiante pela falta de forças. Por ela. Daquela maneira, não teria brio. Não teria energia para entrar em abismos profundos e chutar os traseiros de abissais. Não teria luz própria. Não teria bravura.

Não teria nada.

Não seria nada.

Sentia o próprio fio de prata iniciando o processo que bem conhecia. Imaginou que iria acordar na mesma cama onde repousara naquele templo nascido do silêncio, provavelmente agoniado e aos prantos. Não sabia se conseguiria acionar novamente o processo de viagem astral. Ao menos, não como naquele momento. Logo, o mundo, que era claro, foi-se tornando escuro. Cada vez mais escuro. Sentimentos derrotistas tentaram se tornar sombras e englobar aquela alma, mas algo os impediu.

Inicialmente, escutou-se um som diferente. Era como o crepitar do fogo na madeira. Depois, o calor. Parecia que o ambiente – que era frio – se tornava, a cada segundo, mais aquecido. A sensação, que antes era receio, se tornava mais protetiva. E o escuro, que cada vez mais o deixava cego, começou a receber fachos de luminosidade. O peito, que estava apertado, sentiu alívio. A respiração – se é que respirava – tornou-se mais ampla. Mais extensa. Mais abrangente.

E o mundo, que era pequeno, tornou-se maior.

Forças agregadoras, bem maiores do que as que ali estavam em jogo, de súbito, invadiram o local sem pedir permissão e se espalharam pelos cantos e pelas curvas e pelas sombras, feito fragrâncias de perfume jogadas ao ar. Penetravam perfurando obscuridades e modificando a estrutura energética. Eram sentimentos muito mais puros; muito mais poéticos. Sinceros. Francos. Afetuosos. Até mesmo com a mesma caridade que caminha ao lado da compaixão. E então, pouco a pouco, a luz. A visão esférica era apenas luz.

E ele enfim enxergava.

Difícil explicar como funcionava aquele momento em que o derrotado tomava fôlego e resistia à tentação, em que forças oriundas de diversas partes do planeta desperto lhe tocavam, o momento em que a própria vibração transmutava, e o mundo parecia bom.

O fato é que ele sentia. Ele sentia o toque da oração de cinquenta milhões de pessoas ainda acordadas, ao redor do mundo, que pensavam na recuperação de Ariana Rochembach e em doar forças para essa recuperação. De um momento para outro, reforçado pelas formas-pensamento que tocavam especificamente aquele plano inferior, Mikael Santiago ergueu-se.

O espírito que seria seu duplo perverso Beliel observou a cena com admiração e espanto. Mikael caminhou na direção dele. Os papéis invertidos. Os sentimentos trocados. Era ele agora o senhor daquela morada. O guerreiro entregue. O dono do próprio destino.

– O que tu... o que és... o que... – o duplo tentava expressar. Mas tudo, de repente, era *estranho*. Era diferente. Era temeroso.

– Acabou. Não é mais você quem será o condutor de minha evolução. A partir de agora, sou eu quem dá as cartas de nossa jornada... – a aura do espírito que falava brilhava em atividade incandescente.

– Não... não! NÃO! – o duplo caíra e se acuara em uma parede da caverna, antes escura, invertendo os papéis.

– A partir de agora, eu retiro sua influência! – Mikael se aproximara mais. A luz emanada parecia cortar o espírito agoniado. – E avanço seu processo gradativo de transformação...

O espírito escuro tremeu.

– Tu pretendes me destruir? – perguntou, sem certeza da resposta.

– Não... – o espírito, ou a parte do espírito que era Mikael, parou a um passo. – Não posso! Como parte de minha essência, não poderia nem mesmo negá-lo. Por isso não vou renegá-lo, não vou enfrentá-lo nem sucumbir a você.

– E o que pretendes fazer comigo, maldito? – perguntou o sombrio confuso.

– Eu vou *aceitá-lo*...

A mão de luz tocou a mão negra que estava estendida. As auras se intensificaram. O eu e o ego partilharam de uma mesma visão do mundo, e tudo no mundo foi um só. Houve gritos. Alguns de agonia, alguns de alívio. Seria impossível distingui-los.

NOUR-EL

O albino estava sentado do lado de fora. As mãos ainda tremiam. Foi quando, de súbito, como o cair inesperado da chuva, ele escutou o grito, e o que era apreensão deu lugar à esperança. Em meio a uma luz expansiva, ele surgiu caminhando devagar. No plano físico, muitas horas haviam se passado, o que naquele, pareciam poucas. O Tempo é um atributo e uma característica nascida no Mesocosmo, a quarta dimensão, e sua curvatura espacial corria diferente. Nour-el sabia disso, mas, naquele instante, só se importava em observar a luz, que rastejava como uma trégua momentânea em meio a uma guerra de pedaços de sonhos ruins.

PHOBETOR

O exército sombrio continuava avançando e matando e destruindo simulacros. Havia escutado as cornetas feéricas. Havia visto a chegada do exército do Primeiro. Seria mentira afirmar que não esperava a possibilidade, mas nutria a esperança de que Phantasos negasse um pedido de aliança com Morpheus.

Houve sons de destroços quando uma dezena de rochas foi arremessada das torres de vigias do castelo, esfarelando-se na cabeça de orcos que tentavam escalar um fosso pelos flancos da praça-forte. Uma vara de bambu afundou a cabeça de um homem-peixe. Um taco de baseball nas mãos de um sonhador com uma camisa de "Zombie Hunter" deformou a face de outro. Espadas de duas mãos de guerreiros em armaduras robotizadas sofreram impactos de machados de guerra nas mãos de guerreiros sem rostos. O choque foi acompanhado por outros cento e cinquenta milhões de lâminas cruzadas no mesmo instante. Golpes expeliram lascas e emitiram faíscas, que piscavam em meio ao digladio entre sombras como intermináveis vaga-lumes. Um exército de milhões de formigas em movimento tomou as extensões de terras ao redor da fortaleza, enquanto oitenta milhões de flechas zuniram. Lorde Phobetor viu demônios tombarem diante do voo das setas de elfos tatuados com símbolos tribais. Uma energia oriunda da raiva sugada da essência de pedófilos alimentou o deus sombrio. Foi quando percebeu um grupo de guerreiros de Morpheus que defendia a parte superior da fortificação. Era o mesmo grupo que arremessava pedras quilômetros abaixo na cabeça de sua vanguarda. De súbito, os olhos do deus demônio perderam a cor da pupila e passaram a brilhar em vermelho-sangue. A feição sofreu uma mutação e ganhou a imagem da besta. Os dentes cresceram por baixo da máscara e alongaram os caninos. O dragão negro que cavalgava urrou. Lorde Phobetor puxou as rédeas. Balerion planou, fez um giro brusco e desceu em queda livre na direção de espíritos condenados.

– O dragão! O dragão negro! – gritou um dos soldados, alertando outros que concentravam lentes de binóculos em inimigos quilômetros abaixo. Por aquela visão de cima, o campo abaixo continuava cheio de vaga-lumes emitindo milhões de luzes a cada vez que lâminas se encontravam.

– Deixa! – ordenou um sonhador cujo espírito no Sonhar era conhecido como Ansata. Tinha uma forma poderosa e tratava-se de um homem que realizara grandes feitos no plano físico. Segurava uma maça gigantesca com as duas mãos, tão aparentemente pesada que seria necessária a força de dois adormecidos fracos para erguê-la. – Deixa ele vir...

– Protejam o mestre! – gritou mais um deles, armando-se com a lâmina colossal. Foi seguido por todos os cem cavaleiros que ali estavam, e formaram uma espécie de fileira militar, esperando o bote do deus cavaleiro.

A visão daquela forma-pensamento negra era aterrorizante. Moldado com o inconsciente de leitores fanáticos de fantasia, as mandíbulas eram grandes o suficiente para devorar mamutes, e suas escamas e asas em voo tão largas, que eram capazes de cobrir pequenas cidades a um sobrevoo. O dragão desceu com fúria. O vento se agitou lembrando tempestades. Sonhadores fiéis ao Lorde dos Sonhos mantiveram a postura defensiva. Lorde Phobetor, com a face da besta, ergueu a espada maldita com uma das mãos e berrou um kiai fantasmagórico. Fios de prata tremeram. O primeiro soldado preparou-se para o impacto. A lâmina de Phobetor passou pela primeira fileira de soldados, produzindo estrondos que bambearam os corpos de sonâmbulos. Simulacros de adormecidos voaram para os lados de maneira torta, lembrando pinos de boliche. Phobetor golpeava e golpeava e golpeava os mais resistentes com a lâmina vingadora, a mesma forjada por uma rainha-demônio como presente por uma noite de amor. Um soldado lhe saltou sobre as costas na tentativa de cortá-lo. Quando ainda no ar, a lâmina lhe dividiu o tronco antes mesmo do término do salto, transformando o simulacro em essência. Foi quando se escutou o brado de guerra de um guerreiro que conseguiu chamar a atenção até mesmo de um deus menor. Lorde Phobetor não acreditou na visão nem na velocidade com que aquilo aconteceu. Fora um golpe. Um poderoso golpe acompanhado de um choque contra o meio do peito da armadura, que o arremessou para fora da montaria draconiana, de encontro a uma parede pedregosa que ruiu com o impacto. A capa de Phobetor tornou-se suja em meio a uma nuvem de poeira e fumaça.

E o corpo do deus escuro permaneceu caído por segundos.

E então a parede de pedras EXPLODIU. Pedregulhos foram arremessados para todos os lados, deixando rombos. Phobetor ergueu-se, no local da explosão, devagar, ainda em estado colérico. O motivo da ira se portava na forma de um imenso guerreiro sonhador impávido, pequeno no mundo físico, mas com mais de dois metros de altura no Sonhar. Ansata. Outros soldados abriram caminho. Balerion, a serpente negra alada, planou faminta para outro ponto do campo de batalha, abocanhando seres de sonhos. No alto do castelo, Lorde Phobetor ainda mantinha dentro de si um sentimento destrutivo acumulado, capaz de estimular a evolução de cânceres malignos em doentes sonolentos. Seria motivo de piada em qualquer Círculo do Inferno, se soubessem que um mero sonhador derrubara de sua montaria um deus menor que almejava a ascensão. Piada. Raiva. Cada vez mais raiva. Cada vez mais besta. A máscara que protegia o rosto foi arrancada, revelando a face da besta-fera e os dentes com ponta. Os olhos, ainda vermelho-sangue. A raiva se tornou ódio. O Sonhar escutou mais rosnados. E o digladio animalesco começou.

Ansata segurou com vigor a maça. Depositou toda a vontade na esperança de um golpe, mas existiam poucas chances de um mortal conseguir um desejo maior do que o de um deus. O gume da espada varreu o ar e desceu com violência em extraordinária velocidade. A colisão foi poderosa, faíscas nasceram e morreram em piscares de olhos, e a maça voou para longe do guerreiro. Ansata ainda pensou em desferir um murro, mas não se pode hesitar nos pensamentos em uma região onde eles tomam forma. A lâmina da espada seguiu uma linha reta veloz. A maioria só percebeu quando já havia um grosso pedaço de metal perfurando as entranhas de um de seus maiores sonhadores. Lorde Phobetor, ainda segurando a espada, mostrou os caninos. E então pressionou mais forte o cabo, fazendo a lâmina deslizar mais. E mais. E mais. Ansata gritava, observado por adormecidos enervados que viam sonhos cada vez mais oprimidos. Os dentes então lhe furaram uma parte do ombro. Ansata continuou a berrar. O deus demônio adorava cada grito.

Larissa não fora para casa naquela noite. Algo estava acontecendo de diferente, tanto com seus internados quanto consigo própria. Por algum motivo estranho, o corpo, naquela noite, estava com uma insônia estranha. Sentada em um sofá, observava o término da última exibição da programação, um desses filmes realmente bons, exibidos somente nas madrugadas pelos canais de televisão aberta.

Foi quando ouviu o grito, partido de uma enfermeira. Larissa correu e encontrou uma porta aberta em um dos quartos, com a mulher realizando uma massagem cardíaca na tentativa de ressuscitação de um paciente idoso.

– Que aconteceu? – perguntou nervosa, ao invadir o quarto.

– Parada cardíaca! Parada cardíaca!

Larissa assumiu o lugar da enfermeira e reiniciou a massagem, comprimindo em movimentos constantes o peito do paciente.

– Busca o desfibrilador! – ela gritou agitada, diante da enfermeira atônita. – Busca agora!

A enfermeira saiu do transe e correu para fora do quarto. Larissa aplicou um soco na altura do terço médio do esterno do senhor desfalecido.

– Vamos! Vamos!

A massagem cardíaca continuou. Uma das mãos apoiada sobre a parte baixa do esterno, acima do apêndice xifoide. A outra mão por cima, reforçando. Os braços esticados comprimiam o tórax com o próprio peso. Larissa sabia que o deslocamento do esterno deveria ser de 3,5 a 5,0 centímetros, na proporção de oitenta a cem compressões por minuto. Se comprimisse o local errado, poderia ocasionar a laceração do fígado do internado. Se a massagem estivesse sendo aplicada por duas pessoas, o ideal seria a proporção de uma ventilação do paciente a cada cinco massagens. No caso dela, que estava só, o melhor era manter as duas ventilações a cada quinze massagens cardíacas.

Alternou o processo com a respiração boca a boca. Uma das mãos ia sob o pescoço; a outra, na testa do senhor, inclinando a cabeça para trás e puxando a mandíbula para frente. Em seguida, comprimiu as narinas do paciente com os dedos. Inspirou. Juntou os lábios no dele e expirou, empurrando o ar para as vias aéreas. Retirou os dedos para o ar sair. Iniciou a nova insuflação e a manteve de modo rítmico.

Sempre correndo, a enfermeira retornou acompanhada de outro enfermeiro, um rapaz de porte físico respeitável. Nas mãos do rapaz, um desfibrilador de dois quilos com metade do tamanho de uma torradeira.

– Aqui, doutora! – gritou o enfermeiro. – Conecta nele, que eu preparo!

– Me dá! Me dá! – Larissa pegou os eletrodos e prendeu as pás adesivas no tórax do paciente. O branco debaixo da clavícula direita; o vermelho, no lado esquerdo do tórax, dois centímetros abaixo do mamilo. Os próprios eletrodos identificavam o sinal elétrico que vinha do coração do necessitado, analisando o ritmo cardíaco e definindo automaticamente a intensidade da voltagem. Um gravador registrava o eletrocardiograma e as informações sobre o choque destinado.

– Eu... eu... vim ver se ele estava bem, e vi que ele estava em choque! Eu medi o pulso e estava abaixo de sessenta por minuto! Aí eu ia chamar a senhora, quando ele... soltou um gemido e, de repente, não tinha mais pulso!

– Tempo, enfermeira! Quanto tempo? – Larissa gritava. Afastou-se do paciente. A primeira descarga elétrica fez o corpo inanimado se remexer com a intensidade de duzentos joules.

– Acho que se passaram uns dois minutos até a senhora chegar! – exclamou a enfermeira em tom de afinações variadas.

O segundo choque. O corpo tremeu mais uma vez, diante de uma descarga elétrica de trezentos joules.

– Vai! Vai, cacete! Trezentos e sessenta! Vai! Trezentos e sessenta!

O choque mais uma vez foi aplicado, e novamente nada aconteceu. Os batimentos não respondiam. Larissa não tinha absolutamente nenhuma resposta.

– Doutora...

– Aplica outro RCP! Aproveita esse seu tamanho! Vai! Vai!

A médica saiu de cima do corpo. O enfermeiro assumiu seu lugar e reiniciou o processo de massagem cardíaca. Larissa ainda se mostrava tensa e estressada. As pernas bambas. O coração disparado. A mente inquieta. O coração intranquilo.

– Nada. Ele não responde! Vamos aplicar mais três sequências!

O enfermeiro foi até o paciente e começou a avaliar a situação. A enfermeira se aproximou da psiquiatra.

– Doutora...

– Nós o perdemos! – disse Larissa, mais para as paredes do que para os seres entre elas. – Nós o perdemos...

A médica e o enfermeiro aplicaram mais três sequências, mas era tarde demais. Naquele plano físico restava apenas um corpo de um senhor que falecera com o olhar assustado de quem morrera durante um pesadelo...

PHOBETOR

Uma. Duas. Dez. Vinte. Cinquenta. Cem. Trezentos. Era assim, em segundos, que aqueles combates aconteciam. O deus-fera cortava cabeça e membros com ferocidade, enquanto lâminas se cruzavam e brilhavam com milhões de colisões ininterruptas. Esquivava-se, estocava, rompia lâminas. Escutava Balerion devorando soldados, assim como o som de uma guerra que já envolvia quase um bilhão de soldados. Um vulto lhe passou pelas costas. Cortou a cabeça de um soldado à frente e se preparou para identificar o que correra atrás de si.

Descobriu sem precisar se virar.

Um ribombo. Esse foi o som do golpe que Phobetor recebeu pelas costas, tão violento a ponto de arremessá-lo na direção do muro da fortificação, espatifando pedaços de pedras e jogando o corpo além da muralha, em direta queda livre. O mundo, de repente, para o deus-fera, pareceu sem som. Pareceu mais lento. Pareceu infinito. Estava caindo no mar de guerreiros em digladio abaixo, como um condenado atirado em um fosso de escorpiões. Algumas das pedras arrebentadas na queda atingiram a cabeça de soldados de ambos os lados. A queda do Lorde Escuro daquela altura surreal era percebida por poucos, concentrados demais nas próprias batalhas. Phobetor saiu de seu estado perplexo e enfim seu mundo voltou a ter som. No peito, ainda ardia a mesma raiva que o alimentava.

Então se escutou o estalar.

O som de ossos se deslocando e dando lugar a uma transmutação asquerosa. Um volume macabro surgiu por baixo da capa que tremulava com a queda, como se duas corcundas estivessem eclodindo das costas do deus menor. Sonhadores em combate ao redor interromperam seus combates ou morreram no vacilo. A corcunda aumentou e aumentou até seus limites atravessarem a capa na horizontal, revelando duas asas demoníacas de morcegos que se agitaram e fizeram o corpo de Lorde Phobetor erguer-se em uma ação antigravitacional. O deus-demônio ressurgiu no alto da fortificação e parou no ar com imponência, enquanto o ruído do balançar das asas carcomidas inspiravam ideias subjetivas grotescas. Procurava obsessivamente o responsável pelo golpe que o arremessara quilômetros abaixo como um boneco de pano. Encontrou-o segurando uma poderosa maça nas duas mãos, que lhe fez sorrir. Era Ansata. Aquele que deveria ter retornado ao mundo dos vivos com seu golpe anterior. Phobetor tentou entender o que acontecera. E percebeu rapidamente, quando viu a anormalidade.

Simplesmente não havia um fio de prata naquele sonhador.

Ao menos, não mais.

O golpe anterior provavelmente fora tão poderoso e tão raivoso, que não destruíra o simulacro daquela alma, mas lhe chocara o suficiente para o corpo físico sofrer uma parada cardíaca e um Anjo da Morte lhe partir o fio de prata. Logo, quem ali empunhava a arma contra ele não era mais o corpo astral de um encarnado no plano terrestre, mas o próprio espírito de um ser que fizera a travessia do mundo dos vivos para o dos mortos. Por sinal e não por acaso, o mesmo nome dado àquele plano da quinta dimensão.

Phobetor adorou a visão. E a condição. O espírito, que agora era apenas Ansata, ainda emitiu uma frase.

– Protejam o rei.

O deus-fera rosnou mais uma vez. O guerreiro parrudo de dois metros berrou ensandecido em resposta.

Estava ali uma ordem nada fácil de ser cumprida.

MADELEIN

Ela ainda observava. Ao lado, suas nove afilhadas choravam diante da guerra. Ao menos, da visão sem perspectiva daquela guerra.

– Minha madrinha, pelo amor de deuses maiores do que nós, tu precisas tomar um lado nessa guerra – implorou Clio, uma das nove Musas.

– Não. Ainda não – ela disse como se não se lamentasse. – Ainda não...

MIKAEL / BELIEL

– Para onde caminhamos agora, Albino?

– Para o templo. Agora tu estás pronto para entrar...

– Na verdade, estes planos de fato fornecem o molde para o outro?

– Sim. São suas contrapartes etéreas.

Diante deles havia uma estrada de terra e poeira. Eles caminhavam e caminhavam, mas o mundo se demonstrava transmutável e diferente. Se, em um momento, existia um jardim de flores vivas e coloridas; em outro, as flores murchavam e desapareciam dando lugar a espinhos de um ambiente árido. Se, antes, o céu que lhes iluminava o caminho era límpido e sem nuvens; tempos depois era avermelhado, e estrelas brilhavam como faróis. Havia mesmo chuva ao redor da estrada, cujas gotas não chegavam a tocar nos viajantes como se não quisessem incomodá-los. Naquele plano, tudo parecia inconstante.

– Por que as coisas, nesse plano, são assim, Nour-el?

– Elas assim o são efêmeras porque são geradas com formas-pensamento.

– E como isso funciona?

– Imagine que tu estás em teu corpo físico...

– Perfeitamente.

– Agora, pense em... qual o nome de teu alimento preferido?

– Me lembro de gostar de pizza, o que, inclusive, me traz fome.

– Não há fome! Tu não precisas alimentar-te nesta forma.

– Mas por que sinto a sensação?

– Pelo mesmo motivo que alguns espíritos não atravessam uma porta se ela estiver fechada, embora sejam intangíveis.

– Você quer dizer que a fome...

– A fome está na sua mente. Porque tu ainda acreditas que precisa de algumas necessidades do corpo físico.

– Não sei se consigo me desprender de conceitos do tipo tão facilmente.

– Imagine que tu estás no teu corpo físico. Não há nada à sua frente. Mas então imagine que um pedaço desse alimento está ali em um prato de porcelana. Imagine a textura. O cheiro e a temperatura. Visualize os detalhes da preparação e a sensação do gosto do alimento.

Ele visualizou um pedaço de pizza pepperoni, reforçando subitamente um desejo de que não necessitava.

– Tu vês que ela está em cima de um prato inteiramente branco, com alguns poucos detalhes em metal...

No plano físico, na cama onde repousava o corpo adormecido, o estômago de Mikael Santiago roncou. Se ali alguém estivesse, veria também a língua passar sobre os lábios, e, ainda que *dormindo*, ele resmungar onomatopeias de prazer.

– Imagine... – repetiu Nour-el, como uma ordem dada com educação. – Simplesmente imagine...

De repente, no meio da estrada, ela *surgiu*. Mikael não vira seu nascimento nem sua gênese, apenas vislumbrou o que, em um instante, não era nada; e em outro, um prato no chão com um pedaço de uma pizza peperonni em cima.

– Mas.. ma... ma... ma....

– Formas-pensamento... – disse o espírito andarilho, ainda andando pela estrada sem fim.

Mikael concentrou-se no que lhe fora dito. Ao colocar a concentração na explicação, porém, retirou-a do alimento imaginado. O resultado foi que tão rápido quanto surgiu, o alimento desapareceu.

– Não! Não! Não! – ele esbravejou, abrindo os braços sem saber o que fazer. – Sumiu antes que eu pudesse tocá-lo!

– Deixe de ser ridículo... – o espírito-guia resmungou, ainda caminhando sem olhar para trás.

Mikael se sentiu como a descrição anterior. Correu na direção de seu atual mentor.

– É que certos hábitos são difíceis de serem perdidos...

– Eu sei.

– Sabe, não é? – Mikael o observou de lado, querendo arrancar mais algum segredo daquele viajante.

– No momento certo, espírito – ele repetiu, feito um homem que sabe o que diz. – No momento certo.

– Mas, Nour-el, eu tenho outra dúvida!

– Sempre...

– Seria possível aumentar o tempo de uma forma-pensamento por aqui? Seria possível mantê-la *viva* por mais tempo?

– É claro! Assim foram formadas as Ilhas do Sonhar e todas as construções dos planos astrais. – Houve um suspiro, do tipo que um ser emite quando percebe que um outro não lhe alcança. – Voltemos ao exemplo do seu alimento...

– Certo...

– Imagine que tu estás numa sala, rodeado de cinco dezenas de pessoas. Tu descreves a elas como é o alimento de teus sonhos, e então todas elas se concentram para sonhar a mesma ideia. O resultado será que aquilo que viste nascer e morrer na velocidade de um pensamento ainda há pouco, tornar-se-ia então viva por muito mais tempo.

– Compreendo. Esse seria então o processo que também moldaria este plano?

– Sim. O local onde estamos indo agora é um templo nascido pelos desejos e sonhos de anos a fio das mesmas pessoas que te ensinaram a aqui estar.

– Os monges? Então estamos indo a...

– Ao equivalente astral do Templo do Silêncio.

Caminharam mais um pouco na estrada de mutação constante. E então, o que era árido começou a diminuir sua temperatura, embora apenas o simulacro de Mikael imaginasse sentir frio. E, de um instante para outro, o que era terra tornou-se gelo. E o que, em outro momento, era chuva, tornou-se neve. E ainda assim, eles caminhavam. E caminhavam.

– Mas... – Mikael cortou o silêncio precedido por um vento lento que sibilava. –... as pessoas que estão no templo... no templo físico, quero dizer! Elas estarão também lá?

– Não exatamente elas. Suas *consciências* estarão lá – ele observou de lado o caminhante. – Como a sua aqui está.

– Então elas estarão lá...

– Não seus corpos físicos...

– Seus corpos astrais estarão lá?

– Até mesmo esperando por ti.

Houve uma pausa, que não dizia tanto quanto parecia.

– Quando me tornei tão importante, Nour-el? – ele voltou a perguntar.

– Como?

– O que eu fiz para merecer tudo o que conquistei ou recebi? Até mesmo tudo o que represento no plano físico. Quando e o que foi que fiz para merecer até mesmo deuses reclamando o direito sobre meu próprio fio de prata?

– Tu não te lembras? – o albino perguntou e parecia de fato surpreso.

– Eu deveria?

– Pensei que te lembrarias na caverna. Na realidade, tu deves ter visto o momento, apenas não entendeste.

– Mas você não pode me dizer, se tem a resposta?

– Não será preciso. No momento certo, tu te lembrarás de tudo.

– Mas...

– Basta por enquanto teres a certeza de que teu espírito é antigo e, por muitas vezes, já caminhaste pelas estradas da Roda dos Mundos. Tu viste muita coisa, sonhador. Tu sonhaste na pele de muitos povos. E fora teu o espírito que fizeste o pedido desprovido de ambição mais ambicioso do mundo.

– Deus, eu não me lembro...

– E foi graças a esse pedido feito que ganhaste redenção de teus erros e tua maior evolução diante de teus semelhantes, a ponto de tornar-te até mesmo o maior de vossos inspiradores.

– Mas não me disse que fora Phobetor quem me deu fama? O ilusório? Que fora ele que me seduzira com uma proposta melhor do que a de Madelein?

– E fora. Mas mesmo um deus do Sonhar não pode dar a um mortal mais do que ele pode sustentar. Phobetor de fato moldara tua essência para o *deslumbre*. Madelein a teria moldado para a *responsabilidade*. Mas ambos moldaram uma energia que já havia em ti.

– E existe alguma entidade acima de tais deuses?

– Acima deles, apenas Hypnos, o pai. Uma entidade nascida há quatro mil anos na antiga Grécia. É ele o criador das leis aqui seguidas e regidas por seus filhos, e também por sonhadores que, neste plano, fazem suas visitas por todas as noites ao longo da eternidade.

– Se é ele o criador das leis deste plano, por que nada faz diante de uma guerra deflagrada por seus menores?

– Não posso te responder isso, viajante. Gostaria, mas não posso. Isso está além de meu conhecimento ou mesmo compreensão. A vontade e as atitudes dos deuses nem sempre são compreendidas pelos seres abaixo deles.

O gelo ao redor da estrada de poeira fez estalos. A temperatura que Mikael *ainda* imaginava existir aumentou. As árvores, de repente, começaram a degelar. O céu, que era escuro, de repente, ganhou luz. O vento, que sibilava lento, aumentou a velocidade. E o frescor.

– Onde Hypnos costuma ficar?

– Junto a seu irmão gêmeo Tanathos, deus da morte, observando o trabalho das eternas moiras gregas, dotadas de um poder anterior até mesmo ao império de Zeus.

– Quem são as moiras?

– As Filhas da Noite. As Fiandeiras, Senhoras do Destino. Alguns de teus poetas como Homero falavam de seus feitos, e alguns de teus campeões como Apolo e Orfeu as conheceram.

– Homero... – e Mikael se lembrou de seu empresário no plano terreno e sua frase esquecida.

– Estamos quase chegando...

– Quem são as três que citou, Nour-el?

– Cloto, Láquesis e Átropos. Já foram, na visão de teus escritores, belas donzelas. Na de outros; sinistras bruxas. Suas funções, porém, permaneceram as mesmas: são elas as responsáveis por continuar tecendo o comprimento do destino dos homens...

– E o que elas tecem?

– Fios de prata.

O ambiente mudou mais uma vez. Árvores ganharam cor, ganharam frutos e ganharam vida. Sementes germinaram em velocidade acelerada. O céu tornou-se laranja; e o sol, cor de fogo. Ao fundo, na energia do crepúsculo, arco-íris nasceram e morreram diante de piscar de olhos. Mikael, porém, ainda se concentrava nas informações que recebia.

– Cloto é a fiadora. É ela quem prepara o fio da vida. Láquesis é aquela que enrola o fio e sorteia o nome dos mortos. E, por último, Átropos, aquela que corta o fio da vida. São elas que definem o tempo de existência dos mortais e tecem o tamanho de seus fios de pratas. Nem mesmo Zeus ou Hypnos podem influenciar suas decisões, pois mesmo elas servem a entidades ainda maiores que eles.

Mikael não fez mais comentário. Nour-el parecia satisfeito em ver a evolução do viajante guiado.

– Falta muito para chegarmos?

– Só mais uma estação...

Somente quando disse tal afirmativa que Mikael então se deu conta. Ali onde estava, na estrada efêmera de terra e poeira, surgiam as estações trimestrais do ano, delimitadas pelos solstícios e equinócios terrestres. Ali, ele via que não seguiam uma ordem preestabelecida, mas se manifestavam de maneiras diferentes, submissas ao espaço e tempo daquele plano diferente. E foi então que, ao se dar conta disso, Mikael também se deu conta de que seu guia estava certo. De onde estava, ele próprio já podia avistar.

Ao fundo daquela estrada, havia um templo.

ANSATA

O gigante de dois metros e braços da envergadura de troncos de árvores manteve-se em posição de espera e defesa. Sentia-se *diferente*. Sentia-se mais livre. Sentia que o mundo girava mais rápido, embora o mundo não girasse e o tempo corresse diferente. O deus-fera mostrava-lhe caninos imensos, capazes de sugar elefantes. Mostrava garras que partiriam aço. Segurava uma espada capaz de destruir estrelas. Phobetor saltou de uma altura quatro vezes maior do que seu tamanho e desceu com a lâmina em um ângulo vertical. A espada descreveu um arco de prata violentíssimo. Ansata, em posição de contra-ataque, teve de desistir do contragolpe e posicionou a imensa maça espinhosa aguardando o choque.

O encontro das duas armas foi acompanhado de um estrondo.

Ansata foi empurrado para trás com a pressão. A bola de ferro da maça girou no ar, na horizontal. Phobetor esquivou-se e avançou novamente. A bola de ferro girou uma segunda vez e os espinhos se chocaram na face do deus menor. Soldados de Morpheus que ali ainda estavam urraram de prazer. O corpo de Phobetor foi arremessado para trás, rodopiando infinitas vezes no ar até cair e quicar no chão por duas vezes. Se estivesse em seus sinistros planos escuros, nos locais onde tudo era regido por sua própria vontade e imaginação, aquele sonhador – e agora apenas espírito – já estaria sofrendo torturas muito piores do que a de um urubu lhe comendo o fígado regenerado diariamente. Mas ele não estava. Estava nos planos de Morpheus; nos reinos de Morpheus. Isso o enfraquecia, mas ainda assim estava para nascer quem poderia desafiar o poder de um filho de Hypnos nos planos do Sonhar, sem se mostrar um igual.

Phobetor fincou a espada no chão. Curvou-se como um tigre antes do bote. E atacou. Ansata viu o ataque. Viu as garras à frente do salto do demônio-bicho, mas, de repente, nada mais. Sentiu um rasgo nas costas e gritou de dor. Sentiu um segundo nas costelas e envergou. Um terceiro na coxa o pôs de joelhos; um quarto pelas costas lhe perfurou os pulmões, ou o local onde ainda imaginava existir pulmões. Então, de súbito, ele sentiu sobre as costas o peso do Lorde Sombrio. Os imensos caninos desceram e se cravaram no pescoço do gigante guerreiro, dilacerando pedaços inteiros. Ansata gritou. Phobetor iniciou uma sucção grotesca da essência daquele espírito. Não havia forças, na verdade, não havia nem mesmo esperança. Até o medo emanado pelo espírito em angústia fortalecia o deus-fera.

Ao redor, outros sonhadores não sabiam como reagir. Ansata se debatia feito um epilético e cada vez mais se parecia com um emaranhado medonho e disforme. Ainda gritava. Desejava imensamente ainda possuir um fio de prata, um bendito cordão que o levasse de volta ao mundo desperto. Entretanto, seu destino já estava traçado, o cordão já estava rompido, e, de um momento para outro, não havia mais ego. Nem consciência. Nem Eu. Não havia mais nada. O espírito Ansata, que em muitos outros dias fora diversas personalidades ao longo da Roda do Mundo, não era mais um indivíduo, não era mais um único. Havia se tornado energia. Havia se tornado seiva em éter. Havia se tornado reles alimento.

MIKAEL / BELIEL

– Não vai entrar? – ele perguntou ao albino, à frente do templo.

– Depois de ti...

Mikael caminhou na direção da entrada do templo. Era uma construção formidável. A porta de entrada era retangular, com uma figura triangular na área superior e cores que misturavam azul-escuro e violeta. No chão, exibiam-se quadrados que variavam entre o branco e o dourado. As colunas que sustentavam os monumentos faziam um viajante se sentir pequeno. Ao fundo, uma voz suave alongava vogais em um canto lírico na linguagem de anjos. Ele *sentia* o toque. Era como se tudo fosse físico. E concreto. Via, revia e reparava nas cores. Caminhava leve como caminha um homem que se abstém da culpa.

A entrada era iluminada o suficiente para dar a Mikael a sensação de atravessar um portal. Os passos de Nour-el o acompanhavam. O espírito albino mantinha o sobretudo acinzentado, que quase tocava o chão, andava descalço e sem roupas debaixo. Seu duplo-etérico, contudo, era desprovido de órgãos genitais, assumindo uma postura andrógena. Ao passar da entrada, havia um tapete azulado, com runas e ideogramas bordados. Símbolos místicos de diferentes culturas se estendiam pelos cantos, gerando uma identificação imediata com quem ali entrasse. O católico repararia somente na cruz. O iogue; no OHM. O judeu; na Estrela de Davi.

Não importava, fosse qual fosse a visão envolvida, tornaria aquele local imediatamente sagrado.

A voz lírica ainda cantava a canção na língua dos anjos. Vitrais coloridos faziam a luz que entrava desenhar figuras multicoloridas. Havia degraus no fim do tapete azulado. Além de um grupo de pessoas diante de um altar.

Mikael virou-se para trás e olhou para Nour-el.

– O que devo fazer?

– Continuar...

Ao redor do altar, eles vestiam-se como monges. Cabeças baixas, mãos em prece. Sons que lembravam mantras. Logo, Mikael percebeu algo que o maravilhou. Ao redor daquelas pessoas, havia uma luz multicolorida que dançava por aquele salão, mas não uma luz de fora filtrada pelos vitrais, algo muito mais impressionante do que isso. Eram formas-pensamento emitidas por aqueles espíritos meditativos através de seus sete corpos. Era uma força mental. Era uma manifestação etérica. Era o espetáculo mais impressionante do mundo.

Possivelmente, o espetáculo mais impressionante daquele mundo.

Mikael sentia as formas-pensamento dos monges do Templo do Silêncio encostarem nele e o alimentarem, exatamente como um demônio faria com sentimentos menores. Como um vampiro psíquico faria com auras. Como um deus faria com fé.

– Aproxima-te – ordenou o monge no centro, e Mikael sabia que era Amit, o velho mestre. Naquela forma, parecia muitos anos mais jovem.

– Por anos, guiados por Madelein e tocados pelas nove Musas, esperamos este dia. Sentimos a presença inóspita de forças que perturbam este plano. Notamos a dificuldade de viajantes astrais em continuar seus trabalhos ou sofrerem a influência de energias, além de sua atual compreensão. O fato é que tudo que nos fora dito, fora feito. Tudo que nos fora passado, fora concretizado. Hoje muitas formas-pensamento se despedaçam como uma taça. A natureza passou a trabalhar contra o homem, no momento em que o homem passou a trabalhar contra ela. Os deuses passaram a guerrear contra os homens, no momento em que os fiéis guerrearam contra a própria fé. Mas como conseguirmos um ponto de real modificação nesta guerra? Por anos, nós procuramos por essa resposta e apenas muito depois a encontramos. A verdade é que, ao redor de ti, brilha uma aura de essência poderosa. Teus sonhos despertos tocam a alma de milhões de acordados. Tua inspiração gera alento até mesmo ao medíocre, que pode se tornar grande simplesmente com uma frase tua, ao assistir a um ato teu. E, por isso, é fato que tu tens por todos eles grande responsabilidade. Não à toa, és tu forte o suficiente para invadir círculos do Inferno em prol de outro espírito, pelo qual tu também és responsável. Tu és a única alma terrena, afinal, capaz de seguir o mesmo caminho percorrido por Orfeu. E, acredite, ainda que agora não entendas, mesmo isso *também* faz parte dos planos de Lady Madelein para salvar os sonhos despertos dos homens acordados. Mas, neste momento, ajoelha-te sonhador. Sabemos de tuas dúvidas e vamos saná-las. É hora de tu lembrares por que és tu tão especial, por que és tu o escolhido dentre sete bilhões de fios de prata, por que és tu o sonhador mais poderoso de toda o orbe terrestre...

O espírito que *estava* Mikael Santiago se pôs de joelhos. Palmas foram viradas em sua direção.

E a ele, a resposta que tanto procurava, enfim aconteceu.

PHANTASOS

Os olhos de felino observavam outros milhões que destruíam ou eram destruídos. Em uma parte do céu, seus elfos alados galgando como enxames iam derrubando ou sendo derrubados por outros milhares de demônios em formas de morcegos. Milhões de flechas ainda percorriam esporadicamente o infinito campo de batalha. Escudos ribombavam diante do toque de espadas amaldiçoadas por feiticeiras. Lanças encharcadas em sangue venenoso de aranhas batiam de frente com escudos protegidos por runas hiborianas.

Mais uma vez houve o urro do dragão negro. Phantasos havia visto Phobetor cavalgar a imensa forma-pensamento até o alto da torre do castelo de Morpheus, e sabia o quanto a presença daquela entidade era nociva para os sonhadores inimigos. Aquela era a maior, mais poderosa e mais assustadora contração energética que já havia tomar forma do imaginário coletivo terrestre. Uma entidade travestida de medos, receios e horrores do inconsciente humano, espalhando sua mensagem em um campo de sonhos esmagados. Viu-o abocanhar, em três descidas ao solo, mais soldados do que conseguiu contar. Sonhadores foram destruídos a dentadas, e consciências retornaram ao outro plano imediatamente da forma mais traumática possível.

Quando retornavam.

A cauda volumosa e pesada tremelicava e remexia, varrendo soldados. Havia novos saltos e mergulhos, e garras capazes de decapitar dinossauros partiam corpos astrais de elfos alados. De vez em quando, as asas de anjos eram arrancadas em meio adentadas. E no meio de golpes e mais golpes, e de mais outras centenas de golpes, na arena de guerra, Phantasos sofria na própria essência ao ouvir os gritos de elfos despedaçados no embate.

Se estivesse em seus planos, nos reinos de Phantasia, Lorde Phantasos poderia banir aquela entidade com um simples pensamento. Mas, ali, eram os planos frutos dos desejos de seu irmão, e desde que Madelein trocara de lado, rei Morpheus se mostrava enfraquecido, sem metade do poder de seu auge. Na verdade, não era mais capaz de banir um igual das próprias terras.

Os olhos felinos com tatuagens de prata visualizaram mais uma vez o voo do dragão. Temores nasceram no instante em que reconheceu o som oriundo de Balerion, anunciando o momento da consequência explosiva. Fumaça começou a sair de seus poros, na tentativa de minimizar o calor na estrutura interna. O corpo se posicionou como se fosse vomitar de forma brusca. E foi então que aconteceu uma das visões mais incríveis, e ao mesmo tempo mais terríveis, de qualquer reino dotado de fantasia.

A manifestação do sopro de um dragão.

Um rastro de combustão instantânea incendiou o campo de batalha com fogo preto, queimando elfos e sonhadores terrestres e varrendo centenas de carbonizados para longe em segundos. Muitos sonhadores élficos, cujos corpos astrais não foram atingidos, ainda assim acordaram subitamente em suas cidades suspensas, esbaforidos. Os acordados contariam ao longo daquele dia que jamais tiveram sonhos tão vívidos.

O dragão negro inspirou novamente para recomeçar a baforada de fogo, fumaça e destruição. Lorde Phantasos ergueu-se na sela de seu corcel e manteve a cabeça baixa, alheio ao que acontecia ao redor.

Foi quando a parte traseira da armadura élfica começou a sofrer uma mutação.

Dois buracos nas costas surgiram aos poucos e cresceram o suficiente para que um par de asas poderosas eclodisse. Asas de arcanjos de vários metros de largura, nasceram no corpo de éter sublimado. Um deus fantástico então subiu aos céus diante da imaginação de seus sonhadores. Cem mil elfos alados ainda resistentes avançaram na direção do dragão. E escutaram a voz de Lorde Phantasos ordenar:

– NÃO!

O avanço de cem mil lâminas foi interrompido.

– Ele é meu... – a voz ferina ordenou.

Os imensos apêndices membranosos se agitavam fluentes com o movimento do vento, planando o deus felino através de uma armadura com escritos em Quenya. Parado e bambeando em pleno ar, posicionou-se diante de um dragão-rei negro, armado com uma espada de lâmina grossa forjada por um deus menor anão.

– Ele é meu.

MORPHEUS

Estava na sala de seu trono. Qualquer área ao redor do castelo havia se transformado na maior arena de guerra que um plano físico jamais suportaria. Mesmo em seu salão real, e em seus outros compartimentos internos que não necessariamente seguiam leis físicas, seres demoníacos de essências destrutivas invadiam e brotavam como larvas. Alguns, mesmo com a forma de larvas. Kobolds – seres do tamanho e com a aparência que um cão teria, se andasse em duas patas – exibiam garras e caninos, enquanto eram dizimados por sonhadores. Se o Sonhar não estivesse em guerra, seria admirável notar o poder inconsciente de transformação em tais soldados adormecidos. Pois se no plano físico, por exemplo, tinham pouco fôlego e gordura em excesso, ali se mostravam cavaleiros esplêndidos com corpos trabalhados para a guerra. Se a visão era prejudicada em vida, ali possuíam uma visão além dos 180°. Muitos eram, naquele plano, e naquela guerra, as mesmas personalidades que sonhavam e adquiriam em seus imaginários mais fantásticos, fossem essas narrativas solitárias ou compartilhadas e interpretadas em grupo. Guerreiros implacáveis. Sonhadores fiéis. Sonhadores que acreditavam no Sandman.

Podia-se escutar, do lado de fora, os guinchos do dragão negro. Observou além das paredes e percebeu o furioso sopro do dragão. Por mais enfraquecido que estivesse, tudo ali ainda era ele. Ele via tudo. Ele ouvia tudo. E sentia tudo. Da inocência perdida por oníricos até o cheiro da carne queimada, provocado pela queima do rastro de fogo preto.

Rei Morpheus se posicionou no centro do salão. As paredes ao redor possuíam telas gigantescas que ocupavam toda a sala, pintadas e assinadas por visitantes como Dave McKean e Charles Vess, que realizavam obras como aquelas para o Mestre dos Sonhos, quando adormecidos, em troca de inspiração, quando despertos. Imagens surrealistas pipocavam e pareciam mudar de local cada vez que alguém olhava para o lado. Era possível encontrar desde homens engravatados com cabeça de aquário e peixes no lugar dos olhos até árvores com faces sombrias que lembravam máscaras.

Rei Morpheus ainda as observava, esperando.

De súbito, uma das portas de aceso ao cômodo foi demolida. Orcs grunhiram ao entrar, destroçando esqueletos que protegiam o deus dos sonhos terrestres. Sonhadores em corpos de soldados se posicionaram ao redor dele e protegeram seu mestre.

Foi quando elfos que pegavam fogo do lado de fora escutaram trovões. O céu de pouca luminosidade, em segundos, tornou-se breu. E nuvens densas despejaram pesadas gotas de chuva nos guerreiros em terra. E nos guerreiros nos céus.

Morpheus sabia que Lorde Phantasos iria enfrentar a forma-pensamento mais assustadora do Sonhar. Mas sabia também que não poderia ajudá-lo, pois, dali de onde estava, sentia a aproximação do *outro*. E, mais do que isso, sentia a aproximação do inevitável. O fato era que o acerto de contas entre os dois deuses irmãos que se odiavam estava na iminência de acontecer.

O resultado decidiria a coroa de todo o Sonhar.

MIKAEL / BELIEL

No princípio era o Verbo, e o Verbo estava com Deus, e o Verbo era Deus. Ele estava no princípio com Deus. Todas as coisas foram feitas por ele, e sem ele nada do que foi feito se fez... E o Verbo se fez carne, e habitou entre nós, e vimos a sua glória, como a glória do unigênito do Pai, cheio de graça e de verdade. (João 1.1-3,14)

Mikael era apenas...

VISÃO

Estava em uma montanha. Um local de cheiro fétido e entranhado com energia pesada. Um local de mortes e execuções. Havia sido acompanhado por soldados romanos obedecendo ordens de seu imperador Pôncio Pilatos, sempre onipotente e destituído de limites sobre o próprio poder. Naquela visão, era – ou *estava* – um senhor entre a casa dos 50 e 60 anos, e o corpo velho sofria em dobro a dor dilacerante do momento solitário e aterrorizante. Aquela era a montanha de Gólgota. E era lá o local escuro, de execuções. De condenações.

E crucificações.

Dentre lembranças vagas e gritos incertos, mantinha a certeza de possuir um nome do qual não se lembrava. Sentia os braços presos, quebrados e moídos. Muito pior, contudo, era a dor lacerante que aumentava e aumentava e aumentava, oriunda de pregos enferrujados banhados de seu próprio sangue, que lhe atravessavam mãos e pés até penetrarem na haste de madeira. Uma dor tão aguda, que impedia de respirar a cabeça pendida sobre o peito. Marcas nas costas em carne viva ardiam entrelaçadas com vermelhidão, crostas e pus. Eram marcas traumáticas, recebidas das mãos de carrascos encapuzados em flagelações promovidas com instrumentos de tiras de couro. Aos poucos, ainda que preso ao corpo cansado, Mikael – ou seja lá qual fosse seu nome – lembrou-se da prisão onde recebera as marcas. Uma prisão pública. Um cárcere hierosolimitano. Uma masmorra em cujo chão se espalhavam marcas de sangue; nas paredes, concentração de urina; e nos cantos, excrementos. Fora preso nu, com correntes pelos pulsos e tornozelos.

Apesar de estar na Judeia, não era judeu de nascimento. Alguns como São João Damasceno diriam no futuro que era de origem egípcia. A verdade, porém, é que era mesmo um palestino. E do tipo perigoso. Praticava delitos no deserto, de passagem para o Egito e, além de ladrão, mantinha o crime de fratricídio na ficha criminal. Era um ladrão de princípios, porém, se isso diminuía alguma culpa. Mostrava-se um facínora violento, e que curiosamente não matava nem velhos nem mulheres nem crianças, não se lembrava bem do porquê disso.

De uma coisa se lembrava, porém. Em seu passado, em uma época anterior aos seus 25 anos, estivera em seu local habitual de interceptação na passagem pelo deserto, na entrada do Egito. Esperava há algumas horas pelas próximas vítimas. Ainda assim, era um veterano no que se propunha, fruto da triste tradição herdada de uma família ladina. E ali, debaixo do sol escaldante, a espera parecia, a cada hora, maior. E maior. A temperatura do corpo à espera de adrenalina no deserto fazia com que os pensamentos entrassem vez ou outra em colapso e lhe agitassem a paciência.

O caso foi que, em seu tortuoso caminho, cruzou, de forma inesperada, uma família debilitada, cansada e assustada, em uma fuga alucinada e imprecisa à mercê da famigerada ira de Herodes. Sob as pontas de sua lâmina e da de seu parceiro, os três andarilhos fugitivos foram interceptados pela dupla criminosa. O normal teria sido que ele e o parceiro entregassem os fugitivos por qualquer recompensa pequena, ou mesmo arrancado o dinheiro do homem apavorado à frente da mulher e do filho. Essa era a vontade e a decisão de seu parceiro, mas que, curiosamente, naquele dia não foi a dele. Não havia explicação racional dentro de tal ótica para o que se deu a seguir, mas o esdrúxulo resultado final desse encontro foi que, por quarenta drachmas, ele próprio comprou a não interferência de seu comparsa, para permitir que aquela família passasse sem ser molestada.

Aquele ato inexplicável mudaria o mundo.

Mais tarde, depois de mais de trinta anos na bandidagem, foi pego em Jericó. Lá foi julgado por Pilatos e, então, levado para Jerusalém, onde seria, ao lado do parceiro, crucificado. Por isso, naquele momento, sentia os braços quebrados em meio à podridão do mesmo silêncio que antecede a morte desonrada. Ao redor, as cruzes e as mortes não se mostravam padronizadas. Algumas vítimas estavam de ponta-cabeça. Outras com as partes genitais empaladas. Percebiam-se os abutres rodeando o cenário, à espera da transformação de homem fraco em carniça. E lembrava-se do Deuteronômio 21.23, conforme previa entre os judeus o Torá: *porquanto o pendurado é maldito de Deus.*

Então se deu conta finalmente de que fora ali, fora ali que ele se vira em uma de suas visões, quando estava na caverna, antes de ficar frente a frente com seu duplo perverso. [*no plano em que o ser humano é múltiplo*]. Era ali, pendurado em uma haste por pregos, que seu futuro destino fora traçado. E que, naquele momento, ele entendera. Estava à direita de um sofrido crucificado. Um homem de energia pura, e força atrativa tão poderosa, que coletava espíritos até mesmo próximos da morte.

Porque o homem na cruz era o Verbo.

E o Verbo era o Cristo.

E era a hora terceira, e o crucificaram. (Marcos 15.25)

Nove horas da manhã, Pôncio Pilatos ordenava que colocasse uma placa acima da cabeça do condenado.

Uma coroa de espinhos lhe cortou a cabeça e lhe escorreu sangue no rosto.

No deserto da entrada do Egito, ele relembrava os rostos. E tentava justificar merecimentos.

Quando me tornei tão importante, Nour-el?

Existem pequenos atos capazes de coisas assim.

Tu, que destróis o templo, e em três dias o reedificas, salva-te a ti mesmo. Se és Filho de Deus, desce da cruz. (Mateus 27.40).

Soldados e transeuntes ridicularizavam o crucificado entre ele e seu parceiro. Humilhavam sua dita autoridade. Depreciavam seu orgulho. Feriam seu ego. Desdenhavam de sua honra. Ofendiam sua vaidade. Mas não havia autoridade. Não havia orgulho. Nem ego. Nem honra. Nem vaidade. Não havia nem mesmo ódio ou rancor.

Isso era o mais difícil de compreender. Compreender como um homem comum poderia receber doses de escárnio, rancor e ódio.

E, ainda assim, devolver amor.

– Eli, Eli, lamá sabactâni – foi o que o crucificado com a coroa de espinhos gritou ao meio-dia.

"Deus meu, Deus meu, por que me desamparaste?".

Ao lado direito, o espírito que hoje estava Mikael Santiago nunca havia sentido a presença de algo bom tão perto de si.

Outros crucificados uniram-se aos coros dos que denegriam o Verbo. E Mikael os escutava. Foi quando o parceiro de crime, aquele que estava à esquerda do Cristo, afirmou com veemência em tom de desafio:

– Se tu és o Cristo, salva-te a ti mesmo e a nós outros...

Ele reconhecia como nunca. [*na realidade, tu deves ter sim visto o momento, apenas não te recordaste, nem entendeste*]. Todas aquelas emoções voltaram a pulsar enquanto ele reconhecia não apenas a situação, mas as pessoas. [*tu viste muita coisa, sonhador*]. E reconhecia até mesmo a si. [*teu espírito é antigo, e por muitas vezes já caminhaste pelas estradas da Roda dos Mundos*].

Foi quando o nome do homem que blasfemava à direita do Filho de Deus lhe veio à garganta e, no plano físico, seu corpo adormecido sussurrou um nome.

– Gestas...

A placa acima da cabeça do crucificado colocada por ordem de Pôncio Pilatos dizia: *Jesus de Nazaré, Rei dos Judeus.*

Dentro do âmago do crucificado havia medo, mas, ainda assim, havia amor.

– Nem ainda tu temes a Deus estando no mesmo suplício? – fora o que perguntara, com a pouca voz dos pulmões fracos, ao comparsa. – E nós, na verdade, sofremos o que é justo porque estamos recebendo o castigo merecido de nossas obras. Mas este não fez mal algum...

Os condenados se calaram. E a alma que estava Mikael Santiago soube então quem *foi* naquele momento. Era ele o violento. [*Beliel... você é Beliel...*]. O assassino. [*porque são de pessoas santas como tu que nascem os duplos perversos como eu*]. O sonhador. [*fora tu a alma que fizeste o pedido desprovido de ambição, mais ambicioso do mundo*].

Era ele. [*quando e o que foi que eu fiz, afinal de contas, para merecer até mesmo deuses reclamando o direito sobre meu próprio fio de prata?*]. Era ele o ladrão crucificado. O santo assassino.

Era ele Dimas. [o *bom ladrão...*].

Era ele *também* Dimas.

Foi quando ele fez o *pedido*. O bendito pedido que iria escolhê-lo para influenciar futuramente todo o destino da humanidade. [*e foi graças a este pedido feito com o coração puro que ganhaste redenção de teus erros, e tua maior evolução diante de teus semelhantes a ponto de se tornar até mesmo o maior de seus inspiradores*].

– Senhor, lembra-te de mim quando entrares no teu reino...

Havia sido feito o pedido do único santo crucificado com o Cristo. Do único santo morto como o Cristo. Do único homem a ser seu advogado no leito da morte. O único pregador da Divindade do Filho no Calvário. Capaz de pedir ao próprio Filho que aceitasse a entrada de um ladrão e assassino em seu Éden, sem qualquer julgamento diante de um júri religioso.

Havia ali se manifestado o maior pedido já imaginado por um espírito na existência humana. [*em outras palavras, você é sonhador mais poderoso do orbe terrestre*]. A resposta ratificava a magnitude da consequência:

– Em verdade, te digo que hoje estarás comigo no Paraíso...

Havia sido consagrado o maior sonho desperto da história da humanidade.

LARISSA TAVOLARO

Larissa, ainda na clínica psiquiatra, tentava dormir no pequeno sofá. Ela não sabia bem o porquê, não sabia se era apenas por preocupação e tristeza pela morte de um de seus pacientes, mas era um fato concreto que não conseguia dormir. Não naquela noite. Não diante daqueles pesadelos.

Noites difíceis traziam sonhos ruins.

PHANTASOS

O deus ferino ainda flutuava, amparado pelo par de grossas asas negras em agito. Planava em um céu escuro, de onde grossos pingos de chuva caíam de nuvens poderosas e molhavam o campo de batalha. Ao redor, elfos alados encharcados pela chuva testemunhavam o futuro embate. À frente, como uma locomotiva sem freios, aproximava-se, em velocidade sobrenatural, o onipotente dragão negro Balerion. Era aquele ser uma das formas-pensamento mais poderosas e sombrias já criadas pela psique humana em mais de dois mil anos de existência, pós-vinda do Cristo, a ponto de servir como montaria ao deus do pesadelo. A serpente negra rosnou, assustando sonhos infantis. Trovões ribombaram ao redor dos alados. Lorde Phantasos se manteve imóvel, aguardando o impacto. Elfos sentiram dentes rangerem e corações se apertarem.

Dois rastros gingaram pelo ar e, ao se cruzarem, eles viram a imensa bocarra com fileiras de dentes descomunais se fechar sob a figura do Lorde Luminoso. A dentada, contudo, passara direto pelo ser alado que a desafiava, como se fosse o deus elfo um fantasma. Phantasos tornara sua forma ainda mais efêmera que a energia necessária para a manifestação de um pensamento. Ainda mais sublime do que a matéria-prima necessária para gerar as formas do Sonhar. E, aproveitando o mesmo ambiente, preparou suas armas.

Naquele momento, uma mulher que, na Coreia do Sul, dedicava a vida à ecologia sonhou com um mundo de árvores salvas na Floresta Amazônica.

Capturando para si a força de tal sonho, Lorde Phantasos gerou um arco élfico de cordas grossas.

Um universitário suíço desejou concretizar um projeto revolucionário que contribuiria com o desafio de se enfrentar a escassez da água potável no mundo.

Dessa esperança, Phantasos gerou uma flecha.

O sáurio virou-se no ar e voltou a correr em velocidade crescente em sua direção. O braço divino puxou as cordas. E liberou a seta. A flecha viajou em velocidade sobrenatural até se cravar no imenso olho da criatura. Um estrondo de dor de um dragão percorreu todos os planos do Sonhar e chegou a ser ouvido por humanos despertos no plano físico. Phantasos avançou contra a fera com a poderosa espada em punho. O rosto ferino ganhou formas de besta e as asas se agitaram em velocidade crescente. As mãos apertadas ao redor do cabo. O olhar fixo no pescoço inimigo. A lâmina foi armada para um golpe em meia-lua. E então uma cauda de mais de dez metros de comprimento estalou no ar e arremessou o deus fantástico para trás em um movimento torto. O acertado percorreu quilômetros nos céus, caindo como um meteoro no meio de um combate brutal entre uma legião de fantasmas orientais onis e algumas tropas de guerreiros samurais. O rosto do deus-ferino afundou em um poço de lama, e o impacto foi uma imensa vibração, que estremeceu aquelas terras.

No plano físico, em um mesmo momento, centenas de sonhadores japoneses arrepiaram-se em suas camas. Outras dezenas acordaram de forma brusca e, sem conseguirem novamente dormir, resolveram rabiscar desenhos despretensiosamente. Dezessete mangás envolvendo personagens sombrios enfrentando forças sobrenaturais nasceram daquela inspiração naquela noite.

Doze deles virariam animes populares da televisão japonesa.

Um se tornaria uma verdadeira febre mundial.

Um deus raivoso rugiu ao se recuperar, erguendo-se. A lama no rosto foi limpa pela chuva. Relâmpagos piscaram. E Lorde Phantasos subiu furioso aos céus novamente, feito um cometa em um movimento antigravitacional. Elfos alados tentavam enfrentar o gigantesco dragão-negro, que parecia cada vez maior. As carcaças, porém, eram desintegradas ao serem rasgadas por dentes pontiagudos gigantescos ou perfuradas por garras afiadas que lhes destroçavam os membros. Alguns como braços e pernas sem donos, agitavam-se em movimentos trêmulos entre dentes afiados e manchados de sangue, como pedaços de corpos astrais não engolidos.

No meio de uma descarga elétrica acompanhada de um relâmpago e um trovão, o deus elfo ressurgiu na forma de um risco no ar em velocidade crescente. Balerion armou sua cauda mais uma vez. Os corpos cada vez mais próximos. Até o poderoso encontro acontecer, embalado por chuva, gritos, receio e caos.

– É hoje... – a mão do deus fantástico cravou os dedos e apertou o imenso pescoço sáurico de placas infinitas. O animal não deveria estar sentindo aquilo. Mas estava. – É hoje que eu vou destruir tua existência, essência maldita!

O bicho abriu a bocarra. Uma língua negra esticou-se e enrolou-se ao redor do deus fantástico. Ao lhe comprimir o tronco, Lorde Phantasos sentiu o mundo – e a fé de seus seres fantásticos – parecer menor. A espada caiu das mãos e desceu os quilômetros abaixo em velocidade, perfurando a cabeça de um gremlin distraído na queda. Mais um relâmpago piscou, fotografando a cena. Elfos alados vieram em velocidade, na intenção de ajudar seu rei.

– NÃO! – a voz nasceu mais uma vez do fragor. Uma legião de elfos alados recuou.

A bocarra do dragão abriu ainda mais para que a língua trouxesse o alimento. A mandíbula se esticou para descer feito uma guilhotina. E, de súbito, a língua negra foi perfurada em tantos pontos diferentes, que a criatura praticamente cuspiu o deus élfico. Soldados observaram um deus erguer-se onipotente novamente no céu escuro e chuvoso.

E viram os espinhos pontiagudos nascidos na armadura élfica, lembrando as projeções de um ouriço.

Sangue de dragão se esparramava por todo o corpo de Phantasos. O sangue negro também foi lavado pela chuva.

– Ele é meu!

A serpente começou a se debater, como faz uma cobra quando lhe cortam um pedaço. Urrava agudo. Agitava-se para diversos lados e cuspia um sangue negro que insistia em se formar na boca, lembrando um pequeno lago de águas barrentas e escuras. Lorde Phantasos aproveitou o momento para se concentrar em sua arma. A espada caída não viajou por quilômetros até sua mão, mas, simplesmente, apareceu de volta onde deveria sempre ter estado. Entretanto, formas-pensamento obscuras costumam se tornar mais forte a cada momento, pois o são bem alimentadas nos planos terrenos. E por isso, enquanto Phantasos se concentrava para fazer retornar sua arma a si, aquele instante foi suficiente para que um poder sombrio se alimentasse e se fortalecesse.

Foi o instante em que o rei dos dragões negros recuou, e os olhos acenderam.

O pescoço foi jogado violentamente para trás. A cabeça acompanhou e se esticou com o movimento brusco. Aquela região do Sonhar ficou, de súbito, surpreendentemente mais quente. Lorde Phantasos viu a combustão nascer na garganta demoníaca, ignorando inteiramente a queda da chuva. E tremeu diante da visão.

Era a hora de mais um sopro furioso de um dragão-rei.

PHOBETOR

Cada vez mais poderoso. Cada vez mais suas ações, e as ações de seus exércitos, alimentavam esse poder. Em sua forma vampiresca, ainda rasgava duplo-etéricos em velocidade destinada a deuses. Arremessava soldados como bolas em pinos e, vez ou outra, um sonhador que não iria mais acordar no plano físico tinha a garganta perfurada por caninos que lhes sugavam força vital.

Um soldado vestindo o negro lhe desceu uma espada sobre a cabeça. Phobetor segurou a lâmina como se fosse ela maciça. Da mão que segurava a lâmina, escorreu sangue vermelho-escuro. Phobetor lambeu o próprio sangue, e o soldado se aterrorizou com a visão grotesca. Foi também a última que teve antes do demônio lhe perfurar o olho direito, e ele ser arremessado violentamente à própria cama no plano físico, suando e gritando como um insano.

Em Londres, um garoto de apenas nove anos acordou assustado com a mão no olho, gritando o nome do pai. Em seu armário, havia um boné promocional de um livro, autografado por George R.R. Martin.

Phobetor descia as escadas dilacerando gargantas. Um corredor com quadros pintados à mão por visitantes como Delacroix, Degas, Munch e Lichtenstein enfeitavam paredes. Soldados surgiram no formigueiro que se tornara o corredor estreito. Phobetor mostrou-lhe os dentes. As pupilas escuras perderam a cor, e os olhos ficaram negros. A mão esquerda ergueu-se e desceu violentamente no piso. Uma parte do telhado acima dos soldados desabou. A mão direita cravou os dedos em uma pilastra próxima e, tratando-a como se fosse um artifício cenográfico, arrancou-a do lugar e arremessou-a na legião de inimigos. O telhado acima desafiou as leis físicas e simplesmente se recusou a desabar como o outro.

Havia inúmeros salões naquele castelo. Muito mais do que se poderia imaginar visualizando o castelo por fora. Ainda assim, Phobetor sabia onde se localizava o salão real do trono de Morpheus. Podia sentir, como um predador sente a aproximação da presa. Phobetor corre na direção do segundo salão, avançando na direção de uma parede, a princípio, sólida. A estrutura sofreu uma intensidade poderosa e se destroçou.

No novo cômodo, quinhentos soldados de Morpheus enfrentavam dezenas de aranhas do tamanho de três homens de mãos dadas que haviam escalado aquelas torres, nascidas do medo despejado no astral por aracnofóbicos. Phobetor ignorou as criaturas, como ignorou os soldados que ali digladiavam, e correu na direção da parede ao fundo.

Mais uma vez, tijolos se esfarelaram.

No novo local, homens vestidos com kimonos aplicavam golpes traumáticos em homens vestidos com roupas de sombras e olhos vermelhos debaixo de capuzes. Ainda guiado por um senso de direção predatório, Lorde Phobetor, de repente, subiu seis metros acima do chão e desceu com violência. O chão onde estava EXPLODIU. O deus-demônio desceu com brutalidade, parando quase cem metros depois, cravando os pés no chão do salão abaixo. Um salão no qual ele sentia a emanação buscada. Um gigantesco cômodo de honra.

Uma magnânima Sala do Trono.

No local caótico e confuso, centenas e centenas de soldados enfrentavam centenas e centenas de formas grotescas, aglomeradas uma por cima das outras como baratas. Tudo formava uma imensa massa de combate sem identidade, observada unicamente por uma entidade inatingível.

– É hora de nosso acerto de contas, irmão menor!

Lorde Morpheus saiu do próprio transe e encarou o irmão raivoso.

– Nem imaginas quanto tempo sonhei com isso, Lorde Escuro...

Um trovão estalou, feito um gongo. Para iniciar aquele confronto, nem teria sido preciso.

MESTRE AMIT

– O que é ela?

– Uma Masamune.

Nas mãos de Mikael, uma espada longa de detalhes orientais tomava forma, com o gume em apenas um dos lados e a lâmina ligeiramente curva. Na verdade, uma legítima katana japonesa com detalhes trabalhados. Ele a tocava em diversos pontos para sentir a densidade e sentir que estava realmente ali.

Ao redor dele, ainda havia os monges.

Imagine que tu estás numa sala, rodeado de cinco dezenas de pessoas. Tu descreves a elas como é o alimento de teus sonhos, e então todas elas se concentram para sonhar o mesmo sonho que ti.

Os mesmos cujos corpos físicos estavam naquele momento no grande salão do Templo do Silêncio em total estado meditativo, dando vida à mesma arma que ele empunhava.

O resultado será que, aquilo que viste nascer e morrer na velocidade de um pensamento ainda há pouco, tornar-se-ia então viva por muito mais tempo.

Uma espada formada de energia de pensamentos concentrada.

– Que espada é esta? – ele perguntou.

– Uma espada inspirada a esta ordem por sua própria adoração divina. A mesma cuja forma foi trazida a nós por Madelein hoje, assim como um dia o foi por ela inspirada a Masamune Okazaki...

Masamune Okazaki. Gorō Nyūdō Masamune. Um nome que representava uma lenda.

Para Lady Madelein e suas Musas, um de seus melhores sonhadores despertos.

Para a história japonesa, o lendário criador da katana de três punhos, fundador da escola Sōshū de artesãos de espadas e o maior mestre ferreiro de todos os tempos.

Espadas japonesas costumam usar como referencial o termo *shaku*, que equivaleria a trinta centímetros. Quando uma lâmina é menor do que um *shaku*, ela passa a ser considerada uma *tanto*. Quando é entre um e dois *shaku*, como a *wakizachi* e *kodachi*, torna-se uma *shoto*. Quando a lâmina possui um comprimento maior do que dois *shaku*, ela passa a ser considerada uma *katana*.

Se a lâmina tiver de quatro a cinco *shaku*, ela é considerada uma Masamune.

– Então essa espada seria uma inspiração criada por vocês?

– Nós não a criamos. Nós geramos uma cópia astral, graças a uma orientação.

O espírito de Mikael inflou. Sentiu uma sensação queimando onde seria o abdômen. Uma sensação intensa. Sentia-se agradecido. Inexperiente. Consciente. Não merecedor da glória ou da chance, mas, ao mesmo tempo, sentia-se forte o suficiente para suportar a própria redenção.

– Mesmo nesta forma, tal espada parece ter vida própria...

Mestre Amit prosseguiu relatando:

– Diz a lenda japonesa que certa vez o mais rico dos *daimyo* promoveu um concurso para decidir o melhor armeiro do Japão. Os finalistas foram Masamune e Murasama. Masamune era conhecido por ser um homem honrado e bom, por acreditar que um samurai deveria impor a paz apenas com a própria presença, sem a necessidade de luta. Por isso transmitia a crença de que suas espadas traziam serenidade. Já Murasama era conhecido por ser um homem vil e violento, cujas espadas de pequenos detalhes serrilhados adoravam a guerra e pediam por sangue. Para definir o vencedor, as espadas dos dois mestres foram mergulhadas em um rio para se verificar qual o fio mais cortante. O resultado foi que as folhas que flutuavam para a lâmina de Murasama eram perfeitamente cortadas, com as metades continuando a flutuar sem interrupção...

– Murasama ainda assim não foi sagrado vencedor? – perguntou Mikael.

– Não, apesar disso, o vencedor foi Masamune. Sua katana se mostrou tão poderosa, que possuía seu próprio *ki*. O seu próprio espírito. Com isso, as folhas no rio se desviavam para evitar sua lâmina...

– Uma espada pode carregar um legado de tal porte?

– A espada nunca foi a alma de um guerreiro. A alma do guerreiro sempre foi a espada. Diz-se que o violento *daymio* Oda Nobunaga um dia recusou uma Masamune presenteada, acreditando que ela acabaria por matá-lo ao não se mostrar digno. Tais espadas se mostravam nefastas a sanguinários, por serem forjadas para a paz.

– E serei eu mais digno do que ele?

– Seus atos falarão por ti. E descobrirá se terá apoio ou traição da arma que empunha.

Mikael posicionou-se diante de Amit. Um joelho erguido, outro tocando a terra. Estava entregue à causa. Pôs-se de pé seguindo as instruções. Os braços estendidos ao lado do tronco. Os pés unidos. A cabeça pendendo para trás. Três monges foram até ele e limparam seus chakras.

– Neste momento, você não está mais Mikael ou Beliel. Nem mesmo mais quem um dia foi Dimas. Você agora se torna apenas a denominação de Aquele Que Serve a Algum Uso Sagrado. Do sinônimo de Essencialmente Puro. De Soberanamente Perfeito. Seu espírito se iguala aos conceitos da arma sagrada que empunha. E é você agora apenas *o Santo.*

O viajante ergueu a cabeça. Muito se ergueu com ele.

– Agora vai e cumpre a missão para a qual aqui veio. E vai com a certeza de que suas ações fazem parte de um plano maior traçado – definiu mestre Amit.

Ele aquiesceu.

É hora de você ser.

E se dirigiu ao guia albino:

– Chegou a hora, Nour-el – o guia também sabia. – Enfim, Eu Sou...

A katana de três punhos acendeu seu ki. O brilho iluminou os cantos daquele salão.

– É hora de você enfim me guiar até a entrada dos círculos do Inferno.

MADELEIN

– Minha irmã?

– Sim. Enfim chegou a hora...

59

PHANTASOS

O rastro de fogo preto incendiou os céus. Uma imensa mancha, que lembrava o rastro deixado por um míssil, percorreu com violência e alto poder destrutivo na direção de um único adversário. Em segundos, aos olhos humanos, elfos alados que observavam a luta foram queimados com o movimento do fogo disperso no ar em diferentes direções.

Em uma aldeia chamada Lorshe, um elfo acordou gritando o nome de uma das filhas. As quatro elfas acordaram com o grito e todas correram na direção do pai. Abraçaram-no sem que ele precisasse dizer nada.

Dentro de si, sabiam que haviam tido o mesmo sonho.

Em plena batalha, um grupo de treze elfos alados foi atingido em cheio com um rastro de fogo repartido no encontro com o corpo do deus Phantasos. A maioria sofreu queimaduras de segundo grau. Dois deles; de terceiro. Ambos caíram do alto para a terra no campo de batalha, completamente destruídos.

Na cidade de Narydian, algumas famílias élficas iriam chorar ao amanhecer. Algo com que elfos já estavam inteiramente desacostumados a lidar iria acontecer em uma quantidade surreal para um povo de vida tão longínqua: a morte natural. O coração de dezenas de elfos iria parar de bater durante o sono, e seus espíritos jamais acordariam novamente.

Alguns deles não chegariam nem mesmo aos duzentos anos.

Quando o rastro de fogo sumiu dos céus, deixando o resquício da fumaça e carne queimada, seres por demais fantásticos concentraram-se no resultado da combustão. Os pensamentos, e assim as ações, estavam bloqueados por um momento, enquanto eles não obtivessem uma resposta em relação ao seu deus.

Vida. Ou morte.

A resposta iria influenciar o sentido de suas existências.

Novamente foi ouvido o grito raivoso de um deus de guerra irritado. Saía fumaça do corpo alado. A armadura com espinhos pontiagudos se apresentava chamuscada. O rosto estava coberto de feridas, lembrando carne viva. Os olhos sem pupila; cegos. Os braços cobertos de vermelhidão. Uma das orelhas élficas parecia ter perdido um pedaço. A água que caía da chuva evocada, quando encostava nas feridas, fazia arder.

Phantasos não parecia sentir, ou ao menos expressar a dor.

Balerion se agitou uma vez mais. A serpente estalou os próprios ossos em sons que embrulhavam estômagos. A cauda fez um desenho no ar. As garras foram mostradas. Phantasos ainda observava. O rosto e o corpo feridos, a espada empunhada. E, de repente, Phantasos não estava mais na frente da criatura, mas nas costas. De um momento para outro, percorrera uma distância de quatrocentos metros na mesma velocidade em que corre a luz. Junto a ele, correu a espada. Junto à própria raiva, a lâmina. Elfos observavam atônitos tentando entender o que não haviam visto. Lorde Phantasos, porém, ainda flutuava atrás do dragão-rei. Estava de costas para o inimigo, que não conseguia se virar para ele. O rei não precisava vê-lo para saber o que havia feito. A potência e a velocidade investida no golpe atravessaram o adversário, sem que este tivesse tempo de ver o ataque investido.

A espada na mão esquerda estava banhada em sangue negro.

O sáurio tentou virar-se no ar. Foi quando sentiu uma dor lacerante. Uma dor aguda. Crescente. Maior, cada vez maior. Era como se um pedaço do músculo de seu tronco superior tivesse sido deslocado dentre os músculos que se ligavam à asa esquerda. Ele guinchou alucinado, e logo descobriu que, na verdade, o músculo não havia sido deslocado, mas repartido. A lâmina havia lhe dilacerado os nervos. A asa direita se agitou, tentando compensar o peso extra. Mas não o suportou.

O gigantesco dragão-rei sofreu uma queda livre, sem compreender exatamente o que estava lhe acontecendo. Abaixo, bilhões de sonhadores ainda se digladiavam em meio à chuva. A serpente negra caiu como uma bomba. O chão tremeu como no impacto de um meteoro. Soldados e mais soldados de luz e de sombra caíram por cima dos outros como peças de um infinito dominó. Milhares de sonhadores acordaram com o impacto que reverberou pela terra.

Rei Phantasos, do alto do mundo, mostrou os próprios caninos ao poderoso caído.

E, ainda na velocidade de um piscar de olhos, avançou furioso.

O SANTO

O Santo e o albino cavalgavam em corcéis alinhados por vales de terra vermelha. Havia prendido a bainha da katana de três punhos nas costas, como no imaginário popular traçado dos guerreiros ninjas. A poeira erguida pelos cascos seria encontrada futuramente nos olhos de sonhadores ao acordarem. Os céus estavam no mesmo tom psicodélico que se poderia enxergar no interior de uma bola de gude e, curiosamente, ainda assim era possível um sonhador ver seu próprio reflexo neles. Brilhos de estrelas eram emitidos como se fosse noite, mas, naquele caso, eram apenas piscos de fogos emitidos por algum motivo na angélica Cidade de Prata.

– Estamos indo à Casa das Moscas?

– *Ainda* não.

– Então para onde me guia?

– Ao encontro de teu próprio exército.

– Não preciso de um exército, Albino...

– Aí é que te enganas! Mesmo Cristo precisou de doze...

– E foi traído por um.

– Mas amado por todos.

– Odiado pela maioria.

– E lembrado até os dias de hoje. E de todos os outros que virão.

Corriam em tremor, como se ambos fossem um mesmo aparelho que mantivesse funcionando a batida de dois corações. O albino cavalgava na inspiração do corcel que carregava de cabeça baixa um cavaleiro cansado em meio ao campo de batalha final, trazida à Terra pelo pintor russo Victor Mikhailovich. [*the knight at the crossroads*]. Já o Santo corria em cima de um corcel branco destinado para a guerra, nascido do sonho inspirado a Willian Blake, com a mesma coragem e os mesmos espíritos guardiões correndo ao redor. [*death on a pale horse*].

Quando abriu o quarto selo, ouvi a voz do quarto Ser vivo que dizia: "Vem!" Vi aparecer um cavalo esverdeado. Seu montador chamava-se "a Morte" e o Hades o acompanhava. Foi-lhe dado poder sobre a quarta parte da terra, para que exterminasse pela espada, pela fome, pela peste e pelas feras da terra. [Bíblia de Jerusalém, Ap. 6, 7-8].

– É curioso como o Sonhar está ligado às crenças religiosas humanas – o Santo comentou.

– O Sonhar não é ligado às crenças humanas, é ligado à fé.

– Pensei que ambos estivessem conectados.

– Nem sempre. A fé humana na verdade é uma vertente de um sonho.

O Santo aquiesceu.

– É verdade que Dante recebeu a *Divina Comédia* em um sonho?

– Não, ele próprio fora guiado por uma das Musas até os Círculos e relatou posteriormente o que vira.

– Entendo...

– Quando o fio de prata de Dante foi partido, uma parte do manuscrito escrito por ele se perdeu, e talvez tivesse se perdido para sempre. Seu filho, porém, o encontrou.

– E como ele o encontrou?

– Foi *permitido* a Dante mostrar a ele.

– Em um sinal?

– Em um sonho.

O Santo, naquele momento, entendia o que era, quem era e onde estava. E aprendia melhor a cada instante como funcionava aquele plano de leis físicas menos limitadas. Eles cortaram estações. Flutuaram sobre as águas. Atravessaram cavernas, sumiram e reapareceram em tempestades.

– É curioso esse trabalho das Musas.

– O termo correto seria "essencial".

– São nove as principais, não são?

– Nove no Sonhar.

O Santo se surpreendeu de verdade.

– "No Sonhar"?

– Houve uma poetisa, oriunda da ilha grega de Lesbos, considerada na Antiguidade por Platão a décima musa.

– E onde ela se encontra hoje?

– De volta ao plano físico, inspirando outros na guerra a tomarem o lado de Madelein.

O caminho cada vez mais austero era alterado pela maledicência de enrustidos, pela dor de culpados, pelos pensamentos de remorso de incontroláveis. Suas velocidades acompanhavam o valor de palavras de escritores. De desejos de solidários. De pensamentos de artistas. Mesmo pelas rimas de poetas, assombrosamente sussurradas pelo vento.

– Por onde corremos?

– Pela Alameda dos Poetas, uma das terras dos Reinos de Madelein.

– Quem canta essas palavras que nos sussurram?

– O vento.

– O vento aqui seria uma expressão de arte?

– Neste bosque, principalmente.

– Interessante...

– Acharás mais ainda no dia em que vires sonhadores famosos se deitarem sobre estes álamos e escutarem o sussurro das palavras. A maioria acorda no momento seguinte, correndo a folhas ou a telas em branco. Outros esquecem rápido e demoram a concretizar suas obras. Mas a Arte já está pronta. Basta ter a capacidade de sentar-se em silêncio, escutá-la, e...

– Manifestá-la...

– Manifestá-la.

À frente deles, havia algumas opções de estradas, que precisavam ser decididas na orientação dos corcéis. Visualmente, cada uma se mostrava completamente diferente da outra. Algumas pareciam gastas pelo tempo. Algumas pareciam consolidadas com o solo, lembrando uma estrada asfaltada. Algumas pareciam uma trilha de terra que acabara de ser aberta. Algumas eram cheias de árvores; outras, formadas de areia; outras, mais pareciam pinturas do que solidez, feito miragens de desenhos animados. Algumas possuíam um horizonte de muitas cores; ou de variações de cores menos vivas. Curiosamente, algumas pareciam silenciosas e envoltas de sombras; outras, mais luminosas e dotadas de batidas, batuques e harmonias líricas e instrumentais.

Eles correram na direção da primeira.

– Para onde corremos?

– Para um atalho.

Chegaram a um local composto de centenas de árvores. Espíritos com ou sem fios de prata caminhavam e conversavam a esmo, mas a maioria parecia preferir o isolamento e a quietude, meditando sobre assuntos ressaltados em olhares profundos. Traziam nas mãos instrumentos de escrita que variavam de pergaminhos, penas e tinta a tablets e notebooks. Enquanto alguns divagavam eternamente entre ideias e imaginações, outros pareciam tomados de uma ânsia insaciável e não paravam de rabiscar ou teclar o que lhes interessassem.

– Quem são esses?

– Espíritos escritores.

Criaturas feéricas de Madelein caminhavam em formas de mulheres com vestidos de seda, cumprimentando alguns dos presentes, tímidos demais para iniciarem um diálogo. Passavam direto por outros que pareciam entretidos demais em divagações. De vez em quando, algumas conversavam longamente com outros espíritos, que as observavam fascinados. Traziam nos braços cestos com diversos grãos, que o Santo não conseguia enxergar exatamente de que se tratavam.

– Aquelas mulheres são espécies de musas?

– Sim. Seria impossível fazer o que fazem sem elas.

– E o que carregam nos cestos?

– Sementes. Para que os espíritos plantem as próprias árvores no solo daqui.

– Todos os espíritos recebem uma?

– Apenas os que *merecem*. Muitos passam uma existência inteira sem conhecer sua textura. Outros; mais de uma vida, para somente merecer uma delas.

O Santo observou melhor determinados sonhadores escrevendo com penas em pergaminhos que pareciam não acabar, debaixo de árvores de proporções desmesuradas, cujos galhos reproduziam centenas de metros de sombra.

– Por que, de vez em quando, vemos vários sonhadores descansando embaixo da mesma árvore, quando há outras vazias?

– Porque eles buscam a essência do sonhador que a plantou.

O Santo notou melhor alguns espíritos segurando sementes espremidas entre o indicador e o polegar, observando-as com olhos apertados contra a luz, como alguém verificando a autenticidade de uma nota monetária.

Para um observador, aquele era um ato confuso.

– Mas existem ali sonhadores que já ganharam e observam suas próprias sementes...

– Para se ter uma árvore própria nesta Estrada, primeiro, é preciso plantá-la. Eles descansam embaixo de outras enquanto esperam as suas próprias amadurecerem.

– Quanto tempo uma árvore leva para florescer nessas terras?

– Depende do sonhador que a plantou. Pode levar um ano ou dezenas deles.

– Mas, e se, ao longo de suas existências, eles não plantarem suas próprias árvores?

– Então viverão eternamente na sombra das já florescidas.

Naquele instante, mais de uma centena de escritores descansavam sob a proteção de uma mesma árvore com galhos extremamente vigorosos.

– Pelo visto, muitos aqui gostam daquela ali, não é?

– Muitos. E ela poderia ser ainda muito maior, se seu criador não houvesse desistido.

– Por isso não está aqui?

– Sim. Suicidas estão muito mais próximos dos planos aonde tu queres chegar – o Santo não fez comentário. O mundo já parecia temeroso demais no silêncio. – Uma pena como se deu seu fim. Ele foi um dos mais talentosos que já pisaram nestas terras, era bonito ver sua dedicação enquanto esperava debaixo da árvore de Dumas. Inclusive, tenho a audácia de afirmar que, ao menos nessa Estrada, acho que ele fora o sonhador que Madelein mais se arrepende de ter perdido...

Eles ficaram em silêncio por longo momento. Passaram então por uma árvore tão onipotente e imensa, que se destacava dentre todas as outras. E, por mais que suas copas fornecessem sombra suficiente para centenas, ainda assim, havia uma aglomeração de sonhadores disputando para se sentar sob sua proteção.

– É uma disputa impressionante! É uma árvore especial aquela?

– É a Árvore de Tolkien.

O Santo não escondeu a surpresa. Nem o êxtase.

– Ao longo do percurso, tu verás outras imensas como estas, como as de Wells ou de Rowling. Muitos, porém, são casos de sonhadores que também já se sentaram debaixo desta enquanto esperavam o amadurecer de suas próprias, como Tolkien antes de ter a sua própria se sentou em outros locais.

– Essas árvores então dão frutos...

– E como. Vê aquela?

Havia uma árvore que não parecia muito grande, mas cujas folhas brilhavam violentamente, refletindo o sol de cores psicodélicas e maçãs vermelhas que pareciam mordidas mesmo nos galhos. Diversos sonhadores despertos em formas femininas se abraçam ao tronco ou suspiravam próximas a ela.

O Santo percebeu melhor, contudo, uma que não tinha nem metade do tamanho da árvore de Tolkien, mas ainda assim chamava sua própria atenção. Debaixo de suas copas, centenas de almas de aparência juvenil brigavam por sua bênção.

– O que tem ela?

– É a árvore de um jovem que já se sentou debaixo da árvore de Tolkien e da de McCaffrey. E principalmente, em outra Estrada, da de Lucas, de onde acreditaram que jamais sairia. No entanto, ele teve paciência de esperar por sua própria. E hoje, por mais que ela ainda esteja amadurecendo, outros já se deitam sob sua sombra.

– Não há muita lógica nos Desígnios, não é?

– Não. Para espíritos como nós, realmente não há.

O vento sussurrava versos que ecoava como canto de pássaros. Não eram frases como de um narrador em declamação a outro. Eram frases que ecoavam como o canto dos pássaros, e só fazia sentido para aqueles que faziam sentido para elas.

Em um momento, escutava-se o sussurro de escritos trazidos por Franz Kafka...

São as sedutoras vozes da noite: também assim cantavam as Sereias... Não fora de justiça, para com elas, atribuir-lhes o deliberado propósito de seduzir: elas bem sabiam que possuíam garras e nenhum seio fértil, e disso lamentavam-se em altas vozes – mas não tinham culpa de soarem tão belos os lamentos.

Em outro, os sussurros de Castro Alves...

Era um sonho dantesco... o tombadilho
Que das luzernas avermelha o brilho.
Em sangue a se banhar.
Tinir de ferros... estalar de açoite...
Legiões de homens negros como a noite,
Horrendos a dançar...

Em outro, temores sonhados por Cecília Meirelles.

... Num velho paço, muito longe, em terra estranha,
Com muita névoa pelos ombros da montanha...
Paço de imensos corredores espectrais,

Onde murmurem, velhos órgãos, árias mortas,
Enquanto o vento, estrepitando pelas portas,
Revira in-fólios, cancioneiros e missais...

E era assim, entre poesias e ventos e sonhos, que eles corriam por aquela Estrada em direção aos reinos de morte. Se era fantástico demais para a mente humana compreender, não importava. O fato é que acontecia. E com isso, e talvez por isso, ainda que estivesse cavalgando na direção da morada de demônios, o Santo, ainda assim, sorria, mesmo que por pouco tempo.

Tempos de guerra valorizavam momentos assim.

MIKAEL

No Templo do Silêncio, o corpo adormecido que estava Mikael Santiago agitava-se de um lado para o outro. Mulheres revezavam-se ao seu lado, limpando o suor do rosto do corpo jovem. O corpo agitado e em sono dizia coisas aparentemente sem sentido. E, como se respondendo ao chamado da loucura, sua temperatura corporal, a cada momento, intensificava-se como a de um homem se aproximando do Inferno.

ALEXANDRE GARNIERI

Estava já há muitas horas sem respostas sobre onde estava o protegido. Isso o corroía, mas algo dentro dele lhe dizia que ele estava bem. Era noite e retornara ao hospital onde Ariana dormia em coma. Ao chegar, constatou uma agitação. Era incrível como alguns fãs mantinham uma dedicação tão fervorosa com seus ídolos, que chegava mesmo ao culto. Pelo menos duas centenas de pessoas estavam na porta do hospital, segurando cartazes com mensagens como "Estamos com vocês" ou "Força! Em breve, o pesadelo irá acabar". Alguns cartazes estrangeiros exibiam trocadilhos com o slogan *Fighting for something. Live sport* como: "Fighting to live" ou "Fighting for something live". Muitos vestiam camisas com referências à seleção brasileira ou ao Paris Saint–Germain. Vez ou outra, alguma luz se acendia no meio da multidão devido a alguma rede de televisão que entrava ao vivo na frente do hospital. Garnieri estacionou o carro. Mal saiu do veículo, e flashes já lhe estouraram na face. Vozerio. Gente correndo. Repórteres. Sempre repórteres.

– Garnieri... Garnieri... – a maioria o chamava como se o conhecesse desde a infância. – Mais detalhes sobre o estado de Ariana?

– E Allejo, Garnieri? Onde está Allejo?

– Três paus em dinheiro por uma exclusiva, Garnieri!

– É verdade que o desmaio de Ariana tem a ver com a descoberta de traição?

– O que tem a dizer sobre as declarações da modelo...

Aquilo irritava mais do que qualquer outro detalhe da profissão. As mentiras inventadas a favor das vendas editoriais que tinha de lidar. A última, pelo que havia escutado no rádio do carro, envolvia uma modelo espanhola que se dizia o pivô da instabilidade psicológica que gerou o acidente com Ariana. Na hora, lembrava-se de que desligou o aparelho antes que repetissem o nome da modelo e o gravasse, e acionou na biblioteca eletrônica um álbum aleatório.

Um dos trechos da música ecoada era digna de respeito.

*Dreams of war, Dreams of liars, Dreams of dragon's fire, and of things that will bite! Yeah!**

De volta à realidade, percebeu que seguranças do hospital foram em sua direção para ajudá-lo a entrar. A imprensa continuava o cerco.

– Com licença, por favor. Sem declarações, por favor.

– O que tem a dizer em resposta a modelo espanhola Milena Fioren...

– Não quero saber o nome dessa mulher nem de qualquer outra dessas vagabundas mentirosas – ali ele ainda não tinha como saber, mas, no futuro, seria processado por essa declaração. Em resposta, ele a processaria pela difamação de seu cliente. – Querem divulgá-las? Contem seus nomes ao nosso advogado...

– E como você está enfrentando esse momento difícil?

Ele ignorou a pergunta. Gostava ainda menos das perguntas idiotas.

– Gente, por favor. Sem declarações, por favor. Hoje, não.

As pessoas na multidão acenavam e gritavam para Garnieri. Algumas palavras de incentivo, outras de solidariedade. Muitos aparelhos celulares o fotografavam. Ele observou e viu camisas com estampas de fotos digitalizadas com Allejo ou Ariana. Já estava entrando no hospital, quando um repórter com uma prancheta na mão resmungou alto o suficiente para que ele escutasse:

– É... a menina aí dentro sem notícia... o garoto sumido... e você, a nova celebridade instantânea! Fala a verdade logo, Garnieri: qual é o marketing da vez?

O empresário de súbito entrou no meio dos seguranças em fúria e afundou um murro no rosto do repórter. Dezenas de sensores de imagem CCD e CMOS converteram luz em elétrons e eternizaram aquelas imagens em dados digitais.

– Taí tua jogada de marketing, desgraçado!

Os seguranças empurraram Garnieri para dentro enquanto o repórter se afastava, limpando um pouco de sangue no rosto. Com certeza, em pouco tempo, advogados seriam acionados.

* Sonhos com guerras, Sonhos com mentirosos, Sonhos com o fogo do dragão, E com coisas que mordem! Yeah!

Em breve, o pesadelo irá acabar.

Alexandre Garnieri torcia para que a fã tivesse razão.

MORPHEUS / PHOBETOR

A armadura divina prateada já havia perdido o elmo. Havia marcas na face calva. Nas mãos, ainda a poderosa espada forjada pela Dama do Lago. A lâmina riscou o ar com violência, mas não atingiu o alvo. Rodopiou uma segunda vez e novamente cortou o vazio, enquanto os pés avançavam e recuavam, como na valsa de um baile real. Em seguida, a lâmina forjada por uma fada se chocou com a lâmina forjada por uma rainha-demônio.

O resultado foi mais um trovão.

Outro golpe. Lâminas correram em ângulos variados. Um corte. Um grito. Outro corte. Uma defesa. Um giro de ataque com a energia que imitava aço. Uma esquiva. Um dois, três, dez, vinte, trinta choques de lâminas se movendo na velocidade de pensamentos. Outro corte. Morpheus gritou de dor. E, na pura raiva, a própria espada explodiu um movimento furioso em diagonal que quase arrancou a mandíbula do irmão escuro.

– Passou perto, deus-chorão! – sussurrou o deus-fera, enquanto babava sangue negro como o sangue dos dragões.

– Se te preocupaste com este, deus-maldito, nem imaginas o que está por vir!

O deus avançou. A espada subiu em velocidade e descreveu um arco para frente com força descomunal, capaz de partir um homem em dois. Phobetor escapou do golpe e viu a lâmina afundar no chão daquele salão, rachando o solo. Morpheus havia jogado todo o peso naquele golpe, e Phobetor resolveu aproveitar o momento para lhe cortar a cabeça antes que se recuperasse. Saltou, descreveu um giro e desceu com violência. Morpheus sabia que não teria tempo de se esquivar ou de aparar o ataque fulminante. Em improviso, levou então um punho ao alto e o desceu com força no chão.

O solo EXPLODIU.

Ambos caíram em um fosso. O corpo de Morpheus foi o primeiro a se espatifar no andar abaixo, em um poderoso BAM. Naquele setor inferior do castelo efêmero, guerreiros com roupas de gladiadores enfrentavam homens-anfíbios. O corpo de Phobetor caiu por cima do de Morpheus, e a violência foi tamanha, que, mais uma vez, o chão ruiu. E se destroçou.

Novamente, ambos caíram mais uma andar e estatelaram-se.

Phobetor mostrou os caninos e babou em ira. Correu em velocidade sobrenatural, com garras à mostra, na direção da garganta do irmão. Morpheus estendeu a mão no ar e fez um movimento de torção com os dedos. Phobetor, de onde estava, sentiu a própria garganta torcer. A língua foi projetada. Morpheus comprimiu os dedos com mais força, utilizando todo o seu desejo no movimento.

Nem assim o deus-fera deixou de continuar avançando como um selvagem em sua direção.

As garras perfuraram o pescoço do Lorde dos Sonhos. Ambos podiam se sentir enforcados momento a momento e a angústia que trazia a sufocação. Phobetor continuou empurrando até o corpo do irmão se chocar contra uma escultura esculpida por Donato di Niccolò, o Donatello, que nunca chegou a ser concluída, mas já estava pronta na imaginação do escultor. A escultura se destroçou. As garras ainda apertavam o pescoço do rei, sufocando os sonhos terrestres. Foi quando as mãos de Morpheus se fecharam sobre o braço que lhe apertava e, em direções opostas, seguiram bruscas e veementes. Ouviu-se um estalar quando o punho do deus maldito foi deslocado do antebraço. Phobetor urrou. Morpheus lhe socou por baixo o maxilar tão violentamente que não apenas estalou, indicando o rachar de um osso, mas também fez o corpo do deus escuro subir metros como faria um boneco de pano, antes de se chocar novamente com violência contra o chão.

Silêncio.

O corpo de Phobetor levantou-se reto da mesma forma que caiu, lembrando uma imagem rebobinada. Ele sorria. Ainda que com o punho deslocado, e ainda que com o maxilar destroçado, *ainda assim* ele sorria.

– Isto é o melhor que podes fazer, irmão? Então não temos mais dúvidas: estás consagrada tua ruína! És fraco dentro de teu próprio plano, e é uma visão de dar pena teu esforço transformado em fel.

Morpheus era pura raiva.

– Neste momento, milhões de sonhadores me alimentam. – continuou Lorde Phobetor. – E alimentam meu exército. E não me refiro apenas àqueles que já me serviam quando despertos, estou me referindo aos meus novos seguidores. Milhões de sonhadores teus! Sabes quantas entidades estão sendo formadas apenas com a energia concentrada pela mente de teus despertos corrompidos?

Morpheus era puro ódio.

– E como tu vais culpá-los, deus-menino? Com que moral tu vais julgar a atitude de teus súditos, se até mesmo tu, que deverias ser o vosso exemplo, estás fraco em tuas terras? Se a influência em vossas mentes, mesmo após tua *trapaça*, está cada vez mais reduzida? Se tua arrogância é tamanha, a ponto de achar que não precisava mais nem mesmo do Anjo dos Sonhos?

Morpheus era pura ira.

– Teus próprios sonhadores escolhem, a cada dia, caminhar mais e mais em minhas terras, muitas vezes, em viagens de uma única estrada! E eles vêm até mim sem esperar nem mesmo o meu chamado! E sentem prazer em violar tuas leis e desafiar as fantasias propostas em tuas artes!

Morpheus era pura cólera.

– E como culpá-los, se até mesmo tu, o grande Deus que deveriam seguir e confiar vossos fios de prata, explode sentimentos malditos de uma forma tão intensa que *me fortalece*? Como poderiam me negar se até mesmo de ti, Rei Perdido, eu me alimento?!

– CHEGA!

Morpheus partiu com ardor. Phobetor não se mexeu. Morpheus aplicou-lhe o primeiro murro em um poderoso BAM e, em seguida, emendou todos os outros murros do mundo. Socou o irmão escuro uma vez,[BAM!], duas, dez, trinta, [BAM! BAM! BAM!], cinquenta, noventa, cento e cinquenta, trezentas, [BAM! BAM!], quinhentas, mil e quinhentas vezes, [BAM!]. Movia-se na velocidade dos deuses e batia na velocidade de seu próprio pensamento. Pois a sua fúria era pensamento. E ele era a fúria. Ele era o ódio. Ele era a ira. Ele era a cólera.

Ele era alimento.

Phobetor sorria. A cada ataque, ele sorria mais e mais. Pois, a cada golpe, o irmão se tornava mais fraco. Tornava-se mais maldito. Tornava-se mais esquecido. E o tornava mais forte. Forte a ponto de ele se sentir um deus mais poderoso do que outros deuses menores. [*o grande plano...*]. A ponto de aumentar seu número de sonhadores, e assim de seguidores, e elevar-se a um patamar na categoria divina. [*o plano ardiloso...*].

A ponto de ter um material suficiente para iniciar sua trajetória e se tornar um deus maior.

Um deus maior do que Thanatos. Um deus maior do que Hypnos.

Um deus maior do que a morte.

Um deus maior do que o sonho.

Do lado de fora do castelo, além das extensões infinitas de bilhões de soldados oníricos em batalha, onde até mesmo outro deus menor duelava com um dragão-rei nascido de formas-pensamento escuras, uma visão de medo se fez. Soldados de Morpheus ainda digladiavam debaixo de chuva forte, e muitos, por mais que fossem destruídos em combate, ainda assim retornavam à guerra. A coragem, entretanto, que os movia para frente estava prestes a ser seriamente abalada, e sua vitória comprometida. Um cometa pareceu descer dos céus na direção do centro do campo de combate. Dois raios de luz, ao tocar o chão, geraram um ribombar. Destroços foram arremessados para cima. Soldados foram jogados longe. Armas caíram por cima das outras, gerando centenas de tilintares. Milhares de gritos emitidos. Milhares de sonhos destruídos. A cena que se seguiu era digna de um quadro pintado pelo mais pessimista pintor romântico.

Porque ali estava Phobetor rodeado por bilhões de sonhadores em combate, prendendo com garra um rei deposto ajoelhado.

Rei Morpheus estava com as duas mãos ao redor de uma que lhe apertava o pescoço, na visão de um deus entregue; enfraquecido; destituído; humilhado. Soldados-sonhadores que observavam o embate tremeram. A visão de seu rei rendido tratava-se do pior da essência de todos os pesadelos mais profundos, e mesmo esse sentimento alimentava rei Phobetor. A luta que continuava ao longo daquela extensão infinita de sonhos e pesadelos ao redor dali, por um momento, cessou.

– Não precisava ser assim... – Morpheus sussurrou ajoelhado, e o sussurro se tornou vento. – Nossas diferenças não precisavam chegar neste fim...

– Estás começando a compreender, irmão. Este... é o fim... para nós dois.

O coração de Morpheus *pulsava*. E pulsava com ele a energia que movia os sonhos do mundo. Os bons sonhos do mundo. Sonhos que pareciam cada vez mais distantes.

Cada vez mais e mais e mais distantes.

– Poderíamos ter mudado o mundo... – Phobetor não se referia apenas a um único. – Agora... olha só pra nós dois...

A mão na garganta de rei Morpheus ainda apertava. Cada vez mais firme. Cada vez mais forte.

– Eu me tornei... um risco aos planos divinos... e tu...

O fôlego mais distante. A essência cada vez mais oprimida.

–... tu, uma piada...

Nos céus dos Reinos do Sonhar, a chuva ainda caía forte. Raios e trovões ainda estalavam com um som que causava pânico. Mas a luz, que já era escassa, foi sendo, por etapas, reduzida. Rei Phobetor não estava satisfeito apenas, porém, de humilhar o irmão e tomar suas terras. A mão que apertava o pescoço do irmão vencido o forçou então a olhar para os céus.

– Eu quero... que te lembres, Morpheus...

Nos céus de suas próprias terras, em um cenário tomado de nuvens em tempestades, Morpheus viu surgir esporadicamente milhões de olhos em tonalidades que variavam entre o rubro e o dourado. Surgiam inicialmente em pontos distantes, mas se aproximavam rápido como uma nuvem de gafanhotos.

– ... pro resto da existência...

Eles surgiam de todos os lugares. De todos os cantos. Alguns saíam por baixo da terra. Outros vinham correndo em velocidade espantosa com suas patas de cabras. A maioria, porém, ainda vinha do céu, feito matilhas de cães famintos, babando por novas almas que pudessem sugar a essência.

– ... nos teus momentos mais íntimos.

Eram demônios. Legiões e legiões e legiões de demônios nascidos de pesadelos, que surgiam para tomar o Sonhar. Era o dia do retorno. A união proibida, em que se utilizava da relação próxima com as legiões infernais para jogar sua cartada mais poderosa, em que se utilizava da fraqueza – e da derrota – do irmão, para permitir a entrada de demônios com acesso proibido àqueles planos.

A cartada mais suja e mais alta de toda aquela guerra.

O próprio e ousado ardil de rei Phobetor.

– Quero que te lembres... da minha mão... na tua garganta...

Apenas a visão de alguns deles era suficiente para fazer com que um homem não quisesse nunca mais dormir. Morpheus tentava falar. Mas o coração – que eram os sonhos do mundo – estava cada vez mais lento.

A cada batida, cada vez mais fraco.

–... a mão... do único deus...

O mundo...

... os sonhos...

... do mundo.

–... que te *derrotou*.

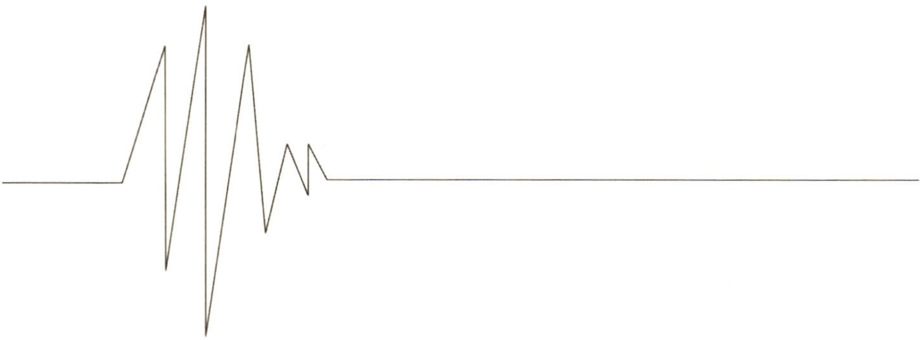

O coração que pulsava no rei Sandman parou.

60

Em plena França, na universidade Paris-XIII-Villetaneuse, grupos de estudantes se dirigiam a um anfiteatro, em um protesto em massa, contra leis trabalhistas francesas. Inúmeras faixas de pano decoravam o hall do *campus* de Villetaneuse, na periferia nordeste de Paris com frases de insultos e piadas sobre o Contrato de Primeiro Emprego e o primeiro-ministro francês. Em Paris, manifestantes interromperam o trânsito por horas, enquanto marchavam na direção dos escritórios do governo. Em Rennes, jovens atearam fogo a latas de lixos, quebraram automóveis e sofreram com gás lacrimogêneo arremessado por forças policiais. O tráfego rodoviário foi interrompido em Bordeaux. No *campus* de Lyon-II, sobravam carrinhos de supermercado com faixas como: "O ópio é a liberdade do povo" e "A vida é igual a um cigarro, é preciso queimá-la até o fim". Na sede da Unef era possível encontrar cartazes nas paredes a favor de causas como novas escolas, a proibição do fumo e boicotes ao McDonald's.

Um manifestante demonstrava a um repórter seu receio ao poder ser despedido sem maiores explicações. Outro resmungava se sua vaga ainda estaria lá quando retornasse da licença-maternidade. Um terceiro questionava o fato da impotência diante de uma negociação de crédito com seu banqueiro. A maioria fazia o protesto, mas temia colocar o próprio futuro em risco. Até aquele momento da reportagem, onze universidades já haviam sido paralisadas, e vinte e seis encontravam-se com perturbações.

O fato era que os universitários franceses estavam com medo do que o futuro reservava a eles, com receio do que encontrariam após o estágio que sempre *sonharam* para si próprios. Muitos carregavam copos de cafés e viravam a madrugada acordados. As imagens dos estudantes ocupando a Sorbonne, onde se originou a Revolta de 1968, lembraram o antigo movimento romântico que marcou uma época de sonhos e revoltas estudantis contra um sistema elitista autoritário.

Um interessante destaque de uma matéria escrita em conjunto pelos jornalistas Philippe Allienne, Benoît Hopquin, Sophie Landrin e Jean-Pierre para o *Le Monde* se traduzia em um trecho em que a matéria informava – curiosamente – que os estudantes franceses em revolta estavam *quase todos com um semblante sonolento.*

* * *

A Avenida Phillips, em Sioux Falls, Dakota do Sul, tornou-se a mais recente frente em uma guerra que dividia o país. Durante uma hora, dois grupos de manifestantes conservadores e liberais se insultaram incessantemente no bulevar provinciano. Tudo havia sido desencadeado pela assinatura do governador republicano Mike Rounds aprovando uma lei polêmica e radical, onde o aborto passava a ser proibido em qualquer circunstância, incluindo estupro e incesto.

Ninguém sabia o que havia se passado na cabeça do governador para desafiar a opinião de dois terços da população americana e também a suprema corte dos EUA. O país estava claramente dividido entre duas forças que manipulavam seus pensamentos e seus sonhos e seus sentimentos: sua Igreja e seu Estado.

O caso era que toda aquela guerra não se tratava apenas de mais uma manifestação de explosão limite de um país dividido entre pró-vida, pelo direito de vida do feto, e pró-opção, pelo direito de escolha da mulher.

Tratava-se da manifestação de uma sociedade decidindo que tipo de sociedade queria pra si.

Decidindo até quando fundamentalistas de direita deveriam influenciar a vida pública. Até quando a moral religiosa deveria limitar suas decisões sobre suas próprias vidas. E até onde iriam seus direitos de manifestar os próprios desejos e a escolha do próprio futuro e a concretização de seus sonhos despertos.

O mais interessante era que o tradicional Estado agrícola da Dakota do Sul, localizado na planície do centro-oeste americano, possuía apenas 780 mil habitantes. Nas imagens de uma das manifestações, uma mulher apareceu com uma camisa com os dizeres "Salvem Roe". Em foco na televisão, a diretora do movimento pró-ação regional dizia em sua declaração:

– Pensávamos que havíamos ganhado...

A mulher se referia ao caso *Roe x Wade*, em 1993, quando a Suprema Corte permitiu que as mulheres obtivessem o direito de aborto de forma legal em qualquer local dos EUA. As imagens, porém, agora mostravam uma cristã vestida de luto segurando um cartaz que dizia: "Eu me arrependo do meu aborto".

Ao fundo, a voz de um padre católico anunciava:

– Daqui a 25 anos, os americanos vão comparar o aborto aos maiores crimes da humanidade, como a escravidão e o holocausto.

A última imagem era novamente da diretora do Movimento Pró-Ação Regional, dessa vez em um escritório sem janelas, concluindo:

– Não entendo mais o mundo.

Em uma matéria sobre o fato para o *Der Spiegel*, o jornalista Frank Hornig iniciava seu texto apresentando a Avenida Phillips originalmente como *uma via sonolenta*.

* * *

Notícia de um canal da CNN.

Na normalmente calma cidade de Jericó, na Cisjordânia, forças militares de Israel invadiram uma prisão palestina para capturar seis presos palestinos envolvidos no assassinato de um Ministro de Turismo israelense. Os presos eram ali mantidos há quatro anos em um acordo estranho envolvendo a Grã-Bretanha e os EUA. A audaciosa ação teve início pela manhã quando monitores britânicos deixaram a prisão, e envolveram tanques, helicópteros e veículos blindados israelenses. Mísseis foram disparados contra a prisão e poderosos tratores derrubaram os muros. Ao anoitecer, holofotes foram acesos. Um guarda e um prisioneiro foram mortos. Mais de uma dúzia feridos. A maioria se rendeu ao exército invasor.

A resposta de militantes palestinos veio na forma de sequestros, raptando pelo menos nove estrangeiros dentre a Faixa de Gaza e a Cisjordânia. A maioria foi libertada ilesa poucas horas depois.

A ação tomada por decisões tão sanguinolentas desencadeou, contudo, outras séries de decisões violentas.

Palestinos acusaram EUA e Grã-Bretanha de removerem seus monitores. O governo inglês pediu aos ingleses que deixassem os territórios palestinos. O centro cultural British Council na Cidade de Gaza foi saqueado e incendiado por turbas, assim como um de seus escritórios em Ramallah. Uma agência do banco HSBC do Oriente Médio foi atacada. Em Gaza, homens armados invadiram escritórios de imprensa, hotéis e agências de ajuda humanitária para sequestrarem estrangeiros. Ainda na Cidade de Gaza, quinze mil palestinos realizaram um protesto pelas ruas. Foguetes foram disparados ao sul de Israel, sem maiores danos.

Na tentativa de restaurar a ordem, policiais (palestinos) mataram um homem (palestino) armado, e feriram outros sete manifestantes.

Daria pra contar nos dedos quantos conseguiram dormir naquelas últimas noites.

* * *

Um estudo realizado no Canadá demonstrou que a geração *baby-boomer* canadense, nascida após a Segunda Guerra Mundial, preferia televisão e internet a sexo com os parceiros. A maioria dedicava quinze minutos de seu tempo a seus companheiros e mais de cinco horas ao relacionamento com as máquinas tecnológicas. Entre as principais razões para o desinteresse sexual estavam o cansaço, o estresse e a falta de tempo para ficar na cama.

A matéria publicada em um site da internet afirmava que, em vez de fazer sexo, o estudo sugeria que os canadenses entre 40 e 64 anos tinham muito mais chances *de dormir*.

* * *

Em Ruanda, a grande pergunta feita era:

– De quais maneiras podemos nos tornar homens?

Uma grande pergunta feita pelas chamadas *crianças-pais*. Crianças cujos pais foram mortos em genocídios que deixaram mais de oitocentos mil mortos na minoria tutsi do país, tornando oitenta e cinco mil crianças órfãs chefes de famílias. Os sobreviventes se alojavam em conjuntos urbanos desprovidos de adultos.

Apenas 5% da receita do Estado era dedicada aos sobreviventes.

De quais maneiras podemos nos tornar homens?

A pergunta envolvia uma questão sem resposta: como se tornar autônomo quando nada se tem? Como ser independente sem a possibilidade mínima de uma família para se transmitir uma base moral? Sem a possibilidade mínima de *tempo* para se formar uma base moral? Como se despertam sonhos em uma criança que relata a jornalistas a visão da morte do pai a golpes de clava nas mãos de um hutu? E em seguida a da mãe? E em seguida a da irmã caçula mutilada com um buraco na cabeça e os braços cortados? E tudo procedido pela visão de mais quatro irmãos, tentando escapar e sendo assassinados a tiros.

Em um trecho de sua reportagem, a jornalista Marion Van Renterghem escreveu: *os órfãos de Kimironko têm em comum os mesmos pesadelos.*

Faltou salientar apenas que nenhum deles, porém, tinha a opção de acordar.

* * *

Na cidade de São Paulo, uma menina de classe alta planejou detalhadamente o assassinato dos próprios pais, roubou o dinheiro do quarto e foi a um motel fazer sexo na suíte presidencial com o namorado, um dos assassinos. O crime entrou para a história nacional, foi explorado a exaustão pelo jornalismo policial e chocou todo o povo brasileiro. Passados anos, porém, quando chegara o momento perto do julgamento final, a jovem (rica) recebera de um juiz o direito de esperar em liberdade a sentença. Já seus cúmplices (pobres) ainda esperaram na prisão por seus julgamentos.

Ninguém sabia dizer o que se passou na cabeça da criminosa.

Ninguém saberia dizer o que se passa na cabeça da Justiça.

* * *

Em Bagdá, o medo andava tirando o sono das famílias de bairros sunitas, como as de Khadamiya. Homens de preto passavam lentamente em carros exibindo armas e aterrorizando vítimas diariamente. Eram eles os temidos esquadrões da morte que, de acordo com relatórios da ONU, promoviam a própria limpeza étnica nas cidades. Segundo relatos, a população sunita que não era executada acabava expulsa dos bairros xiitas das cidades.

Justificando-se como vingadores dos irmãos xiitas assassinados, esses homens entravam em casas das famílias sunitas, principalmente de políticos e religiosos, e executavam seus alvos com tiros na nuca. Nos bairros xiitas, davam cinco minutos para as famílias saírem das casas e incendiavam os imóveis. Ao jornalista Erwin Decker, um sunita relatava que vivia pacificamente entre seus vizinhos xiitas até seis meses antes.

– De repente, meus vizinhos tornaram-se suspeitos...

Se perguntado, o sunita até hoje não saberia explicar de onde surgiram pensamentos tão obscuros.

* * *

Dentro de um aglomerado residencial caótico de Tijuana, um jovem mexicano, a poucos dias de tentar a travessia para os EUA, assistia em uma televisão colorida à declaração de uma executiva. Ele aumentou o volume para escutar melhor o que a mulher dizia e aproveitar para treinar o inglês ruim. A imagem exibida era a de uma diretora do Movimento Pró-Ação Regional. Ela parecia abatida e assustada e, em um escritório sem janelas, concluía:

– *Não entendo mais o mundo...*

* * *

Cinco segundos.

Uma criança *ainda* morre de fome a cada malditos cinco segundos.

61

O SANTO

Ele chegou a um local de maravilhas. Um local de infinitas possibilidades, onde as cores que geravam formas pareciam de teor vivaz. Observava o horizonte e via cenários ao lado ou montados por cima do outro, feito amálgamas que não deveriam existir. O Santo via céus rubros e nuvens translúcidas; oceanos longínquos e peixes de anatomia alienígena; montes iluminados pela luz de um sol azulado; trechos desérticos formados por areia esverdeada. E a cada passo, ele via mais. É difícil descrever o funcionamento de um mundo de éter e pensamento, mas o mais plausível, mais uma vez, seria ratificar que nada era estático. Tudo se demonstrava em uma constante mudança, como se o mundo fosse uma tela verde onde um editor projetasse cenários de acordo com sua vontade, possibilidade e imaginação.

A questão era que o Santo e o albino, a cada passo que davam com seus corcéis, pareciam caminhar para um lugar diferente, para um cenário diferente, como os efeitos de *fade* que finalizavam os sonhos em que conseguia acordar, dando lugar a outro cenário e indicando alguma passagem de tempo. E mesmo os cavaleiros não sabiam se ali os segundos e o espaço transcorriam como no plano físico. Ainda não sentia cheiros. Mas, ao caminhar sobre uma estrada de terra com folhas caídas em infinitas extensões, feito um tapete de relva verde, era como se o pudesse.

– Great Scott! Que lugar é esse, Albino? – os olhos buscavam a fixação, mas não se fixa o que é volúvel. O ego tentava a compreensão, mas não se compreende o que extrapola as crenças e o conteúdo da própria sabedoria.

– É a Quarta Estrada de Madelein – o outro respondeu. Era óbvio que aquela não era a primeira vez que ele ali estava. Entretanto, quem observava os olhos de pupilas vazias, poderia achar que era como se fosse.

– Mais parece que corremos sobre quadros... – a mente tentava capturar as imagens, mas apenas o coração seria capaz do feito.

– Ou sobre as inspirações de pinturas.

O Santo então compreendeu. E a compreensão trouxe ainda mais excitação do que a que já havia. Sentiu vontade de compartilhar aquele sentimento com todas as pessoas do mundo. Na verdade, porém, sabia que compartilhava. Cada vez que, em horários alternados, mais de sete bilhões de fios de prata se deitavam para dormir, ele dividia.

– Então aqui chamam Quarta Estrada...

– É este o local da Quarta Arte Desperta. É por onde a alma sensível caminha e toma a inspiração para manifestar as formas.

Ao redor das estradas que surgiam e davam lugar a cenários ainda mais fantásticos, o Santo percebia viajantes que ali estavam em corpos diferenciados. Ainda havia fios de prata, mas os espíritos tinham uma essência quase fantasmagórica, mesmo para viajantes astrais. Uma forma e estilo em que o ectoplasma era translúcido e parecia ainda mais frágil que o simulacro criado por um sonhador em todas as noites de sono.

– Quem são esses?

– Almas de artistas.

– Pintores?

– A maioria. Alguns são desenhistas que desenham como pintores.

– E por que possuem a aparência translúcida?

– Porque aqui não estão nem na forma de sono nem na de corpos astrais.

– Não? – O Santo não escondeu a surpresa. – Então eles aqui estão na...

– Aqui estão na *forma desperta*. O que tu vês agora não são os corpos astrais. São as consciências desses artistas.

Aquilo era maravilhoso demais até mesmo para o inacreditável. Pensar nas almas – ou nas consciências – dos artistas em transe através de mundos fantásticos como aquele, absorvendo e trazendo vida a imagens inacreditáveis, emocionava até o espírito mais sisudo.

– Você quer dizer que, por exemplo, Michelangelo já esteve aqui?

O albino riu com gosto.

– *Todos* já estiveram. Madelein apenas constrói e abre suas estradas. Mas são as consciências dos artistas que a moldam. Desde os que vos mais lembrais, até muitos outros que não serão reconhecidos, mas aqui estiveram. Alguns ainda esperam a glória, que paradoxalmente só irá acontecer quando os anjos de Thanatos lhes cortarem os fios de prata...

– A morte é uma exigência para a glória?

– Não. A morte é uma exigência para todo ser humano. A glória é um prêmio de reconhecimento por uma vida dedicada à inspiração.

Os corcéis ainda corriam através das imagens mais fantásticas concedidas por mentes humanas sensíveis e ilimitadas, reorganizando luz, sombras e cores em aquarelas oníricas.

– E por que escolhemos caminhar por essa via, em vez de outra?

– Nada específico. Poderíamos ter escolhido qualquer uma, na verdade.

– Qualquer uma das sete?

– Existem muito mais do que isso.

– Não são sete as estradas da arte?

– Há pouco, para o tempo dos deuses, liberadas para o Mundo Desperto, havia apenas seis. Quando considerou o momento apropriado, Madelein permitiu que a sétima estrada fosse construída, e a consciência de artistas visionários caminhasse por ela.

– Então, vieram as almas de cineastas...

– Tanto em suas formas despertas, quanto em suas formas astrais. Eles sonharam, mas também visualizaram acordados a ideia fixa que os consumiam, sem que tivessem total compreensão. A egrégora atraía suas consciências, compreendes?

– Compreendo. Você fala do inconsciente coletivo, e, do modo como fala, me parece que nada se inventa.

– E nada se inventa. Tudo se *descobre*. Mas antes da descoberta, que na verdade é um entendimento, é preciso o sonho.

– O sonho desperto?

– O sonho desperto...

As patas pisavam em poças de água barrenta e se esparramavam ao redor de um cenário de lama. Naquele momento, corpos jaziam enforcados ao redor, e urubus pareciam à espreita de um alimento ainda mais fresco do que o do dia anterior. Nenhum deles saberia, mas, naquele dia, duas mil pessoas com talento para a pintura ao redor do mundo iriam pintar um quadro com dois cavaleiros correndo em postura heroica.

– Mas, Nour-el, você me disse que havia novas estradas...

– Conforme o entendimento e a compreensão coletiva vão sendo desenvolvidas, outras vão sendo abertas.

– E como seria, por exemplo, sei lá... a... *Nona* Estrada?

– A nona está pronta, mas não *ainda* inteiramente completada. E por isso ela foi construída em paralelo com a primeira, mas sua existência foi liberada por Madelein também no momento apropriado. Na verdade, a estrada sempre existiu. Desde mesmo a época da evolução primitiva ainda nas cavernas. O que Madelein fez recentemente, para o tempo dos deuses, foi apenas autorizar sua *reforma*. Ativá-la como um legítimo canal de arte na mente e assim nos sonhos dos homens.

– Mas que formas de arte havia já pronta desde a época de homens das cavernas? Pinturas em paredes?

– Perfeitamente.

– Pinturas nas paredes?

– Pinturas que contavam sonhos.

– Histórias?

– Sonhos.

– Histórias em quadros?

– Sonhos em uma linguagem narrativa, que os tornava uma forma de arte.

– A nona arte...
– A Nona Estrada...

No vilarejo soturno e iluminado por tochas por onde agora corriam, uma consciência de um artista coreano em criação artística visualizou uma *ideia*. A consciência pertencia a uma alma encarnada na Coreia do Sul. Ela pintaria, no dia seguinte, um quadro retratando dois cavaleiros, um negro e um branco, partindo em batalha contra seres demoníacos.

O irmão do pintor, ao ver o quadro, teria um momento de pura *inspiração*.

Desse momento, nasceria um *manhwa** que se tornaria, no futuro e no momento certo, um dos mais populares do mundo. E, ao ser perguntado sobre a fonte de inspiração da obra, o artista responderia que, das pinturas do próprio irmão e dos quadros de artistas góticos, viria sua originalidade.

– Mas, o mais interessante dessa questão que tu levantaste... – continuou Nour-el após um breve silêncio –... é que a Nona Estrada só foi realmente considerada *aberta* na mente dos despertos quando ocorrera um dos eventos que sustentam esta guerra de que tu tomas parte.

O Santo nada disse. Nour-el concluiu:

– Digo que a guerra que hoje estamos vivenciando pela posse do Sonhar se deu em parte pela atitude considerada *trapaça* pelo Deus dos Sonos.

Ainda havia silêncio na mente do Santo. Foi quando o estalo da compreensão aconteceu.

– Faz todo o sentido...

– Sim! É paradoxal, mas a Nona Estrada de Madelein foi *reformada* justamente por aquele que hoje é o inimigo. E o entendimento necessário a este poderosíssimo sonho foi levado em inspiração a um sonhador desperto pelo próprio Deus do Sonhar.

– Sonhos...

– Não à toa...

– *Sonhos de Uma Noite de Verão...*

– A *mesma* obra, Santo. A mesma obra, inspirada por Madelein, na Primeira Estrada, a Shakespeare...

– E por Morpheus, na Nona Estrada, a Gaiman...

Os olhos do Santo faiscavam.

– Então, Albino, é possível dois deuses inspirarem a mesma obra a dois espíritos?

– Não. Houve apenas uma inspiração.

– Mas foram dois espíritos...

* O similar coreano ao mangá.

– Uma única inspiração.

O Santo arregalou os olhos quando enfim compreendeu o que achava que havia compreendido.

– Está dizendo que...

– Eu não estou dizendo nada, Santo – esquivou-se Nour-el, e verdade seja dita: ele pareceu sorrir. – Quem está concluindo qualquer coisa neste momento és tu...

Aquilo ainda era maravilhoso demais até mesmo para o inacreditável.

PHOBETOR / MORPHEUS

Pensamentos e energias giravam dançante por todo aquele plano e moldavam formas na mente humana. E o novo rei *sentia*. Sentia os sonhos sendo manifestados e alimentando seu exército. Aquilo era tudo o que ele próprio sempre sonhara. Todo aquele cenário; aquela vitória; a humilhação do irmão. O poderoso sonho de um deus obscuro que via a realização de um plano maquiavélico e saboreava a iminência de uma futura subida na hierarquia dos deuses menores, em um tempo não muito mais distante para o tempo dos deuses.

Observava o exército escuro ainda em guerra. Bilhões de seres nascidos na escuridão de pensamentos aliados aos bilhões de sonhadores que já viviam em seus planos, e do seu lado nos planos, simplesmente por empatia.

– É isto... – ele sussurrou. Aquele sussurro assobiou nos arredores de uma colina. – Sempre fora isto. Anos de eternidade à espera. Auroras e crepúsculos de observação. Dias que corriam diferentes da noite. Vibrações que se cruzavam com bilhões de pensamentos.

O maior campo de batalha jamais sonhado ainda se mantinha em guerra. Explosões; corpos arremessados; fios de prata retorcidos. Sempre na quantidade de milhões. Milhões de guerreiros. Milhões de flechas atiradas. Milhões de gritos e mortes e acordares súbitos. Seres nasciam e renasciam de todo lugar. Alguns, cada vez mais frágeis. Fracos como seu próprio deus.

E, se ali a guerra ainda parecia longa, em sua essência, ele sabia que pouco tempo faltava para a dominação total do Sonhar. Se seus sonhadores insistiam em retornar, e se alguns ainda insistiam em resistir, e se suas formas ainda tinham força para continuar aquela luta, tudo terminaria quando *eles* chegassem. Aproximações desejadas por milênios, mas permitidas apenas no momento em que o Deus do Sono fora enfim derrotado, e seus sonhos divinos tomados à força.

E Phobetor de tudo se alimentava. Os sonhos despertos dos homens cada vez mais vazios. Cada vez mais frios, distantes e infimamente dotados da mais profunda ambição, que cegava homens encarnados, mas fortalecia deuses vivos. Phobetor sorria ao se lembrar de sua *rainha*. Através dela, o mundo, e tudo que existia no mundo, e também naquele mundo, era ele. E ele era tudo. Ele era homem. Ele era rei. Ele era pensamento. Ele era sentimento. Ele era atitude.

Ele era um deus maior.

O irmão humilhado ainda estava deitado. O rosto afundado no chão, feito um cadáver. Os braços e as mãos ao lado do corpo, sem movimento. A boca entreaberta. Os olhos fechados. O elmo, que outrora usara imponente, agora estava perdido. A espada estava caída em algum lugar distante demais até mesmo para se *pensar* nela. Na verdade, naquele momento, tudo parecia distante demais.

Morpheus sentia-se impotente. E sentia a impotência daqueles que o sustentavam. Sentia a falta de inspiração; a desesperança que cada vez mais afetava seus sonhadores. Tentava extrair alguma força de algum sonho de seus fiéis, e só encontrava medo, receio, cansaço. E desistência. [*não entendo mais o mundo...*]. Sentia seu plano invadido e as rédeas de sua estrutura e organização tomadas, porém, para destruí-lo por completo, teriam de acabar com sua *matéria-prima*.

Teriam de fazer com que fosse esquecido.

Do jeito que as coisas estavam, entretanto, isso seria possível. Assim como o irmão, também podia sentir a aproximação deles. Foi quando o céu – que antes era chuva – foi tomado por fogo. Os ventos mais pareceram tóxicos. E, acima dos gritos de guerra e morte, escutaram-se as risadas penetrantes de hordas de demônios. Havia o trotar de seres com pés de cabras; o voo de dragões com três cabeças; o rugido de um leão que dividia o corpo com a cabeça de um bode e as garras de um abutre.

A cada minuto, doze milhões de pessoas acordavam. A maioria simplesmente esperaria amanhecer para dar início a suas funções profissionais ou estudantis. Farmácias venderiam milhares de comprimidos para insônia, e um programa de entrevistas com auditório passaria seu horário inteiro falando sobre como esse sintoma estava crescendo cada dia mais *no nosso mundo moderno e competitivo*.

Demônios. Milhões de legiões infernais surgiram em um horizonte longínquo demais. Os céus foram tomados por bestas aladas, que retorciam espinhas com o agitar das asas. Em poucos instantes, noventa milhões de gárgulas tomaram os céus. Não havia chuva. Havia apenas *aquilo*. Milhares de castas de demônios abissais surgindo dos planos inferiores feito pragas na guerra, mordendo pescoços, apertando gargantas, arrancando cabeças e cordões prateados. Anjos caídos faziam rasantes com asas esqueléticas e faces distorcidas pelo calor da guerra, que tornavam os olhos vermelhos e as expressões animalescas. Espadas de lâminas escuras dançavam no meio da multidão da guerra. Almas negras de espectros corriam pelos campos, distribuindo gritos, depressão e angústia. Eram milhões e milhões. Bilhões. Mas o pior é que não eram seres formados de essência de sonhos e pensamentos. Não eram seres amarrados a corpos físicos por fios de prata.

Eram espíritos oriundos direto dos planos infernais.

Eram falanges negras com sede de poder.

Era um ataque inesperado e devastador que traria ainda mais destruição para aquele plano já decadente. Eram legiões dos piores tipos de demônios comandados pelo anjo Abadom, o Anjo Exterminador, braço direito de Lúcifer, o temido Segundo dos Três e responsável pela Primeira Rebelião dos Anjos Caídos.

– Isso... não era... permitido...

O vento sussurrou a frase do deus derrotado. Phobetor a escutou. Caminhou na direção do corpo caído e pisou sobre a cabeça.

– Eu *sei*, irmão querido.

O pé que o pressionava afundou a cabeça de Morpheus.

– Considere esta a *minha* própria trapaça!

PHANTASOS / PHOBETOR

O deus élfico estava com a cabeça do dragão-rei em mãos quando aconteceu. Avistou o irmão caçula posto de joelhos pelo irmão escuro. E, ainda sabendo que a atitude alimentava o irmão inimigo, sentiu ira no instante. Sentiu vontade de ver Phobetor destruído. Banido. Esquecido. Sentiu-se traído, possesso. Apertou o cabo da espada e foi quando a concentração foi quebrada.

Milhares de seres alados gritaram e tombaram do alto. Phantasos assustou-se com os gritos, mas muito mais com as quedas que, cada vez que tocavam no chão derrubando sonhadores em combate, faziam poderosos estampidos. Nos céus, milhões de bestas e gárgulas tomavam os arredores. No horizonte, legiões infernais corriam para a guerra como moscas atraídas por cadáveres. Elfos alados lutavam contra Falanges de Anjos Caídos, tombando aos milhares. O sangue dos ferimentos abertos substituía a chuva e molhava os guerreiros abaixo. Ao fundo, ele podia sentir a energia do pior deles.

Lúcifer, o Segundo dos Três.

Uma entidade que nem mesmo ele sabia se seria poderoso o suficiente para enfrentar. A resposta para a dúvida, porém, teria de esperar, pois, quando os olhos de felino do Lorde Luminoso viram o pé do irmão sinistro afundar a face de Morpheus, suas ações voltaram a funcionar na velocidade de um piscar de olhos.

Do outro lado, Lorde Phobetor sorria com prazer ínfimo. Até que, de repente, algo o segurou pela cintura e o carregou em voo até um violentíssimo choque. De um piscar de olhos para outro, as costas foram cravada em uma parede de rochas em impacto estrondoso. A cabeça bateu contra a parede e o corpo estremeceu. Caiu de joelhos, erguendo-se furioso, com a expressão vampiresca. Queria sangue. Deparou-se então com o irmão luminoso diante de si, segurando a espada em meio a uma forma lotada de ferimentos de batalha.

– Levanta-te, deus maldito! – a posição de guerra adotada. A armadura de espinhos fantástica exibindo os danos pelos golpes do combate com o dragão preto. – Vamos que tua guerra agora é comigo, desgarrado...

Ali o deus élfico também queria sangue.

O SANTO

Os corcéis pararam ao comando dos cavaleiros. Saíam da Oitava Estrada e se encontravam em um campo de gigantescas extensões, com grama alta agitada pelo vento e um muro de proporções intermináveis. O muro não era construído de tijolos, mas de vidro ou do que parecia ser vidro. O interessante era que, quando se olhava para ele, via-se o próprio reflexo. E o reflexo de si próprio.

O mais curioso do muro envidraçado, todavia, ainda era a presença de dois homens sem rostos. Vestiam mantos de cores avermelhadas, e um grande capuz impedia de se observar o rosto perfeitamente ocultável. O manto também se estendia até tocar o solo, embora a impressão de quem pudesse observá-los era de que ambos não tocavam o chão. Atrás de suas figuras, havia um portão sem fechaduras ou cadeados, selado por uma runa, e de altura suficiente para passar um titã. Nenhum dos dois fez menção ao albino ou ao Santo, parados naquele extenso campo.

– Aqueles dois são espécies de vigias?

– Quase isso. O termo correto seria *Guardiões*.

– O que eles guardam?

– A entrada e a saída dos reinos de Madelein. São dois anjos menores a serviço do arcanjo Haniel, príncipe dos Anjos Principados, que possuem boas relações com o Anjo dos Sonhos.

– Onde estamos neste momento?

– No ponto em que o reino dos sonhos despertos toca os planos sombrios.

Aquilo poderia dar margens a interpretações errôneas. Para cessar qualquer dúvida, o Santo questionou:

– O que existe do outro lado do muro?

– O Inferno.

O vento sibilou. O Santo apertou os olhos lembrando-se do objetivo fixado. Outra coisa, porém, o incomodava. Como antes a ele explicado, a armadura que utilizava fora moldada com sonhos despertos dos homens e absorvia dessa força cada vez que um sonho se manifestava. Entretanto, a cada hora, a armadura parecia mais fraca. Sentia-a como uma bateria se descarregando. Como um combustível na indicação da linha de reserva.

De repente, um grito.

O Santo correu os olhos pelo campo infinito de mato alto e deparou-se com um sujeito vestido de preto, correndo feito um alucinado na direção dos dois. Do local de onde vinha, a impressão que se tinha era a de que havia corrido da Primeira Estrada de Madelein. Havia uma expressão animalesca em seu duplo-etérico, que lembraria um rosto de um corvo, se corvos fossem humanoides. O Santo colocou a mão no cabo da espada e esperou um ataque.

O homem – se *aquilo* era um homem – passou correndo, ignorando a presença deles, em direção ao grande portão do muro de vidro guardado pelos Guardiões. Agitava os braços insanamente e balançava a cabeça incessantemente, descontrolado. O Santo retirou a mão do cabo da espada. E só então percebeu o fio de prata ligado ao enlouquecido.

– Quem seria esse angustiado, Nour-el?

– Uma alma sensível demais para enlouquecer com a própria arte. Tu verás centenas correrem por este campo em direção às portas do Inferno.

– Mas os Guardiões permitem que ultrapassem este domínio?

– O papel dos Guardiões é impedir que o Inferno contamine e destrua as Estradas de Madelein, porque elas fazem parte do processo de evolução da esfera terrestre. Mas eles não podem impedir que as regiões inferiores *tentem* as almas que caminham por estes planos.

O Santo continuou a observar. A alma angustiada se aproximou do imenso portão. O Guardião encapuzado à direita passou os dedos sobre as runas que marcavam o portão. Um som de CRACK se fez. O Guardião à esquerda fez o mesmo com as runas do seu lado. E o mesmo som se escutou.

Então, veio o silêncio.

E o portão começou a se abrir lentamente, estalando feito papelão descolado aos poucos. A energia emanada do outro lado apenas com a abertura já se apresentava extremamente poderosa e negativa. O enlouquecido manteve-se à frente do portão, sem saber se deveria cruzá-lo.

– Ele *tem* de ultrapassá-lo?

– Sempre existe o livre-arbítrio. A tentação, porém, daqueles que chegam até os portões do Inferno é tão grande, que muito raro é ver algum não sucumbir...

O enlouquecido observava o outro lado em êxtase, de onde se desvendava, dentre expressões imprevisíveis, um sorriso encoberto. O olhar longínquo manifestava a atuação do deslumbre. O Santo, porém, podia ver que, do outro lado, só havia escuridão.

– Ele não pode ver as trevas?

– Não. Ele está cego. Ele vê do outro lado o fim de suas angústias. Ele vê campos mais belos dos que já pisara até aqui. Ele procura, do outro lado, o que está cego para ver que já existe neste.

– Mas, se ele ultrapassar a barreira...

– Aí irá descobrir que a paz que procurava não estava lá. E que seu próprio inferno começara.

O angustiado ainda estava parado observando o outro lado. Aos poucos, foi caminhando devagar como se uma força o sugasse.

– Quem passa para o outro lado *perde* seu fio de prata?

– Depende. Um artista suicida deixa o plano terreno na passagem. Já outros artistas depressivos entram em estado de loucura, mas não desprendem seus espíritos.

– E o que acontece?

– Apenas suas *consciências* fazem a travessia para aquele lado. E então, sua arte passa a ser corrompida. Suas inspirações tornam-se abaixo do medíocre. É quando tu vais ver gênios produzindo obras sofríveis. Músicos recebendo status de vendidos, trocando arte por cobiça. Vais ver poetas declamando muito mais sobre a morte do que sobre a vida. Vais ler livros que te levam muito mais ao submundo do que aos céus.

– Os sonhadores despertos então se aproximam das estradas infernais...

– Não à toa se diz que a mente vazia é a casa do demônio. Em casos desse tipo, não demora a uma tragédia ocorrer.

Aquilo alimentou ainda mais o sentimento do Santo sobre o espírito cego. O prazer e a paz efêmera que enxergava do outro lado era mesmo digna de pena.

– Não há nada que nós possamos fazer pelo condenado?

– Ninguém o obriga a cruzar o outro lado.

– Mas ele está cego...

– Ele tomará sua decisão. Além do mais, existem almas fortes o suficiente para retornarem às Estradas. E quando isso acontece, o ciclo terrestre ganha em evolução.

– Por quê?

– Porque é através da força com que o artista resiste à tentação do Inferno que se ancora os mais poderosos toques de inspiração de Madelein. Ou, por um acaso, nunca percebeste que a maioria das melhores obras de vossos artistas nasce em momentos de angústia e dor de vossos sonhadores?

– ...

– Nunca escutaste um artista dizer que foi sua arte que o manteve *vivo*? Que, se não fosse por ela, teria desistido até mesmo da própria vida?

O Santo voltou a se lembrar da caverna e da guerra travada com seu duplo-perverso. [*Beliel*]. Lembrou-se das forças que invadiram a escuridão em que se encontrava e lhe purificaram o lado corrompido. Do toque da oração de cinquenta milhões de sonhadores em um único momento.

– Ainda assim, Albino, não posso ficar observando isso...

– Tu não podes interferir no livre-arbítrio dos mortais.

– Imagino que não possa. Mas talvez possa mostrar a ele a realidade de ambos os lados, para que ele tenha um melhor direito de escolha.

O cavaleiro desceu da sela, e o mundo pareceu mais lento. Caminhou na direção do sonhador deslumbrado sem noção exata do que estava fazendo.

– Sonhador, se aproxime! – o Santo ordenou como rei.

O angustiado virou-se assustado. O Santo continuou:

– Não é possível que uma alma capaz de cruzar com competência uma das Estradas de Madelein se entregue a destino tão desprezível. Não é possível que alguém cruze esses portões pela consciência própria de quem sabe o que está fazendo. Não vou lhe impedir que dê seus passos, mas quero que enxergue com clareza o que está fazendo e do que está prestes a desistir.

O angustiado se ajoelhou e começou a se debater, lembrando um violento ataque epilético. O ser que se aproximava era seu próprio demônio, luminoso, cegando-o do mesmo jeito que a escuridão total. O Santo lhe segurou pelos braços, para que ele parasse o surto. O toque não *queimou*, mas o alucinado sentiu como se fosse fogo.

Nour-el, ainda em cima do corcel, estava embasbacado com a ousadia. Mesmo com um tempo parecido com o tamanho da eternidade nas costas, nunca vira algo parecido. O que estava acontecendo ali era impressionante até mesmo para os padrões cósmicos. A alma, que era angústia, parou de se debater. A boca aberta, como se diante do inacreditável. A aparência era suja, como se tivesse nadado em lama. Porém, algo começou a brilhar e a surgir de dentro, transbordando pelos poros.

O toque fez com que o obscuro então *visse*. Ele viu *hipóteses*. Hipóteses como uma filha que ainda nem mesmo nascera. Ele viu pessoas trabalhando em cima de outras adaptações e premiações envolvendo obras não finalizadas. Ele viu pessoas chorando ao contato com um lado da arte de que desistira e viu na solidão não mais um motivo de angústia, mas de um isolamento essencial para que servisse ao propósito do caminhar na Primeira Estrada.

Tudo vinha em blocos e flashes e sensações enjoativas, que lembravam ânsia de vômito. E quando a alma antes cega se virou novamente para os portões que levavam ao Inferno, decidiu então subitamente se afastar. O atordoado olhou para o Santo sem saber se diante de um ser bom ou vil e o escutou dizer:

– Agora exerça de fato seu direito de escolha...

A alma, antes angustiada, correu de volta na direção da Primeira Estrada, como fazem os loucos. Do outro lado do portão, o Santo podia sentir a vibração negativa e o rastejar de forças sombrias que não gostaram da intromissão, mas sabiam estar diante de algo forte o suficiente para enfrentá-las. Foi assim que ele demorou a notar Nour-el o observando fixo. Os olhos do albino ainda não tinham pupila.

– É... – o guia suspirou. – Minha Senhora estava certa. És mesmo tu.

"És mesmo tu o mais poderoso sonhador do orbe terrestre."

ALEXANDRE GARNIERI

Mais um dia havia se passado. Mais um, sem melhoras. Mais um, sem notícias. Os noticiários por onde a atenção rodopiava ao comando de um controle remoto só pareciam exibir duas notícias sobre o caso.

Uma era a sua "covarde agressão a um repórter em serviço".

A outra, a de um famoso escritor russo, amado pela crítica intelectual, que havia saído de uma profunda crise de depressão e anunciado ao mundo seu novo livro.

– Estava às portas do Inferno... – ele dizia. – Se não fosse pela literatura, acho que agora estaria morto...

O escritor anunciara que iria se casar com a noiva, uma dançarina de balé clássico, e juntos pretendiam ter uma filha. O motivo daquela notícia, porém, se repetir excessivamente nos canais estrangeiros tinha um apelo direto, explicado ao final da reportagem. O escritor russo só não sabia dizer por que, desde que saíra de sua depressão, a imagem do jogador Allejo não saía de sua mente.

– Sei o que é passar por um momento difícil. Espero que Allejo também mantenha suas forças com a certeza de que tudo acabará bem. Sou muito solidário a ele e à família de Ariana Rochembach nesse momento, porque sei o que é estar no Inferno e renascer...

NOUR-EL

– É hora de nos despedirmos, Santo.

– Como é?

O Santo observou intrigado seu próprio guia. Nour-el, porém, sabia que seu papel naquela guerra estava feito. Guiara a evolução daquele espírito. Levara-o aos locais e às situações pelas quais ele precisava passar. Era o momento de deixar que cumprisse seus desígnios e torcesse para que fosse bem-sucedido.

– Minha missão estava em trazer-te até aqui. Tu me pediste que te guiasse até as entradas do Inferno, e aqui te trouxe. Tu evoluíste e deixaste de estar para ser. Tu és o que és agora.

– Mas eu pensei que...

– A mim, resta agora apenas a longa espera. Espero sim que tu consigas vencer tuas adversidades e que nos encontremos em pouco tempo. Assim como espero que possas cumprir aquilo que combinamos.

O Santo se lembrava. Na verdade, em nenhum momento se esquecera do difícil pedido de seu guia, que esperava retornar seguro para cumprir.

– Eu o farei, Albino – admitir a separação não era algo fácil. Nour-el havia se tornado o mais próximo naqueles planos do que ele poderia chamar de um amigo. – Juro a você que o farei, assim que retornar dos últimos círculos do lado sombrio.

– Na verdade, tu não precisarás ir até o último círculo. O local que procuras fica na borda, onde os planos sombrios de Phobetor tocam o Inferno. É como se fossem a cobertura de um prédio.

– Mas para chegar à cobertura de um prédio, preciso passar por dentro dele...

– Não se o prédio estiver enterrado no chão.

O Santo sorriu. E então, mais uma vez, o vento sibilou. Dessa vez, entretanto, nenhuma alma angustiada percorria campos correndo enlouquecida, e a visão era muito mais magnífica. Ao fim daquele cenário, saindo de locais diferentes daquelas Estradas, eles surgiram. Vestiam armaduras parecidas com a dele, com rostos protegidos por elmos reluzentes.

– Enfim tua comitiva chegou – sussurrou Nour-el.

Eram vinte e um guerreiros. Com o Santo, formavam o número-mestre vinte e dois. Aproximavam-se e pareciam deixar rastros de energia em formatos luminosos atrás de si, feito pegadas astrais. A maioria era formada de soldados em formas masculinas, mas havia guerreiras que lembravam amazonas e havia também *ela*. A Senhora daquele grupo, a mesma por quem eles morreriam cento e oito vezes. [*quem quiser ganhar a vida que a perca*].

Ela vinha com graça e caminhava em um vestido suave e azulado, que se estendia pelo chão, mas não o tocava. Os ossos eram grandes e um cabelo liso dançava ao vento. Era a única de todos eles que não portava uma armadura. Na verdade, que não portava nem mesmo uma arma de guerra. Apenas erguia um pouco a saia acima dos tornozelos com as mãos e dançava em um caminhar no ritmo dos próprios passos.

– Enfim tu és, menino... – ela disse, com um sorriso que pararia uma flecha. – Enfim tu és de areia.

O Santo estava hipnotizado. A atenção – e o coração – era dela. Os atos, as atitudes, os sentimentos. E os sonhos. Ao seu lado, Nour-el desceu do corcel e posicionou-se. Estava acostumado a vê-la, mas, cada vez que o fazia novamente, a sensação de magnitude permanecia.

– Alma santa, esta que chega é tua rainha. O grupo de pessoas que aqui está são sonhadores poderosos que cumpriram seus desígnios. A maioria o fez sem imaginar os motivos maiores por detrás, assim como tu.

O Santo viu um guerreiro com uma armadura com ombreiras e capa. Ele não sabia como, mas sabia que era Lúcio Vernon. Imaginou quem seriam os outros, que corpos ocupariam as almas no mundo terreno. Logo, a atenção foi desviada para ela. Cada vez, ela se aproximava mais. E mais.

Ela parou à frente deles. Ao fundo, era possível ver suas belíssimas afilhadas. Eram dez.

Nove como entidades do Sonhar.

Uma dotada de um fio de prata.

– Cumpriste com competência tudo o que te pedi, meu querido... – ela iniciou.

Nour-el se colocou de joelhos diante de sua rainha. O Santo fez o mesmo.

– Nada mais fiz que minha obrigação, Senhora – o espírito albino mal conseguia erguer a cabeça.

– Não. Fizeste *mais*. Tu guiaste este espírito com mais competência do que muitos arcanjos fariam. Tu mereces mais, Nour-el. Tu mereces tua alforria...

– Senhora, eu não sou nem nunca me senti um escravo em tuas terras...

– Mas agora tu és *livre*.

O espírito albino tremeu com a declaração. Imaginou aquele momento de diferentes maneiras, mas a sensação final era a mesma com que sempre sonhou.

– Se quiseres viver em meus reinos, viva. Se quiseres evoluir em outras terras, vá. Tu és um caçador de espíritos livre agora. Faças apenas o que tua consciência assim permitir, porque não tens mais deveres com nenhum mestre. Pelo contrário: és agora o mestre de teu próprio destino.

– Eu...

A mão tocou-lhe o rosto esbranquiçado.

– Sim, eu sei qual teu maior desejo. Infelizmente, sabes que não tenho poder para lhe dar *este* tipo de libertação.

O albino abaixou a cabeça. Aquela sensação ainda era angustiante. O mesmo desconforto que corrói o ser humano que tem a liberdade de sair de uma penitenciária para trabalhar ao longo do dia, mas necessita retornar à prisão para dormir.

– Se eu voltar, Albino, manterei a promessa – disse o Santo. – Eu intercederei por você.

Nour-el ficou observando-os caminhar. Admitia a beleza da visão, mas não era capaz de negar a inquietude que ainda lhe corroía o peito.

Se eu voltar, Albino, manterei a promessa.

A angústia estava em um único detalhe.

Se eu voltar, Albino...

Um único e pequeno detalhe.

Se eu voltar.

O SANTO

Os vinte soldados fizeram uma reverência a ela. Depois, uma a ele. Caminharam na direção dos dois Guardiões encapuzados e, sem que nada fosse preciso ser dito, as runas foram acionadas e os portões novamente abertos. A energia negativa que emanava do interior voltou a pulsar como se buscasse tragar qualquer alimento que pudesse até ali se arrastar.

– É agora o tempo de buscar tua musa, Santo – ela definiu. – Aqui a tua direita e a tua esquerda está teu exército. É o momento de seguires os passos de Dante. É a oportunidade de igualares tua coragem a de Orfeu – ela estendeu a mão à frente. – É hora de tu cruzares os portões infernais.

Ambos já estavam a um passo do portal, quando o Santo titubeou. Olhou para a Senhora dos Sonhos Despertos, desconfiado.

– O que ganha me ajudando, Senhora?

– Um avatar.

Houve um momento de silêncio. E então, o Santo inspirou e trouxe na inspiração a coragem do mundo. A expressão se modificou. O grupo de viajantes astrais se concentrou nele. E o primeiro comentário como o comandante de uma viagem suicida foi emitido:

– Senhores... estejam preparados...

Aqui começa o Reino da Morte.

PHANTASOS / PHOBETOR

O deus-fera saltou sobre rei Phantasos e lhe cravou os caninos no ombro. A dor foi descomunal. A espada caiu da mão do deus-elfo, emitindo um CLANK. Sentiu a própria essência sugada e o mundo girar. Por instinto, a mão direita agarrou o beiço superior da face fera e começou a dilacerá-lo para cima, rasgando a gengiva. A mão esquerda foi até o olho direito, penetrou pela abertura e apertou o globo ocular até escutar um estalo. Phobetor abriu a boca desistindo da dentada para urrar mais alto do que um estuprador no Sexto Palácio do Inferno budista.

Phantasos ergueu o corpo animalesco do irmão que se debatia e o arremessou no meio de um monumento erguido em homenagem a Morpheus. A estátua se partiu com o choque. Phobetor ergueu-se com os olhos inflamados, segurou um dos pedaços da estátua e a atirou feito lança na direção de Phantasos.

O Sonhar escutou um estrondo ecoar com o impacto.

Saindo ileso da nuvem de fumaça, Phantasos desintegrara a pedra nele arremessada com um golpe de um único punho. A velocidade e o pensamento de deuses, mais uma vez, chocaram-se, e ambos recuperaram suas armas. Em um piscar de olhos, estavam um diante do outro, e espadas faiscaram uma; duas; noventa; cento e cinquenta; duzentas vezes. Golpes surgiam mais rápido do que a vista e a imaginação humana, até que Phantasos sentiu um corte romper de baixo para cima, da altura da coxa direita até o peitoral.

Nem assim interrompeu os golpes.

Duzentos e vinte; duzentos e oitenta; trezentos golpes aplicados. Phobetor sentiu um corte mais profundo próximo da clavícula. Outro no abdômen. E então, um pedaço da orelha esquerda foi rasgado. Ele saltou para trás, colocando a mão no ferimento que jorrava sangue preto.

– Tu vais pagar por isso mais tempo do que ainda serás lembrado, desgraçado! – rosnou Phobetor, arqueando a forma besta-fera.

– Pois tu hoje não terás tempo nem mesmo de ser esquecido, deus bastardo!

Phantasos avançou. Naquele momento, a vantagem do deus-elfo era imensa. Demônios, porém, tomavam os céus como estrelas e tomavam também o infinito campo, arena de bilhões em combate. Soldados das forças de Morpheus e Phantasos eram atacados com ferocidade animalesca e visceral, dentre garras, chifres, dentes, pinças, caudas, espinhos e acessórios de criatividade mórbida infinita.

De súbito, algumas monstruosidades rosnaram nos céus e desceram como cães esfomeados. Phantasos mal teve tempo de reação quando cinco demônios sem sexo definido, peludos e com asas tortas de morcego lhe cravaram garras. Eram grandes e extremamente fortes, batiam, rasgavam e mordiam. Seres fantásticos nascidos dos sonhos dos elfos se desesperaram com o grito de sua divindade. Elfos alados tentaram voar naquela direção, mas eram tantos demônios, que eles não conseguiam avançar. Elfos guerreiros atiravam milhares de flechas, mas eram muitos alvos no caminho. Além disso, ao fundo, o líder daquele ataque de reforço surgia e trazia uma visão terrificante.

Abadom.

O nome era suficiente para gerar medo em alguns demônios de poder relativamente expressivo. O Anjo da Morte. O Senhor do Abismo.

O demônio sinistro citado por São João no Livro de Êxodo.

E por Judas no Livro da Revelação.

Seu exército pessoal surgia saltitando e esmagando oponentes. Uma visão de terror justificada desde os tempos mais remotos, muito antes da humanidade ter noção do limite da sensação de terror. Dentre seus diversos títulos conquistados ao longo do tempo, o Livro da Revelação expressava o pior deles.

O Rei dos Demônios-Gafanhoto.

Phantasos podia escutar a fricção sinistra daqueles malditos, mas nada podia ver. O corpo já estava soterrado por uma dúzia de demônios que se amontoavam sobre ele. E esse número crescia rapidamente. Dobrando. Quadruplicando. Eles chegavam babando ácido. Chupando feridas expostas. Logo, em segundos, duas dúzias de demônios já havia se amontoado sobre Phantasos. Um festival macabro de encontro de pelos e barrigas, friccionando-se uns sobre os outros como uma orgia de magia negra.

No Castelo de Fígaro, morada de um dos lordes de Phantasos em suas terras mais fantásticas, a maioria podia perceber a oscilação. Era como se pudessem ouvir os gritos de seus próprios soldados e de seu próprio deus maior.

A maioria masculina resolveu se recolher para meditar.

A maioria feminina resolveu procurar as pequenas crianças elfas que ainda brincavam pelo castelo, decidida de que era hora de colocá-las para dormir.

Phantasos *sentia* a força dos seus. Seus sonhadores costumavam sonhar muito mais longe do que os do irmão Morpheus. Ainda assim, ele sentia uma afeição por aqueles planos e por aqueles sonhadores. Aquele *tipo* de sonhadores. Sonhadores *humanos*.

Era fato: humanos e fantásticos se completavam. E necessitavam um dos outros.

Os demônios continuavam mordendo. Cortando. Rasgando. Lorde Phantasos deixava que eles se amontoassem. Mais. Cada vez mais.

Em uma Casa de Ópera, elfos, fadas, duendes, sátiros e centenas de espectadores com formas de animais humanoides assistiam a uma ópera. O espetáculo era apresentado em homenagem às boas relações de um rei poderoso em forma de leão e um rei carismático em forma de rato. Na história apresentada, o leste e o oeste estavam em guerra. Draco, o grande herói do oeste, apaixonou-se pela doce e gentil Maria. Na cena a que assistiam, naquele momento, as forças do oeste haviam caído, e o castelo da mulher fora tomado pelo príncipe Ralse, do leste. O príncipe queria lhe tomar a mão à força, mas Maria não conseguia se esquecer do guerreiro Draco nem renegar o amor que sentia por ele.

No alto de uma sacada, em um cenário monumental, que reproduzia uma torre de um castelo, usando um vestido branco de seda e acompanhada por uma orquestra de competência sobrenatural, a atriz Celes Chere pulsava os sonhos daquela plateia, cantando uma suave canção de amor.

Oh, my hero, so far away now.
Will I ever see your smile?
Love goes away, like night into day.
It's just a fading dream...[*]

* Oh, meu herói, tão longe agora. / Será que eu vou ver o seu sorriso de novo? / O amor vai embora, como a noite virando dia. / É apenas um sonho desaparecendo.

Na concentração silenciosa daquele anfiteatro, era possível ouvir corações batendo mais forte. Mais alto.

Cada vez mais forte.

Cada vez mais alto.

I'm the darkness, you're the stars.
Our love is brighter than the sun.
For eternity, for me there can be only you,
My chosen one...

Must I forget you?
Our solemn promise?
Will autumn take the place of spring?

What shall I do?
I'm lost without you.
Speak to me once more.[**]

Ao final daquela apresentação, corações batiam mais leves. E ainda mais vivos. E o mais curioso era que suas pulsações poderiam ser sentidas a muitos quilômetros além.

Podia ser sentida ainda hoje por milhões de pessoas além daquelas terras.

Por milhões de sonhadores além daquelas terras.

E por milhões de sonhos de povos diferentes que, em momentos como aquele, falavam uma única e mesma língua.

It's just a fading dream...

A fantasia.

Houve o grito espetacular de um deus renascendo. Phantasos se ergueu com os braços abertos, os punhos fechados e a boca aberta, originando um kiai. Três dezenas de demônios foram impulsionadas violentamente para longe de seu corpo, chocando-se contra dezenas e dezenas e dezenas de outros demônios desequilibrados. Espinhos foram expelidos da armadura e perfuravam corpos bestiais. O deus que ali estava em pé não vestia mais uma armadura. Estava com

** Eu sou a escuridão, você é as estrelas. / Nosso amor é mais brilhante que o sol. / Para a eternidade, para mim só pode haver você / O meu eleito.
Devo esquecer você? / A nossa promessa solene? / Irá o outono tomar o lugar da primavera?
O que devo fazer? / Eu estou perdida sem você. / Fale comigo mais uma vez.

a imagem de uma roupa rasgada e a aparência de quem já guerreava por dias, cada vez mais furioso na luta.

A espada ainda firme pelo punho esquerdo do deus canhoto.

– Acaso vós sois mesmo tão estúpidos quanto os seres maiores se referem?

Phantasos via os demônios-gafanhoto surgindo e se aglomerando em uma visão tenebrosa. Algumas legiões corriam e saltavam metros e metros em sua direção com patas gigantescas. Phantasos sentiu os sonhos de seus despertos ainda mais fortes e concentrou-os. Os gafanhotos continuaram a se aproximar. Mais. Cada vez mais. Os sonhos dos despertos concentrados pelo deus foram transformados em combustão de raiva. A raiva foi transmutada em ódio. O ódio foi projetado para dentro daqueles demônios que corriam. As mãos do deus, tremendo como um ataque de nervos. Perto. Cada vez mais perto. O ódio foi agitado como se fosse algo menos efêmero e mais denso. Os demônios-gafanhoto sentiam o interior aquecer feito moléculas agitadas em um recipiente fechado. Mais; cada vez mais.

E então, a queima divina promovida pelo desejo de um deus maior aconteceu.

De uma única vez, feito o resultado de um atentado terrorista, um milhão de demônios-gafanhoto IMPLODIRAM, espalhando sangue e exoesqueletos sobre um campo de batalha já manchado.

– Vós não estais aqui nestas terras enfrentando um homem ou um ser limitado. Vós estais enfrentando um deus! – ele rugiu.

– E vós *também*!

A voz soturna era de Phobetor. Estava em pé e parecia recuperado. A espada se agitava na mão direita do sinistro deus destro. O tronco em forma corcunda. Os olhos vermelhos sem pupila. Os dentes afiados. Ao redor, surgiam mais e mais e mais demônios. De todos os cantos. De todos os lugares. Sonhadores perdidos, almas escuras, espectros sem destinos, almas ruins. Morpheus ainda estava no chão, derrotado. E de frente ao irmão maligno, rodeado por milhões de entidades dispostas a destruir sua essência, rei Phantasos sabia que seria preciso um grande milagre ou um grande plano divino para virar o jogo dos tronos naquela guerra de éter.

Apenas um grande plano. Ou um grande milagre.

As hipóteses assustavam.

Mesmo tratando-se de deuses, em guerra, nem sempre é fácil conseguir um dos dois.

O SANTO

Pouco se via. Tudo era escuro, soturno e umbrífero. O pouco que o Santo via ao passar para o outro lado dos planos inferiores era exatamente bem definido por um dos escritos de Alighieri, ao descrever as experiências de suas viagens astrais.

O solo onde pisamos se povoa
Das sombras que essas chuvas derrubavam:
Forma e aparência tinham de pessoa.

Era isso. Sombras. Sombras em formas de pessoas. Como nos sonhos de Ariana. Como nos pesadelos de Ariana. Outro detalhe interessante dos planos inferiores: o silêncio não existia. A caminhada sombria era eternamente acompanhada de prantos, gemidos, lamentos, rancor. Escutavam-se gritos de raiva. Vozes roucas e incessantes, de tanto bradar. Outro detalhe era que o Santo sentia frio. Imaginava o Inferno quente feito o Deserto da Líbia, mas estava andando pelo que mais lembrava uma caverna e tremendo.

– Vamos encontrar o barqueiro infernal? – ele perguntou ao soldado astral que estava Lúcio Vernon.

– Provavelmente não. Estamos entrando no Inferno pelos planos de Madelein, não pelo caminho tradicional. A informação procede, minha Senhora?

– Com perfeição, guerreiro probo. Vós estais guiados por uma entidade acostumada a percorrer terras mais antigas do que estas antes mesmo que houvesse vida entre carnívoros gigantes nas terras despertas. Estamos em tempos de guerra e aconselho a ti, Santo, e também a todos vós que aqui se encontram nesta jornada imprecisa que mantenham a cortesia e a prudência, ainda que diante de seres inferiores e bestiais.

– Esta... *comitiva* que nos acompanha, Senhora... – perguntou o Santo, pausadamente –... ela aqui está por minha causa? Pela minha causa?

– Indiretamente.

– Não entendo.

– Ela aqui está por *minha* causa. Ela representa a minha escolta.

– Entendo...

– E ela aqui está porque tua causa interessa a mim e a muitos, mais do que apenas a mim.

Continuaram caminhando. O Santo, porém, ainda estava com a última frase latejando. Tentava chegar a uma conclusão própria para evitar bancar o impertinente, mas a dúvida que corroía os pensamentos o enlouquecia.

– Desculpe não cessar minhas dúvidas, Senhora, mas existem mesmo outros esperando pelo desfecho de minha saga?

– *Milhões* de outros.

– Despertos?

– Também. Mas também entidades maiores do que todos vós. Maiores até mesmo do que eu.

– Eu não entendo o porquê.

– Acaso não escutam o que sopramos nos ouvidos de teus poetas? Entendas que o mito é verdade: há sim mais entre o Céu e a Terra do que supõe vossa filosofia vã!

O Santo calou-se, desta vez, por um tempo.

– Isto é uma caverna? – perguntou depois, dessa vez, dirigindo-se a Vernon.

– Sim. Nada que não fosse esperado por quem faz esta travessia.

– É mesmo macabro este lugar.

– Imagine quando as luzes se acenderem...

O Santo concordou. A morbidez local ainda o deixava incomodado. Arrepiado. E perturbado. De repente, um BRAM! E outro! E outro! Um grito! Um grito de alguém da comitiva. E então outro! E outro! Eram sons de queda e gritos de susto e desespero. Alguns haviam caído no chão, mas nada ainda se podia ver do motivo.

– Ajudem! – gritou um dos soldados. De repente, estava no chão e não conseguia levantar sozinho. Algo o prendia. Algo que ele não sabia se queria saber o que era.

O Santo ficou estático. Ouviram-se sete gritos e pedidos de socorro de uma vez. Ainda estava escuro, e o mundo era pequeno, resumido ao tamanho daquela caverna. Olhou na direção de Madelein, o ponto de luz que possuíam. Ela estava de olhos fechados e não parecia que iria se mover para ajudar a comitiva.

– Santo, ajude-os.

– Mas como? – havia desespero na voz. – *Como* eu faço isso?

– Ilumine-os.

Ele não fazia ideia se havia ou não entendido o recado. Não fazia ideia do mecanismo de funcionamento das coisas naquele local. Mas, dentro de si, também sabia que seus passos nunca eram guiados apenas por si próprio.

A katana de três punhos foi tirada da bainha presa às costas.

A força emanada do ki foi tamanha, que ela brilhou incandescente em meio à escuridão, entortando luminosidade pelas paredes e arredores daqueles vinte e dois guerreiros. Gritos ecoaram.

Seguiram-se os rastejos. Os sons de rastejantes. Homens, que da forma de sombra ganharam a forma de esqueletos, esgueiravam-se como vermes pelos cantos trevosos, temendo o toque da luz. A luz os machucava. As mãos soltaram as pernas dos viajantes astrais, dos quais sugavam essência vital, e os corpos balançavam aliados aos sons demoníacos e ataques descontrolados de tremor.

Aos poucos, eles foram se amontoando sobre a escuridão no fundo da caverna. A maioria não possuía mesmo olhos frios que pudessem ser visualizados dentre o breu. O Santo sentiu pena de suas condições.

– Não sinta pena de condenados, cria do desígnio – ela o corrigiu, como se lesse seus pensamentos. Ou sentimentos. Ou ambos. – Todos que aqui encontrares são frutos das próprias escolhas. Todos os que aqui se encontram tiveram o mesmo livre-arbítrio dado a eles por leis axiomáticas que os tornaram seres diferentes. Tudo o que aqui encontrares será consequência de uma opção.

O Santo avaliou sua repreensão. Aceitava o que lhe era dito. Sentia, porém, pena mesmo assim.

– E quanto a *ela*, Lady Madelein? – havia mais um tom de desafio do que de dúvida. – Quem fez a escolha por ela?

Toda a comitiva parou e observou, curiosa com a resposta. Uma resposta capaz de promover, ou mesmo interromper, uma guerra astral.

– Concentra-te em teu objetivo, duvidoso! E vamos todos continuar nosso caminho de pedras, que tenho a eternidade, mas não o dia todo...

O fato era que ninguém daquele grupo saberia formular aquela resposta. Mas a questão ali no fundo nem mesmo era essa.

No fundo, a questão a ser levantada era se, na realidade, até mesmo Madelein saberia.

PHANTASOS / PHOBETOR / ABADOM

O demônio-rei parou no alto do céu escurecido. Estar ali como um pacto desonroso também era gratificante; todo demônio, ou todo Caído, ganha em uma loteria demoníaca quando trapaceia um adversário. Um concorrente. E, principalmente, um inimigo.

Há tempos, Abadom já era respeitado em áreas infernais. Era ele o Senhor do Poço sem Fundo e o Rei dos Demônios-Gafanhoto, criaturas tão grotescas que fariam Cthulhu sentir empatia. Contudo, demônios são viciados em *ambição*. Anjos Caídos, por sua vez, são obcecados por isso. Há tempos, desde que seu exemplar mais perfeito um dia caiu, não há anjo que não deseje governar nos círculos do Inferno. Seus sonhos mais megalomaníacos, entretanto, envolviam uma ousadia ainda mais insana: governar nos reinos do Céu. Os mesmos reinos divinos de onde foram expulsos, onde suas consciências por vezes caminhavam pelos becos com medo de que alguém os visse, cada vez que eles próprios se davam o direito de sonhar.

Abadom, pouco a pouco, aproximava-se de Phantasos, o deus felino. O corpo do anjo caído era imenso, acinzentado e cheio de marcas de guerra. Exibia orelhas animalescas de gato e cabelos negros cobertos por um elmo em forma de espinhos, que debochava da coroa do Cristo. Correntes corriam pelo tronco formando um X. Dos olhos acinzentados e vazios, saía fumaça.

Para o deus bondoso, o cenário não era animador. O irmão ainda jazia no chão, vencido. Sua essência divina sentia o peso da batalha. Sonhadores eram eliminados ou destruídos por exércitos cada vez mais intensos, aliados a seres demoníacos que destratavam o pacto de guerra estabelecido. Phobetor se mostrava renovado. Elfos alados continuavam massacrados por demônios com corpos de gafanhotos, capazes de enlouquecer sonhadores apenas pelo contato. E tudo isso ainda sem contar seu próprio cerco: ao redor daquela entidade, uma média de três mil e quinhentos demônios, sob o comando de seu comandante infernal Abadom, observavam-no, esperando apenas a ordem de aprisioná-lo e torturá-lo, sabe-se lá por quantos mil anos ainda vivesse na mente e nos sonhos de um único elfo.

– Não deverias tomar parte em um combate que não é teu, anjo perdido – rosnou Lorde Phantasos, ante a chegada do Destruidor.

– O que és meu, tu nem imaginas, deus pequeno – comentou Abadom.

– Vejo que até mesmo um demônio como tu ainda sonhas...

– Não, divino, sou muito mais do que um demônio. Sou o Anjo do Abismo. Eu sou a Raposa das Sete Caudas. Meus sonhos são muito maiores do que tu podes suportar em tuas terras. Meus desejos tomam forma e geram crias de gafanhotos. Não durmo há alguns milhares de anos, pois tudo o que imagino, imagino desperto. E mais: realizo, como esta tomada dos reinos dos derrotados.

– Afasta teus demônios, caído. Esqueça, tu jamais vai tocar nos Céus. Contente-se com o que conquistaste no Inferno.

– Rá! – o sinistro riu com gosto. – Isso me lembra uma piada contada entre os caídos. Ela diz que um anjo e um demônio conversavam. Um, em seu adorável mundo de luz e o outro, em seu mundo de trevas. Arrogante, o anjo disse: "Eu tenho grandes asas brancas, enquanto tu és confinado ao solo sujo e frio do Inferno!". Aí o demônio respondeu: "Prefiro governar no Inferno a servir no Céu.". "Mas algum dia também poderei vir a governar", retrucou o anjo. E o demônio terminava dizendo...

–... "então logo *não terás mais asas*" – interrompeu Phantasos, de maneira brusca e tom soturno. Abadom não escondeu a surpresa. O Lorde Fantástico mostrou dentes em desprezo e vociferou:

– Antes de tu seres criado para pensar em cair, eu já comandava tudo o que tu jamais terás competência ou poder de conquistar. Antes de tu te tornares anjo, eu já era deus. Antes de tu te sujares como demônio, eu já permitia teus sonhos em minhas terras. Antes de tu escalares o Fosso, eu já sobrevoava o Éden. E achas então que tu, anjo ridículo, podes mesmo estremecer um deus com teus patéticos? – três mil e quinhentos demônios se inflaram de raiva. – Pois, veja, ridículo, menor ou não, do que é capaz um deus!

Rei Phantasos estendeu um dos braços à frente. Os dedos estavam retorcidos, como se torcessem algo que não estava em mãos. As feições quase lembravam as formas animalescas de Phobetor, que, naquele momento, permanecia sem reação, por não acreditar no que estava vendo o irmão ainda fazer.

– Isso não deveria ser possível... – Phobetor comentou. Abadom assustou-se com a reação. – Não *aqui*...

Contato. Phantasos havia feito contato com a consciência de três mil e quinhentos demônios. Qualquer ser menor do que um deus menor enlouqueceria imediatamente apenas com a simbiose. Ele, porém, era rei Phantasos, uma das entidades mais poderosas nascidas da imaginação. E ali, entre sonhos e pensamentos, sentiu e absorveu ódio, destruição, sadismo e caos. Os pensamentos, e os sentimentos, daqueles seres infernais eram tão sombrios quanto suas existências, e nada no mundo parecia mais umbrífero. A cabeça de Phantasos parecia pressionada e esmagada lentamente, centímetro a centímetro, onde osso após osso estalava de cada vez. O deus suportou a pressão.

– Destruam-no. Destruam-no! – Abadom ordenava. Dos olhos, ainda saía a fumaça, e era possível escutar um crepitar no interior do rosto.

Os dedos de Phantasos continuavam retorcidos. Cada vez mais retorcidos, como se houvesse *algo* em sua mão que ele esmagasse pouco a pouco. Os sonhos capturados. Os sonhos *deles*. Os sonhos de demônios capturados. Naquele momento, ele os tinha. E dessa forma, também possuía e atingia suas essências. Ossos ainda estalavam em sua cabeça, enquanto os dedos comprimiam-se. Mais, cada vez mais.

– Pelo nome do Primeiro, destruam-no, seus malditos! – gritou o Destruidor.

E os dedos de Phantasos se *fecharam*.

Na mente de cada um daqueles três mil e quinhentos demônios, uma luz rebentou.

E logo não havia mais sonhos. Não havia mais sentimentos nem pensamentos. Não havia mais nada.

Não havia...

... mais...

... nada.

Iluminação. Deus Phantasos havia dado à mente daquelas almas infernais um pequeno todo de iluminação divina. E para um ser acostumado com a mais abissal escuridão, a iluminação súbita é tão enlouquecedora e destrutiva quanto é a depressiva escuridão do caos para a mente santa. Três mil e quinhentos demônios caíram berrando no chão, debatendo-se como lunáticos em uma visão traumatizante. Alguns espumavam uma baba verde, enquanto vermes saíam dos poros em tremor. Outros interromperam catatônicos, imóveis e sem vida, como que empalhados. Outros batiam a própria cabeça no chão, abrindo rombos no próprio crânio como forma de fazer aquilo parar. Todos mais pareciam marionetes sem consciências, drogadas com uma overdose de um novo entorpecente.

– Não! Isso não deveria ser possível *aqui*! – falava consigo próprio, um Phobetor impressionado. Ele sabia que alguma coisa tinha de estar errada. Eles não estavam nos planos de Phantasia, ou qualquer outro dos reinos de Phantasos. Ali era onde o Sonhar tocava a borda terrestre. Era onde seu irmão caçula ainda era soberano. E para Phantasos ainda exibir poderes tão soberanos como aquele, ainda seria preciso sua permissão.

A não ser que...

Phobetor olhou na direção de Morpheus. Ele ainda estava deitado de costas; rosto afundado no chão em derrota. Seria possível que ainda tivesse forças para... para... [sonhar?]. Correu na direção do irmão derrotado, desejando o próprio erro.

Temendo o próprio erro.

– Não, seu maldito! – o tom de raiva traía o receio. – Não é possível que tu ainda estejas...

– Teu desespero ressoa perpétuo, Phobetor! – exclamou Lorde Phantasos.

Irritado, Abadom ergueu Phantasos pelo pescoço. Mais e mais de seus demônios surgiam no horizonte, comandados por outros demônios menores nas hierarquias infernais. O Anjo Caído sabia, entretanto, que, se aquele deus mantivesse ali a onipotência que demonstrou ainda pouco diante de seus soldados, então poucas chances lhes restariam.

– Não importa que tu demores a cair! – garras entraram na garganta do deus fantástico. – O Inferno está aqui!

– A luz que cega tua escuridão também...

– Esperamos pela luz, deus élfico, mas só contemplamos a escuridão!

– Aí é que tu te enganas, Caído!

Como em muitas outras vezes, um trovão ESTALOU. Outras centenas nasceram em seguida. E cada um que ribombava trazia uma surpresa com ele. Vários sonhos despertos nasceram naquele campo de batalha em segundos, somente com aquela visão. Os céus se iluminaram de milhares de estrelas incandescentes. Armas de fogo e luz tomaram o local sombrio em fachos que dançavam feito luzes de um caleidoscópio.

E o esperado milagre que viraria o jogo naquela guerra divina aconteceu.

O SANTO / MADELEIN

– O que foi isso? – o Santo perguntou, surpreendido.

– Sons da batalha que se trava no Sonhar – o anjo Madelein respondeu, como se nada a ela fosse surpresa.

– Mas o que significa tais sons, estrondosos o suficiente pra ressoar no Inferno?

– Significa que a segunda parte do grande plano começou...

PHANTASOS / PHOBETOR / ABADOM / MORPHEUS

Dos céus escuros, eles surgiam. Assim como antes as hordas demoníacas, eles chegavam aos milhares. O brilho incandescente das armadas passava a impressão de que milhões de isqueiros haviam se acendido na maior plateia que já existiu. A visão da arena, para a alma do homem de bem, era o sonho mais impressionante jamais sonhado, mas, para a alma do homem ruim, era o pesadelo que eles nunca manifestaram a criatividade de gerar.

– NÃO! Seus malditos filhos da...

– Ora, Caído, não me digas que estais surpreso... – as duas mãos de rei Phantasos se fecharam sobre o punho que apertava o pescoço, em uma posição parecida com a que Phobetor erguera Morpheus anteriormente. Logo, o osso da mão que o apertava foi deslocado em um CRACK. Abadom largou-o em dor, agarrando o punho deslocado. Estava ajoelhado, quando Phantasos continuou o discurso, enquanto as estrelas se aproximavam, espalhando-se pelo campo de combate.

– Vamos, Anjo Destruidor, admite: vós não achastes realmente que a Cidade de Prata ficaria esperando de braços cruzados enquanto tuas legiões tomavam este plano, não é verdade?

Eram anjos. Milhares e milhares de anjos distribuídos em poderosas falanges lideradas por príncipes arcanjos de quatro asas. Diversas Castas, em suas diferentes representações, tomavam as extensões esmagando inimigos. Havia anjos Protetores do Exército Celestial e havia Captares acostumados a destruir demônios foragidos. Generais arcanjos lendários dentre os próprios divinos, como Gabriel, Raziel e Haniel, lideravam formações. Espadas incandescentes brilhavam e deixavam rastros de fogo a cada deslocamento de um violento baile pirotécnico. E diante daquelas entidades recém-chegadas que insistiam na defesa do Lorde Moldador, tudo o que era bom, devido aquele momento de esperança, voltou a também existir ali.

Um CRACK, e o osso do Rei dos Demônios foi recolocado no lugar. Os olhos ainda queimavam, e a fumaça que saía deles era negra.

– Vem! Vem, *deus morto*! Vem, que destruirei todo o poder que tu pensas possuir!

– Não! – Phantasos exclamou com a força, repelindo a ameaça. – Tu hoje serás destruído, ser abissal, mas não será eu quem o fará.

– Tu não fugirás de nosso combate, esquecido! – vociferou enquanto partia na direção do deus que lhe dava as costas.

A um comando poderoso, entretanto, mais uma vez, foi repelido.

– *Esqueça-o*! Não te preocupes que teu combate hoje acontecerá, traidor. Apenas não será Lorde Phantasos quem o destruirá, pois teu último combate é comigo! – o novo guerreiro se aproximou devagar. – E tua existência morre em minha espada.

Abadom virou-se. E por mais que se contem histórias sobre a bravura dos generais demoníacos, seria mentira afirmar que o momento não lhe trouxe temor. À frente, aproximava-se uma entidade que não reencontrava desde a época em que andava pela Cidade de Prata. Época em que lutara e fora banido da Cidade dos Anjos. [*traidor*]. Apenas o nome daquele arcanjo já era considerado um *kiai* quando invocado pelos comandados. O nome mais temido dentre as conversas de bar dos demônios. O mais citado dentre os sonhadores despertos que oravam por proteção. Pois ele era o príncipe divino da guerra. Ele era aquele que vira a própria queda de Abadom, como também vira a própria queda de Lúcifer, o Primeiro. Ele era o sagrado Destruidor de Ídolos, que disputou com Satanás o corpo de Moisés. E o resgatou. Era ele o arcanjo caçador de anjos caídos, que guardava lembretes de vítimas para adornarem um museu de guerra na cidade prateada.

Ele era Miguel, o príncipe dentre os príncipes dos Arcanjos de Deus.

A espada do arcanjo *incandesceu*. Os olhos perderam as pupilas e permaneceram de um acinzentado intenso. Chegava enfim o momento e a oportunidade do guerreiro divino ter recompensada uma espera de milhares de anos para vingar a maior traição de todas as histórias bíblicas.

O corpo de Morpheus continuava derrotado.

– Vai! Levanta-te, se tu podes, Sono! Tu és patético! – rei Phobetor, naquele instante, concentrou em forma bruta o câncer de treze mulheres e gerou uma rocha maciça e pontiaguda. – Tu... és... patético!

No momento em que a arremessaria na nuca de um Morpheus derrotado, a pedra explodiu.

Rei Phantasos se aproximou. Atrás de si, ao fundo, milhares de anjos já estavam em combate com outros milhares de seres infernais. O poder do deus fantástico estava inteiramente *liberado* naqueles domínios, como se estivesse em seu próprio território. Phobetor, porém, sofria as limitações impostas, que mesmo um deus menor sofria ao cruzar as fronteiras para os planos de outro deus igual.

Novos rumos começavam a surgir.

No orbe terrestre, o câncer de treze mulheres, de um dia para o outro, iria regredir. Sete delas iriam se salvar. As outras seis demorariam ainda muito mais tempo para romper os cordões de prata e fazer a travessia, desafiando todos os laudos médicos.

– Vós... vós estais brincando comigo, é isto? Vós ousais brincar com o deus dos pesadelos?

– Guarda teus rancores, irmão pior! Foi tu quem começaste nossa brincadeira... – comentou Lorde Phantasos.

Phobetor posicionou-se e escutou o *som*.

–... e não tentes me convencer também de que acreditavas sem receio que conseguiria ludibriar *dois* deuses...

Phobetor mantinha olhos animalescos arregalados. Estava assustado. Realmente assustado. O som se intensificou, e o receio tomou uma carga ainda maior. O motivo era justo: o corpo de Morpheus, pouco a pouco, se mexia. A cabeça calva ergueu-se do buraco onde afundara no chão, e as mãos ajudavam a sustentar o peso com dificuldade.

– Contudo, admito que tu *quase* convenceste nosso irmão caçula de que irias travar uma guerra limpa, sem alianças proibidas! Bem sabemos que, de nós três, é ele ainda o mais *ingênuo*, não é verdade? Essa é sua maior deficiência e sua maior virtude.

Phobetor ainda era susto. Rei Morpheus ergueu-se, como que acordado de um sonho. Mexeu o pescoço em várias direções, estalando-o com alongamentos.

– Mas a mim *não*. A mim, tu não poderias enganar. E fui eu, Escuro, aquele que fez a mensagem chegar ao Conselho e informar das suspeitas de teus planos ambiciosos sobre este domínio tão cobiçado.

Phantasos sorria. Phobetor olhou furioso para Morpheus. E o maldito também sorria.

– Por isso, não nos odeie, irmão querido – Phantasos fez renascer nas mãos a espada divina. Ela *incandesceu*. Morpheus também fez renascer sua espada. E ela *também* incandesceu.

"Apenas considere todo esse desfecho como a minha própria trapaça!".

O SANTO / MADELEIN

Estavam ainda em um corredor, mas, dessa vez, não tão escuro quanto os anteriores. A morbidez que assolava o local, porém, permanecia. E o cenário ainda era perturbador.

Era um corredor de múmias. Centenas delas, enfileiradas lateralmente com precisão militar. Contudo, não havia faixas ao redor dos corpos nem sarcófagos de onde saíssem andando tortas. Eram múmias no sentido de *significado*. Espíritos com aspecto sujo e empoeirado, vestidos em roupas que se traduziam em trapos, posicionados em fileira lateral e com as cabeças baixas nos cantos do corredor sombrio, um ao lado do outro.

A impressão principal era de que esperavam alguma coisa. Ou esperavam por alguém.

– O que fazem aqui esses espíritos? – o Santo perguntou.

– Eles recepcionam as almas designadas.

– Almas como as nossas?

– Não. Aqui hoje somos visitantes, mas, como poucos sabem de nossa presença, também podemos ser encarados como intrusos. De qualquer maneira, somos um caso especial. Entramos neste plano nem mesmo pela porta da frente, mas por um atalho de meus planos ancorados no Sonhar de Morpheus.

– Estes espíritos então esperam por outros condenados por direito ao Inferno...
– Sim, mas a definição é incompleta.
– Espíritos específicos, dentre os condenados por direito?
– É uma definição ainda pobre, porém mais completa.
O Santo observava os trapos em pé, enfileirados e de cabeças baixas. Nenhum movimento de respiração. Nenhum movimento em sua própria direção.
– Quem eles aguardam?
– Aqueles para os quais foram gerados para esperar.
– Mas quem gera tais condenados?
– As mentes humanas terrestres.
A resposta surpreendeu.
– É mesmo possível tamanha força? Estes condenados não são espíritos escravizados?
– Não, não são espíritos. São formas-pensamento.
– Que tipos de formas moldam suas existências?
– Formas como ressentimento, ódio e vingança. Os encarnados se revoltam com tanto ardor contra aqueles que hoje aqui esperam, que chegam mesmo a sonhar que as almas esperadas queimem com vigor no Inferno.
As palavras tocavam em algumas verdades.
– Eles então geram uma espécie de cartão de entrada...
– Pode-se dizer assim.
O Santo parou diante de um deles. A curiosidade foi maior do que a prudência. A comitiva parou para observar a cena, já acostumada com as reações esdrúxulas do viajante diferente. Viram-no se aproximar de uma daquelas formas-pensamento de cabeça baixa.
– Qual seu nome, condenado? – ele perguntou a um dos trapos. O capuz não foi erguido nem os olhos foram vistos.
– Von Richthofen, senhor.
A surpresa do Santo com a resposta foi imensa. Foi ali que ele compreendeu de verdade o que eram aqueles sombrios. E quais suas bizarras funções naquele plano negro.
Um passo foi dado em direção a outro.
– Qual seu nome, condenado?
– Mark Chapman, senhor.
Outro passo em direção a outro...
– Qual seu nome, condenado?
– Kaczynski, senhor.
... e a outro...
– Qual seu nome, condenado?
– McVeigh, senhor.

Silêncio.

– Já chega de tantas dúvidas, ou onde pensas que estás: em uma noite de núpcias? Caminha por locais de maior segurança, embora o local onde estejas demonstre tua ignorância. Tu caminhas cego pela casa do diabo, ainda acreditando que a escuridão é o lado errado. Mas, afinal, onde está o lado sensato desta fala, se a luz brilhante cega os mesmos olhos que a escuridão apaga?

Do final do extenso corredor de múmias, ele veio. Era extremamente alto. Vestia roupas escuras e uma capa preta, que usava fechada sobre o tronco como faz o homem com frio. No rosto, uma máscara de baile, em forma oval, com apenas os olhos à mostra em dois recortes também esféricos. A máscara era acinzentada em metade de um lado e negra em metade do outro. A voz era curiosamente afeminada, e, não por menos, assustadora.

– Quem é este? – O Santo perguntou ao espírito que estava Lúcio Vernon.

– Provavelmente, nosso *relações-públicas*.

– Existem relações diplomáticas no Inferno?

– Muito mais complicadas do que se é possível imaginar...

A capa negra estendia-se do tronco que abraçava para o chão e dava-lhe uma aparência de nobre em seu andar esquisito. Quanto mais próximo ele estava, mais certeza Madelein tinha de quem representava.

– És tu...

– *Huahahahaha!*

– Sem dúvida, és tu.

Ele parou diante do grupo. Madelein estava à frente, com o Santo e Lúcio Vernon logo atrás. Ao redor, os outros vinte guerreiros.

– Santo, este é vosso recepcionista. Ele é Jester, o Espírito – era possível imaginar o sorriso por trás da máscara. – E esta é a sua face Laughlyn.

Assustadora o suficiente era uma criatura que achava graça no Inferno.

ARIANA ROCHEMBACH

Na Casa do Senhor das Moscas, como uma legítima catatônica, ela abraçava os joelhos, tremia descontrolada e balbuciava palavras vez ou outra com sentido. O espírito era um balançar para frente e para trás, e os olhos arregalados não fixavam ponto algum. Poucas palavras ditas até ali, mas, naquele momento, mesmo as outras centenas de almas nas mesmas condições que ela, ao redor daquele local escuro, podiam ouvir sua voz cantar uma canção que não se era possível dizer se havia consciência na execução:

– *I feel my wings have broken in your hand... I feel the words unspoken inside... and they pull you under... and I would give you anything you want... know! You were all I* *wanted... And all my dreams are falling down!... Crawling around... and around... Somebody save me!**

O SANTO / MADELEIN / JESTER

– *Huahahahaha!*

– Ele precisa mesmo rir assim o tempo todo?

– Nessa face, sim.

O Santo caminhou ao lado da Senhora e à frente dos guerreiros astrais. Em sua ânsia, e em sua própria raiva, sua vontade maior era a de decapitar o mascarado de risada demoníaca, mas a situação ruim só pioraria sem ele. No chão, escorria uma água negra que lembrava lama. O cheiro era o mesmo que sente o homem cujo rosto é mergulhado nas próprias fezes. Ao longe, o som de gritos. Sempre o som de gritos.

Eternamente o som de gritos.

O corredor escuro e fétido chegou ao fim. Chegavam agora a uma espécie de salão, onde ecoava desespero.

– Acaso algum de vós se assuste com o que irá ver, por favor, não percais a cabeça, se entendeis o que quero dizer.

Os visitantes astrais estavam estupefatos. Na entrada do salão, posicionava-se um imenso demônio do tipo mais comum das descrições dos religiosos. Era gigantesco, medindo facilmente seis metros. A pele era avermelhada e grossa e o rosto animalesco lembrava um pastor alemão desenhado por um pintor expressionista. Os braços, da grossura de postes, seguravam uma espada em meia-lua que parecia uma versão turbinada de uma alabarda oriental. Chifres de cabra lhe ordenavam a cabeça, de onde uma cabeleira descia do crânio até as costas. Uma cauda arrastava-se pelo chão e dançava ao som dos gritos e de risos de demônios sádicos, que permaneciam naquela sala como espectadores de um *freak show*.

– Mas o que diabos é isso? – perguntou um dos espíritos guerreiros.

– Acaso não recebeis com boas-vindas aqueles que chegam a tuas colinas? Acaso não brincais com tuas crianças jogos sutis de pequena importância?

– Quer mesmo comparar este espetáculo macabro com brincadeiras de crianças, demônio?

– No Inferno, guerreiro sagaz, fracassa a fé. E muito do que vós pensais inatingível, aqui não é.

* Sinto que minhas asas quebraram em suas mãos / Sinto as palavras não ditas aqui dentro / E isso te deprime / Eu lhe daria qualquer coisa que você quisesse, sabe / Você era tudo o que eu queria / Todos os meus sonhos estão se desfazendo / Rastejando por aí. / Alguém me salve.

Um corpo degolado tombou ao chão, erguendo os braços e agitando as mãos. A dez metros de onde havia tombado, a cabeça chorava copiosamente, tentando ajudar que ele a encontrasse. Contudo, já eram tantos corpos sem cabeça, correndo de um lado para outro, que a maioria acabava se esbarrando ou trombando, por causa de alguma artimanha dos espectadores demoníacos. Demônios esses que carregavam as cabeças de um lado para outro e as escondiam para dificultar a busca dos decapitados sem senso de direção. E cada vez que um deles tombava, cada vez que um deles escorregava e se debatia no chão, eles riam.

– Quem vai primeiro? – o demônio avermelhado, gigantesco e com cara de cachorro perguntou, alisando a lâmina da espada curva e pondo o próprio dedo a sangrar. Parecia entediado com a sinistra tarefa e, de certa forma, seria compreensivo o tédio. Sabia-se lá há quantos milênios realizava aquela função.

Ele chupou o sangue que descia do ferimento.

– *Huahahahaha!* Não, não hoje, meu ordinário tão sanguinário! Por mais que pareçam seres abissais, estes que aqui se encontram, acredite, são viajantes astrais! Se cortares suas cabeças da forma como àqueles tu tratas, partirás, na verdade, os seus fios de prata!

O demônio pareceu gostar da possibilidade.

– E desde quando viajantes astrais caminham nestes locais do Inferno? – perguntou o carrasco cão.

– Também me pergunto onde vamos parar, se, cada vez mais, há portais em qualquer lugar. Com cada vez mais receio, vejo que o Inferno não é mais o mesmo, principalmente as áreas comandadas por açougueiros!

– Cuidado com tuas palavras, bufão! Nada me impede de cortar tua língua para algum cão infernal ter suas duas cabeças brigando por ela.

– Que diferença faz a cabeça que engole, se ambos dividem a mesma prole?

– Cale-se, demônio! – o Santo ordenou. – Minha jornada é árdua, e muitos caminhos já percorri para estar aqui. Não interrompam minha jornada, pois, cada momento que ainda olho para um de vocês, a alma que aqui vim resgatar padece!

– Quer dizer que és mais um que vieste resgatar outro? – o açougueiro estranhou. – Lúcifer só pode mesmo ter perdido sua moral.

– Volto a perguntar: onde será que vamos parar? – perguntou o demônio-guia.

– Não me importa o que ache de seus mestres, demônio-açougueiro! – exclamou o Santo. – Apenas me mostre que caminho devemos seguir, e o deixarei em paz com seus serviços sombrios.

Atrás do grupo de guerreiros, uma fila já começava a se formar, oriunda dos encapuzados que traziam acorrentados seus esperados para o salão.

– E por que achas que eu vos deixaria passar sem cobrar um tributo? – o açougueiro perguntou.

Os demônios que se divertiam observando os corpos procurarem as cabeças largaram suas diversões e se aproximaram. A maioria também possuía feições animalescas em formas humanoides.

– Porque, do contrário, enfrentarão minha ira! – a frase poderia ter sido dita pelo Santo.

Mas fora por Madelein.

– E desde quando tu dás ordens por aqui, prostituta? A matéria-prima de onde provem tua força aqui é tão escassa, que tua figura se torna ridícula! – desafiou o demônio-cão, ainda alisando a lâmina torta.

Os demônios ao redor se posicionaram ao lado do carrasco gigante. Alguns possuíam línguas de sapo que se estendiam. Outros se posicionavam de quatro. Outros andavam curvados e gingavam de um lado a outro como gorilas. Por alto, contava-se quase cinquenta sedentos pelo gosto de uma alma.

– Aí é que te enganas, macabro! Minha força vem de sonhos despertos. Sonhos que se tornam maior do que desejos; quase obsessões. Sonhos que se tornam sentidos de e para uma existência. Meus sonhos, degolador, nascem nas almas através do êxtase ou da dor. E não há dúvida alguma de que não existe dor maior do que a encontrada neste lugar...

O demônio balançou.

– Condenados não sonham despertos, Anjo!

– Oh, não? Então por que achas, inocente, que aqui permanecem?

– Porque nenhum tem escolhas.

– Olhe novamente com quem está falando, ignóbil! Sabeis melhor do que eu que basta um deles erguer as mãos aos Céus e pedir ajuda, que falanges treinadas apenas para esta função recolhem-nos daqui o tempo inteiro!

Outra verdade. Em casas espirituais ao redor do mundo, todos os dias, espíritos eram resgatados por equipes incorpóreas e encaminhados para planos superiores onde podiam seguir com suas evoluções espirituais. Desnecessário dizer o quanto lordes demônios sentiam vontade de morder o próprio rabo quando tais situações aconteciam em seus domínios.

– *Huahahahaha!* Agora surgiu a curiosidade de saber se o que dizes é mesmo verdade. Acaso qual a resposta de tamanho suplício, se a permanência aqui vem mesmo ligada ao livre-arbítrio?

– A resposta é: porque eles *não sabem* que têm escolhas – concluiu Madelein. – Ou porque escolhem aqui permanecer! E se permanecem aqui, ainda sabendo de suas possibilidades de escolhas, é porque sonham. Todos os dias, a cada segundo de sofrimento que são aqui relegados, eles respiram sonhos despertos.

– Não! – o demônio-cão esbravejou. – Condenados ao Inferno não teriam pelo o quê. Não mais...

– Pelo contrário – Madelein chegou a sorrir. – Eles sonham com a redenção de seus erros mais culposos. Sonham com o perdão das atitudes mais vis. Sonham até mesmo com o merecimento de um dia ocuparem locais mais puros. Sonham em alcançar na dor exatamente o mesmo que outros em outros planos luminosos...

O demônio gigantesco se pôs de joelhos. A alabarda caiu ao chão em um estrondoso CLANK. Ele não se ajoelhava por vontade própria, mas porque alguma força maior do que a sua própria o obrigava ao feito.

Ajoelhado, porém, ele ainda era mais alto do que Madelein ou o Santo.

– E tu vens mesmo me dizer que aqui *não tenho força*? Aqui neste lugar, eu absorvo força de todos os cantos, perdido!

– *Huahahahaha!*

Era uma cena inacreditável de ser ver. A mão do gigantesco açougueiro foi até a alabarda caída. Ele a pegou e segurou com uma das mãos a lâmina, como um pai seguraria um bebê.

Poucos momentos são capazes de assustar um demônio cuja função já faz desse sentimento uma mão de obra.

Aquele era um deles.

– E se gostas tanto do gosto do próprio sangue, por que não o prova diretamente?

O demônio gritou. O grito, porém, era apenas mais um naquele local. A lâmina foi levada até a própria língua de maneira brusca, produzindo um corte profundo. O sangue escorreu em uma textura grossa, até formar uma poça por todo o chão.

Ela se aproximou do gigante.

– Esta punição será para te lembrar pelo resto de tua existência perdida o quanto custa chamares de *prostituta* quem deverias temer, já que não conheceste outros sentimentos. Irás te lembrar que não se zomba de seres superiores a ti e estendo o aviso a todos vós.

Os demônios brincalhões se afastaram. Pareciam, naquele instante, ratos assustados com a chegada de predadores, buscando conforto e proteção nos cantos mais reclusos.

Lady Madelein ainda não estava satisfeita, entretanto.

– Acaso talvez dê tua sobra para o mesmo cão de duas cabeças que citaste...

– *Huahahahaha!*

A lâmina, dessa vez, penetrou ainda mais fundo, e o demônio-cão sentiu a própria mão cortar a própria língua feito manteiga. O pedaço arrancado caiu se agitando, como se com vida própria, até diminuir os movimentos e se manter estático.

Para sempre.

– Agora, levanta-te, humilhado.

O demônio-açougueiro ergueu-se. Ainda havia raiva lhe queimando o peito, mas, dessa vez, percebia que um sentimento até então desconhecido começava a surgir. Um sentimento oriundo de uma humildade forçada.

Jester, o espírito, apanhou sorridente a língua decepada em espasmos.

– Agora vai e cumpre tuas funções – ela ordenou ao sem-língua.

Madelein e seu grupo caminharam dentre os demônios brincalhões, que não se moveram. Jester prendeu a língua arrancada entre os dentes de uma das cabeças caídas no chão, à procura do corpo a esmo. Observou e deu sua risada característica, segurando-a como Hamlet. Depois retirou a língua novamente e arremessou a cabeça para trás como se fosse uma inútil casca de banana, para desespero do tronco que a procurava.

Atrás do grupo que caminhou, ouviu-se o primeiro CRUNCH. Era o som da lâmina curva cortando o ar e degolando os espíritos trazidos pelos encapuzados. Um demônio-cão, agora silencioso, continuaria seu trabalho pelo resto de uma eternidade. Em silêncio, porém, seus pensamentos forçosamente tomariam a mente de maneira muito mais forte e presente. E, dali a um tempo, talvez não tão distante, ele começaria a aceitar a ideia de que, mesmo tendo a certeza de que jamais o mereceria, inclusive ele próprio também sonhava um dia com o Paraíso.

* * *

– Agora, assume tua face ordeira.

O mascarado parou diante do grupo. A postura se modificou. A voz se tornou mais grave, e nem mesmo as rimas passaram a acompanhar as frases.

– Como a Senhora desejar.

O Santo e os guerreiros se surpreenderam com a mudança.

– Quem é este agora? – perguntou o Santo.

– Ainda é Jester, o Espírito – Madelein respondeu. – Mas esta é sua face Nirwanda. Sua forma profissional.

– E o que ele faz?

– Ele controla destinos de portais.

– Por que tais formas diferentes?

– Sua face profissional só é assumida mediante um pagamento. O que, em nosso caso, já fora feito.

– Não me lembrava disso. E o que lhe foi dado então?

– A língua de um demônio-açougueiro – mais uma vez ela pareceu sorrir. – Amuleto suficiente para elevar seu status quando exibi-lo em um colar diante de uma reunião de demônios menores.

Após a ordem, Jester abriu o portal que se localizava ao final daquela sala. O ponto de luz brilhou com pouca intensidade, como brilham os portais do Inferno.

– Daqui sairemos na Casa das Moscas – o guia afirmou.

O Santo vacilou. Não exatamente por receio, mas pela lembrança de tudo o que passara para chegar até ali.

– Um portal seria como um elevador terrestre? – perguntou antes de testá-lo.

– Para ti, pode servir de comparação – ela explicou. – Pode-se dizer que ele te leva a determinados andares específicos. Se, dentre esses andares, houver o local que desejas chegar, basta escolhê-lo. Jester é vosso ascensorista.

Ele aquiesceu duas vezes.

– Então o faça, Espírito – foi a última ordem.

Eles adentraram a luz fraca, e o portal foi acionado. A viagem duraria frações de segundos. Mais precisamente o espaço entre dois pensamentos. Entretanto, seu significado estendia-se pela origem de toda a raça humana. No local deixado para trás, os demônios de formas animalescas recomeçaram a brincar com seus recém-chegados.

Gritos ecoaram por todos os cantos. Ninguém, porém, os estranhou. Outros piores viriam.

Dor era uma matéria-prima que nunca faltava ao Inferno.

MIKAEL / ABADOM

– Não entendo tuas escolhas, arcanjo! – afirmou Abadom. O anjo rebelado era gigantesco, e maior até mesmo do que o guerreiro arcanjo, que já era alto.

– Então temos dúvidas em comum, Caído.

Uma espada dançou no ar, alastrando fogo. O rosto de Abadom quase foi carbonizado.

– Tu poderias ser o líder do Céu e do Inferno – insistiu Abadom.

– E servir como tu, feito um cachorro a Lúcifer?

– Tu poderias ser maior que Lúcifer...

– Não! Com tal escolha, eu poderia apenas me igualar a ele.

Abadom agitou um pedaço da ponta da corrente que cruzava seu peito em X, onde uma pesada bola de ferro se prendia. A bola metálica girou no ar duas vezes e desceu com força suficiente para esmagar um corpo humano. O arcanjo se afastou. A bola de ferro arrebentou um pedaço do chão, causando um tremor que derrubou outros soldados e demônios em batalha.

– O que ganhaste todos esses anos, servindo no Céu? – vociferou o Caído.

– Tudo o que tu apenas *sonhas* servindo no Inferno.

– Não sirvo no Inferno, ditado! Eu o comando!

– Rá! – o guerreiro arcanjo riu. E riu com gosto.

A risada irritou o Anjo Caído, que partiu descontrolado. Uma; duas; três; quatro; cinco; oito; quinze vezes a bola girava no ar com velocidade espantosa, vez ou outra, abrindo rombo na cabeça de demônios-gafanhoto, que tinham a infelicidade de passar perto demais do embate. O arcanjo, elevado por suas quatro asas, esquivava-se em velocidade. E mantinha o sorriso.

– Do que tanto ri, desgraçado?

– De descobrir da boca de um Caído que é verdade o que vós pensais: que servimos no Céu, enquanto vós liderais no Inferno!

A outra ponta da corrente, presa com uma foice, foi arremessada em ângulo circular e se enroscou no pescoço de Miguel. O arcanjo trincou os dentes para segurar a pressão. A mão que não segurava a espada flamejante segurou a corrente.

– Zombas de nossas ideologias? – o Caído continuava apertando-a com força descomunal.

– Tuas ideologias são as mesmas de uma matilha – Miguel dizia entre esforços.

– Diz diante de minha face que não te sentes tentado por prazeres proibidos.

– Eles não nos são proibidos – cada palavra dita devagar, sob pressão. – Nós simplesmente os transcendemos...

– O direito ao prazer nos torna poderosos.

– Mas é a sublimação que nos faz divinos...

A corrente foi apertada com mais intensidade. O arcanjo tremeu as mãos e conseguiu afastar as argolas um pouco da garganta.

– Achas que nós somos *obrigados* a servir ao Pai, traidor? Então jamais compreendeste tuas funções no Céu! Não, estúpido. Nós o fazemos porque, para nós, servi-Lo é um prazer!

O Caído afrouxou a força. Os cabelos negros se agitaram com o ar deslocado pelo confronto de um grupo de quatro sonhadores e dezessete anjos, que trucidava uma legião de demônios com pés de cabra e chifres côncavos.

– Acreditais também nos contos de fadas de que apenas humanos têm livre-arbítrio? De que apenas eles podem vender suas almas? Pois o que foi que vós fizéreis? – a voz angelical aumentou a intensidade. Os olhos acinzentados brilharam argênteos. – E com que *direito* achais que vos fizéreis?

A mão que segurava a corrente começou a tremer mais rápido. Os punhos começaram a pressionar mais forte.

– Com o direito vos dado pelo Adonai! – o impacto daquelas palavras era tão mais poderoso que socos ou golpes de espadas, que a mão do Caído desfrouxou o aperto na corrente. – Antes existia apenas a Ideia. Uma mera Força sem identidade, assim como o Nada e o Vazio. Essa Força Consciente percebeu que era preciso gerar uma *identificação*. Sem esse conceito, mesmo dentre os elevados, não haveria a evolução de ser algum. Tomada a decisão, então, vossa rebelião foi permitida.

– Não! – para o Caído, a afirmação soava absurda. – Tu blefas...

– Pois um conceito único se tornou duplo. A identidade fora gerada, e o processo que evoluiu os espíritos pôde acontecer! Por isso, sorria, Caído. Sorria! Pois fostes vós... – a corrente rangeu. – Fostes vós, com vossa rebelião através de Lúcifer, quem criou o conceito que os humanos entendem como *Deus*!

Os dedos do punho do arcanjo se fecharam de modo agressivo, e a corrente que se prendia ao redor do pescoço se partiu.

– Tu queres me fazer acreditar que o Céu *sabia* que o Inferno seria gerado? Achas que sou estúpido? – a estupefação era tanta, que Abadom parecia nem mesmo notar a arma partida.

– Tu *és* estúpido! Tanto que ainda não entendeste! O que estou tentando explicar, ignóbil, é que o Inferno foi criado por *desejo* dos Céus!

– MENTIRA! – a pele de pedra trazia marcas que identificavam o temor. Afinal, perder o que se conhece não é um temor de exclusividade humana.

A bola foi girada mais uma vez. Quando tocou o chão, o impacto gerou um buraco que mais parecia uma cratera.

– Não, Caído. Tu sabes melhor do que ninguém que anjos não mentem.

– Lúcifer é nosso comandante, o Segundo dos Três! Apenas seu nome é capaz de estremecer entidades!

– O que foi permitido para que nomes como o meu e o de Buda e o do Cristo gerassem sentimentos opostos nos mesmos seres!

Abadom descontroladamente agitou sua corrente atacando e atacando e atacando. O arcanjo se esquivou em todas as vezes.

– Tu usas esta coroa zombando da coroa de espinhos de Yeshua? Teu líder glorioso foi por ele derrotado na Batalha Final, e tu não podes mudar isso! Satanás o tentou no deserto e foi humilhado! Viste o avatar passar pela noite negra, e mais ainda, pela crucificação que o ressurgiu com uma adoração que teus líderes *nunca* terão.

A espada incandescente rodopiou quatro vezes. As cabeças de dois demônios soturnos que se aproximaram na forma de sombras imaginando não serem notados foram separadas do corpo e carbonizadas.

– A Força do primeiro é equiparável ao mesmo a quem tu serves! – o Caído gritou. – Teus mortais viram e sentiram na pele a força de teus avatares! É um fato, arcanjo: o mal pulsa!

A lâmina em fogo da espada se chocou contra a bola de ferro girada pela corrente. Quando o mesmo movimento se repetiu, o golpe aplicado pelo arcanjo partiu a arma de ferro de Abadom.

– Chamai o invasor e o antissemita de *sucesso*? Quereis comparar tais generais com um tocado como Yeshua? Sabeis a força de Krishna até hoje? Achas mesmo que um perdido como Crowley pode ser comparado a um tocado como Siddhartha? Não, por mais estúpido que sejas, tanto a este ponto tu não és...

Silêncio. Com as duas correntes inutilizadas, Abadom sacou das sombras uma vingadora presa às costas largas.

– Mas se acreditas tanto no que falas – o general arcanjo continuou. – Se acreditas que o Mal pulsa pelos planos de forma aleatória e descontrolada, então responde, inocente: o que sobrou de fato das civilizações comandadas por teus ditos influentes? Nada! Cada império montado pela força; cada exército guiado pela megalomania; cada ditador ou mago negro que se utilizou de vossa filosofia teve o mesmo fim...

– Sei o que estás fazendo – o guerreiro escuro sussurrou. – Tu queres tentar me desestabilizar por Arte de Guerra.

– Arte de Guerra criada em batalha de falanges contra hordas demoníacas, e cuja inspiração foi liberada às Musas pelo próprio Conselho da Cidade de Prata!

– Não tente ludibriar o Anjo da Morte, escravo! Bem vi tuas asas perderem as penas quando nosso grupo derrotou tua falange na Primeira Batalha, antes de entrarmos no Grande Salão.

– Onde foram derrotados pelo Filho...

– Não importa! Lúcifer *estremeceu* as estruturas das leis divinas.

– Não, ele foi o maior seguidor delas, como até hoje ainda o é.

Uma pausa. Poderosa o suficiente.

– O que queres dizer, infame?

– Ser assim chamado por um Caído é algo além da imaginação de um angélico – ele sorriu com a ironia. – Mas o que digo, anjo cego, é que aquele que tu consideras um líder é o maior aliado que o Pai já teve ao longo da existência eterna.

Abadom riu.

Na Terra, cento e cinquenta mil bebês espalhados pelo mundo acordaram chorando ao escutar a risada.

– Está aí teu argumento mais infantil hoje... – Abadom estendeu o braço e agarrou o corpo de um sonhador arremessado. Com uma única mão, quebrou-lhe o pescoço e sentiu o espírito do perturbado ser puxado violentamente por seu fio de prata. – Queres dizer que Lúcifer é um aliado dos Céus?

– Lúcifer é um anjo de Yahweh! Assim como Yeshua sabia de sua via-crúcis, Lúcifer fora previamente avisado do que iria lhe acontecer em sua Primeira Rebelião. Não devias achar que a Força Suprema iria permitir ser traída por sua obra mais perfeita, esta sim uma ideia infantil! Acaso já viste um cão ludibriar seu dono e se tornar o chefe de uma casa? Lúcifer controla o Mal como sua maior prova de fidelidade a Yahweh, pois é este seu representante direto na dualidade do que representa. Se o Inferno é um local de sofrimento, o fato de ter aceitado o fardo de ser seu líder é uma comprovação de seu amor à Grande Causa! Pois entenda, Anjo do Abismo, que ninguém naquele local maldito sofre mais para personificar o Mal do que o próprio Anjo Perfeito! A penitência eterna de ter de liderar a maldade para que a seu oposto possa ser superior e evoluir a Roda dos Mundos é uma angústia eterna que só poderia ser levada à frente pelo seu Anjo mais forte. Qualquer outro dentre nós teria sucumbido diante de missão tão ingrata, inclusive a figura deste que vos fala.

Abadom estava em choque. *Toda* a sua existência estava sendo repassada diante dos olhos. Todas as batalhas. Todos os motivos. Todos os conceitos e ordens cumpridas.

– Vós, Caídos, achastes que estavam trapaceando a Força que os gerou? Vós estais então até hoje sendo trapaceados! Mas não te culpe por tua ignorância, ou pela ignorância de vossos comandados; em negociatas de deuses e entidades ficarias assustado quando descobrisse como isso acontece o tempo todo.

O Senhor do Abismo lembrava um golem. Uma estátua, ou algo igualmente inativo, dotado de mobilidade. Uma entidade macabra sem desejo nem cobiça nem ambição. Sem compreensão nem arrogância. Uma entidade sem sonhos. Uma entidade vazia.

– Tu deves ser daqueles que acreditam que Yehûdâh traiu sem o consentimento! Que não consegues perceber que foi ele seu apóstolo mais fiel, pois a dor que sentiu ao trair e ir contra o mestre não foi diferente da dor que Lúcifer tem de sentir todos os dias por ir contra o Pai! Aliás, que curioso me lembrar de Yehûdâh. Afinal, não foi este o apóstolo que escreveu sobre tua figura derrotada no Livro da Revelação?

O Anjo Exterminador caiu de joelhos. Os olhos brilhavam em um horizonte que não parecia visualizar coisa alguma. Tudo o que via naquele momento era a escuridão do Nada. E o som do Vazio.

General Miguel se aproximou com a espada em chamas.

A arma mais poderosa, naquele momento, contudo, não estava na lâmina.

– E por teu histórico um dia passado, eu peço permissão para que tudo te seja mostrado neste momento... – e o Arcanjo General *tocou* o Rei dos Demônios--Gafanhoto.

Abadom via. O Castelo Oostegor, morada dos primeiros anjos. Lúcifer clamando discursos de pura fúria e revolta. Via a criação da Terra. A criação dos homens. A vitória no Castelo Júpiter em direção ao ousado combate contra o Pai. A perda da batalha para o Cristo em Solarium na Guerra Celestial. O encontro dos generais arcanjos com Satã, o demônio de Tenebras. O nascimento do Fosso, o nono círculo e mais profundo. A chegada de Hades, Set, Baalzebu e outros soturnos. A fornicação com mulheres humanas, desafiando a ordem proibitiva de Jeovah. E ele via Lúcifer. Os discursos de Lúcifer. O Dilúvio. A destruição de Atlântida. [os discursos enfurecidos de Lúcifer]. O retorno do Cristo. A tomada de Meca. [os discursos de *liberdade* de Lúcifer]. O início da Guerra Santa. A Sagrada Inquisição. [os *caprichos* de Lúcifer]. A Primeira Guerra. A Segunda Guerra. [*sempre* Lúcifer]. A promessa da Terceira Guerra. [sempre os *malditos* discursos de Lúcifer].

– Agora que viste tudo o que te foi dito, porém, tenho então de destruir-te, pois o Céu ainda precisa que seja assim. Tu perderás existência como traidor e assim serás lembrado por qualquer ser celestial na cidade em que jamais pisarás novamente.

Abadom percebeu algo lhe marcar o rosto, de uma maneira que há séculos não se lembrava.

Eram lágrimas.

MADELEIN / O SANTO

O Vale das Moscas. Um vale espiritual que sonhadores visitavam durante o sono ou ali permaneciam após o rompimento dos cordões prateados. Um local que abrigava os que se identificavam com sua filosofia. Um local de prazeres ao extremo. Existem planos espirituais inferiores especializados em diversos casos. Há aqueles ligados aos fumantes; aos pedófilos; aos assassinos; aos suicidas, todos eles moldados de acordo com o *bem-estar* de seus frequentadores. Aquele plano em que se encontravam se tratava de um local para viciados em prazeres materiais e sensoriais. Um local de ruas sujas, pichadas e de pouca iluminação, onde, vez ou outra, os vultos rastejando por determinados cantos deixava em dúvida a forma dos donos.

O mais curioso vinha do fato de que a maior iluminação local não vinha de nenhuma fonte externa, mas da própria Madelein. Quando o anjo caminhava, sua luz própria mais parecia uma lanterna lançando fachos que rasgavam trevas e obrigavam sombras a se esconderem.

Caminhavam devagar. Armas brancas em punho. O Santo tocou a cópia astral da medalha que lhe remetia à mãe. Aquela era a última etapa que separaria sua alma da que viera buscar. E de tudo o mais que necessitasse ser consumado na busca. Passaram por uma rua que reconheceu percorrer em sonhos. A rua que o levava a bares com seres de formas animalescas, regados a álcool e orgias. Dessa vez, porém, havia apenas casas que lembravam barracos abandonados, cujas portas de madeiras rangiam emitindo um terrificante som de abertura e fechamento, de acordo com a vontade do vento.

Ainda assim, aquela era uma rua de silêncio. E sombras.

Ao longe, observava a visão retorcida do que parecia a entrada de galpões, interligados por uma arquitetura estranha. Eram enormes e se destacavam pelas luzes que, vez ou outra, se acendiam em janelas escuras. Em intervalos curtos, gritos ecoavam de dentro, relembrando que por ali se pisava sobre um solo do Inferno. De repente, o que era silêncio não era mais. Eram passos. Passos cada vez mais altos. Passos que marchavam em direções ainda de difícil definição de um soar incessante. O Santo observou os arredores. Apertou o cabo da espada presa às costas. Ao fundo, um barulho de correntes se arrastou no chão. O grupo desenhou-se na formação de um círculo ao redor dela. O som dos passos ficou mais alto. Cada vez mais alto. Vinham de todos os cantos. De todos os locais. E cada vez mais altos.

Então, *eles* apareceram.

Eram os donos das sombras que marchavam. Das correntes que se arrastavam. Do medo pelo qual eram alimentados. Vinham em bloco e surgiam como um exército. Como tropas de guerrilha urbana. Como senhores de guerra, dotados de um prazer sádico de quem estava acostumado a torturar almas em pesadelos e torcer fios de pratas.

Como formigas, eles se aproximavam. Demônios. Demônios nascidos das angústias dos mesmos infelizes cujas almas viciadas necessitavam ganhar algo que se assemelhasse com paz temporária. Eram as sentinelas do Vale das Moscas. Os cães-de-guerra do Carrasco dos Pesadelos, Lorde Baalzebu.

O Senhor das Moscas.

O Santo sentia ânsia tomando o lugar do medo. Uma ânsia que gerava aversão. No centro do círculo, a Senhora mantinha os olhos cerrados em prece. Ali em meio a cena assustadora, cercada por guerreiros astrais e por centenas de demônios carcomidos nascidos dos sonhos de viciados, o Anjo dos Sonhos orava. Se por ou para um Deus único, porém, não era possível dizer.

No Inferno, fracassa a fé.

Quem visse aquela cena, acreditaria nisso.

Mas estaria errado.

PHANTASOS / MORPHEUS / PHOBETOR

Lorde Phobetor sabia que tudo o que representava estava ameaçado. Por maior que fosse sua força, no fundo, ainda se tratava de um deus menor. E um deus menor não teria como enfrentar sozinho dois semelhantes. Não teria, na verdade, nem mesmo como sonhar com isso.

– Acabou, Phobetor. Teus planos ruíram – a voz era de Morpheus, deus recuperado, prestes a tomar de volta o que sempre fora dele.

– Ainda não entendeste, irmão? Tu não podes impedir o processo... – a voz do deus escuro era sussurrante. Estava caído e extremamente ferido, espancado por dois deuses em uma luta desigual, cujas regras não podiam ser exigidas.

– Tira teus sombrios do campo de batalha, irmão. Recolhe os demônios com que fizeste pactos. Retira-te agora e não tomaremos teus planos tenebrosos de ti.

Phantasos, o deus-elfo, também se aproximava. A expressão era desgastada, cansada, de quem considerava aquela guerra inútil. Phobetor mantinha-se no chão em posição torta, com roupas rasgadas e ferimentos diversos.

– Não penses porque ganharam uma batalha que isso encerra a guerra. Ambos sabem que não posso ser destruído porque não posso ser esquecido. Seja em planos de homens, seja em planos de elfos, minha força é cada vez mais presente. Vós sabeis a força de um pensamento negativo e de quantos me tocam o tempo inteiro. De quantos me fortalecem o tempo inteiro... – ele tossiu uma vez. Saiu sangue negro da tosse. – O tempo inteiro...

– O que vejo aqui é um vencido que não aceita a derrota – disse Morpheus. – Um deus perdido que não aceita o fracasso.

– Pois eu vejo um deus estúpido que não percebe seu arredor – Phobetor replicou. – Até mesmo tu, irmão Phantasos, sabes bem que teus elfos isolados sempre acabam em guerras com tribos menores. Guerras nascidas de cobiça, ódio e ambição. Três pilares que me alimentam. Dos pensamentos de teus sonhadores, Morpheus, eu moldo meus planos e os recebo de braços abertos. E como são criativos teus sonhadores. O Mal por ali caminha em passe livre, e os sentimentos que despertam são ainda piores do que as forças que os geraram.

Morpheus montou sobre o irmão e lhe apertou o pescoço. Em algum lugar não muito longe, escutou-se uma exclamação tão poderosa que acordou o transe de treze sonâmbulos.

– Escutaste este grito, envenenado? – gritou Morpheus. – É o grito de teu aliado Abadom ao ter as penas *arrancadas* por um Arcanjo General! Ainda assim, queres afirmar que não és tu o estúpido entre nós? O deus que renega a derrota diante dos próprios olhos é mais que um tolo. Tu és apenas um fracasso e um erro de um deus maior.

– Se sou um fracasso, deus chorão, então bem represento nossa espécie. Se sou um erro, então esta é a definição de nossa existência. Afinal, o que aqui terminaste, começara também por tua causa.

Morpheus apertou o pescoço ainda mais forte. Phobetor engasgou. A mão afrouxou em seguida o aperto. Mais uma vez houve uma tosse. Mais uma vez, houve sangue negro.

– Somos todos trapaceiros, irmãos! Somos todos malditos deuses trapaceiros...

Phobetor era incapaz de reagir. Morpheus havia se utilizado da essência de alguns sonhos de centenas de crianças ainda puras para gerar um campo ao redor de Phobetor que o impedia de se alimentar nos planos extensos, onde havia retomado o comando.

– O que fizeste foi mais do que trapaças, irmão renegado!

Morpheus ergueu Phobetor pelo pescoço. A cena havia se invertido. Ele virou-se para o deus élfico.

– Tu queres fazer?

– Não. Estamos em teus planos e foste tu o humilhado. És tu quem deve se encaregar da punição.

Os olhos de desenhos tribais do rei Phantasos se apertaram. Não se tratava exatamente de um momento difícil para um deus menor, tampouco um momento fácil. Tratava-se apenas de um momento que não deveria existir, mas que, já que existia, *merecia* ser feito.

Na velocidade de um pensamento, deus Morpheus, de repente, flutuava acima do campo de batalha que se estendia infinitamente ao redor de seu castelo, tomando como guerreiros sonhadores diabólicos e entidades nascidas no Sonhar. Mais de um bilhão de soldados ainda se digladiavam exauridos, fossem aqueles destruídos para sempre, fossem aqueles que retornavam à guerra.

Morpheus, carregando o corpo derrotado de Phobetor, bradou em voz onipotente:

– Vós que aqui tomastes meus planos como campo de guerra bem observais o destino daqueles que ousam enfrentar deuses em suas moradas!

Guerreiros interromperam os golpes. Mesmo demônios pararam momentaneamente com a alimentação macabra. A atenção daqueles seres e entidades e sonhadores, de repente, firmou-se em um único ponto. Rei Morpheus ergueu rei Phobetor na horizontal e carregou com ele tantos sonhos e pensamentos e sentimentos, que parecia que uma parte do peso do mundo lhe estava sobre os braços.

Phobetor parecia fraco demais até mesmo para gritar. Fosse um grito de raiva; fosse um grito de desespero.

Em algum lugar, após interromper sua batalha, um capitão de Morpheus lembrou-se de palavras poderosas demais para serem esquecidas uma vez proclamadas.

Capitão... acaso sabes como calar a voz de um demônio em uma batalha?

Elfos alados se posicionaram ao redor do deus que sobrevoava o mesmo céu em que combatiam. A posição que adotaram mais parecia reverenciá-lo.

Demônios-gafanhotos iam sendo pulverizados como em combustão instantânea, simplesmente ao *desejo* do deus que recusava, em seus planos, a presença deles.

– *Diga a ele: eu sou a esperança* – o capitão repetiu em voz alta o suficiente para escutar a si próprio.

O corpo erguido de Rei Phobetor foi baixado com violência. A espinha foi levada de encontro a dobra do joelho de rei Morpheus em um CRACK tão poderoso, que fez grupos de neonazistas acordarem ao mesmo tempo.

Phobetor gritou e sentiu seus sonhos mais distantes.

Depois foi solto em queda livre, diante de fileiras e fileiras de guerreiros estressados e perplexos. Um círculo foi se formando no ponto onde estava prestes a cair, lembrando fileiras de cartas em queda. Perto, cada vez mais perto. E então...

O impacto foi um estrondoso BAM, que deixou um profundo buraco no solo atingido, digno de uma cratera.

E então enfim o silêncio...

E o vazio...

Morpheus estava impressionado. Phantasos, e muitos dos anjos que formavam aquelas falanges, também. De um momento para o outro, aquilo, até mesmo para o padrão do Sonhar, parecia impossível. De repente, no campo de batalha que em uma hora era infinito, agora não era mais nada. Não havia mais nada.

Tudo era silêncio.

E vazio.

Os sonhadores e as entidades ali não mais estavam, transferidos daquele local em instantes. No campo de guerra, além dos três deuses menores, restaram apenas anjos, demônios e sonhadores cujos cordões haviam sido partidos.

– Quem ousas... – Lorde Morpheus jamais completou a frase.

– Eu – era a pausa que precedia a repreensão. – Aquele a quem todos vós deveis tantas explicações quanto forem possíveis sonhar...

O silêncio sepulcral permaneceu.

E era justificável.

Lorde-Rei Hypnos, o deus entre os deuses do Sonhar, se apresentava.

ALEXANDRE GARNIERI

Garnieri havia ido até o refeitório pedir um café expresso. Estava naquele hospital à espera de uma melhora de Ariana, rodeado o tempo inteiro de parentes que iam e vinham, além de amigos e atletas que a acompanhavam. Fosse quem fosse, as pessoas que a visitaram a ponto de dormir no hospital naquela noite concentravam-se em um salão improvisado como uma república estudantil, com travesseiros espalhados pelos cantos.

Quando Garnieri retornou com o café, porém, sua surpresa foi encontrar um murmurinho incessante cortando aquele salão de ponta a ponta. Ele não sabia o motivo daquilo, mas... todos naquele salão que há poucos minutos estavam dormindo, ou ao menos tentando, de repente, estavam agitados, conversando e se observando, como se aquela fosse a única condição do ser humano.

– É... – ele disse para Helena Reimão, a atleta mais próxima – Parece que hoje todo mundo está com dificuldade para dormir, não é?

– É... – ela suspirou, tentando se recordar de seu último sonho. – Acho que é...

Naquela noite, aquele fenômeno iria se repetir, ao mesmo tempo, em todos os quatro cantos do planeta Terra.

Vinte e um guerreiros continuavam o combate. Ao redor do Anjo dos Sonhos, eles giravam armas brancas e cortavam demônios carcomidos com peles descoladas. Lanças e espadas decepavam membros em meio a gritos.

Dentre esses guerreiros, o Santo. O olhar assassino lembrava uma parte de sua essência aceita. [*Beliel... você é Beliel*]. Os movimentos remetiam aos sonhos que tinha em arenas.

Mostrava caninos. Atacava como predador. Um ser com apenas um olho em uma cabeça sem orelhas o atacou com garras, lembrando um zumbi. A Masamune brilhante girou deixando rastros de ki e separando uma das pernas da criatura. Do ferimento exposto, vermes saíram em quantidade expressiva. Outra criatura tentou pegá-lo por trás, e a lâmina lhe transpassou a garganta. Um à frente sentiu os intestinos sendo rasgados, outro teve um corte que lhe abriu o nariz.

Com uma lança, o espírito que estava Lúcio Vernon se agitava em um estilo mais bruto de combate. Um estilo no qual a força se colocava à frente de velocidade, e demônios leprosos esmurrados se chocavam. Em determinado momento, a própria arma foi fixada no chão e, com as próprias mãos, o guerreiro quebrou pescoços, aliado a murros que pareciam marretadas. Na mente, porém, uma incerteza sobre o futuro daquela batalha, afinal, quanto mais seres abissais derrubava, maior era o número que surgia para continuar o combate desigual.

Eles escutaram passos mais poderosos, sempre em doses cada vez maiores. Pelos cantos, eles vinham correndo e trêmulos, lembrando bêbados deformados infectados com raiva. Os vinte e dois eram cada vez menores diante da imensidão escura que surgia. A visão do cerco cada vez menor assustava. Em determinado momento, a diferença numérica era tamanha que os corpos dos vinte e dois se encostavam no círculo formado.

Foi quando o que estava Lúcio Vernon observou Madelein.

– Senhora... temo não sermos suficientes para deter esse mar de monstruosidades que nos encurrala, mas garanto a ti que, se preciso...

Os olhos do Anjo dos Sonhos continuavam fechados. Nenhuma palavra foi emitida. A lâmina nas mãos do Santo, e também nas de todos os outros, continuava cortando. Lúcio mantinha alguns vampiros afastados com a lança e já se preparava para avançar sobre eles, quando escutou:

– Guarda teu fio de prata, guerreiro – os olhos dela ainda estavam fechados. – Não trouxe nenhum de vós até aqui para que lutásseis por mim ou por qualquer outra causa...

Vernon sentiu a surpresa lhe consumir.

– *Não* nos trouxe, Senhora?

– Acaso nenhum de vós entendeu de fato ainda meu poder nestes planos, não é verdade? Vós realmente não acreditais que sonhos despertos pulsam aqui em intensidade tão violenta quanto nos planos superiores...

– Senhora, ainda assim não vejo como...

– Pois veja *isto*, guerreiro.

Os olhos foram abertos. Não havia pupilas. Havia apenas uma cor âmbar que se acendia e brilhava incessantemente. Os braços foram erguidos até acima da cabeça. E então, com um *kiai* que a igualava a um deus, ela se ajoelhou de forma brusca, traçando no ar duas linhas em direções opostas, formando um triângulo ao tocar o solo.

Como marionetes das quais se partiam as cordas, levados por uma onda maior do que eles, centenas de demônios e formas-pensamento escuras tombaram. Deliravam e giravam de um lado a outro, babando e tremelicando, mordendo a própria língua de forma a arrancar pedaços com as próprias dentadas. A visão daquelas coisas se debatendo e se amontoando umas sobre as outras como cobras causava repugnância.

– Senhora, o que fizeste? – perguntou o espírito de um da comitiva, que ali mais lembrava um guerreiro samurai.

– Retirei de cada um deles seus sonhos despertos. Nenhum de vós imagina o que é estar no Inferno sem eles...

Os guerreiros abaixaram as armas. Caminharam na direção dos imensos galpões, em direção ao encontro inevitável que trazia na conclusão entendimentos complexos demais. Não importava.

Era a hora do Senhor das Moscas se encontrar com o Santo.

Em determinado momento, quando já próximo demais da entrada, Madelein interrompeu os passos. O Santo continuou a caminhada. Não servia mais à vontade dela. Não servia (mais) aos planos dela. Talvez o objetivo desde sempre nem fosse aquele. O fato foi que os guerreiros pararam com ela e o observaram entrar e sumir em sua armadura oriental na escuridão daqueles galpões.

Às costas, centenas de demônios ainda se debatiam em um bizarro ataque de insanidade em massa.

– Senhora... – Lúcio, como o líder que era para aquele grupo, posicionou-se à frente, com o intuito de fazer a pergunta que todos queriam. – Se não nos trouxe aqui para lutar, então a que viemos?

– Em pouco tempo, vós todos sabereis...

O QUARTO 137

No quarto 137 do Hospital Psiquiátrico Shepard, o corpo esquelético do homem idoso havia deixado a inércia. Não havia ainda consciência, mas o corpo se movimentava sem emitir palavras. O travesseiro continuava um absorvedor de baba e suor e lágrimas. O cheiro de creolina continuava impregnando o local. Mas o tempo não parecia mais parado. O milagre que a psiquiatra Larissa Tavolaro sonhava para ele não se concretizara, assim como nem mesmo o desprendimento do corpo físico apostado pelos enfermeiros em curto prazo.

Mas quem por ali passasse e observasse pela pequena janela da porta, veria, no catatônico, alguma animação. O corpo, vez ou outra, agitava-se e espalhava a baba para pontos diversos. Mas independente de qualquer coisa, era visível que o corpo sonhava.

Ele sonhava com guerras.

Ele sonhava com o fim de guerras.

HYPNOS

O Rei dos Reis do Sonhar chegara usando uma roupa inesperada para a ocasião. Vestia-se com um terno preto, lembrando muita mais um presidente de multinacional bilionária do que um deus capaz de construir universos. Ao lado dele, caminhava o irmão gêmeo Thanatos, tio dos três deuses menores do Sonhar, e um deus capaz de destruir universos. O Deus da Morte vestia um terno branco.

Os dois gêmeos mantinham expressões serenas, embora as de Thanatos remetessem sempre a atores conhecidos pelas mesmas expressões em qualquer tipo de papel.

– Ainda se usam tais adereços? – Hypnos perguntou ao ver as roupas e armaduras medievais dos filhos.

Silêncio. Hypnos caminhou pelo campo de batalha agora vazio, observando as diferenças na essência dos moldes, do mesmo modo que uma pessoa faria ao retornar anos depois a uma antiga casa onde houvesse passado décadas da vida.

– Sabem... eu e vosso tio estávamos cumprindo nossas funções, supervisionando o trabalho das *fiandeiras* e seria mentira dizer que não senti abalos na estrutura do Sonhar – ele virou-se para eles. – Mas, bem, não foi a primeira vez que isso aconteceu, e com certeza não será a última. E desde que passei o controle dessas terras para vós, sempre fui fiel à minha promessa de não interferência, não é verdade? Achei que realmente poderia deixar que vós mesmos consertásseis os próprios problemas. Achei que já tínheis noção de responsabilidades suficiente para isso. Achei que vós já havíeis *crescido* o suficiente para ganhar a confiança de um trabalho digno de deuses maiores...

Phobetor ainda se retorcia com a espinha partida pelo irmão caçula. Estava aleijado, e, ao menos naqueles planos, ainda da alçada de Morpheus, sabe-se lá por quanto tempo, impossibilitado de se recuperar.

– Então, o incômodo chegou em um ponto que tive de ver por mim mesmo o que estava acontecendo por aqui. Entendei... quando eu cheguei aqui, não existia nada. Não existia som nem luz. Não existia nem mesmo a noção do vazio. Sabe o que era tudo isso aqui? Um plano de energia pura desorganizada. Era possível sentir a pulsação de sonhos adormecidos ou despertos caminhando, nascendo e morrendo em alguns cantos desse local em uma época em que homens ainda nem imaginavam caminhar. Os sonhos que nasciam e morriam eram de seres vivos, mas irracionais demais para manter os pensamentos pulsando por muito tempo – Hypnos deixou o corpo cair para trás como se fosse sentar. No local onde antes havia nada, uma grande poltrona reclinável nasceu para servir-lhe de apoio. – E, bom, talvez assim continuasse por eras. Isso dificultaria bastante as coisas para os planos de alguns Conselhos, acho que vós entendeis do que falo, não é? – uma pausa. – Por algum acaso, estou entediando a vós com tamanha prosa?

Ninguém teceu comentários.

– Se estiver, por favor, me desculpem. Sabeis melhor do que eu como gosto de divagar, não? Oh, que pergunta! É claro que sabeis! Alguns de vós puxais este meu lado, ainda me lembro bem. Alguns, para mais. Outros, para menos. Mas... sobre o que falava mesmo?...

– Sobre o nascimento deste plano... – sussurrou Thanatos em sua primeira frase. Hypnos sorriu com a lembrança.

O Sonho costumava divagar.

A Morte era direta.

– Isso. Sobre a *lembrança* desse nascimento – por um momento, os três deuses sentiram a pulsação daquela lembrança na energia que ancorava aquela estrutura cósmica. – Como eu dizia, havia um potencial neste plano, mas, da forma como estava, era apenas um pântano inútil para planos maiores até mesmo que vossas existências! E então, a mim, foi feita a *proposta*. Sabem... poucos dias são inesquecíveis para imortais, mas aquele foi um desses – os olhos focaram para cima e para a esquerda. – Mandaram a mim um príncipe da casta dos Tronos para me propor o acordo. Acreditavam que um anjo artista convenceria mais fácil um deus dos sonhos – uma pausa. Mais um sorriso. – E eles estavam certos...

As roupas de Morpheus foram perdendo consistência e sendo desfeitas como se fossem de... areia. Em seu lugar, nasceram roupas escuras, típicas das vestimentas que góticos ingleses exibiam em ruas londrinas noturnas. Também não havia mais elmo. A cabeça calva agora exibia apenas alguns brincos ao redor das orelhas.

– Eu gosto dos Tronos. São muito mais receptivos e simpáticos que a casta das Dominações, por exemplo. Ou dos Principiados. E também os...

– Hypnos...

– Oh! Desculpem-me. Voltando ao que dizia, a mim, foi feita a proposta, e então este plano foi moldado. Acaso já contei a vós quanto tempo levei para estabelecer cada lei que rege tudo isso aqui? Menos do que pensais. Bem menos. Tratados foram assinados e limites territoriais estabelecidos, na medida em que isso é possível por aqui. Pactos foram selados e promessas estabelecidas, mas nem sempre cumpridas. Imagino que sabeis bem como deuses costumam *trapacear* algumas promessas, não sabeis?

A armadura de Phantasos também se desfez, como se fosse de silício. As vestimentas ganharam a forma de roupas mais leves, utilizadas por poetas venezianos. Os cortes ao redor do corpo e do rosto élfico foram sumindo e se restaurando devagar.

– Com este plano pronto e toda a estrutura proporcionada foi possível que a Roda dos Mundos fosse estendida ao orbe terrestre. Aí sim havia um plano para abrigar os sonhos dos homens em todos os seus *tipos*. Sonhos adormecidos; sonhos despertos; desejos. Não importa; isto aqui é capaz de abrigar a todos eles! Mas então, pouco a pouco, a Providência foi ordenando a evolução. Os Tronos e as Musas se utilizaram de meus domínios para levar o conhecimento liberado aos sonhadores, e mesmo uma mulher-anjo mereceu seu Condado. Eu sabia que tudo isso iria acontecer, sabeis? Eu nem *sempre* deveria fazer isso, mas não resisto. Eu sempre vejo o que vai acontecer, espiando no Livro do Destino. Não é à toa que, com isso, as linhas, às vezes, entortam-se, e muitos sonhos preveem o futuro, não é verdade? E eu já os previra há tanto tempo, que reestruturei estes domínios e dei a meus três filhos quando os considerei prontos para o fardo...

Os céus começaram a escurecer. Houve fragor no céu. Não se tratava de um sinal de chuva.

Tratava-se de um sinal de ira.

– Mas isto que contei, todos sabeis! Inclusive parece que sabeis até mesmo mais do que eu. Porque eu gostaria muito de saber da boca de vós o que significa *isto* que encontro hoje em minha visita! Vejo realmente falta de limites na ambição de deuses que anseiam mais do que podem sonhar? Estou em um delírio ou vejo meus filhos me apunhalarem pelas costas, na esperança de roubarem meu lugar não por merecimento, mas pela força que não possuem?

Silêncio. Nada ainda dito.

– Eu gostaria muito, neste momento, de ter ao menos uma dessas respostas...

Morpheus observou Phantasos. Mesmo o irmão sábio demonstrava na face o receio de emitir a palavra errada. Observava Phobetor e via que o irmão escuro sofria de dor demais até mesmo para falar. Quanto a ele, o maior problema não estava no receio de dizer a palavra errada.

Estava simplesmente em saber o que dizer.

Quando ele entrou naquele local, tudo era opaco. A atmosfera parecia morta, não em silêncio. Naquele cenário ainda sem forma ou aparência, ele podia escutar cânticos. Mantras denegridos que fariam tremer a alma do homem de bem, sussurrados por paredes próximas que pareciam rebater um jogo de ecos.

Neuga... ziena...

Quando o primeiro passo foi dado, duas luzes que tremulavam como chamas nas cores azuis quase violáceas se acenderam. Uma de cada lado. O som que fizeram ao surgir era o mesmo de um aquecedor de chuveiro antigo.

Zieber...

O Santo parou e esperou. Nada. Diante do silêncio da atmosfera ainda nula, ele deu mais alguns passos. Um segundo par de luzes se acendeu. Sem se interromper, dessa vez, ele continuou. Conforme avançava, viu surgir na caminhada um terceiro par de luzes. E um quarto. E um quinto.

Zom...

Atrás de si, as luzes que se acenderam deixavam um corredor azul, que indicava uma saída que parecia não mais existir. Simplesmente não havia mais volta. Os sussurros das palavras diminuíram e silenciaram. Ainda assim, a sensação daquele momento era aterrorizante. Foi quando, ainda da escuridão além das luzes violáceas, uma voz digna de um vampiro-rei sussurrou:

– Agora o momento escolhido chegou...

O Santo colocou a mão sobre o cabo da Masamune e esperou. Nada. O que antes era escuridão e som; agora eram chamas azuladas trêmulas e silêncio. E então a atmosfera que era morta começou a nascer. Um vento ainda tímido assobiou lento. Ele caminhou mais alguns passos, tocado pela brisa gélida. O sexto par de luzes surgiu. E então, o sétimo brotou. E o oitavo. E o nono. As paredes que antes rebatiam ecos, agora pareciam se divertir diante do macabro.

– Trocando este mundo por...

O Santo reconheceu enfim aquela voz. Era ele. Era ele, o sombrio que surgia em seus sonhos. O mesmo que lhe oferecia bebidas. Mulheres. Sangue e mortes. A nefasta entidade que ousara tirar de si sua mulher. O demônio perdido que acreditou ser capaz de manter presa em seus domínios a alma da mulher por quem ele prometeu descer ao Inferno se preciso fosse. A mão apertou mais forte o cabo da katana. Os dentes trincaram. A expressão se fechou. E o ódio ressurgiu em energia animalesca pura, espantando o medo e dando lugar ao anseio da guerra.

Luzes surgiram em par novamente. Dessa vez, porém, desenhando à frente do Santo o formato globular de uma gota. Iluminavam, em seu centro, um círculo que pouco a pouco foi ganhando cor. Um desenho ostentava runas antigas com detalhes em vermelho e preto, evocando símbolos de magia trevosa. Uma entidade cujo mal era possível sentir pulsar se apresentava de costas, com os braços abertos. À frente, um altar formado do que pareciam ossos, candelabros e pedaços de fios de prata. Na parede, um ídolo esculpido com um imenso rosto sem pelo. A brisa que começara a soprar lhe agitava os cabelos desgrenhados e também a capa vestida para a ocasião.

– Baalzebu...

A entidade infernal não se virou. Mesmo de costas, porém, o Santo pressentia que ele sorria em deboche.

– É o estúpido *Santo*! – ele disse, com voz monstruosa. – Acaso beijou alguma de minhas sucubus ultimamente?

– Eu desfruto melhor desta *forma* – o olhar assassino brilhou no rosto do guerreiro astral. – E tenho algo para você.

A espada foi desembainhada. A intensidade do ki iluminou de forma brusca a escuridão local. Fosse quem fosse aquelas paredes, provavelmente, agora estariam cegas.

– Ah, a Masamune. Eu apostei que você iria exatamente morrer para usá-la – o sorriso aumentou. O vento, que antes soprava tímido, agora, aumentava ao assobio sinistro. – O vento escuro começou a soprar...

O Santo sentia-se *sujo* cada vez que a brisa lhe tocava. Mas não mais importava. Nada mais importava. Nada que não fosse a destruição daquela entidade. Os dentes foram mostrados. O ódio expelido. E tudo o que nele era humano, de repente, parecia não mais.

– Está certo... me dê sua melhor tentativa... – o Senhor das Moscas sussurrou. Ele virou-se para o Santo, mostrando a forma carcomida e o sorriso diabólico. – Se você estiver preparado para o vazio!

A batalha etérea entre o Santo e o Senhor das Moscas deu-se início.

A Masamune se cravou no chão. Um arco de luz tomou vida e morte no ar, mas não atingiu o alvo, que, em poucos instantes, não estava mais ali. O Santo ergueu novamente a espada fincada. Um violento golpe às costas o arremessou para frente de encontro ao altar macabro, provocando estardalhaço. Velas espalharam-se pelo chão e se apagaram. A luz que iluminava o local vinha das luzes azuladas em pares e da lâmina que ardia como um raio de sol. O Santo se levantou. Babava. Olhos apertados em busca de um inimigo que não visualizava. Um adversário instável que, mais do que criar as sombras que o envolviam, também era a própria sombra. Antes que pudesse novamente se dar conta, o corpo foi erguido como se não houvesse gravidade e puxado ao chão violentamente. O solo abaixo do altar se destroçou. O corpo foi erguido mais uma vez, e novamente jogado ao chão em um impacto violento. A Masamune lhe caiu da mão, e o corpo voou diretamente para uma das paredes sussurrantes, estatelando-se sobre algo duro como concreto. Acima do local de impacto, um pedaço do rosto do ídolo sem pelos foi se desprendendo até afundar sobre o corpo do Santo.

– *Implore*, e eu permito que você retorne ao seu corpo com seu fio! Esqueça a vagabunda. Dou minha palavra de que será minha melhor escrava – o sorriso diabólico novamente. – Prometo deixar você relembrar os velhos tempos, reservando uma hora da vadia para quando vier visitar nossos salões novamente durante seus melhores sonhos!

A pedra caída sobre o corpo do Santo se despedaçou. Ele ergueu-se como uma besta. O imperil liberado por ódio brilhava ao redor da aura, criando imensos buracos. Aquele estado lhe deixava pesado. Cansado. Exausto. Escutou Baalzebu se aproximar.

– Isso. Exploda. Libere. Liberte! – O Senhor das Moscas vociferou, com olhos fixos de quem sentia prazer. – *Alimente-me*!

O Santo tentava manter um foco. Um elo de concentração, mas a fúria que consumia os sentimentos e os pensamentos, e assim as ações, dificultava. Tudo voltava aos sonhos paralisantes em que os movimentos eram lentos e não obedeciam na velocidade em que lhes eram ordenados. Baalzebu se aproximou feroz. O Santo recebeu um primeiro golpe que lhe teria deslocado o maxilar no plano físico. Um segundo, um terceiro e um quarto que sacolejaram o crânio. Uma sequência de golpes e mais golpes incessantes no peito, estômago, costela, pescoço, orelha, olho, nariz. Um chute no joelho o pôs abaixo. Na mente, ainda ódio. Tudo foi se tornando escuro. Talvez pelos golpes, talvez pelo ódio. Tentou um soco de reação lenta demais. O demônio *agarrou* o braço e lhe deslocou o antebraço. O Santo berrou. Depois o antebraço foi recolocado no lugar. O Santo berrou novamente.

E então o braço foi deslocado mais uma vez.

Lágrimas escorriam. A raiva diminuía devido à aproximação da possibilidade de fracasso. De repente, o Santo viu-se não mais tão imponente nem tão divino nem tão iluminado. A cópia astral da medalha de Francisco de Assis tremulou no pescoço, e ele se sentiu novamente humano. Lembrou-se rapidamente de tudo o que havia passado para chegar até ali. De tudo de inacreditável que tinha passado para chegar até ali. Sabia que do outro lado daquela sala estava Ariana. Sabia que havia algum motivo maior do que ele pelo qual movera aquela jornada, mas ainda não conseguia visualizar. Pequeno; fraco; estúpido.

Um chute no meio do peito fez com que voasse para trás e se chocasse mais uma vez contra as paredes, deixando a marca das costas na rocha. Caiu sentado, com o braço latejando uma dor insuportável para um homem encarnado. A escuridão foi perdendo a intensidade aos poucos. O ódio que o cegava foi diminuindo diante do exercício forçado de humildade.

E então o Santo percebeu que já havia passado por aquela situação.

E a superado.

A mente voltou à caverna. Ao local onde enfrentara seu duplo perverso, e o aceitara.

Como acaso faz um homem para matar algo dentro de si?

Ao local aonde chegara à sensação física do nulo.

Como vive um sonhador sem essência?

Aonde chegara à sensação enlouquecedora da impotência.

Está certo... me dê a sua melhor tentativa...

Aonde chegara à sensação angustiante do nada.

Se você estiver preparado para o vazio.

– O que quer de mim, demônio? – a pergunta se repetia.

Quero que me alimente.

– *Nada*. Eu não quero nada de você – ele se aproximou. O som do zumbido de centenas de moscas ecoava pelo local. – A questão é: o que você quer de mim?

O Santo ergueu-se com o antebraço deslocado. O ectoplasma pesava, como um corpo físico castigado por dias sem água no deserto. A dor no centro do peito ainda apertando e apertando. E apertando.

– Eu quero ela... – ele respondeu.

– Não. Você quer muito mais do que isso. Ninguém desceria até aqui apenas por isso...

– Eu só... quero... ela...

– Admita, ladrão! Foi seu ego quem ordenou? Foi seu orgulho? Seu desejo de glória?

– Pare de me confundir, demônio...

– Assuma, crucificado! O que o levou a arriscar sua existência por planos sombrios e arriscados demais a quem tinha *tudo* no plano de matéria?

– Eu...

A imensa e carcomida mão do Senhor das Moscas agarrou a cabeça do Santo. Em seguida, violentamente cravou o rosto profundamente na parede de pedra, deixando um buraco.

– O quê? Fale: o que lhe trouxe realmente até aqui, maculado?

– Eu...

A cabeça que sangrava afundou de novo na rocha. Pelos cabelos, foi puxado para fora do buraco novamente.

– O QUE... LHE TROUXE... ATÉ... AQUI?

– Eu... sou.

Um estouro. Um estalo aconteceu em uma profunda combustão de pura luminescência. O corpo do Senhor das Moscas foi arremessado para trás, como se tocado por uma descarga poderosíssima de eletricidade. Quando se deu conta, saía fumaça do corpo caído. E o adversário que esmurrava, de repente, não era mais o mesmo.

Pois os olhos não eram mais dele. Nem a voz.

O antebraço foi recolocado no lugar.

Nenhum grito de dor acompanhou o movimento.

– Quer saber por que aqui estou, sofrido? Porque sou *Aquele Que Serve a Algum Uso Divino*! Eu sou seu oposto e sua destruição. Eu sou o símbolo da esperança esquecida e o guardião de sonhos despertos. Eu sou o desejo altruísta; eu sou a luz que ilumina uma mente escura. Eu sou a voz que cala a angústia; eu sou o motivo que acalma o anseio. Eu sou, demônio, um servo das forças do destino e o delírio das forças sombrias. Eu sou o homem tocado pela chama; eu sou a alma abençoada pela dádiva. Eu sou o enviado, o algoz, o carrasco, o juiz, o divino, o executor. Eu sou o servo. Eu sou o bem-aventurado. Eu sou, demônio, o Santo!

Bolas de luzes se expandiram da alma alterada. Formas-pensamento brilhantes nasceram e engoliram nesgas soturnas, lembrando um descanso de tela cósmico. A energia que invadia o lugar impuro chegava a *doer* quando tocava em seres desacostumados. O demônio assustado gerou uma espada de lâmina negra e atacou com ferocidade. A lâmina parou onde seria a aura do atacado, e a lâmina negra se partiu em pedaços.

Baalzebu podia perceber, não já com certo receio, que mesmo aquela alma que invadia seu território agora tomava o status de uma *entidade*. E mais do que isso: uma entidade *furiosa*. Um acúmulo vivo e inteligente de formas-pensamento, absorvidos como um legítimo homem-bomba astral. O que a movia, porém, dessa vez, não era ódio. Nem raiva. Nem cólera. Nem fúria. E era isso que o tornava poderoso como nunca.

O que a movia agora eram os sonhos.

Os sonhos despertos. [mas quais sonhos despertos?].

Os sonhos despertos de todo orbe terrestre.

* * *

Na cidade de Dublin, na Irlanda, um menino de treze anos sentou-se confortavelmente sobre um galho de árvore próximo ao parque onde gostava de jogar futebol após a escola. Dessa vez, porém, se acomodou para começar a leitura do livro comprado com o próprio dinheiro de mesada. O livro se chamava "New Beginnings"* e se tratava de uma obra em conjunto de dezesseis famosos escritores, de uma poderosa lista que incluía nomes como Margaret Atwood, Scott Turrow, Stephen King, Paulo Coelho e o Prêmio Nobel de Literatura, J.M. Coetzee.

Os lucros da venda do livro eram revertidos para as vítimas atingidas pelas ondas gigantes dos Tsunamis. A editora Bloomsbury, responsável pela publicação da obra, logo no início do processo, já havia doado cem mil libras em ajuda às

* Novos Começos.

vítimas da tragédia. O menino em questão não fazia ideia de quantos exemplares haviam sido vendidos até aquele momento. Não fazia a menor ideia de quantas libras mais a Bloomsbury havia doado às vítimas.

Mas cada vez que os olhos passavam por aquelas linhas, cada vez que os dedos sublinhavam uma palavra ainda difícil demais para a cultura que possuía, ele se lembrava daquelas pessoas e das imagens de destruição.

Desejava o bem de todas elas.

E sonhava com um mundo melhor.

* * *

Em Denver, nos Estados Unidos, um senhor de meia idade fez a alegria de Natal de dezenas de pessoas em um abrigo para moradores de rua. Havia, no local, cerca de trezentas pessoas, todas abordadas pelo doador com notas de cem dólares. Sem dar muitas explicações, o doador anônimo entrou no local distribuindo dinheiro a quem encontrasse pela frente, doando até mesmo cinco mil dólares como auxílio para a compra de uma casa própria para uma família de quatro crianças.

Quando perguntado sobre sua motivação, o solidário explicou já ter sido morador de rua e saber como era difícil sobreviver em meio a tantas dificuldades. Um professor ginasial, ao mostrar a reportagem a seus alunos na mesma cidade, concluiu sua aula dizendo:

– Ao longo da vida, vocês descobrirão que podem evoluir ou sucumbir às dificuldades da vida...

No futuro, algumas daquelas crianças escolheriam a primeiro opção. Outras, seriam tragadas pela segunda. Nenhuma, porém, se esqueceria daquela lição. E mesmo aqueles que se arrastariam pelo segundo caminho, iriam se lembrar de que nunca seria tarde demais para uma segunda chance.

* * *

Em uma apresentação em um estádio de futebol lotado e com transmissão ao vivo por streaming, o grupo irlandês U2 fazia milhares de pessoas de diferentes idiomas cantarem e escutarem, em um único coro, um poderosíssimo mantra que ecoava para muito além daquelas fronteiras, daquelas bandeiras e daqueles idiomas. Em um cenário escuro, com milhares de isqueiros e telefones celulares transformados em pontos de luz, o vocalista Bono Vox afirmava que não estava procurando pelo dinheiro delas. Estava procurando por suas vozes.

Em meio ao coro unificado e emotivo, a impressão que se passava era que cada uma delas também.

One love
One blood
One life you got

To do what you should

One life
With each other
Sisters, brothers
One life
But we're not the same
We get to carry each other
carry each other
One...
*One...**

Uma enquete realizada pela revista britânica de música Q havia elegido a música One como a melhor faixa já gravada na história da música pop.

* * *

Na cidade de São Paulo, uma empresa do ramo de construções organizara uma ida de crianças carentes ao cinema. A maioria nunca havia visto uma projeção na tela grande. O filme escolhido fora o anime *A viagem de Chihiro*, do japonês Hayao Miyazaki. E levando em consideração o filme escolhido, é possível apenas imaginar o que significaram aquelas duas horas e cinco minutos para um grupo formado de crianças abandonadas pelos pais ou portadoras de HIV, que – como todas as crianças – mereciam sonhar.

* * *

Em Portland, uma professora passava em sala de aula um vídeo acontecido com uma ex-aluna, que rodara o mundo através das redes mundiais. As imagens mostravam uma quarta de final da NBA, em um terceiro jogo entre o Trail Blazers e o Dallas Mavericks. Na época, Natalie Gilbert, então com treze anos, havia sido escalada para cantar ao vivo o hino nacional americano diante de vinte mil pessoas na Portland's Rose Garden Arena. Ao iniciar a canção, contudo, o excesso de nervosismo lhe tomou a ação, fazendo com que Natalie esquecesse por um momento a letra e se postasse sozinha, acuada e sem reação, diante de uma transmissão nacional. Estupefato, o público presente chegou a ameaçar uma vaia, e ninguém ao redor da menina soube como reagir. Foi quando o técnico do Trail Blazers, Maurice "Mo" Cheeks, de repente, apareceu ao seu lado e, gentilmente, colocou a mão sobre o seu ombro e cortou o silêncio constrangedor reiniciando o canto de onde Natalie havia travado, ajudando-a a prosseguir. A poderosa presença e inspiração de Mo Cheeks contagiaram e tocaram vinte mil pessoas presentes,

* Um amor / Um sangue / Uma vida você tem / Para fazer o que deve / Uma vida / Um com o outro / Irmãs e Irmãos / Uma vida / Mas nós não somos os mesmos / Temos que carregar um ao outro / Carregar um ao outro / Um... / Um...

fazendo a menina superar o medo e recomeçar o canto, dessa vez acompanhada de todo o estádio lotado.

O vídeo daquele momento se tornou um dos maiores exemplos de bondade, inspiração, superação e liderança, exibido em seminários, workshops, palestras motivacionais e sites de compartilhamento de vídeos. E até hoje, ao ser exibido novamente, ninguém nem mesmo se pergunta qual foi o resultado final daquela partida.

Maurice Cheeks já havia vencido o maior dos jogos.

* * *

Em Bangladesh, antigos moradores de rua inauguravam um abrigo para crianças cujos pais partiram para terras distantes. Por mais curioso que pudesse ser, as vidas daqueles homens haviam dado uma guinada devido ao financiamento de celulares para os indigentes, concedidos pelo Grameen Bank, uma instituição conhecida por ajudar populações pobres ao redor do planeta. Seguindo a ideia do projeto, os ex-indigentes alugariam seus celulares para membros de uma aldeia em que não havia telefone convencional. Com o dinheiro arrecadado, eles poderiam saldar dívidas e parar de mendigar.

O grande fato foi que a atitude daquela instituição reascendeu naqueles homens pensamentos que estavam já completamente adormecidos. Porque trazia esperança. E para um homem sem rumo, isso às vezes é todo o necessário.

* * *

Na Argentina, uma criança de sete anos escrevia sozinha, ainda que com certa dificuldade, sua primeira carta. Ela fazia parte do grupo de mais de sete mil crianças pobres apadrinhadas por europeus por meio de ONGs em uma campanha iniciada pelo jornal *El País*. O sistema já era difundido na Europa, mas até aquele momento não havia chegado às terras sul-americanas. Na Espanha, a convocação da ONG Comparte afirmava que, na Argentina, cem crianças morriam diariamente de fome e doenças evitáveis.

A ONG conseguira sozinha, com uma tenda armada em Barcelona, apadrinhar mil e quinhentas crianças, por meio de padrinhos espanhóis.

Já a organização internacional Aldeias Infantis SOS reunira mil e oitocentos padrinhos dentre países como Holanda, Alemanha, Dinamarca e Noruega. Na Itália, mais quatro mil foram, na época, convocados pela Associação de Voluntários para o Serviço Internacional. E, por cartas, recursos, lágrimas e sorrisos que esses contatos sem fronteiras ou bandeiras provocavam, sonhos extraordinários de pessoas ordinárias cruzavam os meridianos tocando tudo o que encontrasse no caminho.

* * *

Em Israel, em um momento mágico aos olhos mundanos, milhões de pessoas pararam onde quer que estivessem, diante do som de uma sirene. Carros eram abandonados no meio das ruas e seus motoristas erguiam-se em posição de sentido. Multidões interrompiam as caminhadas; escritórios ignoravam a pauta de reuniões. O tempo – e os corações – daquelas pessoas se tornava um mesmo tempo e uma mesma batida. Enquanto a sirene ecoava, o mundo parecia um só. Aquela era a Sirene Memorial, que fazia um país parar e se colocar em silêncio para relembrar. Fazia um país parar para refletir sobre histórias que não poderiam ser revividas pela humanidade. As imagens, durante os momentos em que todo aquele povo permanecia de pé e imóvel, passavam pelas mentes e espremiam lágrimas. Os mais novos relembravam os rostos de colegas perdidos para guerras de deuses que definem fé com armas de fogo. Aquela redoma de tempo e sofrimento acabava tocando sonhos despertos, pois era na análise da tragédia e no pulsar de uma mesma intenção que a união entre aqueles homens se fortalecia. E era quando o homem não se esquecia de suas origens que ele evoluía a partir dali.

Quando a sirene terminava, e quando o país retornava ao tempo ditado por cruzes que sangravam, balas ainda iriam perfurar crianças em nome dos mesmos deuses que debatiam a própria índole. Mas as novas gerações ainda conservariam aqueles sonhos esperançosos dentro de si. E se o ódio enraizado no futuro não viesse a superar esse sentimento puro, aí enfim novos deuses, de natureza muito mais pacífica, nasceriam. E se tornariam bem-vindos.

☆ ☆ ☆

Na cidade do San Diego, em uma sala de espera aguardando ser chamado para uma convenção de cultura pop, o escritor Neil Gaiman, de repente, lembrou-se, sem motivo aparente, de um de seus escritos mais famosos.

As pessoas pensam que sonhos não são reais apenas porque não são feitos de matéria, de partículas. Sonhos são reais. Mas eles são feitos de pontos de vista, de imagens, de memórias e trocadilhos e de esperanças perdidas.

Como milhões de sonhadores ao redor do planeta, ele também sonhava com um mundo de um único amor. De um único sangue.

De uma única vida.

☆ ☆ ☆

A cada cinco segundos, infelizmente, uma criança ainda morre de fome. Mas é cada vez maior o número de pessoas que luta para mudar isso.

E elas vão conseguir. [elas vão?].

Vão, elas vão conseguir, sim.

Em um dia que não tarda, nós iremos conseguir.

☆ ☆ ☆

Tudo acontecia em proporções de milhões e milhões e milhões de atos. Milhões e milhões de pequenos atos. E cada um deles, o Santo *sentia*. Uma pessoa tinha um único bom pensamento puro nos confins mais esquecidos do planeta, e ele sentia. Outra revivia na memória uma atitude de fraternidade incondicional; um sopro de inspirações em prol do próximo simplesmente por princípios; uma mão estendida por caridade; uma recusa envolta por caráter, e o Santo sentia. Formas-pensamento ainda dançavam pelo salão aleatoriamente, explodindo, nascendo e ressurgindo em luzes multicoloridas, e ele se alimentava de cada uma delas. Sentimentos purificados se dissipavam através da própria energia, e ele os transformava em força. Ele não apenas compartilhava com bilhões de sonhadores despertos os sentimentos, as ações e os pensamentos. [*em outras palavras...*]. Ele se tornava o representante delas. [... *você é o sonhador mais poderoso do orbe terrestre*].

* * *

Em Porto Rico, um homem disse a sua mulher que a amava, e era verdade. No Camboja, um menino se atirou em um rio sujo para salvar um homem que ele nunca vira antes. Em El Salvador, um filho perdoou o pai. Na Guatemala, um irmão mais velho passou por cima dos próprios preconceitos para ajudar o irmão caçula. No Catar, um mau policial se arrependeu de anos de abuso de autoridade. No Islã, um homem desistiu de seu alistamento como homem-bomba porque descobriu que amava demais a vida e a família para isso. Na Hungria, um padrasto aceitou de volta a filha da esposa com outro homem, expulsa de casa ao assumir a homossexualidade. A decisão fora tomada após se emocionar assistindo sozinho a uma gravação de uma apresentação de balé da menina. O homem ainda não aceitava por completo aquela opção sexual, mas tentava ampliar seus limites para o feito. Além do mais, o coração a todo o momento lhe dizia que uma pessoa capaz de dançar daquela forma merecia toda a felicidade do mundo. Na Tailândia, um homem e uma mulher cruzaram um olhar em uma rua movimentada. Ambos nunca mais voltariam a se ver. Em suas mentes, porém, aquele momento existiria para sempre. No Timor Leste, uma criança budista encontrou amigos fuzilados por guerrilheiros no caminho de casa. E com os olhos cheios d'água, pôs-se de joelhos e rezou pelo perdão dos assassinos.

Em Porto Rico, a mulher respondeu ao esposo que também o amava.

E aquilo também era verdade.

* * *

Milhões. Milhões de atos. Milhões e milhões de pequenos grandes atos.

O Santo brilhava. Cada ato daqueles que o alimentava valia por dez vezes atos que iam contra aquela natureza. Ele caminhou e apanhou no chão a espada caída. Caminhou na direção de Baalzebu da mesma forma que um carrasco caminha na direção do futuro enforcado. O demônio sentiu o medo da aproximação. Da iminência da inexistência. Da possibilidade de trato desfeita. Da impotência diante de algo superior.

– O seu fim se manifesta aqui, Senhor das Moscas! – a intensidade do ki, ali adquirido pela lâmina, cegava o lorde demônio. – Sua petulância vai custar muito mais caro do que esperava sua ambição...

Baalzebu tentou criar centenas de sombras. Todas foram destruídas apenas na tentativa do nascimento. Quando perto o bastante para a lâmina ser transpassada em seu pescoço, o Santo ergueu a espada pulsante.

– E em nome de planos superiores, eu ponho fim a sua existência!

A lâmina desceu em um movimento de parábola. Um movimento violentíssimo, que deixou um rastro luminoso no ar.

Mas jamais atingiu seu alvo.

– Já chega, Santo – a lâmina se interrompeu no momento em que separaria o pescoço visado, como se recusasse o golpe. – Tua participação de guerra termina aqui. Daqui, siga apenas teus desígnios.

Madelein, o Anjo dos Sonhos estava diante deles. O Santo ainda não compreendia.

– E, Baalzebu, levanta-te! E deixa este lugar imediatamente – o demônio parecia aliviado. – Agora vá! Vá, Senhor das Moscas! Vá, que nosso trato está cumprido....

Por um momento duradouro demais, o Santo teve a impressão de que sonhos caem e se quebram como vidro.

HYPNOS

– Então a conclusão a que vós chegais é a de que o culpado por isto foi vosso irmão Phobetor...

– A *ambição* de nosso irmão, meu pai – Morpheus mantinha a cabeça baixa, sem observar os olhos do deus maior.

– Ratifica tal argumento, Phantasos?

O deus élfico observou o horizonte vazio. Ele sabia a resposta que Hypnos queria. Era a mesma que Morpheus torcia para não escutar.

– Não, meu pai. Esta guerra já estava designada, e seu motivo não nasceu na causa de Phobetor. Esta foi uma consequência de reação.

– Uma reação a que ação?

– À trapaça de Morpheus junto aos sonhadores terrestres...

Morpheus se postou em surpresa. Virou-se para o irmão élfico em indignação, elevando a voz e caminhando em sua direção.

– *Como*? Pensei que estavas ao meu lado!

– Pois pensaste errado! Não estou aqui para passar a mão em tua cabeça apenas por ser o deus caçula. Se almejas te tornar um dia maior do que és, então comeces aceitando as consequências de teus atos. Ergui minha espada ao teu lado nesta guerra porque sabia que o próximo passo de Phobetor seria virar-se em direção a mim e a meus sonhadores. Mas não sou cego a ponto de ignorar que teus anseios também visavam o meu esquecimento. Tua trapaça ecoou por estes planos com consequências muito mais complexas do que tu podes imaginar...

Morpheus virou-se de costas, em silêncio. Hypnos girou a poltrona reclinável primeiro na direção de Thanatos, que se mantinha em incômoda posição de espera, lembrando a postura que as pessoas assumem em enterros de família. Como nada foi dito, virou-se na direção de Phobetor.

– E tu, Phobetor? O que tens a dizer em tua defesa?

Phobetor ainda mantinha a postura torta no chão, com a espinha partida. Com um simples desejo, seu pai poderia tê-la consertado.

Mas não o fez.

– O que fiz, meu pai, não foi mais do que atacar antes de ser destruído! Quis tomar para mim o que vosso caçula não mais merece. Nada mais fiz do que me proteger do que seria meu esquecimento! E sei que tens ideia do que poderia acontecer a este plano, se tirassem minhas terras da existência! É um fato: muitos sonhadores precisam dos reinos de Morpheus. Muitos vagam para os reinos de Phantasos. Mas a maioria ainda é viciada nos meus...

O demônio fez o que parecia um riso, que teria se estendido caso não estremecesse com a dor extrema de movimentos mais expansivos. Hypnos cruzou os braços, coçando o queixo e virando-se mais uma vez para o irmão.

– E tu, meu irmão? – o Rei dos Sonhos perguntou, de maneira a forçar a manifestação da Morte. – O que achaste de tudo isso?

– Acho que terei *trabalho extra*. Posso ver, nestes campos, fios cortados de sonhadores que ainda não eram esperados. Vós todos sabeis como é trabalhoso coordenar meus próprios anjos e minhas keres, como é complexo negociar com entidades a distribuição de almas através dos planos etéreos, e como devo ver com alegria quando preciso ir além das minhas muitas atribuições por consequência de ambições de deuses menores...

Um silêncio de uma atmosfera morta.

– Se não te importas, meu irmão, gostaria de adiantar meus afazeres...

– À vontade, Thanatos. Caminhe por estes planos como se fossem teus. E se desejar algo, sinta-te em casa...

Havia um relativo sarcasmo naquelas expressões. De qualquer forma, enquanto o Deus da Morte caminhava em silêncio pelo local vazio, recolhendo fios de prata partidos, Hypnos voltou-se aos filhos:

– Bem, retornando ao que concluía: o que posso dizer? A atitude de todos vós é algo difícil de julgar, tamanha estupidez envolvida em cada ato. Entretanto, fostes longe demais para que eu ignore vossos erros. Para que eu esqueça vossos atos. Em outros tempos, sabe o que aconteceria com todos os três? Eu mesmo faria com que fôsseis esquecidos e destruídos num piscar de olhos!

Um trovão estalou em algum lugar. Os três deuses menores não emitiram som.

– Sabe o que me impede de fazer isso? Nem de longe a respostas seria: *por seus sonhadores*. Vós ficaríeis incrivelmente perplexos se soubésseis quão efêmera é a memória de cada um deles. Aliás, a quem quero enganar? Vós todos sabeis muito bem quão efêmera é esta matéria-prima de formas e pensamentos! Efêmera a ponto de se esquecer experiências, viagens astrais e, inclusive, deuses, em instantes! – o tom da voz se engrossou. – Achais que sois tão importantes a ponto de não poderdes ser mais *substituídos*? Pois digo a vós: um único sopro partido de mim e nenhum terá amanhã qualquer importância! Moldo no barro uma personalidade, cubro-a com areia e chamo-a: *Sandman*, e sabe quem se lembrará de teu nome, Morpheus? *Ninguém*! Terás tua morte em teu próprio mito! Não seria um castigo digno de um deus menor? – Morpheus mantinha a face inexpressiva, provavelmente herdada do tio. – Achaste que eras melhor do que teu irmão, Phobetor? Pois eu te digo: estás no mesmo nível de quem tu julgas inimigo! Ambos desejastes uma responsabilidade e um poder maior do que possuístes consciência e achastes que passaríeis a perna no próprio pai! – trovões ainda acompanhavam o tom. – Tu, Morpheus, chegaste a usar os caminhos e as estradas de Madelein, sem dar-lhe crédito! E pior: chegaste a *acreditar* que não precisava dela! Sabes a bênção que foi para ti que eu construísse o condado dela em tuas terras? Acho que sabes sim. Afinal, sentiste na própria essência o golpe que foi vê-la atuar ao lado de Phobetor! Viste o que aconteceste com teus sonhadores? Ah, com certeza viste sim! E considero esta já pra ti uma boa punição...

Hypnos virou-se na direção de Phantasos. Ambos se observaram nos olhos. Trovões pararam de tremular.

– Phantasos é o menos conhecido na esfera, embora Phantasia seja tão idolatrada pelos sonhadores terrestres quanto por teus sonhadores fantásticos. Bem sei que, de todos os três, tu és o mais sensato, embora digam o de menos lógica. Caminha em tuas terras, levando deste episódio apenas uma *lembrança* – Phantasos aquiesceu uma vez, ainda observando o pai. – E faça com que alguns de teus elfos narrem estórias sobre ambições que igualem deuses menores a homens...

Aquilo era uma ofensa e uma punição.

– Quanto a ti, Phobetor, devolverei tuas terras, embora não da forma como esperas, e, mesmo assim, talvez minha atitude já seja mais do que tu também mereças. Um fato, porém, não posso negar: tua ousadia é maior do que de teus dois irmãos juntos, e, em outra situação, digna mesma da admiração de deuses de guerra. Tomar Madelein para teu lado fora estrategicamente impressionante. Entrar em um plano que não era teu, em uma guerra de peito aberto, foi um ato de coragem e loucura. Unir-te em um pacto com hordas infernais e trapacear tratados de guerras previamente estabelecidos, porém, são atitudes tão desprezíveis que me fazem sentir vergonha por ti.

Phobetor cuspiu sangue. E disse, em meio a dores:

– Quem te escuta falar tão bonito pensa que és o melhor pai do mundo! Achas que a mim faz diferença o que tu pensas? Por pouco não venci uma guerra em que me tornaria mais forte do que tu...

– Talvez...

– E não tentes me enganar entre teus sorrisos patifes. Ambos somos complacentes em saber que dentre os três, eu fui o que tu consideravas o bastardo entre tuas crias!

– É verdade. *Hoje* é verdade...

Aquilo pareceu irritar ainda mais o deus Escuro.

– Mas engana-te se pensas que não sofrerás punição pelo que causaste, Phobetor. O fato é que teus planos não deram certo, e tu ganhaste batalhas, mas perdeste a guerra! Tu voltarás aos planos de teus sonhadores viciados, mas garanto a ti, que um desejo proibirei a ponto de tu não poderes manifestá-lo...

– Oh, jura? Vais me impedir de chorar?

– Não. Chorar é o que tu mais vais fazer, mas irei revelar o motivo no final deste raciocínio.

A frase queimou tanto ódio no peito do deus aleijado, que quase ocorreu uma combustão.

– Pro Inferno com teus raciocínios, deus disperso!

– Cuidado com as palavras, Escuro. Como já disse: talvez minha atitude seja mais do que tu também mereças! Tu vais voltar a sentar diante do trono em teu castelo, mas jamais vai te levantar e caminhar como antes. Teu destino será o de ser lembrado como exemplo a ser deixado para todos os menores que ambicionam crescer trapaceando as regras cósmicas...

A impressão que se tinha era que o imperil emanado de Phobetor iria provocar, em pouco tempo, um incêndio astral. Os dois irmãos mantinham-se de cabeça baixa, sem manifestar emoção.

– E isto vale para todos vós. Mudanças acontecerão na estrutura do Sonhar, mesmo porque, apesar de divagar, sou um deus que cumpre suas promessas! Por isso, anuncio a vós que não serei mais eu um deus solitário: vós ganhareis uma senhora!

Os três deuses manifestaram surpresas do tamanho de orbes.

– Mas... *quando* decidiste isso, pai? – a voz de Morpheus ecoava no silêncio de seus próprios planos.

– Quando vós promovestes o desafio.

– O que queres dizer, divagador insano? – bradou sem paciência o deus caído.

– Quero dizer que depois que a desafiaram, minha figura foi procurada, e uma proposta me foi feita! Ah, doce proposta. Ao final, perguntou-me ela: *se meus planos se cumprirem, casar-se-á comigo*? E quereis saber? Eu adorei a proposta!

– Pai, estás querendo dizer que vais se casar com... – Phantasos era um misto de surpresa com admiração.

– Não! Não, seu maldito! – Phobetor era o oposto disso.

– Quero dizer que irei, *sim*, me casar com Lady Madelein e torná-la uma deusa menor, elevando-a a um patamar do mesmo nível de todos vós!

– Não!

O grito ecoou. Quando a voz de Phobetor perdeu existência, Hypnos concluiu.

– Vós achastes que não notariam vossos planos? Acreditáreis que eram os mestres do jogo que foi iniciado? Entendam de uma vez, crianças: por mais imponentes que sejais em vossos planos, vós sois deuses *menores*! Jamais irão ludibriar aqueles que dão as regras aonde vossos olhos não chegam. Acreditais que estáveis usando Madelein nesta guerra? – uma risada. – Pois eu vos revelo que foi ela quem usou como quis cada um de vós!

Um vulto começou a surgir, arrastando outro.

– Tivéreis realmente crença de que esta guerra era algo que vós comandáveis? Quereis mexer com o Inferno sem reverberar tal atitude no Céu? Não, já chega! Todo este episódio até aqui chegou ao fim. Chegou a hora de eu revelar a vós no que foi que vos metêsseis...

O vulto tomou forma. Miguel, o general arcanjo, arrastava com ele o corpo sem consciência de Abadom, o anjo caído. O mais curioso na cena é que parecia haver um sorriso nos lábios angelicais.

"É hora de vos revelar a maior *trapaça* já ocorrida nas regiões do Sonhar."

62

NA CASA DO SENHOR DAS MOSCAS...

– Mas que maldição toca tua consciência, Senhora? – O Santo perguntou, testando humildade e calma diante da situação inusitada.

Madelein aproximou-se dele. A luz emitida limpava o ambiente podre. O tecido fino da roupa que se arrastava ainda parecia não tocar o chão.

– Nenhuma maldição é maior do que tua bênção, santo! Tu és o motivo que me inspira a ser maior. Tu és tão poderoso, que me fazes sonhar...

– Acaso ainda sou mortal e talvez por isso não entenda a cabeça dos deuses. Mas juro que terá de ter um motivo forte, Lady Madelein, se acha realmente que não cortarei a cabeça dessa entidade desprezível!

– Tu não cortarás.

– Sim, eu o farei!

– Tu *não* cortarás.

Somente aqui o Santo compreendeu a ênfase da frase.

– E quem irá me impedir?

– EU.

Silêncio. No plano terreno, centenas de sonhos despertos foram esmagados, de repente, sem explicação.

– Você... – os olhos dele baixaram-se. Buscava entendimento onde não havia. A mão na espada tremeu de fúria, de desgosto e de impotência. – E por que você me impediria de fazer isso, Senhora?

– Porque Baalzebu cumpriu com louvor todos os termos do contrato estabelecido *entre nós*.

Mais sonhos despertos foram esmagados. A katana de três punhos caiu ao chão.

– A Senhora fez pacto com demônios? – a voz era distante. Fraca. Cansada.

– Sim, de tempos em tempos, eu o faço...

– Mas por quê? Eu... não, não, por favor, me explique...

O guerreiro se pôs de joelhos. Sentia-se esgotado. Sentia o peso da sensação de milhões de sonhadores que não aguentavam mais existir em um orbe que esmagava a imaginação.

– De tempos em tempos, sonhador, eu estabeleço pactos com entidades destes planos e de muitos outros que tu ainda nem imaginas existir. E, em nome de tais artimanhas, guerras são traçadas, e destinos de civilizações perturbados. Quando o primeiro ditador sonhou construir um Império, eu estava lá, Santo. E quando o último sonhar, eu *também* vou estar. Eu estou no bom sonho desperto, mas também estou no pior deles. O que me alimenta são as *intenções* dessas manifestações. Eu posso estar viva dentro daquele que corre pelo Inferno, como posso estar morta dentro daquele que pensa já ter alcançado o Céu. Por isso é preciso que o ciclo não se interrompa. Que a Roda não pare de girar. Eu preciso que não haja a estagnação, por uma questão de sobrevivência...

O Santo continuou a observá-la sem comentários. Os olhos diziam tudo. Tudo o que sentia. Tudo o que tinha a dizer, mas não seria dito.

– Sabe a força que teus sonhos despertos geraram em meus domínios quando tomaste a decisão de vir até aqui buscar tua amada? Não, não há como tu teres esta noção. Mas te afirmo: teu desejo fez com que bebês acordassem. Com que poetas escrevessem versos sem saber de onde vinha tamanha inspiração. Teu rosto é conhecido por quase toda a população de teu plano. O sonho que tu representas pulsa em bilhões.

– Não é preciso se repetir. Eu sei por que sou teu escolhido.

– Não. Tu *ainda* não sabes nada. Tu não foste meu escolhido. Quando te ofereci esta proposta em um dia que tu nem lembras, tu a *recusaste*. É por isso que aqui estamos, tua decisão me obrigou a criar um segundo plano.

– Mas por que precisava tanto de tais artimanhas? Por que tantos jogos, Senhora?

– Porque eu também sonho, espírito! E vou realizar meus sonhos despertos *hoje*.

– Mas, se diz que não sou seu escolhido... então, por que tomo papel de tamanho destaque nesses eventos? Qual minha importância em guerra de seres tão maiores?

– A resposta que tu procuras é simples, meu querido: não sou eu a única interessada em tua participação em uma guerra pelo Sonhar! – *algo* dentro do Santo começou a compreender aquilo tudo. – O fato é que não traço pactos apenas com entidades demoníacas. Não estabeleço termos apenas com seres de guerra e de destruição.

– Você quer dizer que...

– Eu também faço pactos com seres angelicais e seus generais arcanjos.

NOS DOMÍNIOS DO SENHOR DOS SONHOS...

– Antes das batalhas se iniciarem, e antes de cruzar planos para caminhar até os domínios de Phobetor, Madelein procurou as falanges dos Céus. Vós todos sabeis que os Tronos possuem livre acesso ao Sonhar para levar a mortais mensagens, e isso se estende aos sonhos despertos por uma opção do Anjo dos Sonhos. De qualquer forma, é um fato sua boa relação com as entidades superiores, ainda que, vez ou outra, ela tome atitudes de neutralidade diante de guerras santas.

Lorde-Rei Hypnos observou o trabalho do irmão Thanatos, que contava os mortos após o fim da guerra. Os três filhos mantinham-se em silêncio, à espera.

– Ao Céu foi feito seu pedido mais ambicioso: ela queria elevar-se na categoria divina. A mim, posso dizer que também me surpreendi com o alcance dos sonhos de uma entidade desse porte. Afinal, também me foi feita uma *proposta de casamento.*

Phobetor rosnou, deitado e torto do jeito que estava. Hypnos o ignorou.

– Sabem, admito que *flerto* com Madelein desde sua adolescência. É um fato, o sonho sempre flertou com a imaginação, não é? Mas antes de me separar de vossa mãe, nunca pensei seriamente em me *fundir* com ela a esse ponto, pois vós sabeis que tais uniões sempre geram frutos...

Phantasos, o deus élfico, caminhou um passo à frente.

– Mas, meu pai, por que nunca nos disseste nada sobre isso?

– Sobre nosso flerte? Pensei que soubessem...

– Não, meu pai. Sobre a proposta que recebeste e que pelo visto pensaste em acatar!

Rei Hypnos sorriu.

– "Pensaste"? Ela não está descartada, filho bondoso. Além do mais, não vos comuniquei sobre a proposta porque não era de vossa alçada. Com quem me deito ou deixo de me deitar, ainda é de minha própria conta. Não?

– Pare de nos fazer de criança! – rei Morpheus tomou a palavra. – Tu sabes do que Phantasos fala. Por que não impediste a guerra? Se sabias o que iria acontecer, por que não vieste no início até nós?

– Devolvo-vos a pergunta: por que vós não impedistes a guerra? É preciso, no mínimo, dois oponentes para que haja um conflito. Então, eu vos pergunto: por que motivo aceitastes e caístes como mortais em planos de artimanha tão complexos? Por que enfrentaríeis irmãos que possuem vossa essência? Sonhadores que dividem vossos planos perderam fios de prata em tais combates! Sonhadores que os mantiverem terão sequelas em toda a vida que lhes resta. Alguns seres e formas-pensamento do Sonhar foram destruídos para sempre! E tu me perguntas por que *eu* nada fiz? Perguntai a si próprio por qual motivo inenarrável vós o fizestes!

Phobetor ainda era apenas rosnado e dor. Phantasos continuou:

– O que disseste a Madelein, meu pai?

Hypnos sorriu mais uma vez.

– Ah, que orgulho tenho eu deste deus fantástico. És tu, dos três, o mais consciente e aquele que enxerga sempre aonde devemos ir. A pergunta que tu me fazes, meu filho primeiro, representa uma chave para o cadeado que tentamos abrir aqui. Aliás, um belo cadeado de três trancas, cuja chave que o abriria seria preciso ser forjada por treze anos e sete...

– Pai!

– Certo, eu disse a Madelein que para que ela pudesse concluir seus objetivos da forma como os tinha traçado, seria preciso que se apresentasse com um motivo justificável, afinal, *coisas* poderiam acontecer. Como aconteceram. E adivinhem o que ela alegou?

Phantasos balançou a cabeça.

– A trapaça de Morpheus! – Hypnos abriu os braços. – E quem sou eu para dizer a ela que estava errada? Meu caçula bem sabe o pesar e o *custo* de ter se tornado o deus mais popular deste plano!

Rei Morpheus baixou de novo o olhar.

– E onde nós entramos nos planos da prostituta? – Phobetor perguntou com dificuldade.

Hypnos dessa vez riu, suspirando.

– Tua mãe não te deste mesmo bons modos, não é verdade? Tu não sabes o destino do último demônio que chamou uma dama assim. Mas retomando o que dizia, Madelein, para elevar sua vibração, precisaria colocar à prova o poder de *pulsação* de seus próprios sonhadores. Seria preciso fazer com que os sonhos despertos dos homens se tornassem *ainda* mais fortes. *Ainda* mais potentes do que sempre foram. Seria preciso um teste de fogo.

– Em outras palavras, seria preciso a grande guerra... – o arcanjo Miguel disse, enfim, aproximando-se.

NOS DOMÍNIOS DO SENHOR DAS MOSCAS...

– Santo, compreenda: eu estou por trás de cada rebelde que destrói uma ditadura. Eu sou o sonho que corre embaixo dos panos de cada civilização que não sucumbe à barbárie. E sou a ressurreição dos homens. Eu sou a fênix. E eu nunca pulso tão forte quanto nos sonhos dos que pensaram ter me perdido. Por isso, às vezes, eu me *escondo*. Para que eles me procurem. Para que eles me alimentem. E para que eu os alimente.

O Santo mantinha-se ajoelhado, sentado sob os calcanhares. Ainda não podia ver as coisas com clareza, mas ao menos via um horizonte embaçado. Algum progresso para quem estava no breu total.

– E onde entra Baalzebu? – ele perguntou.

– Ele foi aquele que escolhi para provocar e fortalecer teu espírito! Nour-el foi teu mentor nesta guerra. Mas Baalzebu foi teu *passaporte*, foi ele quem te atraíste até aqui. E foi nele que senti a ambição e os sonhos perfeitos de quem quer ser ainda maior do que é, ainda que nesta realidade perdida.

– Mas o que ele ganhou com isso?

– O que *ele* ganhou? – ela riu. – Ora, quem tu achas que vai herdar agora os reinos dos pesadelos de Phobetor?

De seu canto, Baalzebu apareceu. E por mais escuro que estivesse onde se pôs recluso, havia um sorriso sucinto. O Santo ponderou, como sempre. O que era embaçado já ganhava formas mais definidas. Aquela entidade era dona de um terço do Inferno.

E queria uma parte ainda maior.

– Mas... *algo* ainda não se fecha. Ele prendera Ariana nestas terras. Ao seu comando! Uma ordem para mexer *comigo*! Ainda assim, você me diz que eu recusei seu pedido e que aqui não estou por sua causa! Que estou aqui por causa de desígnios divinos, não estabelecidos por sua pessoa! Então que desígnios são esses, Anjo dos Sonhos?

– Desígnios da Cidade de Prata. Tua estada e tua luta até aqui, pelos motivos que citaste, ajudaram a mim, mas ajudará muito mais ao Alto Conselho.

– Isso não faz sentido! Nem mesmo Baalzebu foi destruído por minhas mãos!

– Não era esta tua missão!

– E onde está minha missão?

– Ela está do outro lado desta sala...

Os olhos se arregalaram. Naquele local, os vinte guerreiros adentraram. Eles enfim entendiam por que estavam ao lado de sua Musa maior até aquele momento. O Santo ergueu-se. Em sua visão turva, mais formas ganhavam contornos.

NOS DOMÍNIOS DO SENHOR DOS SONHOS...

– O Conselho da Cidade de Prata se reuniu e chegou a uma decisão que satisfez tanto aos Superiores quanto ao Anjo dos Sonhos. Como já citado, Madelein sempre gozou de boas relações com tais Ministros, e isto foi levado em consideração no pesar da decisão. Em outras épocas, tais pedidos de Aliança seriam tratados como atos ridículos, mas, na atual evolução humana, e diante dos atuais planos traçados, eles caíram como uma *bênção*...

Miguel continuava a história. Ao seu lado, Abadom, um dos maiores anjos caídos, observava calado a narrativa.

– A Cidade de Prata concordou em, no caso de uma guerra pela posse do Sonhar, tomar partido ao lado de Madelein.

– Pensei que tivessem tomado parte ao lado de minhas tropas... – Morpheus resmungou no que pareceu um pensamento alto.

– Tomar partido ao lado de Madelein *significava* tomar partido ao teu lado.

– E por quê?

– Porque significava tomar partido contra as forças de Icelus.

No ápice de sua ousadia, ou de sua estupidez, Phobetor tossiu. Detestava aquela forma como o chamavam na Cidade de Prata.

– Então quer dizer que ainda incomodo o Céu? – ele riu em orgulho.

– Tu *nunca* o incomodaste na verdade. És ainda um deus pequeno demais para isso – se estivesse em condições normais, o deus-fera teria avançado para retalhar o pescoço do arcanjo. – Mas tua ambição poderia ser aproveitada, afinal, és tão cego que chegas a ser um deus previsível.

Hypnos sorriu como se concordasse. Phobetor teve vontade de retalhar a garganta do pai também.

– Logo... – continuou o arcanjo – um tratado foi estabelecido, gerando principalmente uma *condição*. A Cidade de Prata tomaria parte na guerra...

– Em qual condição? – perguntou Phantasos.

– Apenas se nossos verdadeiros inimigos também o fizessem – Phobetor mordeu com tanta raiva o próprio lábio, que o pôs a sangrar. – Assim sendo, o pacto de guerra que Phobetor estabeleceu com Abadom foi nosso melhor cartão de entrada.

– Exatamente – Hypnos tomou o momento de novo. – Reparem que curioso: se Phobetor houvesse enfrentado a batalha por suas próprias forças, sem rasgar os tratados estabelecidos, o Céu não teria lutado ao vosso lado! E digo mais: nem mesmo *eu* teria interrompido um conflito que foram vós que gerastes nas terras em que prometi não mais me envolver.

– Mas algo mais interessava ao Céu para lutar ao nosso lado – insistiu Phantasos. – Não veríamos falanges de arcanjos entrando em combates por caprichos e ambições de deuses menores. Vós não viríeis até aqui *simplesmente* para ajudar Madelein.

– Teu pai tem razão em cada elogio que faz de ti, deus elfo – continuou Miguel. – Tens razão. Existe *mais*. Bem sabeis todos vós que uma nova Era está para se iniciar no orbe de teus sonhadores. Povos antigos já a descreviam, e povos que ainda vão nascer falarão muito dela. Escritos divinos foram liberados a fiéis diversos, e Ordens esperam por nossas instruções em vias encarnadas. Nessa nova Era, o tempo correrá mais rápido. A Lei do Retorno se tornará mais imediata.

– Sabemos bem o que se reserva a nossos sonhadores na nova Era. Somos deuses menores, Arcanjo General, mas ainda deuses.

– Entendo, rei Phantasos, e avançarei. O fato é que, nesta Era, conhecimentos superiores serão liberados cada vez mais rápidos para a humanidade terrena. E nem todo esse conhecimento poderá ser passado por meios de profetas, profecias e metáforas, como em outrora. O mundo de teus sonhadores já corre mais rápido hoje em dia, faz parte da evolução destinada a ele. Também nossos anjos

Tronos não são mais suficientes para levar em sonhos, através de vossas terras, a quantidade de mensagens liberadas. Phobetor nos fez pensar em um caminho alternativo.

– Madelein... – Morpheus sussurrou.

– Exatamente. As Estradas dos Reinos de Madelein...

Phobetor cuspiu mais sangue preto, em outra tosse seguida de risada forçada.

– Rá! Aquela vagabunda! Quem diria que ela conseguiria...

– E entre nós, qual será nossa sentença? – Phantasos perguntou, observando o pai.

– Tu e Morpheus ireis continuar em vossos reinos. Ambos tereis consciência, porém, que teu pai caminhará ao lado de uma nova esposa.

Olhos se arregalaram.

– Então tu vais *mesmo* se casar com ela? – Morpheus perguntou.

– Eu irei. Ela fez por *merecer*... não? – Hypnos sorriu o riso sonhador. – Madelein será elevada um patamar na categoria divina e, não por menos, tornar-se-á vossa madrasta.

– Prefiro deixar de existir do que ter olhos para ver isso... – sussurrou Phobetor.

– E quanto a nosso irmão escuro? – Phantasos perguntou.

Hypnos se virou para ele:

– Phobetor irá retornar a teus planos, mas, desta vez, como *servo*.

O deus-fera se enfureceu mais uma vez.

– O que queres dizer, pai maldito?

– Que Madelein tinha um acordo com um dos teus e que será cumprido. Teus planos serão, a partir de hoje, comandados por aquele que tu chamas de Senhor das Moscas!

– Não! Exército de traidores! Lacaios de prostitutas de asas! – os gritos emitiam o desespero. – Eu *não* vou permitir...

– Tu vais recolher-te agora. Tua punição não terminou onde eu citei! Tomei mais uma decisão, que agora revelo. Por uma vontade *minha*, tua condição aleijada permanecerá pelo resto de tua existência!

– NÃO! Tu *não* podes fazer isso comigo! Eu sou teu filho! Teu filho!

– Pensaste nisso antes de pensar em tomar meu lugar à força como deus único do Sonhar. Há pouco, tu nos chamaste de *exército de traidores*! O que me leva a perguntar: como chamo eu o filho que tentou me esfaquear pelas costas?

Silêncio. Pesavam nesse silêncio ódio, rancor e vingança. [*ri! ri enquanto podes, Lorde Phobetor! um dia que não tarda ainda serei tua madrasta!*].

– Tu serás usado de exemplo, Phobetor. Cada vez que pensarem no deus--aleijado, muitas formas e pensamentos morrerão antes mesmo de se criarem.

– Não... não... eu sou teu filho. Tu não podes fazer isso com teu próprio filho... eu não fiz menos do que fizeste Morpheus...

– E por que a escolha do Senhor das Moscas? – Phantasos cortou o lamurio do irmão.

– Esta... – sorriu o arcanjo Miguel –... *também* é uma boa questão.

NOS DOMÍNIOS DO SENHOR DAS MOSCAS...

– Na nova era, não apenas a estrutura terrestre sofrerá modificações. O que vós entendeis por Céu e Inferno também se modificará. Vós vereis não apenas muito mais anjos caminhando por minhas Estradas. Vós vereis demônios sendo destronados e anjos caídos ganharem asas. E vós vereis o nascimento de algo ainda mais fantástico...

– E o que poderia ser mais fantástico do que isso, Senhora?

– O nascimento de uma nova raça de anjos.

O Santo estremeceu apenas diante de um chamado. Algo o convocava. Algo que pulsava dentro dele. E de dentro dele.

– Caminha para o outro lado, santo. Vai até onde está aquela pelo qual desceste até aqui, e então entenda o motivo maior pelo qual pensaste ser apenas por ela, ou por ti, que aqui vieste.

O Santo apanhou a Masamune no chão, e ela acendeu seu ki.

– Vai e cumpre os desígnios divinos. Leva meus seguidores contigo, que é para este momento que neles também pulsa o melhor de mim. Neste momento, eu vos abençoo e afirmo que *vós sois*.

E foi assim que o grupo de vinte e dois caminhou em direção ao outro lado daquela sala, até onde estava a alma que vieram buscar.

NOS DOMÍNIOS DO SENHOR DO SONHAR...

– O que existe naquele salão guardado por Baalzebu?

– Almas puras.

– Almas de anjos?

– De uma nova raça, nascida de almas que venceram a Roda do Mundo.

– Mas *como* podeis vós permitir que anjos se mantenham condenados, se tens consciência disso?

– Tendo a visão de que era necessário às suas purificações.

Não era preciso dizer mais nada que eles não pudessem por si só compreender. [*meus sonhos, degolador, nascem nas almas através de dois caminhos: através do êxtase ou através da dor*].

– O que será feito dele? – Phantasos perguntou, observando Abadom dominado.

– Ele será levado à Cidade de Prata e então terá os olhos perfurados – uma pausa. – Depois será devolvido ao Inferno.

– E por que não furar seus olhos agora e entregá-lo simplesmente? – perguntou deus Morpheus.

– Porque a última imagem de que ele deverá se lembrar é a do Céu. Ele *merece* isso.

Dessa vez, nem mesmo deus Hypnos saberia discernir se aquilo se tratava do maior dos prêmios ou da pior das punições.

63

Quando ele entrou, a primeira visão foi de horror. Um pesadelo inadmissível na mente mais doentia, dando asas à personificação do pior sofrimento. [*era um sonho dantesco o tombadilho...*]. Sofrimento. O que se via naquele lugar era uma concentração pura de completa amargura. [*que das luzernas avermelha o brilho em sangue a se banhar*]. Um pouco mais de uma centena de almas acotovelavam-se em uma terrível visão, demonstrando em seus duplo-etéricos marcas de episódios provavelmente traumáticos demais para se esquecer em uma única vida. Algumas haviam perdido a sanidade, até mesmo a individualidade; outras imploravam por uma ajuda que sempre parecia tardar. Súplicas e lamúrias [*tinir de ferros...*] percorriam o salão reverberando um pedido de ajuda que parecia sempre longe demais. Eternamente longe demais. [*estalar de açoite...*]. Almas torturadas e vigiadas por seres escuros, e de um sadismo que chegava ao bel prazer, transformando aquele local em um antro negro de energia pesada e formas-pensamento hediondas. [*legiões de homens negros como a noite, horrendos a dançar*].

Quando o Santo entrou, entrou com ele luz. Ele sentiu o toque do Mal rastejando ao redor feito centopeias, mas em vez de ser absorvido por aquela vibração, a *elevou*. Em vez de ser maculado pelo ambiente, tudo o que tocava nele acabava limpo. Para aqueles espíritos, por um momento, acostumados à sombra, a chegada dele foi um choque. Houve brados. Uma algazarra que os fazia mais parecerem almas-grupo de animais. Eles se afastavam, tropeçavam, pisoteavam-se e espremiam-se, caindo um sobre os outros diante da visão estática do luminoso. Fugiam da alma que entrava, como fariam animais prestes a serem abatidos. De longe, lembravam espectros sem rumo, procurando explicações e orientações nos locais onde elas não pretendiam existir.

No coração da alma que entrava, pulsavam batidas, mas pulsava também muito mais do que isso. A espada emitia energia ki comparáveis a piscos de estrelas. Ele sentia os sonhos do mundo e se fundia nesses sonhos.

E ele era o mundo. Pois o mundo sonhava nele.

E sonhava com ele.

Atrás dele, entraram os outros. Afastaram-se ao redor como que tomando posições anteriormente delineadas. O Santo se posicionou diante da massa de espíritos acuados e fechou os olhos. Buscou *algo* dentro daquele turbilhão, e então a sentiu. Ele *sentiu* Ariana. Os sonhos da alma que *estava* Ariana. Ela estava ainda invisível no meio das centenas que se acotovelavam e se espremiam, e estava ainda dotada da egrégora perdida que tirava a individualidade, mas ele a sentia.

Estar diante daquilo era uma revelação. Uma sinistra prova de fogo. Pois, diante daquela visão sombria, tornava-se clara a revelação de sua missão; e do *motivo* de sua missão. Ele sabia que todo o tempo até ali dedicado era por ela. Era para ela. Mas ali, ali diante daquele sonho dantesco, ele também passou a saber – ou a compreender – que sua missão não era chegar até ali e resgatá-la. Não isso.

Não *apenas* isso.

"O que existe naquele salão guardado por Baalzebu?"
"Almas puras."

Era ele Aquele Que Serve a Algum Uso Sagrado.

"Mas quando tive a oportunidade, eu não escolhi ser o avatar dela..."
"Pois agora você tem direito a uma chance de redenção..."

Ele caminhou na direção do grupo acuado e espremido. Os espíritos mais próximos continuaram se afastando, permitindo uma passagem com o intuito de não serem tocados. Gritavam. Choravam. Tratavam-no como um leproso diante de um grupo de saudáveis. E ele não se importava. Iam se afastando dele e englobando-o cada vez que se aprofundava no mar de espíritos sujos. Espíritos levados até o fogo mais doloroso do Inferno, com o intuito de um dia ganharem as portas do Céu. De serem forjados como senhores do Céu. [*tu me falou de coletores de sonhos, mas me diz tu: quantos sonhos tu vendeu ultimamente pra alguém?*].

Lembrou-se da alma suicida do artista que corria na direção das portas do Inferno; e lembrou-se de seu papel ao impedir aquilo. Ele fora capaz de fazer o suicida cego enxergar; ou ao mesmo de ser canal para que algo maior o fizesse enxergar. Mas seria ele capaz de fazer cento e oito almas saírem da escuridão? [*seja o que for que tua mãe quis te dizer com "é hora de você ser", o bom é que ainda dá tempo*].

Não, mas talvez ele fosse capaz de ser canal para que algo maior o fizesse.

A katana de três punhos foi cravada no chão. [*uma espada pode carregar um legado de tal porte?*]. A medalha que mantinha sua forma astral balançou. [*a espada nunca foi a alma de um guerreiro*]. A Masamune continuava cravada. [*a alma do guerreiro sempre foi a espada*]. O Santo tocou a figura santa, e a sensação que lhe tomou a revelação fez o sétimo chakra se expandir até pulsar além de dentro de si os sonhos despertos do mundo. Os olhos fechados. Os braços abertos. A cabeça para o alto. O coração sem guarda.

Do outro lado da sala, diante da entidade conhecida como o Senhor das Moscas, Madelein expandiu os braços e fechou os olhos. Ela também podia sentir o êxtase daquele momento.

Aquele era o maior sonho desperto já sonhado pelo Anjo dos Sonhos.

– Sonhar, fazei de mim...

um instrumento de vossa

–... iluminação.

Luzes *explodiram* como fogos de artifício, oriundas do ki pulsante da espada de três punhos. Gritos continuaram. Choros aumentaram a intensidade. Os guerreiros astrais tomavam posições parecidas ao redor daquele grupo, e tudo o que pulsava nele era reverberado em cada um daquela sala em que a luz e a escuridão, de repente, davam-se às mãos.

E serei eu mais digno do que ele?

No Templo do Silêncio, monges continuavam suas meditações. Continuavam suas orações. Continuavam com suas manifestações. Aquele que os observasse acordado, porém, veria lágrimas puras descerem de olhos fechados.

São seus atos que falarão por ti. E descobrirá se terá apoio ou traição da arma que empunha...

Até mesmo onde havia trapaças e traições, só havia apoio.

Onde houver ódio, que se leve amor.

Ele caminhava. E a cada passo, e a cada palavra, forças muito maiores do que ele agiam através dos sonhos mais poderosos de toda a humanidade.

Em Meca, centenas de muçulmanos reverenciavam sua cidade sagrada e pulsavam ondas de fé. E cada vez que uma nova referência era feita em uma coreografia que arrepiava na visão, o mundo inteiro sentia, ao menos, os resquícios de tamanha devoção.

Onde houver ofensa, que se leve perdão.

Almas temerosas se afastavam com fulgor. Mas quando luzes que piscavam e dançavam de lugar algum tocavam seus duplo-etéricos, eles agradeciam com sentimentos que nem mesmo lembravam ainda possuir.

Nas margens do Rio Ganges, monges giravam fogo em um ritual para convocar os deuses e manter as divindades felizes. Apesar da poluição excessiva, milhões de hindus lá ainda banhavam-se todos os dias, com o intuito de se purificarem e ascenderem a uma nova reencarnação, numa casta superior. Os fiéis caminhavam quilômetros para descer até o rio e esperavam, pacientemente, sua vez, para ali lavar seus pecados, nos poucos metros de faixa de água habilitados para o ritual. Liderados por sadhus, os homens considerados sagrados, eles cobriam o corpo de cinzas e corriam para o rio, sem roupa, usando apenas guirlandas de flores.

O chamado *Mãe Ganga* acabava por se tornar um dos maiores templos a céu aberto do planeta, e um dos grandes centros de peregrinação do mundo, principalmente durante o festival religioso Ardh Kumbh Mela, quando as estradas ficavam apinhadas de peregrinos.

Peregrinos que traziam a crença de que, por mais perigoso que fosse o risco de contaminação de suas águas, aquele rio era um local onde todos se igualavam. Um local onde a morte e a vida se abraçavam. E que, se através de seus rituais seria possível tocar seus sonhos despertos em uma próxima vida, então qualquer preço a ser pago seria pequeno apenas pela oportunidade de uma segunda chance.

Onde houver discórdia, que se leve união.

Formas-pensamento dançavam, tocavam chakras, abriam centros energéticos. O choque desses toques, às vezes, lembravam eletrocussões. Mas o que corria por aquelas almas era êxtase.

Em um de seus domínios, rei Morpheus sentiu a presença daquele momento. E sentiu tudo o que acontecia naquele momento. Em silêncio, decidiu fazer por um átimo uma inédita concessão de livre acesso a seus planos. Foi quando tudo o que era sonhado pelo homem desperto, de repente, fundiu-se a tudo o que era sonhado pelo homem adormecido.

E, em um único momento na história da humanidade, os sonhos de mais de sete bilhões de pessoas se tornaram um só.

O coração de mais de sete bilhões de pessoas se tornou um só.

A fé de mais de sete bilhões de pessoas se tornou uma só.

– Muito bem, Estrela...

Os seres nascidos da essência de sonhos, e que viram aquela cena única na história do universo, mais tarde, diriam que havia um sorriso no rei, muito mais vívido do que areia.

Onde houver dúvida, que se leve fé.

O Santo, por um momento, tornava-se um único canal. [*one love...*]. Um canal de um único amor. [*one life...*]. De uma única vida. [*one blood...*]. De um único sangue.

De um único sonho

Milhares de crianças se preparavam para nascer naquele instante. E sete bilhões de pessoas podiam sentir seus primeiros sonhos despertos.

Elas sonhavam com a vida.

Onde houver erro, que se leve verdade.

Anjos Tronos foram surgindo. Eles entravam no salão escuro e traziam com eles a intensidade de faróis. Tocavam almas já purificadas, erguiam-nas e levavam-nas para locais sagrados bem distantes dali.

Em um estádio de futebol, milhares de fiéis de igrejas evangélicas cantavam em uma única pulsação salmos bíblicos direcionados. O coro de vozes produzido era capaz de arremessar um ser humano para trás. Cada uma daquelas pessoas se considerava um soldado disposto a morrer por seu deus crucificado. E cada lágrima que era derramada por pessoas humildes, que muitas vezes davam o que não tinham em nome da própria fé, reverberava, fosse no amor, ou na dor, por linhas maiores em dimensões que o mundo material não poderia alcançar.

Afinal, a fé ainda era uma vertente do sonho.

Onde houver desespero, que se leve esperança.

Anjos surgiam no salão soturno. Como miragens. Como formas-pensamento do próprio Sonho. Como a ratificação do fantástico, dando origem a uma visão pela qual vale a pena morrer simplesmente para observar a existência.

Capitão... acaso sabes como calar a voz de um demônio em uma batalha?

– Sim, hoje eu sei, majestade...

Onde houver tristeza, que se leve alegria.

E então ele a viu ainda distante. Lá estava ela, abraçada aos joelhos, com um duplo-etérico nu, que tremia sem conseguir focar um alvo. Ela ainda não sabia, mas a alma dele e a alma dela eram uma só. Naquele momento, eles eram um só. Como todas as almas do planeta.

Uma mãe e uma filha, seguidoras do kardecismo, realizavam, naquele momento, o início de seu ritual de *Culto no Lar*. O ritual era feito religiosamente uma vez por semana, em um mesmo horário, com o intuito de limpar energeticamente o ambiente em que os fiéis se encontram.

Naquele dia, contudo, o lar das duas era o mundo.

Onde houver trevas, que se leve luz.

O ambiente, a cada momento, iluminava-se mais. Cento e oito almas que haviam sofrido toda a dor para evoluir até a purificação foram encaminhadas para planos superiores, de onde se preparariam para renascer ou retornar a seus corpos quando prontos. Aquela era a libertação de almas puras que significaria mais para a humanidade do que já havia conseguido ser feito em toda a sua História por almas santas até os dias de hoje.

Na sala vazia, o prêmio ao Santo.

Lá estava ela.

A visão da alma abraçada aos próprios joelhos apertava o âmago dele. Mas inspirava as atitudes. [*fighting for something*]. Os anjos que ainda permaneciam ali não se intrometeram e, como na maioria das vezes, apenas observaram. Os vinte guerreiros na sala relaxaram suas posições e fizeram o mesmo.

Dentro deles, havia sete bilhões de sentimentos.

Ao se localizar naquele vazio. Ao concluir a missão pela qual tinha sido escolhido, de repente, o Santo não era mais o Santo. Ele já não era mais Aquele Que Serve. Naquele momento, ele era único. Ele era a alma que *estava* Mikael Santiago. Ele era...

uma luz que brilhou sobre o mundo

... aquele capaz de descer aos círculos do Inferno em nome de uma mulher.

Em nome do amor de uma mulher.

Em nome de um único amor de uma mulher.

Ela ergueu os olhos e encontrou os dele. A descrição do sentimento que bateu no peito angustiado era intensa. Pois ela também podia sentir os sonhos dele. E os sonhos de sete bilhões de fios de prata que pulsavam nele.

– Está consumado... – ele sussurrou, estendendo-lhe a mão.

Lágrimas de almas puras lhe percorreram a face. Eram lágrimas de agradecimento. Eram lágrimas de esperança.

O tipo de lágrima que faz com que um homem queira mudar o mundo para que nada mais cause dor a uma única mulher.

– Você veio me levar daqui? – ela perguntou, como um condenado sonhando com a redenção.

E a merecendo.

– Em verdade, te digo que hoje estarás comigo no Paraíso.

Estava consumado o maior sonho desperto do sonhador mais poderoso de todo o orbe terrestre.

64

Quando Alexandre Garnieri foi acordado por Helena Reimão em um solavanco capaz de estremecer o Himalaia, os olhos se abriram tentando compreender onde estava e o que acontecia. Havia diversas pessoas de um lado para o outro falando coisas que não se sabia ter sentido, pela velocidade com que eram ditas. Havia lágrimas de pessoas que não se sabia o motivo. Havia sorrisos em faces que ainda não se sabia o motivo.

E então, de repente, alguém o ergueu e o abraçou com força. Ele não se lembrava até hoje do nome daquela pessoa. Ele não se lembrava nem mesmo *quem* era aquela pessoa. Mas ele se lembra da *sensação* daquele abraço. Sentimentos puros que diziam mais do que muitas explicações e por isso, como há muito tempo, ele também chorou. No fundo, a emoção que sentira fora tão intensa que não era possível retê-la.

Era necessário transbordá-la.

– Ela acordou... – a voz entrecortada da pessoa que ele não se lembrava lhe disse. – Ela acordou...

Aquela seria a notícia de todo o dia de todos os canais de notícias ao redor do mundo. Pessoas de diferentes idiomas e de localidades diferentes do planeta comemorariam a recuperação daquela menina. Pessoas sorririam, e pessoas chorariam, apenas à lembrança do jeito infantil que parecia dar a ela uma alma diferente. Uma alma imaculada.

Dizem que quase uma alma pura.

A notícia da recuperação de Ariana Rochembach correria pelos polos, e chegaria rapidamente ao conhecimento de milhões de pessoas em minutos. Entretanto, para quase todas elas, nenhuma saberia bem explicar o porquê, ela não iria parecer uma notícia inédita. Seria como se elas já esperassem por aquilo. Como se todas elas já soubessem.

Como se tudo houvesse sido um grande sonho que todas elas vivenciaram juntas.

65

No Hospital Psiquiátrico Shepard, uma agitação fora do comum acontecia. Enfermeiras corriam de um lado para o outro, quase histéricas e descontroladas, como se fossem elas as pacientes psiquiátricas. Os internos estavam tendo de ser contidos quando descobriam a notícia, e a segurança local estava tendo muito trabalho para manter jornalistas fora do ambiente interno.

A última coisa que Larissa Tavolaro precisava naquele momento era aquela agitação que só agravava ainda mais o estado dos pacientes que tinham de ser mantidos sobre controle. Mas também sabia que seria impossível pedir tranquilidade a qualquer pessoa, afinal, não era todo dia que o maior jogador de futebol do planeta caminhava por aqueles corredores frios, levando até ali sentimentos que pareciam mortos no interior daquelas paredes.

– Você viu? Você viu o Allejo? – uma enfermeira lhe perguntou de forma afoita.

– Vi de repente! Mas o que ele veio fazer aqui? Tem algum parente dele aqui? – Larissa segurava uma prancheta e percebia que a fala continha a mesma agitação irresponsável das companheiras.

– Ninguém sabe direito! Ele simplesmente disse: *eu vim ver um amigo*...

Uma pausa.

– Hein? Mas que *amigo* ele tem aqui?

A enfermeira abriu os braços. Aquela era uma resposta que ninguém poderia imaginar.

No quarto 137, a atmosfera não era mais tão umbrosa. O cheiro de mofo, porém, permanecia. O travesseiro ainda era o eterno misto de suor e lágrimas e baba, mas estava prestes a mudar. O senhor magérrimo, de pele com linhas esverdeadas, mantinha os olhos fechados. E sonhava. A solidão com que estava acostumado, entretanto, agora se mostrava diferente. Pois ali ele não estava só. Ali, ele estava acompanhado de um amigo. E estava pronto.

Mikael Santiago permaneceu sete horas naquele quarto. De vez em quando, uma ou outra enfermeira perguntava a ele se precisava de alguma coisa, mas ele dizia que nada queria. As duas mãos quase sempre ao redor da mão idosa. Sete horas. Sete horas depois da visita daquele jogador, o homem magérrimo foi dado oficialmente como morto.

A causa da morte: *morte natural.*

Um coração que enfim resolveu parar sua luta diante do tempo.

Se perguntassem a versão de Mikael, contudo, ele a diria de forma diferente.

Ele contaria, a quem obviamente acreditasse, que *viu* o momento sublime em que além de eles dois, houve a chegada de um terceiro naquela sala. Um anjo.

Um anjo de Thanatos.

Um anjo da morte.

E também diria que presenciou o momento em que o fio de prata do senhor solitário enfim foi partido, liberando a alma que há tempos sonhava com a libertação. Um choro de amigo correu pela face do menino. Era um choro não de despedida, mas de agradecimento. Eles sabiam que iriam se reencontrar. Fosse em vidas, fosse em planos, fosse em sonhos, mas iriam se reencontrar. Nem que fosse preciso contratar espíritos que os encontrassem.

Do lado de fora, ele escutou o som de chuva, e as lágrimas que caíram do céu, de repente, continuaram a se tornar as lágrimas dele. Um coração pulsou por sentimentos de motivos diversos. E da voz falhada do garoto que chorava, duas palavras nasceram para nunca mais morrer, cumprindo uma promessa que outros só poderiam sonhar.

"Obrigado, Albino."

66

Eram três horas da manhã quando o celular de Allejo tocou.

Estava deitado em uma cama com Ariana e haviam feito amor até perderem as horas. Há pouco mais de meia hora, porém, ele apenas a mantinha deitada sobre o peito nu. Deixava que ambas as respirações se igualassem. E terem uma boa noite de sono.

Ao olhar o visor de seu telefone anunciando a chamada, desvencilhou-se de Ariana e levantou-se rapidamente, caminhando até a sacada da varanda. Não havia chuva dessa vez no céu escuro; apenas uma lua cheia desenhada sobre centenas de luzes emitidas há centenas de anos por pequenos astros.

– Fala, Garnieri! Você por acaso sabe que horas...

– Lembrei, porra! Até que enfim eu lembrei!

Pela voz, Allejo percebeu que provavelmente gim tônica demais havia enchido copos do outro lado da linha.

– "Lembrou"? Lembrou o quê, gênio?

– Lembrei *a frase*, porra! Lembrei a frase da porra do Homero sobre os sonhos!

– É mesmo? – Allejo franziu a testa. Definitivamente *não* era o tipo de resposta que uma pessoa espera receber como explicação para uma ligação no meio da madrugada. – E o que foi então que o *brilhante* do Homero disse, afinal?

– *O sonho é o irmão da morte.*

Allejo riu alto, mas muito alto, com o comentário.

EPÍLOGO

Era o último movimento. Até ali tudo havia sido perfeito. As passadas, os saltos, as danças que requebravam o quadril em movimentos originais inspirados na cultura *hip-hop*. A gravidade já havia se rendido a uma senhora com quem não podia competir nem derrotar. O mundo naquele momento era ela. Os holofotes do mundo estavam ligados para ela, e por causa dela. Durante dias – que virariam semanas, e depois meses – só se falava na história da jovem menina que vencera um perigosíssimo estado de coma e retornara triunfante da morte, da atleta que fora considerada uma carta fora do baralho e, superando críticos pessimistas e médicos céticos, ali estava prestes a conquistar o prêmio mais alto de sua carreira.

Prestes a conquistar uma medalha olímpica.

No alto de um camarote, Mikael Santiago, o Allejo, cravava as unhas na própria pele. O coração dele também batia no dela. E os sonhos do mundo, dessa vez, não eram ele, nem iam com ele; eram ela, e iam com ela.

– É hora de você ser... – ele sussurrou, como o eco de uma frase que não vinha dele.

Quando ela correu, correu com ela sonhos despertos. Quando ela saltou, saltou com ela a emoção do mundo.

Afinal, era o momento de voar.

A respiração foi interrompida. O corpo dela girou uma altura três vezes maior do que a do próprio tamanho em uma poderosa impulsão inédita. Uma impulsão em que rodopiou diante de dezenas de câmeras profissionais e amadoras produzindo o maior de todos os *carpados*. Um ginásio lotado, entupido de faixas de apoio e camisetas com a estampa do riso daquela garota, parou sem reação ao ver o pequeno corpo realizar o feito colossal. Quando ela aterrissou, os dois pés se cravaram feito estacas. A posição final foi adotada. A música foi interrompida. A respiração voltou a funcionar. As luzes foram acesas. E então, houve o silêncio que precede o êxtase. Observar aquela menina voltar da morte e fazer *aquilo* era algo tão superior às atitudes mortais, que fazia as pessoas se sentirem pequenas diante de sonhos pequenos. Pois as fazia sonhar que tudo na vida de um homem é possível.

Porque é possível.

Um estádio se colocou de pé, berrando e aplaudindo por quase cinco minutos ininterruptos a pequena fênix. Uma reverência explosiva a uma apresentação que quase nunca se vira na história da ginástica, e que representava muito mais do que uma conquista atlética. Pessoas de idiomas diferentes vibravam pelo mesmo motivo, e sentiram os mesmos sentimentos, pois sentiam nela; e *através* dela.

Sentado em seu trono, em um castelo reconstruído, rei Morpheus percebia a vibração que ecoava dos planos despertos de sua nova madrasta. E ainda que apenas ele pudesse notar, naquele momento de glória, sozinho em seu salão etéreo, ele batia palmas que ecoavam nos sonhos terrestres como aplausos respeitosos.

É hora de eu vos revelar a maior trapaça já ocorrida nas regiões do Sonhar...

Um sorriso brotou do deus menor. E era sincero.

Brilhante. Ele tinha de admitir que todo o plano dela havia sido brilhante.

Mikael Santiago, entre gritos, aplausos, lágrimas e emoção, mal se lembrava de sonhos despertos ou viagens astrais pelas quais havia passado, e cujas imagens cada vez se tornavam mais efêmeras, feito um sonho recente que a memória esquece aos poucos. Histórias que misturavam seu inconsciente com narrativas fantásticas que gostava de ler, e histórias bíblicas que sua mãe um dia adorou lhe contar. Na mente, porém, havia perguntas que ele se fazia ao observar aquela pequena colocar o mundo de joelhos diante de si e despertar nesse mesmo mundo sentimentos descritíveis apenas na linguagem dos poetas.

Ou dos santos.

Sabe quantas crianças tu influencia os sonhos todos os dias?

O fato era: *seria possível?*

Seria possível existirem nessa vida pessoas santas que caminhassem pelo planeta, desprovidas de túnicas, de desapego e de linguagem sábia? Seria possível encontrarmos santos desfrutando dos mesmos benefícios materiais dos homens, e vestindo as mesmas roupas, e falando das mesmas formas, e ainda assim servirem a uma missão superior? Haveria homens atuando na evolução do planeta desprovidos do arquétipo messiânico, espalhando pela humanidade fragmentos de pontos de vista, imagens, memórias e trocadilhos e esperanças perdidas?

É disso que são feitos os sonhos.

Seria possível vermos homens bebendo álcool por apreciação, dançando em casas noturnas por entretenimento, fazendo sexo por prazer, desejando bens por merecimento, falando de coisas fúteis, e através delas, para pessoas que ainda não compreendiam outro tipo de discurso, e ainda assim serem considerados... [*uma resposta às urgências do nosso tempo*]... divinos?

Poderiam homens santos... serem santos... e serem homens?

Seria possível assistir a milagres não ligados à cura de corpos, ou transmutações de matérias, ou ressurreições espirituais?

Haveria santidade abnegada da canonização?
Poderiam milagres se igualar a sonhos?

O que ganha me ajudando, Senhora?

Poderia realmente o homem tocar a mão no dedo de Deus ou, ao menos, tocar na essência que lhe dava a vida através do mesmo cordão de prata que o ligava à morte?

Um avatar.

Era verdade. E como ali isso se tornava verdade. Em nenhum momento, como todos pensavam, inclusive os deuses, o avatar escolhido por Madelein fora ele. Em nenhum momento de toda aquela guerra cósmica e espiritual, a busca pela construção do avatar santificado *visava* a ele. Era muito; muito mais brilhante. Era muito mais bem planejado. E era por isso; e justamente por isso, que rei Morpheus aplaudia.

Não. No fim das contas, o almejado avatar dos sonhos despertos não era ele.

Nunca fora ele.

Era ela.

You may say I'm a dreamer,
but I'm not the only one...
I hope some day you'll join us,
and the world will live as one
(John Lennon)

Este livro foi composto em Berkeley
para a Leya, em setembro de 2012.